The

Hidden

Pleasures

of

Life

如果生活背叛了我们，我们还拥有什么？

〔英〕

西奥多·泽尔丁

（Theodore Zeldin）

◎

著

A New Way

of Remembering

the Past

and Imagining

the Future

易 伊 田碧菲

◎

译

SPM

南方出版传媒

广东人民出版社

·广州·

图书在版编目（CIP）数据

　　如果生活背叛了我们，我们还拥有什么？ / （英）西奥多·泽尔丁 (Theodore Zeldin) 著；易伊，田碧菲译 . — 广州：广东人民出版社，2017.1
　　ISBN 978-7-218-11329-6

　　Ⅰ . ①如… Ⅱ . ①英… ②易… ③田… Ⅲ . ①散文集－英国－现代 Ⅳ . ① I551.65

　　中国版本图书馆 CIP 数据核字 (2016) 第 263124 号

Ruguo Shenghuo Beipanle Women, Women hai Yongyou Shenme?
如果生活背叛了我们，我们还拥有什么？

[英] 西奥多·泽尔丁 著　　易 伊　田碧菲 译　　　　　版权所有　翻印必究

出 版 人：曾　莹

策　　　划：中资海派
执行策划：黄　河　桂　林
责任编辑：肖风华　古海阳　张　静
特约编辑：王　影　王利军
版式设计：刘　榴
封面设计：WONDERLAND Book design　QQ:344581934

出版发行：广东人民出版社
地　　址：广州市大沙头四马路 10 号（邮政编码：510102）
电　　话：(020) 83798714（总编室）
传　　真：(020) 83780199
网　　址：http://www.gdpph.com
印　　刷：深圳市汇亿丰印刷科技有限公司
开　　本：787mm×1092mm　1/16
印　　张：21.5　字　数：26.6 千
版　　次：2017 年 1 月第 1 版　2017 年 1 月第 1 次印刷
定　　价：42.00 元

如发现印装质量问题，影响阅读，请与出版社（020-83795749）联系调换。
售书热线：(020) 83795240

当代巴尔扎克——西奥多·泽尔丁

★ 《星期日独立报》评选其为"21 世纪对人类未来影响力最大的 40 位思想家之一"

★ 《时代周刊》称其为"世界上最权威的法国专家"

★ 《今日管理》杂志评选为"英国最杰出的知识分子之一"

★ 《快公司》选任其为"国际思想领导者"

★ 英国顶级历史学奖项"沃尔夫森史学奖"（Wolfson Prize）获得者

★ 2016 年传播奖（Transmission Prize）获得者

★ 被誉为"在法国最受欢迎的英国人"

西奥多·泽尔丁（Theodore Zeldin）生于 1933 年 8 月 22 日，17 岁从伦敦大学伯克贝尔学院毕业，之后在牛津大学担任教授。他协助建立了牛津大学的圣安东尼奥学院，该学院主要进行国际学研究，是该方向的研究生培养中心。泽尔丁在圣安东尼奥学院担任了 13 年院长，现为该学院荣誉研究员、牛津大学坦普利顿学院外籍院士、英国社会科学院和欧洲学院（Academia Europaea）知名史学家，任 Oxford Muse 基金会主席。他经常活跃于英国牛津大学坦普利顿学院的行政领导能力项目中，是牛津大学塞得商学院的副研究员、法国巴黎商学院 HEC 的荣誉教授、世界经济论坛的研究员、Nord-Pas-de-Calais（加莱海峡）计划委员会的主席、法国千禧年委员会的顾问、总理网页的提出者，曾获得法国荣誉军团勋章、英帝国二等勋位爵士。

泽尔丁不仅风趣，而且聪明、忠诚、苛刻、博学、轻松、认真、才华横溢，常被邀请参加法国电台和电视台的节目，也被邀请为商务人士和政府工作人员进行演讲，其中包括金融、法律、医药、IT、保险、咨询、人力资源、社会保障、运输、制造、设计、艺术、娱乐、化妆、时尚、媒体、食品、酒店、广告、地方政权、政府、国际组织等行业或组织。泽尔丁的项目"未来工作"（The Future of Work）开创了新的商业模式，在启动之初就得到了欧洲委员会的资助。2001 年，泽尔丁成立了 Oxford Muse 基金以发展并推广其理念（www.oxfordmuse.com）。

泽尔丁的著作主要关注人类个体以及人类在各方面的情感，主要作品有：

《**法国激情史**》（*A History of French Passions*），沃尔夫森史学奖获奖作品，全书 2 000 页，共 5 卷，包括：

《*野心与爱情*》（*Ambition and Love*）

《*智慧与骄傲*》（*Intellect and Pride*）

《*品位与堕落*》（*Taste and Corruption*）

《*焦虑与虚伪*》（*Anxiety and Hypocrisy*）

《*政治与愤怒*》（*Politics and Anger*）

《**法国人**》（*The French*）

《情感的历史》（*An Intimate History of Humanity*）

《论幸福》（*Happiness*）

《论幸福》《情感的历史》以及他在 BBC 的演讲集《交谈》（*Conversation*）表明，泽尔丁的研究已经扩展到所有文明领域，对于生活艺术的关注也越来越多。他是 BBC 智囊团的一员，在大英帝国也有话语权。

近年出版的作品包括《未知城市指南》（*Guide to an Unknown City*）和《未知大学指南》（*Guide to an Unknown University*），前者为解决社会排斥现象提出了新的方法，后者为如何选择更杰出、更专业的教育提供了依据。近年来，泽尔丁在研究两种极端的人群，一是无家可归者，二是英国的 CEO，在此基础上，他为社会和智慧的互动提供了新的空间。作者的其他著作包括：

《埃米勒·奥利维耶与自由主义之帝国》（*Emile Ollivier and the Liberal Empire*）

《拿破仑三世的政治制度》（*The Political System of Napoleon III*）

在每一本著作中，泽尔丁都从不同角度阐述了，如今的人类能够做到哪些数世纪之前的先民所不能之事，他总是探索着 3 个问题：

1. 人应当如何更快乐、更富激情地度过每一天、每一年？

2. 除去幸福、财富、信仰、爱、科技与疗愈，还有哪些雄心勃勃的领域有待人类探索？

3. 拥有独立思想的个体或自我感觉孤独、与众不同的人，在社会中扮演着怎样的角色？

权威推荐

伊恩·克里奇利 《星期日泰晤士报》

　　哲学家西奥多·泽尔丁将其新作描述为"寻宝之旅"，每一章都"追逐一条线索"。他欲探讨的，是诸如"努力工作的意义"以及"生命的意义"之类的哲学话题。在其最负盛名的著作《情感的历史》中，泽尔丁以人类生活的某些片段为跳板，探索了人类不同年龄时期的思想和情感，而在《如果生活背叛了我们，我们还拥有什么？》当中，作者撷取历史案例，阐述今天我们遇到的问题，从两性、国家和宗教之间的沟通问题落笔，写到了许多工作中吞噬人类灵魂的例行公事。

　　泽尔丁讲述了源自不同国家和不同文化的许多故事，其中包括历史上第一位伊朗裔美国公民，抚养过485个孩子的印度女人，以及陀思妥耶夫斯基的狱中体验。同时，他还对自己的个人体验进行了详尽的叙述，比如他曾在宜家公司向员工教授语言课程，并教顾客的孩子弹奏尤克里里，从而尝试令宜家的工作场合对员工和顾客而言变得更有意义。

针对每个他所提出的问题，泽尔丁并不总是能得出最后答案。归根结底，他更感兴趣的，是激起有益的辩论（"我所追求的不算答案，而是探索的途径"）。他的这本著作，博采众长、野心勃勃、思想深刻，极具启发性。

约翰·桑希尔 《金融时报》

作为一名哲学家和历史学家，泽尔丁向传统公然发起了挑战……这部令人陶醉的著作充满了各种各样的预言。

纳塔利·海恩斯 《独立报》

他是一名极富魅力的旅行伴侣，在历史传记和哲学之间翩跹起舞。

汉娜·道森 《文学评论》

一次精彩而成功的叫板……对我们在管理学上遇到的问题，泽尔丁的著作可谓一针见血，幽默风趣。

《费加罗夫人》

才华横溢、略带保守、似是而非……泽尔丁问到了一些令人左右为难的问题。

罗恩·艾默生 英国商业银行董事长

本作提供了一个非常独特的新框架，引导我们去发现自己究竟希望怎样度过自己的一生。

《明镜周刊》

西奥多·泽尔丁博学而幽默。

《每日电讯报》

在十几年的时间中，这是我读过的最令人兴奋、最具野心的非虚构类作品。

《金融时报》

才华横溢、充满预言性、魅力四射。

V.皮特里西奥里 欧洲研究委员会科学顾问

一颗无价的宝石，一本罕见的、将永留在人的心灵之中的作品……以令人难以置信的方式鼓舞人心……探讨的话题令人啼笑皆非，永远不会无聊……极具可读性。绝对值得阅读、重读和深入研究的作品。

理查德·沃森 剧本策划，著有《未来趋势》（*Future Ttrends*）

一本真正精彩的书，甚至目录就让我震惊得无以言表。如果你的愿望是真正地活着，那么就阅读这本书吧。

《倍耐力基金会商业文化杂志》(轮胎公司倍耐力在2015年被中国化工集团董事长任建新以70亿美元大宗买进)

本书捕捉到了商业和世界文化之间的联系。"最有价值的交易商品，"泽尔丁在一个最优美和挑衅的段落中写道，"不是黄金，而是时间，决定你每一天要做的事，让你的利润更大。只要商业被视为一种可以教授的技术，它就不会形成一种'哲学'，一种关于生命的意义和目的的观点。"

多么具有远见，多么令人鼓舞，泽尔丁的整本书都应该被阅读、喜爱和推荐。

玛格丽特·赫弗南　CEO、企业家、电视制作人

当读者开始问自己这本书提出的问题时，他们将发现自己以一种截然不同的方式活着。一本充满变革意义的作品，满载着从青少年到百岁老人都可以享受的智慧。

锡安·汉密尔顿　弗伊尔斯书店零售运营总监

精华读物。我很高兴我正在阅读这本书，但我多么希望自己年少时就能遇到这样的作品……我与这本书争论，我完全沉浸其中……一段将持续一生的丰富旅程。

《文学评论》

一次挑战，一次成功……泽尔丁在他的作品和在我们眼中灾难性的管理学事务方面，尤其优秀和有趣。

埃尔·蒙多　《马德里报》

本书的辉煌和卓越使人神魂颠倒。

巴黎 Canal+ 电视台

毫无疑问，本年度最具智慧的作品……它能立即让你享受到智慧的乐趣……治疗全世界忧郁的良药，总是站在欢乐、开放、探究和自由的一边……它就是我们需要的人生与艺术指南。

目　录

第一部分　交流的艺术

第二部分　虚构之物：国家与宗教

第三部分 两性之间

第四部分 生活与工作，梦想与现实

第五部分　逝者如斯，惜时之叹

前　言

在思考中书写人生

溯源时间长河，撷取精神碎片

　　为你的权利而战！抗议！无视周围的恐惧，逗自己开心，做一个幸福的人！拼命赚钱，努力工作，攫取权力！这是我们保护自己、抵御残酷生活摧残的仅有武器吗？与这些古老的自我防护机制相比，当下的人性已大为不同。我们的知识储备远超前人，同时也忍受着比前人更深刻的失落与沮丧。那些曾经能够激发美好与希望的错误理念已无法桎梏我们的思想。因此，我启程寻找并从个人角度出发，溯源时间长河，撷取散落其中的人类思想精华碎片，同时寻找那些隐秘、不可言说或已被世人遗忘的东西。

　　在每一章的开头，我都会从生活在不同时代、浸润于不同文明的某类人落笔。他们面临着每个人都会遇到的重大人生抉择，并且用自己的故事为人类某个永恒的疑问，写下了答案。随后，我将引出问题：相比古人，今天的我们可以作出怎样另类的选择？以往我们错失了哪些机会？而未来的人们，又会作出怎样的回应？本书中的人物，并非英雄好汉，也非世之楷模。我之所以选择讲述这些人的人生故事，只是因为他们留下了真实可靠的自我见证。有时，剖析已成历史的人物比了解在世者容易得多，因为死去之人毫无隐私可言，而在世者不愿以真面目示人。另外一个原因是，他们的故事为我开辟了新的思维方式，让我对未来人类之种种产生了难以抑制的畅想。他们赋予我灵感，使我从全新的维度思考人生更多的可能性，以及作为未来人眼中的古人，自己错过了什么。这些故事也帮助我分辨人类的真正面目，明辨其与日常生活中的印象有何不同。历史，并不仅仅记录了前尘往事及其缘由，也激发了人类无尽的想象力。

本书开篇，我将研究那些或感无力、孤独、怀才不遇，或认为所处社会文明与自己格格不入的人，深入分析他们本可以选择，但却放弃的其他生活道路。我将探索那些因金钱、偏见、伪装或误解而被忽略的道路；我将探究两个陌生人，以及伴侣见面后会发生什么事，而我所说的伴侣，不仅是坠入爱河、反目成仇或共同生活的爱人，还包括精神伴侣，他们的结合完全不受身体、时间或空间的限制。好奇心所激发的欲望，可以与身体本能之欲同样强烈、执著。相近的思想可以形成人与人之间的长期纽带，哪怕双方仅仅是神交。

接下来登场的人物则原本隶属于某个大群体，比如某个国家或某种宗教。我将深刻地追溯这些群体的演变历史。如今这些群体的面貌，与其初始状态有着天壤之别。随着研究逐渐深入，我发现，似乎这些国家或宗教在其文化界限周围竖起的壁垒，与其最初状态相比，松动了许多，已不甚可怕。在信徒用来区分彼此的象征或为了掩盖由某种邪恶理念引发的内部冲突而发起的口号之中，都隐藏着大量不确定因素。回顾历史，人类社会总是因某种狂热信仰的蛊惑而发生可怕的暴力冲突，而且这种灾难不断上演，这是否因为人类总是遗忘过去的教训？在男女关系史中，我发现了那些荒谬的习俗如何被逐渐消解的线索。

随后，我又遇到了另外一个巨大的谜题：为何有那么多的人将一生中大部分清醒的时间花在无聊、琐碎甚至卑屈的工作中？为何并非每个新时代的人都能找到有价值、可以改善生活且能够发挥天赋的工作？相比家庭，为何职场中总是存在更多的幻灭、背叛和背后中伤之事？通过对企业和政府机构的探究，我不仅深刻领悟到改变这些现象是一项多么艰巨的任务，而且还提出了一些实用的建议。"Business"一词的最初含义，是焦虑、不幸、无事生非和困难。因此，我还探究了能否为"Business"一词找到全新的含义以及一条更加令人愉快的哲理。技术和医学的快速进步，是建立在无数的实验和研发基础之上，因此，我将向读者展示，企业或公司也可以按照现行惯例，建立相关"实验室"，进行各种不同的小规模改革实验，之后大范围推广以实现其雄心壮志。本书的最后几章，乃是对时间流逝的沉思。事实上，我们可以更平和地看待衰老与死亡。

沉思：最繁重的劳动

人类的思想在性交流、商业交流与语言交流中会有所不同吗？摧残着人类生活的怀疑与误解，总是被亲密关系和直接交流所化解，但大多数会话都极其琐碎、匆忙，甚至属于个人演讲或毫无美感可言的叽喳鸟语，总之是不断地对一个小圈子重复着同样的内容。所谓书籍，即是作者与读者以适当的节奏进行无声交流的邀请。我并未把这本书写成能够让人一口气读完的惊险小说，相反，我希望读者在读完每一章后能暂停些许时间，进行沉思并与自己对话。我很想知道，读者是否能够看到或理解那些我并未注意到的事物。假如我们因此而进入一个崭新的领域，我们或许就可以对未来进行更深层次的思考。

托马斯·爱迪生曾在其实验室的门上写过一句警语："没有任何权宜之计可以让人逃避真正的劳动——思考。"一名智者反诘："好吧，既然爱迪生先生已经为世人作出回答，那么大家为什么还要思考？我认为，人类之所以思考，就是为了逃避真正的身体之劳。"而且我更喜欢把思考当作一种社交活动。激发思考与发现之火花的主要方法之一，就是将不同领域的思想和人物聚到一起，而探索人生隐藏乐趣的切入点，是探索不同个体、不同意见以及现在与未来之间未知的联系。有时，模棱两可地看待世界，会让人有意想不到的收获。世界上许多截然不同的事物，彼此之间可能存在着意想不到的共性。

第一部分　交流的艺术

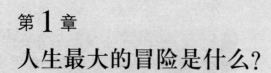

第1章
人生最大的冒险是什么？

愚昧，人类无法根除的顽疾

当一个人尚未找到退路时，就会对困境作出反抗，此时生命的意义便瞬间重大起来。

1859年，苏丹纳巴德市23岁的伊朗学生哈吉·萨亚赫离家出走，因为他不想结婚，但父母对他施加了很大的压力。萨亚赫认为，在年轻的时候成家、过上安定的生活意味着"将一辈子停留在同一个地方，再也无法对世界产生更多的了解"。于是他带了3个长面包，仅穿着一身夏季的衣物，一路向北，漫无目的地行走，最终来到了俄国。在之后的

18 年中，萨亚赫靠着自己的双脚，游遍了整个欧洲，也曾远赴美国、日本、中国、印度和埃及，共参加了 9 次麦加朝圣之旅。"愚昧是人类无法根除的顽疾。"他在日记中写道。

或许世界上出现过许多背包客，但其中有多少人能够像哈吉·萨亚赫一样，学会了途经所有国家的语言并以翻译为生？虽然萨亚赫生活清贫、没有推荐信、缺乏显赫的家族背景，但俄国沙皇、罗马教皇、希腊国王、比利时国王、俾斯麦、朱塞佩·加里波第（意大利爱国志士，建国三杰之一）都是他的忠实听众。萨亚赫曾多次会见美国第 18 任总统尤利塞斯·格兰特，是第一位获得美国公民身份的伊朗人。他向全世界展示了温驯有礼、坦率真诚的品质可以给人带来何种境遇。哈吉·萨亚赫在任何地方都受到欢迎，只在那不勒斯遇到过一次冲突，只在土耳其被辱骂过一次。土耳其执政官说："他（萨亚赫）是个伊朗人，我们怎么能相信他呢？"但是后来，随着对哈吉·萨亚赫进行更深入的了解，这位执政官为自己的失言向萨亚赫道歉。就连那不勒斯的扒手对萨亚赫也非常友好，让他免费留宿在其训练新手的房子里。哈吉·萨亚赫从不怨恨，他只会问自己："为什么人与人之间会存在如此巨大的差异？为什么有的人可以如此卑鄙，有的人又可以如此高尚？"

在旺盛的好奇心驱使下，哈吉·萨亚赫不断游历，在这一过程中，他不仅参观了每座城市的博物馆，还访问了每座城市的学校、图书馆、教堂、工厂、植物园、动物园、监狱和剧院。当别人问起他是谁，他会回答："我是神创造的生物，是城市里的陌生人。"萨亚赫最喜欢的格言是："不要告诉他人你的财富、目的地和宗教信仰。"萨亚赫很享受自己普通人的身份，这样他就能发现每个普通人的独特之处。"如果我是一名国王，我将永远无法以普通人的视角看待事物，因为国王无法理解穷人的社会。国王的使命是向人民展示其存在，而穷人却可以从自己的角度看到所有人。他们可以毫无畏惧地自由行走。没有人注意到他们，但他们却可以看到所有事、所有人。"

人们对哈吉·萨亚赫非常友好，邀请他到家里来，邀请他去剧院，邀请他一同外出，以满足他的好奇心。但哈吉·萨亚赫并非对所有事持赞同态度。在拜访比利时国王时，他就抨击比利时大肆进行武器制造。萨亚赫记录下民众对贫穷和压迫的苦涩抱怨，但在巴黎，他写道："这里的人们享受着自由。他们可以自由地说出想说的话。没有人会干涉其他人……忧愁让生命缩短，巴黎人没有忧愁，所以他们永远不会死去。"

回到伊朗后，哈吉·萨亚赫开始了一场大冒险，志在寻找治疗人类疾苦的政治药方。他抗议"连畜生都无法忍受的苦难和暴行，施加到像我这样贫穷、不幸且愚昧的波斯臣民身上"。他参与了反腐反暴政运动，那场运动最终在伊朗引发了 1905 年的革命（伊朗革命）。萨亚赫活跃在伊朗最具影响力的地下组织中，曾被关进监狱，后遭放逐。当人身安全受到威胁时，哈吉·萨亚赫向美国大使馆寻求了 5 个月的政治庇护。伊朗革命之后，人们为了表达对萨亚赫的智慧和谦逊的钦佩，称他为"人道主义运动的地下先驱"。波斯语中"人道主义"一词译作"Adamiyat"。哈吉·萨亚赫是人道主义兄弟会的重要人物，但事实证明，政治充满了太多的竞争和仇视，萨亚赫无法实现自己的理想。背包客们通常习惯于寻求一个暂时的解决方案，而且迟早会遇到僵化体制的约束。是否存在其他的办法呢？

哈吉·萨亚赫 18 年的旅行是一场冒险，并非一种职业。他与携带武器、心怀诡计寻找某个王国的科特斯有异，与为了寻找传说中的印度黄金而出海的哥伦布也不同。哈吉·萨亚赫和海盗或妓女没有共同话语，与雇佣兵或加州淘金者也无任何相似之处。他没有财富，没有地位，更没有阴谋诡计，他不属于法国皇家学院 1823 年定义的任何类型的冒险家。直到最近，"冒险家"一词才摆脱了暗含的贬义，转而形容那些与社会并不相容而乐于奉献自我的理想主义者。但这通常意味着对异国情调、新感觉、返璞归真的模糊渴望，意味着对世俗抱负的蔑视，甚至拒绝所有的世俗追求。冒险家们遵循诗人兰波的座右铭："目标是虚无的。"冒险精神，可能是一种逃避，可能是一种纯粹的个人成就，也可能是一种类似月球之旅的科技成果。

几乎在哈吉·萨亚赫踏上大冒险之旅整整一个世纪之后，19 岁的英国人马世民失恋了，他对自己在曼彻斯特铸铁厂的工作感到厌倦，因此加入了法国外籍军团。马世民急于证明，自己应该争取更美好的命运，也可以从残酷的战争中幸存。最终马世民得到的回报是自信。他的文学造诣相当高，因此著书描写自己如何战胜了沙漠的残酷和危险。这本书的内容极其精彩，曾被拍成电影。后来，马世民投身商界，成立了一家大型企业，变得非常富有。然而，他的理想不止于此。60 多岁时，马世民再次出走，重现年轻时的叛逆行为，独自徒步穿越南极洲。他的冒险非常传统，就是去做那些困难、具有挑战性的事情。像体育一样，这种冒险是对生活的一种补充，能够让人逃离生活的琐碎和平凡，但它无法改变生活本身。对马世民而言，这些冒险很重要，但对其他人来说，平凡的生活一如既往。世界上也有其他的冒险，与传统方式截然不同。

如果你我在 16 世纪相遇，我会告诉你：我们这个时代最大的冒险，是发现新大陆和新海洋。停止对生活的抱怨，寻找一个更加令人愉快的人生目标吧。来美洲，然后我们一起探索全世界。除非亲身游历人类生存的整个家园，否则我们不算真正地活过。

若我们相遇在 17 世纪，我会对你说：这个时代最大的冒险是科学。去超越平凡的感官，去发现隐藏在背后的神奇世界。让我们去发现大自然的秘密，它们比魔法还要神奇。

18 世纪，伟大的冒险变成对完全平等的新时代的向往。让我们一起反抗政府或私人暴政，让我们推翻独裁者，向每个人宣传自由主义。确保每个人都有追求成功的权利，无论他们的父母多么贫穷。

还有一些冒险活动，从宇宙鸿蒙初开时便已存在。第一种是寻求人生的意义，寻找普适价值的存在，这属于宗教层面的冒险。另外一种冒险同样古老，但一直被忽视，直到最近才进入人类视野，那就是寻找与地球上所有的动物、植物、海洋、陆地和谐相处的方法。第三种是对美的追求，它以各种形式呈现，表明人类的想象力没有极限。

这三种冒险至今仍然兴旺不衰，足以令人沉迷其中，耗尽一生心血。现在，人类对广袤宇宙和宇宙粒子的理解完全转变。前所未有的教育、信息、经验和期望重塑了人类的形象。世界上充满了新人类。许多人不再满足于像祖先一样把天赋浪费在柴米油盐中，每个人都变成了某一领域的专家，他们的技术可以为自己带来深厚的满足感，但是同样也限制了想象力。"人生的意义"不再像以前那样清晰生动。从来没有那么多人，会对白日劳作、夜晚消遣之外的宏伟人生目标感到如此迷惘。以前的观念正在土崩瓦解，人类赤裸裸地被时代的洪流裹挟前行。

生活是一次没有尽头的旅行

我无意用借来的或破旧的衣服来遮蔽自己的赤裸。我想知道，哪些事物可以让我过上更有格调的生活，并从无意义的竞争中解脱出来。乌托邦和反乌托邦不会有任何助力，所以，当人们不再相信对美好未来的许诺，厌倦了先知对未来忧郁绝望的预言时，人类将何去何从？曾带来希望的意识形态失去了光泽。太多的人被浩荡前进的时代遗弃，太多人不知该如何找寻自己的位置，太多人对未来充满迷惘。

诚然，世上不乏公认或自诩的学者，为人类如何度过真实或想象的磨难与阴影出谋划策。济世良方多如牛毛，教那失意、困惑的芸芸众生，或谋取幸福，或发财致富，或功成名就，诸如此等，不一而足。由于社会上充斥着大量的商业对策、整治方案和心理疗法，人类不需要新的秘方来实现愿望。然而，大多数人无法得到自己想要的。许多人根本不知道自己想要什么。对某些人而言，倘若见识够广，或许就会去追求一种另类的快乐。

当原有的确定性被剥夺，人类总是急于找到新的确定性来填补内心空缺。当一个人无法继续之前一直在做的事情，或当一份稳定、前途光明、有着可靠退休金的职业变成虚无缥缈的梦境，那么对安全感的需求就会成为一个人内心最迫切的渴望。但是我发现，苦苦支撑状况不佳的财务状况令人不快，因为它就像老爷车一样，迟早会再出问题。

我不希望自己像一个迷途的旅人，在世上荒度时日：因为莫须有的假期来到陌生的地方，被一群陌生人包围，浑然不知假期会在何时戛然而止；陷在一列长长的队伍中，等待天上掉下一根令人愉悦的冰棍。我意识到自己尚未遍尝人间美味，仅体验过少许职业，在知识的山脉上缩手缩脚，爱过的人太少，对许多国家和许多地方的风俗都没有深入了解。在某种程度上，我只能称得上"活过"，而我动笔写书的唯一资质，是对完满人生的好奇。我究竟完满地活过，或者仅是在残酷的生活中挣扎了一辈子、每天重复同样的工作、呼吸同样的空气、沿着他人为我设计的路线前进、每天坐同一班公交车去同一间办公室？或许我需要重新开始，不再仅仅听他人的歌，依靠他人愉悦自己，而是自己动手创作旋律，给予他人灵感与鼓舞，不只享受他人提供的愉悦，而令自己成为其他人的缪斯？

不再苦苦寻找一份能给予自己安全感的职业，不再苦苦思索自己究竟真正擅长的活动、热爱的事业。我应立志尝试一次，哪怕只有一瞬间，去发现成为一个真正的"人"是何种感觉。由于无法亲自体验一切，所以我希望认识那些与我有着不同经历的人。我并未因为无法体验所有可能性而止步不前，也并未由于某些事情过于遥远或令人不快而将其忽略。总之，我对任何人的经历都感兴趣。迷失的灵魂往往无法理解他人所想，而其本身的境遇也无人倾听。

当今时代的大冒险，是发现谁居住在地球。无论恰当与否，将人类分为若干阶级与种族的学说汗牛充栋，而且地球上的 70 亿居民中，绝大多数人内心最深处的想法依旧被隐藏起来。经历与态度的微小差异，既是人生的本质，也是人生苦恼的来源。正是这种差异将我们从统计学意义上的"普通人"区分开。无论是喜是悲，我们都是独一无二的普通人。然而，即使人类声称自己对同类最感兴趣，人与人之间的相互了解仍可谓少之又少。我们总是认为自己的意图或品质受到了误解，并且常将这种误解归咎于他人目光短浅，被表象迷惑。

此冒险之旅，可以从 3 个被忽略的角落开始，而我们的起点，则是生活最隐秘的部分。我认为，个人生活已经从默默无闻中崛起，公然向公共生活发起挑战，而前者必然成为众人瞩目的焦点。相比纠结于某些组织的规则、制度与啄食顺序，我情愿探索对人类生活质量起到关键作用的亲密的个人关系。随着家庭不再受到财产的绝对约束、亲属间的冲突不再暴力血腥、寻找性格相投的伴侣成为普遍现象，私人生活成为新类型的能量来源，也成为生活的重点。此时，人们的关系网早已不再局限于邻里，更多新类型的短期或长期人际关系正在重塑世界面貌。

两个单独的个体在情感、智力或文化上的积极互动，是推动社会变化的新型动力。知己或伴侣的重要性非同寻常，其影响力与孤独的灵魂或乌合之众处于同一量级。人类不需要在集体和个体的二选一中苦苦挣扎。在人类生活中，一对一的关系极其重要，在当代达到了历史高峰，而它也被世人视为诸领域中许多非凡成就的源泉。中国的古人在发明"人"字时，极具先见之明。汉语的"人"字，是用两个相互依靠的"人"的形象来表示。古代中国的先贤早已认识到，人之本质，乃藏于彼此的联系之中。亲密关系是一台显微镜，它向我们展示了一个迄今为止依然不可见的世界，其中包藏着人类文明等级制度和虚伪的一面。尽管人类都在拼命保护隐私，但另一方面，人类又希望自己异于他人，成为万人瞩目的焦点。我们希望把自己严密地保护起来，但又时时渴望与他人赤诚相见，展露真实的自己。这种矛盾的情感一直令人类纠结不已。

第二，生死将人类彼此分离，而我将越过这最强大的障碍，记述许多已随历史长河远去的人物，似乎他们至今仍然在世。我将描述他们不朽的思想以及许久之前的习俗，虽然我经常沉迷于写作而忘记前人与我们的时间距离。所谓贫穷，不仅指缺少金钱，更可以形容人类只能拥有一份记忆的悲哀之感。我们所处时代的特殊之处在于，人类认为当今世界比历史上以往任何时代都要富裕，物质生活比历史上任何传统社会都要发达得多。然而，我们却没有好好利用这种优势。是的，如今的人类有一笔巨大的记忆遗产亟待分享。

历史上，从未存在一个时代，像如今这样充斥着诸多学者、书籍、博物馆、档案和历史文明遗迹。人类第一次接触到了如此丰富、充满生气的历史，而且这些历史还可以通过有声有色的电视传播到千万个家庭之中。现在，我们不仅知道自己的先祖是谁，还能数出他人的列祖列宗。此外，尽管所谓的现代生活意味着活在当下、摒弃过去、摆脱传统束缚，然而传统却以一种始料未及的顽强姿态流传到了今日。汲取他人的记忆，可以改变我们"应该如何度过人生"的观点。用新的角度审视过去，可以让我们以全新的角度观察现在。历史并非一具没有出口的棺木。相反，历史是一种解放的手段，它是一串能够为我们开启未知大门的钥匙。

我认为，每个人都有属于自己的历史哲学，来解释为何会卷入超出控制的事件之中：可能是经济危机或循环经济革命的相互作用，或不可名状的精神力量，或由某些伟人一手造成、某个经历了精神创伤的人带来的灾难。如果把一个人的哲学观比喻成一座山，那么山上的岩石可能来自不同国家的不同哲学流派，于是最终每个人的哲学观之山，也呈现出千姿百态的模样。如果受到现实的剧烈冲击，人类的固有观念或许会发生些许改变，但残余的旧观念将仍存于表面之下。什么合理、什么不合理——这种传承自旧观念的信仰，是人类最大的局限。然而，我们无须将历史看作最终判决，规定男人、女人或儿童可以做哪些事或禁止做哪些事。相反，历史是一系列未完成的实验，一系列错过时机的转折或者一系列被忽略的发明。许多细节中的意外，往往导致某些事件朝着意想不到的方向发展。此外，一个人的童年记忆或祖上德荫，并不足以左右他的命运。人们也可以获得他人的记忆。

第三，我将关注的焦点放到了传统的理想之外，比如不再执著于战争的胜利或世界和平，我要从一个不同的角度审视人性。如今，残酷的战争不再像以往那样充满魅力。尽管人人追逐成功，但在工作或财富中取得成功，与以往相比更加困难，人们只能寄希望于体育运动，享受胜利的喜悦，并获得微弱的补偿。和平，看上去更像虚假的幻象。尽管许多先贤宣称自己已皈依于宣扬博爱的思潮，但无论对同胞、大自然或者宗教，人类从未真正平息怨怒。社会舆论变得更加难以捉摸，在稍后的章节中我会阐述这一观点。此刻，我要寻找一种对待分歧的新态度，寻找一种将分歧转化为有益之物的技术或方法。尽管不同的人、不同的国家或不同的群体拥有许多相似之处，但我要勇敢地直面那些同质化之外的、数不尽的细微差异。尽管大多数时候，这些差异看上去琐碎至极，但正是它们将不同的人、国家和群体区分开来。

人生是一支越燃越短的蜡烛吗？

没有人能够与全世界 70 亿人相识，但与每天都要研究数百亿神经元或分子的勤勉的科学家相比，这个数字又算得了什么呢？事实上，那些神经元或分子更加难以理解，而科学家却可以通过对它们进行研究而了解整个世界。这是一次没有尽头的旅行，我并不指望能够找到所有的答案，相反，它是一趟开阔眼界之旅，并没有固定的目的地。在这次旅程中，我们信步由缰，也将深陷许多错综复杂的小路当中。在那里，我们或许能够得到比预期目标更大的收获。人类的大冒险始于少数几名意志坚决的先驱，他们所秉持的理念几乎与身边所有人都大不相同。我们将会发现，从他们的经历中汲取到有益的知识，简直难如登月。

人类并非生而自由。每个人出生时，都带着对陌生人和陌生环境的恐惧。然而，历史并非仅仅记载着恐惧与投降，同样也记录了由好奇心引发的惊险反抗。好奇心是我的指南针，惊奇是我的食物，厌倦是我的毒药。据我所知，好奇心是逃离各种恐惧的最佳路线，它可以把天大的问题分解为许多细小的碎片，直到这些碎片不再让人感到威胁，而是惊奇与疑惑。在我心中，"惊奇"拥有很高的地位，因为它混合了"可能"和"不可能"两种因素，而且偶尔还会发现原来事物的某些相互对立面并不矛盾。厌倦则是一种疲惫的呻吟，一种焦躁的尖叫，一种希望消逝之时发出的哀悼。我写此书的意图，是为了帮助内心的希望之火继续燃烧。但并非是那种虚假的希望，不是那种被怀疑论者、愤怒的青年或喜剧演员所嘲讽的希望。人生只是一根越燃越短的蜡烛，只是一个傻子嘴里讲述的故事，它没有任何意义。难道真是这样吗？

世界上曾经存活过大约 1 000 亿人，他们最终就像 1 000 亿根蜡烛那样熄灭，湮没在永久的黑暗之中，无一例外。这是对世界上存活人类数量的最佳推测。当然，许多人在离世时，坚信自己不过是前往另一个世界，即将开始新的生活。现在，许多人都能够在这个世界活得比以往更久，但他们在人生的充实度以及影响力等方面千差万别。在当今世界，我们应如何自处，才能避免沦为区区一根蜡烛呢？

负责讲故事的那个傻子，现在终于有机会讲一个以前从来没人听到过的故事了。"傻子"这个词刚被发明出来的时候，是形容那些在社会上无足轻重或在公共场合不善言辞的人，即独来独往的家伙。如果按照这个定义，今天的我们，大多数人都是"傻子"。此外，一个人被称为"傻子"，未必因为他的脑子有问题，也可能是由于他并未接受过教育或愚昧无知。从这个意义上来看，鉴于如今的世界有太多难以掌握的知识，我们依然要承认自己是"傻子"。完全脱离于不同收入水平或受教育水平的人，脱离于拥有完全不同品位或语言文化的人，或者因为特殊职业或技能而与世界隔绝的人，会逐渐成为社会中的异类。他们或许拥有通讯的手段和工具，但不愿与他人接触。因此，我希望能够找出一种交流方式，让这类人从自我孤立的白痴行为中解放出来。

当一个人尚未找到退路时，就会对困境作出反抗，此时生命的意义便瞬间重大起来。在18、19世纪交汇之际，当老朽君主的命令在工业和政治革命的冲击下变得支离破碎，我们的祖先发明了一种看待世界的新方式：启蒙运动和浪漫主义。它们扫除了人类的疑惑，并重新点燃了人类的热情，至少在一段时间内如此。但是今天，科技进步彻底颠覆了以往的习俗，曾经似乎无可撼动的制度失去了公信力，无论从感性或理性的角度出发，人类都失去了对抗冲击的庇护所。同时，这又让我们得以思考自己可以从事哪种之前不可能进行的冒险。我们应该如何重新安排个人生活的优先顺序？如果我们无法成为富人，我们还能追求哪些财富以外的成功？如果宗教信仰不同，除了冲突和怀疑，还可能朝着哪些方向演变？当自由被限制，除了叛乱，人类还有哪些选择？世界上令人兴奋的工作不多，那么我们能够发明哪些新的工作方式？当浪漫爱情令人失望，人类会产生什么样的情感？我们能从破碎的旧体制中抢救出何种智慧财富？当未来充满不确定性，用什么取代野心？

我不希望你武断地表示，自己应该怎么做或相信什么。我希望知道，你相信什么，其他人相信什么，或曾经相信什么。其他人眼中的世界是什么样子的？当人们能够知道其他人的想法，会发生什么？只有清楚其他人如何度过自己的一生，并得到了怎样的结局，我们才能决定自己应该如何度过自己的一生。如果劝你和我以同样的方式思考，我会失去听取你的想法和收获的机会，而且徒劳无益，因为一种观点从一个大脑进入另一个大脑时，一定会发生扭曲。我比较欣赏的是，大多数人最讨厌的就是对未知领域的冒险，那种生活中背负了沉重的压力、对喧闹的回避、对心灵的驯服或对满足感的培养，看起来是最好的防御机制。的确，这个世界经常让人害怕、厌恶、悲痛，但同时它也极其美丽。我想要知道，其他人如何把这个世界变得不那么令人讨厌，把它变得更加美好，或宣布这根本是不可能完成的任务。我永远不会忘记，过去人们的努力，很大程度上引发了意外事件，甚至灾难性的结果。寻找新方向，总是说起来容易做起来难。我知道，努力消除人类几乎根深蒂固的残忍本性几近徒劳，但我也总是因为人性的精巧、能够化解障碍的能力，以及不停地发现人和世界神奇之处的技能，而重拾信心。

所以，我不想争论这个世界究竟变好还是变坏，而宁愿感激世界容忍我的存在。显而易见，明天的世界会变成完全不同的模样。这就是我的寻宝行动。这本书的每一章，都是对线索的一次探寻。

第2章

何为虚度一生？

有理想的人如何定义理想？

除了考试、工作、追求完美的恋人、建立充满爱的家庭、享受兴趣爱好，生活在当今时代的人，还可以追求什么？还可以拥有什么样的理想抱负，为我们开启新的世界、补偿内心的失落，并且令现有的最理想的人生黯然失色？

清代的毛奇龄（1623～1716）名噪一时，他是典型的人生赢家：仕途亨通，在官场备受尊敬。此外，他在琴棋书画、诗词歌赋方面也有极高造诣。然而，尽管取得了众多成就，他仍然认为自己虚度了人生。在其波澜壮阔的一生中，他有10年的时间投身于抵抗外族侵略，毛奇龄自认这是一段意义非凡的经历。在那场战争中，毛奇龄失去了无数的朋友和亲人，而他本人，则为了躲避清廷的拘捕和杀头而隐姓埋名，在许多隐秘的乡间颠沛流离。终于，毛奇龄厌倦了这种生活，希望安定下来。于是，他开始向自己并不热爱的清廷献媚，为此，他十分鄙视自己。毛奇龄活到耄耋之年，然而在他看来，这并非一桩值得高兴的事。他总是抑制不住这样的想法：我并未成为一位道德至上的君子，我对社稷没有做出任何真正的贡献……我撰写的空洞文章没有任何意义……我的内心非常痛苦。因此毛奇龄授意子孙烧掉自己几乎所有诗作，仅将一生中十分之一的著述保留下来。最后，他亲笔为自己创作了冷酷的墓志铭，并在结尾处写道："一生空过，无所得也。"

如果毛奇龄活在今天，享受着现代的医疗、科技、各种便捷服务、娱乐和社会福利，他还会得出如此悲观的人生结论吗？现代的心理医生或顾问，能够帮助他从悲观厌世的情绪中解脱出来吗？保险推销员能够说服他相信目前遇到的麻烦与尚未遭遇的磨难相比，根本不值一提，从而让他心甘情愿购买一份保险吗？电脑科技能够开阔他的视野，让他有机会看到新的国际机遇吗？垃圾广告邮件会让他下定决心重振男人雄风、重拾"性福"吗？他会向贫穷落后的偏远地区写一张支票，以此减轻自己的负罪感吗？他会因为每四年就可以在选举中投一次票，支持那些职业政客把世界变得更美好、完成无数与其类似的哲学家未竟的事业，从而无比欣喜吗？他是否会因为某营销企业的数据库记录了其每一次的购买行为，从而获得另外一种形式的永生而感到满足？

尽管现代文明取得了无比辉煌、前所未有的成就，但自认为虚度光阴的人却多于以往。然而，至少现在的人们慢慢学会了表达自己的真实想法，无须违心地取悦当权者。毛奇龄为自己撰写的那篇墓志铭，在那个时代可谓十分大胆，其风险几乎与发起轻骑兵冲锋等自杀式袭击相当。

这无异于亲手扼杀自己的名声。除了一些大名鼎鼎的人物之外，在毛奇龄之前的大多数人物传记都被书写为圣人传，将传记主角推到了英雄或圣者的神坛，将其塑造为世人效仿的道德楷模，同时他们的缺点被悉数隐去。或者，那些传记会夸大主角的职业成就，把他的一生概括为经过一系列趣闻逸事美化的事件。对比之下，毛奇龄生活于 17 ～ 18 世纪，是中国和欧洲极少数留下另类传记的作家之一。这类人从人生意义的层面探索自己的品质，用近乎残忍的坦率来反思自己的缺点。他们并未将自己高高挂起，当成神圣的模范。他们是个人意义与磨难的探索者，让后人得以一窥个体对人生的真正思考，当自己并未按照社会期望行事时，自己作何感想。这类人只为后人提供了部分真相，而后来者将永远无法厘清全部的事实。然而为了弄清究竟怎样的理想值得培养，我们应该倾听那些拥有理想的人如何定义理想。

世界上只有极少数的历史资料记载了普通人内心深处的真实感受，而许多其他想法由于其危险性或令人痛苦而不宜被记录下来。找到这种危险的想法并非易事。自传，就好像虚伪沙漠中稀有且间歇性开花的仙人掌，它们往往昙花一现，然后迅速湮没在乱世和治世的交替中。只要部落、宗族和军队控制着所有忠诚的部下，那么绝大多数个体都会被当作无关紧要的因素，而自传将一直以次级文学的形式发展。经过漫长的时间之后，个体才转化为独立的力量，就像过去了很多个世纪，原子才成为能量的主要来源。

毛奇龄去世后不久，中国的政治局势发生巨大变化，自传的写作几乎停滞了两个世纪，直到 1919 年五四运动爆发才逐渐恢复。五四运动是中国历史上具有划时代意义的爱国运动之一，它为西方世界 1968 年爆发的五月风暴奠定了基石。一夜之间，自传开始在全世界风靡。中国出现了一种全新的写作形式，即以日常口语为基础，摒弃古典文学惯用的句式。由此，人们可以谈论之前从未探讨过的话题，而且更加通俗易懂。中国古代书面表达形式的统治地位转瞬之间就被中国白话文运动领袖胡适（1891～1962）的宣言所打破：说你想说的话、表达自己的思想、拒绝模仿古人、勿用陈词滥调、拒绝伤感哀愁、表达真正的情感。胡适鼓励与其同时代的作家撰写自传，并以身作则，率先垂范。因此，20 世纪二三十年代，所有中国知名或不知名的作家，都拥有某种形式的自传。

其中一位女性作家堪称典范。陈衡哲（1890～1976）曾留学美国沙瓦女子大学和芝加哥大学，是中国历史上第一位女性教授。她用白话文发表了一篇自传性质的短篇小说，以第一人称的视角描写了一群学生彼此自由交谈的场景。小说中并未提及她们来自何地、处于何种阶级或拥有何种家庭背景，她们从女儿、母亲或妻子的传统身份中解放出来。读者只能从她们的谈话中判断其身份。陈衡哲的目的是"捕捉在人类交往过程中出现的人类情感"。她所取得的成就远非历史上任何类似的尝试能够比肩。在很长一段时间内，她都承担着结婚的压力。当 30 岁成婚之后，她曾公开质问，这是否是一个好的选择。于是，书写自己变成了反抗工具。然而这种情况只维持了 20 年，之后中国政府担心民众过于关注自身诉求，再次禁止创作自传。

只有在特殊的环境下，人们才拥有言论的自由，并为自己描绘一种截然不同的人生。在 10 世纪的日本也出现过这种情况。当时的贵族女子经济独立，她们离开了丈夫，生活在自己的房子中，并拥有大量的闲暇时间细数男人的不足之处。公元 905 年，尽管当时中文才是日本的官方语言，但日本女人开始用自己的语言而非中文进行写作。通常她们在日记或自传中写下自己的感受。其中藤原道纲母最为著名，她与之后的毛奇龄一样，坚信自己度过了"空虚的一生，没有做过任何有意义的事情，仅是'活着、躺下、起床，从黎明到黄昏'"。藤原道纲母决定描写

"一个寂寂无名的女人……她嫁给了拥有极高社会地位的男人"。她的文笔优雅、充满诗意，刻意描述了一部令人眼花缭乱的浪漫史，然而她本人却很轻视自己的作品，将其视为"白日梦"。藤原道纲母的书描绘了悲伤和痛苦，仿佛蓝调音乐般哀伤。对于自己的丈夫，她写道："我们的心并未融合在一起，因此我们隔阂颇深。"在那个时代，男人妻妾成群，藤原道纲母的丈夫也不例外，因而他极少与妻子相处。在一次争吵中，他大喊："我究竟做错了什么？"藤原道纲母写道："我气得一句话也说不出来。"除了将不满记录下来，别无他法。然而藤原道纲母的想法并不正确，她并非无名小卒，其著作便是明证。10 个世纪之后，男性和女性之间的关系才被重塑，而且这种变革仍在持续。

用自传书写人生态度

有时，探求内在感受的人，并非仰慕谦逊，而是被虚荣遮蔽了双眼。在中世纪，中东地区出现了许多为追求自我而发声的人，那个时代为我们留下了超过一千部阿拉伯语自传，直到近年这些作品才得以重见天日。《古兰经》中的一句话被重新解读，以鼓励人们创作自传。"至于你主的恩惠，请说"被理解为人类应该对主心存感激，即便承受了痛苦的灾难，那是因为灾难中通常蕴含着教训。道歉、理论、理想、情感与智力之间的冲突和记忆，在自传中精彩纷呈、比比皆是。这与滋养了欧洲品位的圣徒式生活形成了强烈对比。其中有一位作家尤为值得注目，此人由于太过自恋而受到了惩罚。埃及人哲拉鲁丁·苏尤蒂（1445 ～ 1505）大胆宣称有权决定自己的人生，公然挑战所有权威的观点，其中包括他的父亲。"我无与伦比，没有一个在世的人像我一样，精通众多学科。"他发表了 600 余部著作或文章，主题几乎涉及所有领域，但数学除外，因为他认为这门学科"有违其天性"。苏尤蒂坚信，凭借渊博的知识，他有资格进行"伊智提哈德"。"伊智提哈德"是伊斯兰教法学术语，表示某人有权表达独立的观点、阐明对宗教教义的理解。苏尤蒂希望世人将其视为"改革者"，即信仰的复兴者。人们纷纷涌向苏尤蒂，希望他能够裁决宗教中的巨大争议。当同僚与他意见相左时，他便责骂这些人"无知、愚蠢"。这种做法激怒了苏尤蒂的同僚。苏尤蒂自传的第17章标题为："真主通过为我树敌而保佑我，通过让一个无知的人对我进行诬告而考验我。"所谓"无知的人"，是指一位与其意见不合的学者。最后，苏尤蒂的"敌人"怒不可遏，将身着盛装的他扔进了池塘。苏尤蒂险些丧命。之后，苏尤蒂便退出了学界，开始撰写回忆录。他无法像其他人那样客观地评价自己，但留下了一幅戏剧性的丢勒式黑白画像，其中表达了学术中的苦难、狂妄自尊以及对不断下降的教育标准的抗议。直到20世纪，自传才得以重新在埃及流行，并且很快由盲人小说家、历史学家和教育部部长塔哈·侯赛因确立了新的规范。侯赛因的著作《一个埃及人的童年》（*An Egyptian Childhood*）是文学史上的一座里程碑，不仅成为所有学生的必读书目，也促使无数人进行个人反思。

　　人们当然可以通过撰写自传来清除痛苦的回忆。班纳拉西达斯（Banarasidas）是17世纪印度北方邦西南部城市阿格拉某位富商之子，他风流成性、挥霍无度，给外界留下了坦诚直率的印象。班纳拉西达斯曾直言自己在浪费生命，但并不以此为意："我徘徊在人世与天堂之间，像骆驼的屁一样污染着空气。"班纳拉西达斯描述自己的失败时不带一丝悔悟之感："我无法停止撒谎，并且贪婪地研究色情文学。""在我为数不多的几种品质中，没有一种堪称出色，几乎全部充满瑕疵。"然而，当班纳拉西达斯回忆起自己的9个孩子全部夭折时，流露出了深沉的伤感之情："父母，就像掉光了叶子的树，只留下光秃秃的树桩。"这段简短的文字揭露出班纳拉西达斯虚张声势背后的彻底绝望。失去了孩子，他认为自己一无是处。

如今，小说成为个人情感的主要宣泄口，然而这种文学形式只是欲望或失望的间接表露。但为何每个人心中都有一部小说，而非自传？玛格丽特·卡文迪什（1623～1673）或许是历史上的第一人，既讲述了自己的人生故事，又讲述了理想中的人生故事。她用自己的哲学理念告诫世人，自传能够带来多大的收获。"为何这位夫人书写自己的人生？"她自问。因为"我与世界上任何女性一样野心勃勃，尽管无法成为亨利五世或查理二世那样的人物，但我要努力与玛格丽特一世比肩。我并不拥有恺撒大帝那样的权力、时间和时机来征服世界，并且绝无可能成为某位大权在握者的情妇，因此我塑造了一个属于自己的世界，希望不会有人责备我，因为这是每个人的权利"。因此，卡文迪什在作品中糅合了虚构的生活，其自传《对新世界的描述》（The Description of the New World），也称为《闪耀的世界》（The Blazing World）。在那里，她可以为所欲为，与生活在乌托邦无异。此外，在自传中，卡文迪什还加入了《基于实验哲学的观察》（Observations upon Experimental Philosophy）的观点。凭借这篇文章，卡文迪什在科学界备受赞誉，并受邀加入了英国皇家学会。与此同时，卡文迪什认为自己"局促不安"，害怕被人遗忘。她宣称自己为兴趣而写作，但同时极其渴望出名，因为她不想虚度一生。如果毛奇龄能够与这些不愿虚度一生的勇敢者接触，他会怎样看待这一问题？

在种族隔离时期的南非，达格莫尔·鲍埃西（1926～1966）则展示了自传能够为绝望的人生提供何种答案。当鲍埃西描述自己如何谋杀了母亲、在服兵役时失去了一条腿，以及津津乐道地回忆自己因各种犯罪行为而遭到 17 次监禁时，几乎变得家喻户晓。他宣称自己为成为一个骗子而自豪不已："我的动机来自饥饿。你凭什么批判我？"然而，事实证明，他的冒险经历纯属杜撰。鲍埃西曾宣称自己没有家人，然而当他因肺癌躺在医院奄奄一息时，许多亲人前来探视。据这些人称，鲍埃西在8岁时因感染失去了一条腿，他从未参军，入狱时间也极其短暂。最终，鲍埃西本人承认，自己的自传表达了"对一个警满为患的国家的愤怒"。通过虚构的故事，鲍埃西希望自己能够从痛苦中解脱出来。充满想象力的恶作剧成为他强大的工具，令无数与他相似、身无分文的人活了下来。在整部自传中，只有贫穷是真的。最后，鲍埃西写道："向自己撒谎是最大的罪恶。"然而，这或许是世界上最普遍的罪恶。

评判自己的一生是最困难的事

没有比评判自己的一生更困难的事情。如果毛奇龄认识所有与他持相同观念的异国人，他的想法会发生何种变化？毛奇龄生活在以卖弄学问为荣的清朝，他讨厌所处的时代，但却无力改变现状；他厌恶那些熟读经典、喜欢撰写八股文卖弄学问的官僚；他需要鼓励，这种需求并不过分，然而却因错误的时代而不得。通常，来自异国人的鼓舞成为异议者坚持下去的理由，他们不会因孤独而感到绝望。据传，在毛奇龄去世之前5年，伦敦的流行杂志《旁观者》（The Spectator）也对同样的问题进行了探讨。该杂志编辑约瑟夫·艾迪生[①]（1672～1719）写道，迂腐的学究除了自己读过的书之外，无法对其他事物进行评判，更加"无法跳出自己的职业和人生经历进行思考"。如果毛奇龄读过这篇文章，定会深感欣慰。如果可以与乐观的德国数学家、哲学家及外交官戈特弗里

---

① 约瑟夫·艾迪生，英国散文家、诗人、辉格党政治家。曾在牛津大学求学和任教，并去欧洲大陆旅行多年。曾担任过南部事务部次官、下院议员、爱尔兰总督沃顿伯爵的秘书等职。

德·威廉·莱布尼茨（1646～1716）交流，或许毛奇龄会完全颠覆自己的观点。莱布尼茨对中华文化兴趣极大。他认为，儒家学说中有许多观点值得欧洲人学习。一种在本国看似稀松平常的学说，在异国人眼中反而能够放射出异样的光彩。

许多人不满政府的混乱与腐败，希望寻找方法，为日常生活注入更多的想象力与热情，超越自私的野心、空洞的旧规矩以及枯燥乏味的争辩。毛奇龄正是其中之一。明朝末年出现了一个复兴文社，称作复社。该文社试图集中一切大胆、激进的思想家，为国家谋求新的出路。然而，毛奇龄并不清楚，几乎与复社出现的同一时期，英格兰正在进行一场内战，并且彼时的英格兰人几乎质疑一切与政治或宗教相关的事物。毛奇龄也无法接触欧洲的启蒙运动，那场运动对所有古老教条提出了质疑，描绘了新的科学愿景。与此同时，清王朝兴起了考据运动，考据学派主张对一切知识进行严格的历史考据，摒弃形而上学的推测，对伦理学、社会和实际问题追求全新的解决方案。最重要的是，毛奇龄从未意识到，自己对人生的勇敢反思会得到后人的重视。而毛奇龄的反思如此与众不同、超越时代，后人绝不会认为，他虚度了人生。

虚度人生之人，只会喃喃自语，或沉思，或怀疑其存在的价值。然而此时，我们无须将自己拘束在特定的时空中。将不同类型的人生并列，仔细探究之后便可改变我们的看法。因此，我不仅希望听到人们讲述自己的故事，重走自传、口述史或其他疗法的传统告解之路，更希望探查人们如何通过语言影响彼此，以及人们如何拒绝被耳闻之言所改变。人与人之间的交流越发深刻，他们达到预期目标的可能性便越高。在历史上，人们首次跨越交流障碍的鸿沟，倾听彼此的心声。这意味着，人们在曾经深感陌生与孤独的世界中，找到了自己的盟友。当这种事情真切地发生之时，他们沉重的受害者心理将得到些许缓和。如果不同生命之间的联系产生了各种令人惊奇的事物，并且刻画了未来，那么"忧郁症将成为本世纪最大的流行病"的悲观预言将不会实现。

"不要读历史，只读传记，因为传记才是毫无理论偏见的人生。"英国首相兼小说家本杰明·迪斯雷利（1804 ~ 1881）如是说，他定然深知，历史中有意无意地虚构出来的故事与小说相差无几。脱离历史的传记毫无意义，历史是人生的大背景。脱离自传，传记也毫无意义，因为从自传中我们可以发现想象中的自己。社会批评家指出了其中的错误以及为了追求时尚而夸大的成分，但在某种程度上，每一个个体都是一个谜题。无数自传从未公开出版或被记录下来，而是仅存于想象之中，也有一些自传太过简略，充满误导性。例如，有一本专门追踪未成年明星动态的流行杂志，它告诉自己的读者，明星极其"神圣"，因为这些人"专注自己的内心"、真实且毫不掩饰，他们"从不在意他人对自己的想法或看法"；他们是"纯粹感性"的人，"知道如何令自己兴奋起来，并追逐快感"；他们"令人感动"，能够自我欣赏、"发表对爱的宣言"。这是一种进化版的隐居者信条，这些人不需要从外界的任何人或事交换任何信息，而且能够保持永久不变的状态。

然而，我们可以将所有人的人生看作一场试验，如此便能够回答大多数问题，以及为那些尚对人生的多样性和不可预测性感到好奇的人提供一些有趣的参考意见。以这种角度评判，如果一个人的人生经验或启示从未被发现、分享，或从未有人发现它与其他时空的人生有何不同，那么这样的人生才真正算作"虚度的人生"。通过这本书，我开始思考自己的人生空白，以及另外一种人生的可能性。如果有人受到这本书的鼓舞，开始反思自己的人生，并且因此而领会到独一无二的感悟，那么我的人生也可算作并未完全"虚度"。在很大程度上，成为伴侣的艺术在于对另一半的给予，以及培养表达能力，能够让自己接受他人的爱。

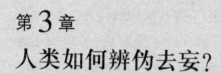

第3章
人类如何辨伪去妄？

怎样才能深入了解他人，甚至自己？

　　创作肖像画时，卢西恩·弗洛伊德（1922～2011）总是眯起双眼，望向几码之外的模特，仔细观察对方的脸与身体，仿佛他已化身为一名水手，寻找远方的大陆，或变成一名探险家，面对着一片无法逾越的丛林。一切细节都攫住了他的注意力。衣服的每一条纹理、每一道褶皱都是特殊的，没有任何事物具备所谓的代表性。甚至在画鸡蛋时，弗洛伊德也发现每个蛋都彼此殊异。每个模特都是一个谜团、一个待解的谜题。弗洛伊德从未设想自己即将创作一幅怎样的画。"绘画的要点在于，你不知道会发生什么。"一名合格画家的目标自然不是画出一幅画像，与此相反，他希望创造出一幅画像，它看上去"令人不安，我的意思是这幅画拥有生命"。如果要赋予一幅画作以"生命"，那么观赏画作的人便转变为情感的体验者。画家必须能够令他们产生想象：在眼前这幅画里，暗藏着某些特质与自己契合。而弗洛伊德本人，相比"观察"模特，更在意"与其融为一体"。同样，他非常欣赏那种"几乎令我感觉这正是出自我笔下"的小说。弗洛伊德究竟是指创作一幅他人的肖像画能够帮助画家发现自我，还是能够令画家变成另外一个人？

尽管弗洛伊德承认，有时为了吸引目光，必须创作惊世骇俗的作品，但他"素来认为表达真实的自我更加刺激"。卢西恩·弗洛伊德对真相的渴望超越了一切，他急切地"观察事物的本来面目"。然而弗洛伊德眼中的真相究竟是什么？卢西恩·弗洛伊德以妻子卡罗琳为模特，创作了几幅著名的画作，他兴奋地说道："我从未如此深入了解卡罗琳。"那么，如何才能深入了解他人，或者了解自己呢？弗洛伊德认为："沐浴爱河之中是完美的。爱令人希望绝对关注与另一个人相关的一切，每件事都会引起你的兴趣，让你担心或高兴。"然而爱着一个人时，你会在多大程度上误解对方呢？

卢西恩·弗洛伊德经常在一幅画作上花费一年乃至更久的时间，用那双"极具穿透力的双眼"观察模特，用渊博的谈话吸引或取悦对方，有时会将女模特变成情人，他还在绘画过程中像父亲一般照顾过 14 名孩子。他观察这些模特的每一个姿态，甚至包括饥饿、疲倦、醉酒时的模样，只为寻找一刹那的"光亮"。弗洛伊德的画作《裸体肖像》(*Naked Portrait*) 中，充当模特的是一名比他年轻 50 岁的女子。这位模特回忆，自己当时在他的画室里，不分白天黑夜，每周 7 天，坐了整整一年。在此过程中他们成为了情侣。然而创作接近尾声之时，他们的关系也随之终结。尽管卢西恩·弗洛伊德经常以"和我讲讲你的童年"开头，尽管他的画作中经常出现生殖器，然而无论他的创作目的或者方法，都和其祖父、精神分析学创始人西格蒙德·弗洛伊德大相径庭。卢西恩·弗洛伊德不仅向模特讲述了许多关于自己的故事，还试图借助每幅画讲述一个有趣的故事，但他不会妄下判断，反而会让自己的思绪肆意游走，寻找灵感。一旦完成一幅画，弗洛伊德绝不会再去修改，总之，完全对它失去任何兴趣。"我的工作是一种纯粹的自传式创作，与我本人以及周围的事物息息相关。这是一次刻画自我的尝试。"的确，这是他自己选择去观察或注意的事物。"我并不希望这些画作完全由我创作或掌控，而希望出自观赏者。"在弗洛伊德的作品中，从未包含任何他本人希望传达的信息、象征或豪言壮语。"我希望观赏者会对我的作品产生深刻的意见分歧。"

这是肖像画艺术在抵达 21 世纪后遇到的众多十字路口之一，对该流派的画家来说不存在任何明确的方向。无论何时，只要人们有了新的愿望，就需要一幅新的"肖像画"。在中世纪，大家更关心一个人的祖先和财产，而非天赋，所以当时能够将家族纹章盾画得惟妙惟肖便已足够，不需要掌握创作肖像画的技能。对更高社会地位的追求、对赞美的渴望催生了谄媚式的肖像画，这种画作中的人物更加富有、庄严。对不朽权力的渴望则催生了像墓碑一样挂在墙上的董事会肖像画。当每个个体被看作心理学意义上的谜团时，艺术家就成为该谜团的解答者，甚至会获得比谜团本身更广泛的荣誉。抓拍相片的普及很快印证了"每个人都可以很有趣"的观点，但同时也证明一切都是相对的、瞬时的。

我们是谁？

对人际关系中角色扮演和欺诈的反感、对政治或商界英雄虚伪面具的抵触、对种族主义和地域歧视的谴责，意味着外表不再像以前那样重要。当透明度和诚实变得无比珍贵，当世人逐渐意识到人类异常复杂，一个人的内心往往与其外表并不完全一致甚至背道而驰时，肖像画承载了更多的责任，必须贡献出更多极具内涵的表达元素。

每个人的护照或身份证上都必须有一张本人的相片，因为政府认为这是对个人身份的重要证明。为何我们无法自己制作护照，在上面写下任何希望其他人了解或欣赏的品质？当遇到可以改变我们的世界观或自我认知的人时，为何不可以在护照上添加新的页面或相片？当我们的希望破灭时，为何不能撕掉几张无用的页面？当然，我们会误导、说谎或被误解，但为何自画像护照不能成为我们的原创艺术，令其讲述自己的想象，讲述梦想，以及隐藏在表象之下的事？为何我们无法选择护照的形状、按照自己的审美品位去装帧、裱框或装订？为何我们无法从大画家万寿祺(1603～1652)的作品中汲取灵感？万寿祺也是一名出色的家具设计师、瓷器制作师、木匠、花匠、庙宇修整者、诗人和音乐家，他留下了34幅身着不同服装的自画像，以记录自己各种不同的性格。

我们完全可以设计一种比履历表更实用的护照。履历表是一种充满误导性的自夸，将任何可能令自己无法胜任应聘工作的思想和观点排除在外。事实上，护照包含的信息会比商业名片更多，因为名片是一种象征身份地位的广告，只能证明某人拥有对某组织的所有权而非本人的品质，进而受到尊重。君主制时期的强制性国民护照在法国大革命中被认定妨碍了自由而遭到废除。因此在19世纪，如果人们拒绝用官方护照来证明身份，则会获得无上的荣耀。拿破仑三世甚至宣称，护照根本无法阻止罪犯行为，它仅能够妨碍无辜者的自由通行。然而第一次世界大战期间，人们对间谍行动深恶痛绝，风声鹤唳的形势令护照重现，身份证明逐渐恢复了管理而非启蒙工具的角色。

这本书就是我的"护照",它能让读者进入想象中的世界。我需要读者的访问,因为我的思想需要他人的滋养,否则它会变成一片充满偏见的阴暗沼泽。我的"护照"是一系列交谈的产物,这些交谈或曾消除我的偏见,或曾引起我的同情,同时让我意识到其他交流形式的存在。我为读者献上我的"护照",因为我也想要看到读者的"护照"。当每个人都打开自己微弱的手电筒去照亮这个世界,并分享自己的所闻所见时,我们就可以最终揭开世界的真正面目。

为何要展露真正的自己?世界上充满了礼貌、害羞、不可思议、无法理解、守口如瓶、肤浅表面、不诚实的人,也有诚实但难以理解的人,以及出于各种原因不愿敞开心扉的人。许多人不愿表达自己的思想或感受,因为他们从不清楚自己的真实想法或感受。如果预先知道有一名同情者在倾听自己,许多人会在演说中表现得更加勇敢。然而,许多人受到了伪君子式的教育洗脑。他人的想法成为身边随处可见的巨大黑洞。

欧洲启蒙运动令我们深信,迷信和偏见是探索世界真相路途中最大的绊脚石。不过,我们可以用教育和法律来将其克服,但我们仍然难以理解他人的动机、语言暗示或感受。误解的黑洞仍然存在,仿佛在等待着一场更加伟大的启蒙运动。

世界上许多有趣的思想胎死腹中,因为它们并未得到足够的外界刺激而最终诞生。日常生活的压力占据了人们的全部身心,因此在日常交谈中从来不会探讨有关生活艺术的基本问题。通常,人们对最重要的问题反而只会进行最简短的探讨。废除审查制度的努力从未成功,但自我审查的危害更加严重。自古以来,人类就有意无意地用审查制度来对抗先进思想。如果先进思想被孤立,便无法成事,而唯有在人际交互中受孕,它们才会产生实际意义。

纵观整个人类历史,人们往往聚焦于将传统习俗徐徐灌溉到空白大脑的过程，却无法认识到思想的产生过程类似于做爱。思想无法被直接灌输。每个人都拥有其敏感性和记忆力，而这决定了大脑的"吸收"对象，而且只有将众多思想流派相互比较，其各自的价值才能够凸显。许多不为人知的思想只能在投票或调查中肤浅一窥。只有极少数人有幸在媒体或书籍中阐述自己独一无二的思想。宗教和心理治疗时的告解属于绝对私密的活动。研究各个国家、社会阶层和团体的习惯与信仰，无法揭示每一种难以捉摸的个体思想。世界上是否存在其他方法，令那些隐藏的思想走到明处？

个人思想是人类最宝贵的财富之一，包含了人类经验的本质。然而其中很大一部分从未被分享，原因多种多样：或由于人们担心因此犯错或造成损失，或以隐私为借口，或缺乏将个人经验与其他人关联起来的能力。历史的记载只是冰山一角。太多的人从未真正了解过自己的父母，或从未真正走进孩子的内心，最终懊悔无比。许多国家的政府都设立了遮遮掩掩的典范并声称，如果其动机或无能被公之于众，社会动乱将接踵而至。几乎所有对谎言的深入研究一致认为，如果人们停止撒谎，那么社会关系将轰然崩塌。商业关系和政治的稳定逐渐依赖于局限于特定条件下的诚实，相关机构会雇用许多专家来隐藏真相，其数量与揭露真相的专家并驾齐驱。体育运动受到了谎言的污染，科学研究也必须忍受他人毫无根据的主张。保密是恐惧的私生子。那么谁拥有足够的勇气来宣布，我们必然要生活在一个靠谎言维系的世界？

人们正踌躇地爬出所谓"隐私"的洞穴，通过文字、音乐等途径画出自己的肖像，在网络上强调自己的存在，并且希望得知，在广阔的未知区域中，还有多少种另类的人生。在社交网络中，人们与成百上千素未谋面的"朋友"进行简短、肤浅的交流。数千万的博客写手孜孜不倦地撰写各种形式的自传，其中半数在诉说着自己被社交圈以外的世界所误解。他们的独白与自传一样，绝非自我表达的最终手段，自我表达也绝不是自由的最后一个孩子，自省也并非通往自我认知的唯一途径。

作为对他人思想的回应，我也将不断进行思考。数百万人的思想进入了我的头脑，其中少数与我本人的思想孕育出了全新的思想。思想从不清楚自己的"父母"究竟为何人，因为世界上的各种思想为了寻找意气相投的伴侣，在不停地寻觅、调情或做爱。我非常珍惜这样的时刻：他人的思想并未直接敲门，要求在我的记忆中占据一席之地，而是按下了我头脑中的某个按钮，打开一盏灯，照亮了我对某个问题的所有信仰，然后将其分类整理，最终刺激我产生了此前从未有过的想法。我爱这些观点胜过一切，因为它们将此前看似毫不相关的人或观点联系到一起。

我从不会思考全世界隐居者们苦苦思考的古老谜题："我是谁？"我发现，相比那些重复、自欺欺人的内省，其他人的思想要有趣得多。我可以通过彻底搜刮记忆，或拼命向自己身上贴满各种标签来建立所谓的身份。"如果我认识自己，我将会逃跑。"歌德如是说。我的感觉甚至比歌德更加强烈，但我无法真正了解自己。尽管自古以来，自我认知都是实现成功人生必不可少的工具，但它一直难以捉摸。我在前文列举的几位人物证明，人们依靠自省而得出的自我认知，模糊不已。世界上定然存在许多种不自恋、不放纵、不怀旧、不抱怨的自述方式，包括交谈、写作、绘画、雕塑、摄影等。自画像的艺术正静待复兴。

相比"我是谁"这个问题，我更感兴趣的是："你是谁？"这是一场对话的起点，预示着一幅自画像的诞生。极少人愿意或可以坐下来，开始撰写一本自认客观的自传，而非仅仅描述回忆或记录逸事，或实践自我主义。许多人更享受交谈，因为在交谈中，他们会尝试发现真正的自己，这正是其自画像草图的起笔。

我对那些渴望真正交流，而非闲聊、八卦、争吵或职业交谈的人非常感兴趣。我无意复兴已失传的交流艺术，因为以前那些所谓的交流都受到了礼仪的极大约束：必须说他人期待的话、奉承有权有势的人，并在蔑视的人面前夸大自己的优越性。但是，我很想知道其他人如何看待这个世界，对他们而言最重要的是什么，以及对我而言最重要的是什么。当两个人相互尊重并带着真正的兴趣来聆听并理解对方的观点，当他们尝试换位思考、深入彼此的内心，哪怕只有一分钟的时候，这个世界将变得更加美好。真正的交流揭开了每个人的面具，哪怕只是揭开一角，也比任何法律更加高效，而正是真正的交流在勇于坦诚相待的双方之间建立了平等关系。人们会向牧师忏悔，但牧师并不会做同样的事情。人们可以向心理医生倾诉自己的不安，但心理医生并不会向他人寻求帮助。

以往诞生的新型交流方式，例如国会的出现，帮助人类关系走上了新的台阶。最高法院的诞生，让两人或四人有机会进行谈判。之后，过了很长的时间，人们才学会让更多的人参与会谈。任何活动，只要存在等级制，参与者就必须按照先后次序发言。只要暴力仍然是解决争端的常规手段，那么人类的谈判就会以武斗为结局，就像1992年那样，俄罗斯国会的某些议员在大庭广众之下拳脚相向。为了遏制这种情况的发生，人们逐渐引入了相关规则，禁止参与者同时说话、诅咒、嘘声、唱歌或挑衅。宗教改革意义重大，因为这种活动定期地将不同社会阶层的人聚到了一起。美国独立战争也重塑了人类进行谈判的方式。19世纪40年代，托克维尔写道："人们最关心的是讨论……这是美国人的唯一乐趣。"美国妇女喜欢参加公共集会，"把它当成家务劳动之余的消遣……在一定程度上，辩论俱乐部兼具剧院的功能。美国人不善聊天，但擅长讨论，他们的谈话甚至可能变成学术演讲。当一个美国人对你说话的时候，你会感觉像在出席公共集会"。就像其他国家有各种文学、科学和政治等协会，美国人也组建了类似组织，广泛地与各种充满侵略性、废话冗长、傲慢自大、胡说八道、喋喋不休的演说家作斗争。于是，所谓的"会议专家"华丽登场，他们擅长控制局面，将争论转变为无害的妥协。如今，商界高管往往需要将一半的工作时间和精力花在会议上。事实上，这些会议大多收效甚微，与会者依然不清楚彼此的想法，对方在公共场所之外扮演了何种角色。

有效沟通需要精心的准备

未来是否会出现新的交谈方式，使人类关系更上一层楼？这听起来颇具野心。我曾主导过一场涉及十几个国家、调查对象超过 2 000 人的实验。实验表明，只要会谈经过了精心的准备和设计，结果将无比惊人。在实验中，与会者随机组成两人小组进行谈话，这样可以保证每个人面对一个来自完全不同背景的陌生人。每一组将收到一张会谈清单，与饭店菜单无异。饭店的菜单中罗列了开胃菜、鱼、烧烤和沙拉等菜品，而我的清单上并无实物，而是以问题的形式列出 24 个讨论话题。例如，"同情心的极限是什么"，或"最近几年，你最在乎的事发生了顺序变化吗"，或"你的工作对他人或自己会产生何种道德、智力、审美或社会意义上的影响"。参与实验者被要求交换彼此的经历，并思考这些经历会给他人带来怎样的价值，之后将其放到其他文化背景中比较，并分析其经验总结是否存在有意义的应对方法。应某些组织或行业的要求，我们还制作了其他问题清单，这极大地扩展了实验结果的范围。此外，实验规则确保人们的交谈不会变成某一方的独白，同时禁止喋喋不休地谈论兴趣爱好等话题。

尽管实验参与者的身份千差万别，但结果却惊人的一致。人们喜欢探讨曾经考虑过但并未完全得出答案的问题，他们表示，极其享受这些很困难且需要大量思考的问题，这令交谈以异乎寻常的强度进行。同时，交谈的双方遵循一定的规则，以避免进入漫无目的的闲聊模式。参与者不清楚为何平时很少有这样的机会，不受干扰地与某人进行两小时甚至更长时间的坦诚交流。"大家在短短几分钟的对话中表现出的坦诚令我惊讶。"某劳工联合会的 CEO 说。一位难民栖身于为无家可归者设立的旅馆中，他感慨万千："在 5 年的流浪生涯中，这是我第一次进行真正的交谈。"某手机公司员工说："在交谈中，我对同事有了更多的了解，但最重要的是我对自己有了更多的了解。交谈的另一方帮助我找到了真正的自己，这对我很有帮助。"一位科研人员说："我思考了此前从未考虑过的问题，还注意到此前毫不在意的事物。"一位社会工作者说："我已经忘记最后一次这样与人交流是什么时候的事了。"某位工会领袖与一个只有自己年龄一半大的人分在了一组，后来他说："我很享受那次会面、谈话和倾听，她让我对年轻一代重新建立起了信心。"某总警司说："那次对话发人深省、鼓舞人心，当时我的搭档是一位同事，我认识他已经 20 多年了。尽管 20 多年来我们时有合作，每天见面，但在那晚的对话中，我对他的了解比过去 20 年都要多。"某位本地政府文员说："我们聊了一些绝对不会与同事探讨的话题，无须顾忌彼此的社会地位。"一位负责全国医疗系统的医生留言："奇妙、享受而深刻。""我曾在 6 个国家生活过，工作中要用到英语、法语和中文，"一位律师说，"我能够深切地感受到这个项目的重大意义。"某位会计师说："它让对话进入了职场人永远不会涉足的领域。"

　　令人惊讶的是，在实验中极少有人刻意回避敏感的问题而开启闲聊模式，也几乎无人在交谈中走神，或对自己的交谈对象失去兴趣。这种实验方法也被企业总裁用来促进公司员工之间的关系，同时也受到了政府大佬的青睐，以增进同事之间的了解。每年的 8 月 22 日，美国政府会在公园举行一年一度的陌生人盛会，届时游客和本地居民可以在话题清单的帮助下彼此了解。与狂欢节相反，人们可以在陌生人聚集的活动中丢掉一切伪装。

无论在生活、感情、家庭、工作还是团体中，人们都会因渴望更深刻的交流却不得而痛苦，但目前为止，人类似乎还在为言论自由的权利和能力徒劳地挣扎。没有任何一份人权宣言里提到了每个人都有被倾听的权利，甚至美国宪法的第一修正案也只能保护公民不被政府剥夺言论自由。没有任何法律条款限制雇主提出种种要求，也没有法律条款要求自由媒体发表不合时宜的内容。爱的第一责任是倾听，神学家蒂利克如是说。不过，一个人能同时爱多少人？有多少爱侣会彼此倾听？多少人懂得保持谦卑、真诚态度的同时，又不会令他人以反感或错误的形式表达自我？如果每个人开口前都斟词酌句，下笔前也再三确保只写下想要说的话，那么在交流时就会出现漫长的沉默，或者大多数人甚至无法写出一个字。然而，如果交谈的内容被记录下来，而且有良好的环境进行自我表达，人们便可以不断进行修正、补充，从而逐渐形成一幅连贯且希望对方理解的自我画像。

对普通人而言，反抗独裁者的暴政需要巨大的勇气，而个体也需要同样的勇气才能克服在失当言辞中暴露缺陷的忧虑。从青年时代开始，我便习惯每周与一名陌生人进行交谈，这就像把衣服拿到干洗店去一样，"清洗"头脑中的偏见。最终，我大概得知了1.5万人看待世界的独立且各不相同的视角。然而，与世界总人口数相比，这个数字微不足道。最理想的情况是，为了确保对世界的了解深刻而平和，我需要与全球70亿人对话。但是，如果每个人都画出自己的自画像，我就可以通过阅读来了解更多，同时也对更多的困惑进行更深入的思考。这样，一条挂满自画像的画廊将逐渐建立，它的存在并非为了收集高雅艺术的珍宝，而是向全人类提供一个场所。在那里，人们可以自由交谈，利用任何媒体、影片、照片、雕塑、绘画、音乐和文字来画自画像，不再简单地说"这就是我"，或"我并不是外表看上去那样"，以及"这是我能作出的贡献，而这是有待完成的事情"。父母对孩子的世界一窍不通，孩子也同样无法理解父母。一名学生曾将自己的自画像拿给父亲看，这开启了两人之间第一场真正的谈话。我迫切希望自己的父母当初能将他们的自画像留给我，对他们，仍有太多的事情需要了解。

法国哲学家狄德罗拿到一幅油画自画像后，曾抱怨："我警告所有看到这幅画的人，画中的人不是我。每一天，我都有 100 种不同的模样，这取决于我受到了哪些事情的影响。我时而严肃，时而悲伤，时而忧郁，时而温柔、暴力、热情、狂喜，但从来都不是画上的样子。"读过本书的每一章之后，你就能够从完全不同的角度看到我、面对一个不同的谜题、关注不同的人。卢西恩·弗洛伊德的凝视唤醒了我心中的某种情感，让我产生了前所未有的想法。"画像"和"自画像"之间的区别极具误导性，我们应该发明一个中间词。

人类总是因为彼此之间的"敌意"而令一切变得更加复杂。交谈和画像并非解决"敌意"的灵丹妙药。我无意寻找解决方案，只是探索道路。

第4章
如果生活背叛了我们，我们还拥有什么？

命运的嘲弄：电影巨匠未竟之作

只有人类的婴儿在第一次看到世界时会哭泣。他们是否已经意识到，尽管自己的种族已经击败所有竞争对手，征服了地球与大自然，但依然不满足于眼前的一切？有些人一辈子都在抗争，有些人则逐渐放弃并告诉民意调查专家，自己非常幸福。然而，对于那些哭泣的婴孩、困惑的青少年、失意的成年人以及数不尽的反抗者而言，他们是否拥有其他的选择？

一个世纪之前，电影被视为开阔普通人的眼界，从而扩展其见解的伟大技术发明。俄国最有才华的电影导演谢尔盖·爱森斯坦

（1898 ～ 1948）称赞电影艺术为"新缪斯"，他相信自己可以用电影"震撼观众"，改变"愚昧的农民"，使其为了建造社会主义的乌托邦而放弃古老的传统习俗。将艺术阐释为革命行动、将自己的信仰寄托于"艺术之军"的同时，爱森斯坦深入研究并拓展了许多天才技艺，使电影画面产生了"碰撞"，以便嵌入非凡的视觉隐喻，这令电影充满诗意与不安的情绪，进而刺激了新观点的产生。然而，尽管爱森斯坦拥有如此卓越的发明才能，他也不清楚该如何逃离变成另一个古典反抗者的命运、重走历史上无数失意天才的老路。

爱森斯坦拥有一名反抗者的传统背景。他讨厌自己"专横""资产阶级"的父亲，喜欢失意、桀骜不驯的母亲。爱森斯坦的母亲与父亲离婚之后，拥有了独立的人生，并孤身一人旅居国外，"她是一个古怪的人，我也是一个古怪的人；她很荒唐，我也很荒唐"。世界上从未有人专门描述过那些看似传统，但实际上却在引导孩子走上非常之路的母亲。尽管爱森斯坦与父亲一样出身于工程学，但他很快放弃了自己的专业，转而成为一名讽刺漫画家。他在画作中表达了对权威的蔑视，之后又成为戏剧界的改革家。然而，爱森斯坦似乎过于反叛，甚至被就读的戏剧学校以"破坏师生和谐关系"的罪名开除。

陶醉于革命、暴力和斗争的爱森斯坦拒绝了宗教的教化，尽管他经常受到宗教仪式的困扰。爱森斯坦接触的文化极其广泛，他生活在书堆中，吸收所有国家的思想，与全世界同时代的伟大艺术家结交，继承了俄国、拉脱维亚、德国和犹太人的血统，会讲 5 种语言，在军旅时代学习了日语。尽管如此，爱森斯坦却从未使自己被大众理解，只有当人们认为其电影在宣扬传统的爱国主义时，才会赞赏有加。法国和英国曾将其首部作品《战舰波将金号》（*Bronenosets Potyomkin*）列为禁片。

好莱坞并不认可爱森斯坦，认为此人与商业化相去甚远；苏联政府对他进行迫害，并命令他删改其电影作品，以迎合斯大林主义意识形态。然而，爱森斯坦拒绝与所有可能遇到的阻碍妥协。

但最终，爱森斯坦屈身守分，顺从了斯大林，躬身倾听后者关于"电影应该取悦广大工人"的武断观点。唯有如此，爱森斯坦才能继续心爱的电影事业。他发现，自己遇到了与伽利略相似的困境：伽利略受到了宗教法庭的死亡威胁，被迫公开认错。"我这一生中，曾数次屈辱的贬低自我。"最后，爱森斯坦死在了书桌前，桌上的一封遗言写道："终我一生，我都希望自己被人欣然接受，但却总是被迫后退……并逐渐沦为永远的旁观者。"他从未用自己卓越的洞察力来寻找解决这一问题的答案。爱森斯坦曾计划制作一部电影，叫作《玻璃屋的秘密》（*The glass house*），但从未着手拍摄。他希望通过那部电影揭示人们如何对彼此视而不见，因为"人们从未想过去理解对方"，他们没有丝毫的好奇心，更不清楚应如何理解。爱森斯坦的方式与同时代的建筑师弗兰克·劳埃德·赖特（1867～1959）相去甚远。赖特相信，嵌有玻璃墙的现代建筑可带来"个体的自由"，并开启全新的生活方式。如何观察其他人、如何培养对其他人的好奇心进而享受观察的乐趣，正是爱森斯坦遗漏的要素，而他本人的好奇心成为最主要的局限性因素。爱森斯坦将所有农民视为整体的阶级，而非个体。在他的电影中均为类型人物，而非个性鲜明的个体，其电影选角均契合了讽刺漫画的主题。事实上，爱森斯坦已经意识到个体的复杂性，曾在舞台上用3个人来表演同一个人物的不同面貌，然而他的理想是摆脱琐碎的细节，展现人类作为整体的共性，以实现愤世嫉俗者的终极目标——改变世界。

为何爱森斯坦自信能够促使大众像自己那样思考？或者令他们产生新的想法，甚至享受思考的过程？与他一样希望改变世界的前辈，苦苦探寻而不得的身影难道不够令人沮丧？人类依靠其独创性取得了无数灿烂辉煌的成就，然而各种革命却极少获得既定的结果，并且在变革的过程中产生了许多意想不到的问题。当专制政治被推翻，取而代之的往往是另外一个隐藏在平民主义背后的专制政权。农民起义、奴隶起义、抗税起义、饥荒暴动、罢工、革命、青年运动、妇女运动以及反战、反兵役运动——甚至在所有反抗活动看似取得成功时，人们却逐渐发现，其成就消失在官僚主义的迷宫中，或被之后的一系意外事件所吞噬，时钟被悄悄拨回到从前。自古以来有无数受压迫者和失意者进行抗议，但几乎每个人心中都有某种不满或遗憾。大多数人的良知都会受到许多困扰，无论成功繁荣或是清水，都无法将其洗涤。我们或多或少会在性别、外貌、背景、爱好或固定的印象等某一方面，或某几个方面处于弱势。

艺术，顺从与叛逆的结合体

"富人和普通人之间的差距越来越大，贫穷越发难以忍受，仇恨不断滋生。"这句话写在法国大革命爆发之前 20 年，作者是 L.S. 梅西耶（1740 ~ 1814）。如今，这句话依然正确，但是关于仇恨的那段话除外。现在的特权阶级越发擅长转嫁民众的愤怒，使后者接受看似注定的命运。梅西耶在其未来幻想作品《2440 年：一个似有若无的梦》（*The Year 2440*）中，塑造了另外一个乌托邦。在这本书中，他预言了妓女、乞丐、舞蹈师、牧师、糕点师、常备军、奴隶、非法拘捕、税收、行会、外贸、咖啡、茶、烟草以及不道德文学的消失，然而这些预言并未实现。

反叛者无法高效地实现目标，因为他们的天性中存在互相矛盾的倾向。很难想象全世界的反叛者能够联合起来。尽管革命偶尔会取得成功，但反叛者通常会背叛自己，拾起敌人的武器，以暴力手段镇压异议。此外，每个人都接受了应服从学校管理的教育，任何天性中的反叛特质都被压制。因此毫不奇怪，无数人在中年之后将自己的理想主义藏在箱底，就像处理过时的衣服一样。大革命的发生极其罕见，在一个世纪中最多发生一至两次，然而我们不应忘记，数千起未被学校课本记录的小规模地区性起义。这些小型起义的发生表明，不满情绪就像一座休眠的火山，它在繁荣时期突然爆发的可能性与萧条时期相差无几。如果这座火山注定爆发，怎样避免只是再次徒劳地喷出一道烟呢？这就是爱森斯坦提出的问题。

反叛并非除服从或停滞之外的唯一选择。遗世独立或古怪离群，也并非避免泯然众人之外的唯一选择。就像大多数人都具有天生的反抗精神，每个人的心中也藏有一股艺术气质，而艺术正是一个人用以反抗现实的微妙手段。谈起艺术家，西方人总是狭隘地联想到绘画或其他博物馆藏品，或者极少数为世界设立美之标准的天才。然而，古老的传统认为，无论任何人，如果他希望活得完满，就必须成为一名职业艺术家。在中国，毛笔书法让人们意识到每一笔、每一画都可以成为表达美的途径。文学性与艺术性高度统一。中华文明鼓励所有受过教育的人成为画家、诗人、书法家或音乐家。城市中公务缠身的官员，也希望通过"山水画中的虚构旅程"陶冶自己的情操；数百万儒家官员成为"世界历史上最庞大的艺术赞助群体"。

中国历史上由张彦远所著的第一本绘画通史著作《历代名画记》（*Record of Famous Paintings of Successive Dynasties*）中有观点表示，绘画可以令"礼乐大阐，教化由兴"，令文明更加完美，同时可以加强人与人之间的联系。在中国古代，作为一名画家不仅意味着要时时发现大自然中的美，更要明确自己在大自然中的地位。绘画需要从各种角度观察自然，而非西方理论中的单一视角，同时阐明各种看似毫不相关的元素之间的关系。"关系"是艺术的核心。画家对山水风景的热情，由对自我的强烈兴趣而得到加强，这并非寻求相似性，而是力图揭示人与世界的关系。一幅画作也可以由多人完成：一群志同道合的好友聚在一起，进行即兴创作。他们的创作技法极其随意，既可写意泼墨（远早于杰克逊·波洛克[1]），又可以对某株植物进行精笔细描。成为一名艺术家意味着对生活进行深入探究，并培养与品格标准相辅相成的审美标准。

在古印度，普通民众同样在艺术领域临渊羡鱼，渴望成为一名艺术家。印度情爱著作《爱经》不仅为世人如何成为更好的爱侣提供了诸多建议，也为如何成为画家、雕刻家、木雕家和泥塑家指明了方向，同时也提到了诗人的聚会。当时，对受过高等教育的人而言，诗人聚会是最重要的乐趣。在古印度，理想的女性不仅局限于一味顺从的家庭主妇，某些专门为男人带来享受的职业妓女也备受称赞，因为她们通常受过教育，精通"六十四艺"。"六十四艺"不仅包括音乐、舞蹈、歌唱和表演，也包括逻辑、建筑、舞剑、箭术、体操、木工、化学、园艺、教鹦鹉说话、算数、插花和魔术表演等。尽管印度迦尼羯[2]、日本艺伎、希腊妓女、意大利花魁、韩国妓生和巴比伦那迪图女祭司之间存在诸多差别，但都向世人揭示了女人如何将艺术带到了男人的平凡生活中。

许多种类的艺术看似站在"反叛"的对立面，却表现出对赞助人、学术规则或传统的顺从。维罗纳（意大利北部一座历史悠久的城市）人有言："我将做前人做过的事。"如今，有更多的艺术品证明，除了迎合普通大众之外，世界上还有更多可以表达的事物。但众多的艺术家，仍像爱森斯坦那样在与世人的误解作斗争。反叛者的结局往往如此，因为他们的艺术倾向属于独白式的自我表达，而非两种想象力之间的交流。只有一小部分的杰出艺术家被誉为天才，他们的成功与商业化，令人遗

---

[1]杰克逊·波洛克，抽象表现主义先驱，20世纪最有影响力的艺术家之一，由他独创的"滴漏式画法"和充满着纵横交错的抽象线条的画曾一度风靡世界。
[2]印度社会将妓女分为9种，而迦尼羯属于其中的花魁级别。除了高超的性技巧之外，这些妓女还学习其他表演技艺。一旦掌握了"六十四艺"，便可获得迦尼羯的称号。

忘了艺术的另外一种功能，即令生活在不同的世界中、拥有不同程度人生感悟力的两个人进行思想上的互惠交换。然而，想象力之间的交互，罕有顺畅。如何克服不同品位、偏见带来的诸多阻隔及关卡，已成为亟待解答的问题。由于过分沉迷于创造天马行空的想象力，爱森斯坦被俄国农民所迷惑，不愿脱离既定的小圈子去探究并不了解的事情：那些对他们而言神奇又隐私的东西，把他们从表面上看高度相似的同伴中间区分开来的东西，以及为什么他们无法接纳他的理念。

政治的分裂、经济学的计算、意识形态的承诺、技术的精巧并未教会人们如何理解彼此。爱森斯坦无法左右普通大众的理念，因为人们对变革深感恐惧。当人们认为需要改变时，往往会寄希望于过去，希望世界恢复想象中的昔日荣光。如此一来，他们所期待的未来，便亲切而熟悉，而这正是电影的独特功能——创造一个不同于现实的想象世界，令人们能够安全地体验而无须担惊受怕。科幻小说鼓励我们接受高新科技，但是电影院通常倾向于上映另一些更加亲切的未来式影片以预测人类的未来。

激发彼此想象力的缪斯

对于如何令新理念进入被传统风俗习惯所占据的大脑这一问题，古希腊人提供了一种可行的方法。他们建造了神庙向隐藏在天空、代表统治宇宙力量的神祇祈福，喜欢用各种艺术与知识来解答问题。古希腊人把这些拟人为9位"缪斯"，其中包括一个代表各种艺术，一个代表天文学（提供将所有细节整合到宏大图景的意识），一个代表历史，因为他们非常重视过去的经验。他们向缪斯寻求建议，而在此过程中，得以思考比世俗问题更宏大的主题。

从那时候开始直到现在，诗人们一直将缪斯奉为灵感之源。然而从古至今，不仅只有诗人将成就寄希望于缪斯。无论是誉满天下或者默默无闻的科学家或发明家，无论来自哪种研究领域，都需要自己的缪斯。阿尔伯特·爱因斯坦便无法独立完成物理学研究工作，他曾写道："我并不擅长数学运算，我的独特才能是将原因、结果和可能性可视化，以及吸纳其他物理学家的现代思想。我可以轻易地通过许多种方法来理解事物的本质。"爱因斯坦需要依靠朋友马塞尔·格罗斯曼为他建立数学模型，因而最终提出了广义相对论。或许我们不应该将这种发现事物本质的能力称为"创造力"，因为这个词有一定的误导性，它暗示着一种与生俱来、可以无中生有的神力。爱因斯坦坦陈自己汲取了他人的思想，而那些人就是他的缪斯。爱因斯坦发现新思想的方式，更类似于父母生育子女：子女源自父母，但却是完全不同且独立的。当两个人从彼此身上发现了某种前所未见的特质，而且碰撞出了激烈的火花，并最终意识到两人相互合作可以达成一个人永远无法企及的目标时，他们就跨越了各自想象力的边界，找到了一扇通往自由的大门。每个人都有可能成为他人的缪斯，每个人也需要一个缪斯，或多个缪斯，以令自己的天才智慧开花结果。

然而，我们要到哪里去寻找缪斯？这个问题无关创造力，但与敏感力相关。后者令人意识到他人的观点可以与自己的观点相结合，然后便是见证奇迹的时刻。这是对他人的观点产生兴趣的表达方式，即承认个体的差异性，进而惊奇地发现，寻找缪斯的道路已经畅通无阻。情侣或性伴侣能够成为对方的缪斯，其他身份同样可以。希腊的缪斯居住在天空，不过地球上也到处都是缪斯。各行各业的人都能从彼此的身上汲取灵感，那些在日常生活中不常碰面以及不愿到处宣扬所见所闻的人便成为了焦点。不过，迄今为止，大多数企业都倾向于招揽相似或具有某种共同点的员工。因为这样更易于实现传统的企业目标，但由于过分相似而产生的枯燥感令员工渴望越过习惯边界的冒险。与能够带来惊喜的人见面"更加有趣"，而如果能在二人的会面之地交换天马星空的想法而非肤浅的交流、共同感怀旧时光、描绘未来的清晰愿景，则更加令人心满意足。神话中的缪斯既非导师，亦非立法者。她们的责任是为人类的日常生活注入思想和美的激情与火花，通过艺术提炼人类情绪，帮助人们体会日常生活中无法体会的情感、说出不敢轻易吐露的话语。缪斯并不需要人们的崇拜，而是希望他们载歌载舞，举行充满欢乐的庆典与宴会。她们为浪漫的英雄和浪漫的反叛者提供了可以替代或选择的典范；她们不鼓励人们沉溺于某种理想化的激情之中，并不会煽动人们去与敌人生死相搏；她们鼓励人们去探索、思考人类思想中无穷无尽的多样性。

许多人为好奇心设置界限，认为戴着有色眼镜生活能够减轻人生痛苦。家族传统也会对一个人是否开放、充满好奇、离经叛道，或者思想封闭、思路狭隘、墨守成规产生了一定的影响。某位具有独创性的统计学家曾发现，在西方历史中最具冒险精神的人，往往是家族中最年幼的儿子，其次是最小的女儿。在某个家庭中，最年长的孩子否定先进科学思想的可能性是弟弟妹妹的 17 倍。西欧政治思潮期间，激进主义的拥护者是家中幼子的概率比普通人高 18 倍。在宗教改革期间，因信奉新的宗教学说而殉难之人，家中幼子的概率竟比普通人高 48 倍。作为社会常态的捍卫者，家庭也是反抗者聚集的大火炉，它不断激起反抗，同时又将其扑灭。现在，家庭的意义已完全改变，长子与男性的特权不再像古时那样陈腐、不合情理。同样，以前在某些方面与家庭结构类似的行业倾向于利用专业化来遏制好奇心，但此时这一传统也遭到了挑战。

在当今社会出现了多种多样的反叛者。持续创新是永远保持反叛精神的一剂温和处方。然而，鉴于历史上反叛者取得的胜利非常有限，并且通常伴随着强烈的副作用，如今的反叛者希望将自己重新定义为探索者。就其本身而论，除了粗暴地表达愤怒之外，反叛者拥有更高的自由度，得以从不同角度观察敌人，发现后者隐藏的渴望与缺陷。借此，反叛者能弄清是否将太多人误认为敌人，因为有些人只是名义上的敌人，或持某种反对态度。此外，反叛者能够拓展同伴的想象力，通常后者只将注意力集中于自身，不清楚如何对他人产生好奇感。反叛者还发现，独裁者的成就感来自残暴地镇压异端分子，而对抗独裁者的最佳方式并非反抗，而是移民或逃跑，留下独裁者内斗。

反叛者与镇压者并非天生一对，尽管他们会将彼此看作沐浴在爱河中的伴侣。困在这种关系中，好像生活在一个笼子里。处于被仇恨维系的组织中，从这种病态的情感中将自己解脱出来更加困难。

第 5 章
穷人对富人的忠告

用仁慈回报社会的残忍

如果一个贫穷的女人，每天用来果腹的所有东西仅是三撮掺了一点盐的米饭，那么对她而言，最想要的事情是什么呢？"我不会乞讨。"她不想接受施舍，因为在她眼中那是一种耻辱。于是，她假装每天只吃一餐是个人选择。"人们认为，我的食谱与修行的要求高度一致。我曾经常告诉别人我不饿，但事实上，我经常饿得整晚睡不着。"当她每天甚至一餐饭也无法负担时，她开始搜集其他人的残羹剩饭，甚至开始食用泥土。她曾经滴米未进，捱过了一周。她说自己渴望死去。"我的一生只有痛苦。"

这个贫穷的女人名叫海玛巴蒂·森（Haimabati Sen），1866 年生于孟加拉。9 岁那年，森嫁给了一个 45 岁的男人，一年之后他便去世。随后，森的父母也相继离世。在印度风俗中，寡妇被视作不幸之人，大家对森避之不及。孑然一身的海玛巴蒂·森四处漂泊，希望投靠亲人或陌生人，为他们做家务，只为得到一些食物维持生存。当她长成一个美丽的女子之后，雄性捕食者开始尝试诱捕她。但是森拒绝成为情妇或沦落风尘，她拒绝了几份灰色职业。至今为止，在大多数国家，穷人往往意味着缺少家庭的扶持。海玛巴蒂·森曾向许多或亲或疏的亲戚寻求帮助，但事实表明，他们的同情心极其苛刻、吝啬，并带有一贯的蔑视态度。直到 23 岁那年再嫁，森才重新过上体面的生活。她很尊重丈夫仁厚的思想，但他很快放弃了自己的工作，投身于"寻找神灵"的事业中。于是，森成为养家糊口的支柱。她的丈夫希望得到妻子周全的照料，曾经动手打她，这件事对森造成了严重的伤害。当丈夫去世之后，森无力负担葬礼的筹备费用。她曾痛苦地抱怨，5 个孩子把自己压榨得一干二净，却没有一个懂得感恩，他们对母亲日渐虚弱的身体无动于衷，只关心与自己相关的事情。他们的配偶更加糟糕。

"我经历过的那些苦难，意义何在？"森在生命的最后一刻不解地问道。然而事实上，森的人生远非悲剧。相反，起码在 3 个领域中，森向世人证明了，贫穷的人生能够取得怎样的成就。当时按照社会习俗，如果女性接受教育，就不会有男人与她们结婚，但森依然在哥哥的帮助下学会了读写，并坚持学习，最终取得了医学院的学位，成为医院的医师。森一边工作，一边抚养孩子，每天早晨 4 点起床做家务，伺候那位完全无视家庭的丈夫。医生的身份并未令森变得富有，她的收入与其上级英国殖民者医生相比微不足道。然而森在救死扶伤的过程中获得了巨大的满足感，她从未因经济问题而烦恼。"我发现，为了薪水而工作，永远不会令人的心获得平静。""相互帮助是每个人的责任。"即便在濒临饿死时，她也对慈善救助不屑一顾。然而，后来她的态度发生了转变，"慈善是我们心脏的一次温柔跳动，没有任何事物能够像慈善一样使我们的灵魂变得柔软，让我们懂得奉献。"对森而言，为他人牺牲自我是人生的终极意义。她用无限的仁慈回报了社会的残忍。"我不需要任何漂亮的衣服或鞋子……对舒服的床或床垫也不感兴趣。疲倦的时候，你自然就会入睡，无论躺在哪里。"对物质安逸的需求会毁掉内心的平静。"活得像一只贪婪、啃食一切的虫子"毫无意义。

由于自己的家人从未尽到应尽的责任，森创造了一个家庭的替代品，并非基于血缘，而是基于自由选择、共同的情感以及感恩。她并没有隐藏自己的需求，不仅主动关心其他人，也希望得到他人的关心，希望自己能够被人保护。

"从今天起，你就是我的母亲，或者女儿、儿子。"她遇到某位渴望爱或关注的人时，就会这样说："我会照顾你。"森的同情心没有任何慎重的限制，她从不会拒绝帮助任何人。后来，她的房子里一直同时住着三四十个孤儿，她照料过的孩子总数达到 485 名。森的微薄薪水全都花在了这些人的身上。小家滋生自私自利，她说："你在这个世界的牵绊越多，对你就越有益。"森对于最宠爱的女儿投入了大量心血，而她是一个收养的孩子。"当所有孩子都围过来叫我妈妈时，我的心里充满了快乐。"

在学校的医学考试中，森得到了最高的分数。然而后来男学生开始抗议森被授予金牌，因为此前从未有女性获得这种荣誉。森没有反抗，平静地接受了银牌。后来，她也毫无怨言地成为以夫为贵的妻子，继续扮演顺从的角色。婚后，森将自己的全部薪水交给了丈夫，"任他随意支配"。她害怕被丈夫抛弃,这种恐惧就像一条始终缠绕在脖子上的索套，仿佛时刻要将她勒死："那时，谁会对我另眼相待？"在男性蔑视女性、以权力和金钱为基础构建的残酷社会中，孩子们被迫"做完所有工作"，放贷者用暴力手段将耕作者的一切夺走，然后以双倍价格卖给商人。森的应对策略就是在残忍的世界中建立属于自己的小天地，尽可能忽略男人的"虚荣和卑鄙"。

海马巴蒂·森于 1933 年去世，那一年我刚好出生。她留下了一本难以置信的自传手写稿，但这本手写稿被整整两代人遗忘，直到被伟大的历史学家塔潘·雷坎德胡利（Tapan Raychaudhuri）发现并翻译出版。这本自传是世界上关于个人生活最详尽的独白之一，其中每一章的文字、语调，任何小说都难以模仿。森若生活在一个世纪后的今天，一定会被强烈且无处不在的金钱诱惑所困，或许她会移民海外，成为一名体面、富裕的医生，专门医治神经衰弱以及暴饮暴食造成的肥胖症。

重新定义富人

由于世界人口不断剧烈膨胀，如今穷苦民众的数量是以往的几倍。数百年前人们对贫穷的抱怨让我们意识到，世界并未发生巨大改变。张涛（1560 ~ 1620）是一位默默无闻的明朝官员，当时中国正处于历史上又一次经济繁荣时期，他记下了人们在无耻、奢靡的社会现实前手足无措的景象。他写道："富者百人而一，穷者十人而九。贫者既不能敌富，少者反可以制多。金令司天，钱神卓地。贪婪罔极，骨肉相残。受享于身，不堪暴殄。因人作报，靡有落毛……高下失均，锱铢共竞，互相凌夺，各自张皇……于是诈伪萌矣，讦争起矣。"对于时代进步神话的迷信，令我们无法体会人类在每个经济高涨的历史时期，不断重复的失望之感。时代的进步，这种情况不仅催生了繁荣和富饶，也造成了贫困和绝望。

纵观历史，有哪个时代的穷人不是社会中的大多数？一切消除贫困的尝试均以失败告终，而最理想的结果只是贫困人数的减少。自从人类发明了金钱以来，历史上就从未有人满足于自己拥有的财富。人类对金钱的欲望永不满足。

全世界都在大谈人权与民主，然而这并不妨碍地球上 85% 的财富集中在区区 10% 的人手中。殖民主义的终结并未阻止每年数万亿的美元从穷国流向富国。甚至在美国，五分之四的人口仅拥有 15% 的社会财富，而最富裕的 1% 则拥有约三分之一的社会财富。在工业化的第一阶段，因发达技术而致贫的人远多于因其而致富的人。从经济学的角度分析，博茨瓦纳是非洲的模范国家，20 年来其经济增长率始终维持在 7% 以上，GDP 至少翻了 6 倍。然而，博茨瓦纳现在仍然有一半的人口每天收入不足 1 美元。印度的经济增长数字甚至比博茨瓦纳还要高，然而印度 55% 的城市人口的人均生活面积不足 5.5 平方米，这个数字刚好是美国囚犯的最低生活标准。

亚当·斯密的《道德情操论》（*The Theory of Moral Sentiments*）名扬天下，是对其另外一本著作《国富论》（*The Wealth of Nations*）的补充。《道德情操论》中的观点认为，人们在创造财富的同时，必定会产生仁爱、同情与感激。他认为，自私不符合人的自我利益，因为人类需要他人的欣赏、同情和喜爱，而且关心"他人的财富而不顾自己的利益"有益于情感的连接。对亚当·斯密而言，如果人们无法相互理解，便不会迎来真正的繁荣，但他却并未提出如何令人更加友善的办法。他仅寄希望于人类对上帝的虔诚，认为对神的敬仰会令人意识到上帝的仁爱，并以上帝为楷模，或者，人们应以行善来展示其高尚品德，因为这会令人"心情愉悦"并"产生优越感"。如果亚当·斯密了解到自己的理论后来遭遇了怎样的社会现实，定会大惊失色。他曾预测："如果一个人的一生都耗费在几个简单、功能单一的操作上，那么他便没有任何机会发挥其理解力或运用其创造力解决难题。总之，这个人自然而然地放弃了努力的习惯，甚至衰退到极度愚蠢及无知的境地。心智的鲁钝不仅令他丧失了兴趣或交谈的欲望，也失去了任何慷慨、高尚、温柔的感情，进而无法处理日常事务。"

如果人们更多地关注苏格拉底的学生色诺芬（生于约公元前444年），或许就会选择另外一条道路。色诺芬写下了人类历史上第一本关于经济学的著作。创作这本书的原意，是为了探索经营家庭或家族的最佳方法。色诺芬认为，如果无法为人类创造更美好的生活，那么金钱就毫无用处。苏格拉底比雅典最富有的人还富有，虽然他衣衫褴褛，仍坚持免费授课。他从自己的石匠工艺品中得到了内心所需的一切，并且对自己朴素的住宅非常满意。比苏格拉底富有100倍的人，由于承担了更多的压力来维持声誉而疲惫不堪，他们需要付出3倍于财富的代价来确保"众神和市民们会容忍自己"。

只有懂得如何运用自己的财富，才是真正的富有。成为富人，意味着要像研究金钱意义那样探究人生，而非一味地赚钱。色诺芬的著作《经济论》（*Oeconomicus or Economics*）乃是探索人际关系、友谊、人品的经典，并着重分析了男人与妻子的关系。书中认为，女人通过穿高跟鞋、脸上敷白粉、涂腮红来取悦丈夫的效果，无法与丈夫用男士化妆品来浓妆艳抹一番取悦她的效果相提并论。一对夫妇的真正的人生目标应该是成为彼此"真正的人生推手"，在天平的两端维持平衡。如果一对夫妇真诚、仁慈、勤劳，并享受自然而平凡的乐趣，将会变成真正富有的人，因为"在整齐有序的瓶瓶罐罐中，也蕴藏着甜美音乐的韵律"。色诺芬将人们带回人际互动的最基本形式，即交流之中。但是，如果两人在交流时希望互相理解，仍需克服许多障碍。

摆脱孤立！来自社会透明人的呐喊

色诺芬去世两千多年后，两万名来自世界各个大陆的穷人，受到了以终结世界贫困为己任的世界银行之邀请，参与调查"你最希望得到的东西是什么"。他们清楚地表示，"钱并非最终答案"，被人群"孤立"才是最大的问题。"杀死麻风病人的，既非麻风病本身，也不是贫穷，而是孤独。"一位加纳人总结道。"贫穷的时候，无人与你交谈；每个人都为你感到难过，但仍旧没人希望与你一起饮酒作乐。"一位保加利亚人说。贫穷之名，带来了耻辱。穷人无法充分地参与社交生活，他们因自卑而拒绝参加其他人的婚礼或宴席。"我们与世隔绝，不像以前那样拜访朋友。我们的心里都怀有敌意，孤身一人。"一名俄罗斯人如此评论。"贫穷就像生活在监狱中，无望地等待自由。"一名牙买加人说。"从贫困的阴影里走出来，要赌上一个人的荣誉、安全或未来。"一名埃及人说。一个巴西人说："警察只会让一个人变得更加孤独，他们抢夺并羞辱那些寻求帮助的人。在某些地方，寡妇的生活甚至比流浪汉更糟糕。政府太过腐败，那些真正处于社会底层的穷人，根本无法享受救济政策。在他人眼中，穷人被当作同情、恐惧、厌恶和憎恨的混合体，被粗暴地对待。"

世界银行的结论为：终结腐败、暴力、无作为政府和无力感才是解决贫穷的最终答案。然而这些问题都是自古以来人类社会遗留的祸根，与贫困本身一样顽固。在可预见的未来，这些问题无法被完全消除。因此，世界银行采取了另一种解决方案——与其改变世界，不如改变人类本身：穷人应该被赋予体面生活的权利，无论通过教育、技术培训或创业，他们必须作出自己的选择，"控制并自觉改善生活条件"，并"参与社区的社交和经济活动"。然而这终究是一种自上而下、强制性的解决方案。

许多人认为历史充满了不确定性，人生无法预测，因而开始尝试寻找更直接的备选方案。由于政府无法宣扬仁爱的精神，而教育资源不足难以帮助人们学会作出明智或看似明智的选择，他们宁愿近距离地研究穷人曾对世界银行诉说的"孤独"问题。孤独不仅折磨着穷人，在某种程度上也令大部分人备受煎熬。无论贫富，摆脱孤独感均需要建立彼此欣赏的人际关系，而这种关系的建立无关任何法律或金钱。由于亲密的关系缺失，就算为无家可归者安家、为失业者提供就业机会，也无法完全帮助他们抵抗人生磨难的冲击。海玛巴蒂·森的人际关系带有互惠的特质，这种关系建立于成年人和孩子之间、建立于母亲和孤儿之间，双方都能给予对方缺乏的情感。然而，当两人开始彼此欣赏，并且二人的友谊中产生了某种以往不存在的情感时，最终的结果就像一个婴儿的未来那般难以预测。独自生活的人或许仍有勇气去关爱一名陌生人，但强大的国际组织却唯独缺少了这份勇气。这些机构只认为那些缺少经济收入的人需要摆脱孤独，却不知那些富裕而有名望的人或许更加孤独。

一名乞丐在巴黎某条街道上伸出了手，但匆匆而过的人群完全将其忽视。这名乞丐认为，最难以忍受的折磨是，他经常怀疑自己是否还活着，似乎没有一个人能看见他。不仅是穷困潦倒的人，世界上大多数人都会认为世界从未意识到自己的存在。人道主义者认为，无家可归的人本不应该存在，因为我们不应允许任何人流落街头。然而穷困者的言论无比宝贵，因为他们的话语中透露出剥离伪善面具之后，生活的本来面目，同时隐藏着现代文明脆弱根基的真相。在评价不同的经历与见闻时，人们素来极其不公。

曾经，人们对他人的痛苦报以多重回应，因为那时的穷人并不像今天这样被孤立。如今，许多慈善机构均由职业经理人经营，其运作模式与真正的商业公司相差无几，同样需要遵循着某些商业规则，协助、补充政府相关职能，力图让世界变得更加繁荣、公平，最终通过高效的手段和实际成就来证明存在的价值。与此同时，穷人的慈善捐赠量占其总财富的比值远高于富人。无家可归的人是最慷慨的群体。由此可以推断，慈善界有巨大的提升空间，以应对穷人被孤立的情况。慈善机构可以为贫困者创造互利互惠的人际关系并改善其生活方式，而非一味修补漏洞。

　　海玛巴蒂·森是我的缪斯，她的经历告诉我们如何应对贫困文化、对贫困的屈从、对贫困命运的温顺，以及如何帮助穷人摆脱无助感。海玛巴蒂·森总是被无助感压迫，她不停地告诫自己："我必须接受自己的命运。"她也是一名无畏的斗士，与一切压迫穷人和女人的社会传统进行不屈的抗争。然而，加入梵教会（改良过的印度教，否认女人的从属关系）并未将森救出苦海。她意识到，即便最英明的宗教领袖也无法根除古老的陋习。没有任何一种社会体制能够满足她的需求。森的座右铭并非"团结全世界的女性"，因为她意识到，出于种种原因，许多女性作出了其他选择。事实上，森的成就在于，她向世界表明，通过建立一对一的人际关系，时刻充满同情、理解、信任和感恩，人们的精神生活便会更加丰富，而这种关系可以超越家庭、邻里，升华为博爱。这种关系不会妨碍物质生活条件的提升或社会公正，相反，它孕育了不屈不挠的勇气，人性的温暖可以驱走内心的无助感。

第6章
富人对穷人的忠告

"金钱是最低廉的信仰"

富人善于敛财，巨大的成就令他们成为 MBA 学生心目中的英雄，就像古老的圣人一样滋养着一代又一代神学家的心灵。在海玛巴蒂·森濒临饿死时，安德鲁·卡内基（1835～1919）成为人类历史上最富裕的企业家之一。似乎这位企业巨子的人生道路遵循了亚当·斯密留下的绝大部分训言。起初，卡内基比海玛巴蒂·森还要贫穷，他在 12 岁那年便辍学。然而，卡内基并未投靠与自己同样贫穷的亲戚，而是运用智慧、魅力、亲和力、记忆力和旺盛的精力，从一名听人差遣的小伙子迅速崛起，进入了即将改变世界的许多新行业，包括电报、铁路、桥梁建造和钢铁。卡内基向雇主证明，自己与他们同样聪明，而且更加敏锐、迅速。无论在哪种情况下，他都可以在适当的时机，迅速识别最有前景的机遇，并与那些能够帮助他实现野心的人成为合作伙伴。在 33 岁那年，卡内基的身家已经达到相当于现在的 7 500 万美元。

然后，卡内基决定："从此以后，我将不再努力获取更多的财富，而是将闲置资金投入慈善事业。"在那之前，他表示自己只有一个"偶像"，那就是财富，但它也是"世界上最糟糕的偶像之一，崇拜金钱是世界上最低廉的信仰"。"为了持续经营，我经常因商业问题而疲惫不堪，头脑中全部的想法就是：如何在最短的时间内赚最多的钱。在这种情况下，我永远都无法恢复正常的生活。"于是卡内基决定，每天上午的时间用来赚钱，余下的时间则"做指示并进行系统阅读"。卡内基表示，他将在 35 岁时退休，"定居在牛津大学，接受一次彻底的正规教育，同时要结识许多文学家"，然后开始尝试写作并投身于公共事务，积极"改善贫穷阶级"的生活状况。卡内基一位商界的朋友，想以自己 7 点钟就出现在办公室而自豪。对此，卡内基说道："如果你要花 10 个小时来完成每天的工作，那就说明你过于懒惰。我所做的一切就是招募人才，而且从不给他们下达命令。我的指示最多停留在提出建议的层面，极少逾越这条界线。每天早晨，我都会听取他们的报告。在 1 个小时内，我就会将所有事情处理完毕，并提出具体的建议。而白天的工作完成之后，我便准备好外出，享受自己的生活。"事实上，卡内基从未前往牛津大学，这无疑令他极度失望，不过之后他周游了全世界。卡内基曾思考印度人"濒临饿死"的状态；发现一名中国富人"只能孤身一人驾驶马车"，没有女人陪伴，着实可怜，因为"女人是生活中一切最美好事物的基础。没有女人，人生将毫无意义"。卡内基认为，所谓的"职业伦理"正在摧毁人生。"我希望有朝一日，美国人每天可以有更多的休闲时间。"

仅拥有休闲时间或参加社交活动并非完满的人生。"在公司，卡内基先生喜欢听音乐和幽默故事。无论任何时候，只要朋友请求，他都会献唱一曲，或绘声绘色地讲个有趣的故事。"卡内基用"各式各样的健康娱乐"来招待客人，包括跳舞、棋牌和室内游戏，但他从来不是一名花花公子。"在人生的这一阶段，我对一切都茫然无措。没有任何教义或学说能够打动我。一切都处于混乱之中。已经拥有的东西无法满足我，但替代品仍未找到。"后来，卡内基阅读了赫伯特·斯宾塞的著作，这帮助他逐渐形成了自己的信仰。从斯宾塞的学说中，卡内基确信进步是自然法则，并非意外，而是必然；精神文明和物质文明应并驾齐驱：工业化是文明的高级形式，不仅能使人类社会更加富裕，也使其变得更加道德。不幸的是，许多工人赚到的薪水只能解决温饱问题，不过这是向高福利社会过渡的必经阶段。"'水涨船自高'是我的座右铭，是能够令心灵平静的源泉。""人类向'完美'的进军"永无止境。斯宾塞成了卡内基的导师，是"我们这个时代的伟大思想家"。斯宾塞的思想为卡内基的财富提供了正当理由，并预言后者的成功将不可逆转地帮助全人类进步。在卡内基 1886 年的著作《胜利的民主》(*Triumphant Democracy*)中，他阐述了民主主义如何令美国成为地球上最优秀的国家。卡内基将自己定位为"工人的朋友"、身价百万的社会主义者，极力称颂合作、劝导雇主和雇员分享利润。他声称自己既能理解雇主，也能理解雇员，因为他年轻时也曾为其他人工作。

在 1901 年的作品《财富的福音》(*The Gospel of Wealth*)中，卡内基对自己的思想进行总结并建立声誉，将自己塑造为取得商业成功的新时代慈善家。富人和穷人之间的差距"无法消除"。然而具有"组织和管理才能的天才"，以及积累了巨大财富的人，必须意识到其财富并非自己努力的成果，而是众人合力所得。因此，这类人必须对其财富进行合理支配，为所有人谋取福利。因此卡内基决定，在有生之年，捐出所有财富。"把财富带进坟墓是可耻的。"富人并不需要为自己的财富而内疚，因为财富令人有机会动用巨大资源以及"智慧、经验和管理能力"，为"处于穷困中的同胞"服务，"为其提供他们力所不能的帮助"。卡内基称绝不会留一分钱的遗产给自己的后代，因为世界性贫困已经成为他最关心的问题："贫穷是唯一一所能够培养伟大天才的学校。"百万富翁越多，就表明社会越进步。而像印度这样的国家之所以面临着诸多社会问题，正是因为该国的百万富翁比美国少得多。"增长自己的收益"是一名百万富翁的责任，如此一来，他就能持续用自己的财富为穷人谋利。

卡内基将后半生的大部分精力都投入到慈善事业中。他帮助美国建立了 1 689 座公共图书馆，在英国建立了 660 座，在其他国家建立了 607 座。卡内基认为自我教育是进步的秘诀，他本人便以这种方式获得了成功。此外，他能够凭记忆背诵大段的莎士比亚和罗伯特·伯恩斯的作品。卡内基对精英大学并无好感，将钱捐给了规模更小的技术学院，因为只有后者才能帮助穷苦的工人获得实用技能。苏格兰大学之所以得到卡内基的捐款，正是因为它素来有向低社会地位者开放的传统。美国华盛顿卡内基研究所致力于前沿科学研究，以实践卡内基对科技进步的信仰。卡内基英雄基金会并非专为士兵而设，而是专门奖励日常生活中的勇敢者，此外还有退休基金会，特为表达卡内基对谦逊教师们的尊敬。卡内基在家乡匹兹堡和邓弗姆林修建了许多公共建筑和公园。而卡内基国际和平研究院专为应对他最厌恶的战争而设。

乐观原本是卡内基最大的特点之一，但 1914 年第一次世界大战的爆发，彻底颠覆了他的观念。卡内基的容貌大变，似乎一夜之间老了 10 岁，也变得越发沉默寡言。难道卡内基捐赠的 3 500 万美元（相当于今天的数千亿美元），全部付诸东流了吗？卡内基心烦意乱，他认为在商业领域的成功并未带来最希望得到的东西。这并非负罪感。

读过卡内基的自传便可得知，他并未因事业的矛盾而备受困扰。卡内基掌握的商业及金融技巧到了炉火纯青的地步，借此他一手缔造了全世界最先进的钢铁厂。然而，卡内基并未与工人公平分配利润。例如，1892～1899年，卡内基的商业收入增长了226%，但其工厂工人的收入却下降了67%。卡内基一再拒绝实行工人提出的一天8小时工作制，坚持每天工作12个小时，每周工作7天，但许多工人每天的薪水不足1.5美元。对此，卡内基辩称，相比更高的薪水，工人更希望维持工作的稳定。"相比为大众收入增加一点微不足道的零头，盈余的财富可以发挥更大的作用。那些每周或每月发给工人的零零碎碎的薪水，几乎很快被挥霍一空，而这些花费主要满足了人们的物质需求，例如购买更美味的食物、饮料，更华丽的服饰，并追逐更奢侈的生活方式，而非构筑精神世界。总而言之，这无论对富人或穷人都毫无益处。芜杂的世俗之事无法满足人类更高层次的精神需求。"卡内基宣称自己比普通工人更懂得怎样花钱能获得更高的收益，而关于资本家和工人的劳务关系以及利润分成，他有自己的理解。卡内基公开辩称与公司的反工会战争毫无瓜葛。卡内基钢铁公司组织了一支携带枪支的私人军队，以打击工会。通常卡内基给下属的命令冷酷无情："我们应该采取简单直接的策略来应对工会和罢工，不要谈判，直接中断工程，令参加罢工的工人无法获得薪水，然后重新召回那些答应接受工作条件的工人。"尽管卡内基擅长为其商业活动冠以冠冕堂皇的理由，但他仍未逃过世人的谴责。1892年，卡内基钢铁公司在摧毁工会时，致使数名工人死亡，这引起了全国范围内的声讨抗议。此次事件令这位钢铁巨头在工人阶级中名誉扫地。为了取代参加罢工的顽固工人，卡内基特地引入愿意接受任何薪资标准的贫穷东欧移民。他用廉价的工人替代熟练工，完成了工厂工人的更新换代。卡内基钢铁公司的主要钢铁厂集中在小镇霍姆斯特德，自此之后它与彼得卢一样恶名昭著。美国小说家西奥多·德莱塞在参观霍姆斯特德之后评论道："在美国，没有任何一个地方的贫富差距像霍姆斯特德那样明显。在那座小镇，卡内基漂亮的图书馆耸立在富人郊区，与灰色、肮脏、可悲的贫民区相距遥远。"

卡内基的父亲参加了宪章运动，在苏格兰投身于抗击富人的斗争。因而卡内基喜欢将自己描绘为一名在事业中大获成功的普通工人。然而，作为大型公司所有人，卡内基很快脱离了普通工人，在他的概念中，工人只是一种抽象的存在，而非每天亲眼所见、拥有具体形象的人。卡内基和蔼、开朗、通达事理、圆滑而老谋深算，这些特质掩盖了一个事实：那些帮助自己缔造整个商业帝国的经理人，对他而言也只算得上是泛泛之交。当卡内基需要他们时，这些人就是朋友；遇到危机时，商业现实就会无情碾碎本就脆弱的友谊。职业经理人极少对卡内基直言内心的想法。然而有一次，一位高级合作伙伴失去了耐心，向卡内基写了一封信："我厌倦了你的经营方式、可笑的报纸采访、荒唐的人身攻击，以及你的狂妄自大——对你一无所知的领域进行蛮横干涉。这些年来，你已经养成了一种习惯，一旦任何一位合作伙伴否定你的意见，你就会对他们评头论足。你需要改变……我警告你……"

卡内基渴望友谊，准确地说，是渴望得到朋友的称赞。他认为自己理应得到称赞，不仅由于在商业领域的成功，也因为自己是一名身经百战的智者，堪称熟知任何领域内幕的权威人士，因此所有人都应当对自己的建议洗耳恭听。卡内基一直与母亲一起生活。直到卡内基50多岁时母亲去世，他才和一个仰慕自己的女人结婚。然而，他仍然急切渴望得到权威和名流的称赞。卡内基擅长与社会地位极高的人交往，因为他懂得阿谀奉承，不仅借助铺张奢侈的方式取悦客人，也可以用深入的交谈与其交心。毕竟卡内基是一个知识渊博、风趣幽默的人，懂得如何与人相处。在美国和欧洲，几乎所有文学、政治和艺术界的名人都曾受邀参加过卡内基在宫殿般的住宅内举办的派对。卡内基不断地为报纸撰写文章、录制访谈节目，在各种会议中发表演讲。美国连续 6 任总统都曾收到卡内基接二连三的建议，而卡内基为此自豪不已，宣称与这些人"私交甚笃"。这几位总统对卡内基平等待之，不仅仅因为他是共和党选举基金的主要资助人。这些位高权重者希望得到的东西与卡内基一样：重要人士的赞赏。然而这并不代表他们在互有分歧的问题上，会耐心听取对方的意见。西奥多·罗斯福总统看似尊重卡内基针对外交政策提出的建议，并以友谊和尊重之名互通多次信件，但私下，罗斯福认为卡内基的观点"荒诞而空洞"。有报道称，罗斯福称自己"曾尝试欣赏卡内基，但这相当困难。从来没有人能够让我如此蔑视、痛恨。一方面，卡内基视金钱为上帝，另一方面他经常叫嚣各种愚蠢的反战言论……不义之战的确是丑陋的魔鬼。然而我不确定与商业的罪恶相比，究竟哪一个更糟糕"。塔夫脱总统也同样伪善，此人经常在公开场合恭维卡内基的慈善事业，但私下却嘲笑它是"卡内基将自己变成穷光蛋的伟大计划"。

马克·吐温也是卡内基的"挚友"，他曾写道："卡内基就是他本人唯一痴迷的东西……似乎他沉迷于己、难以自拔。"卡内基并不吹嘘自己作为资本家取得的成就，反而大肆宣扬社会名流对他的恭维。"他总是一刻不停地讲话，从不厌倦任何投向他的目光。"卡内基总是不断重复，自己在其他人眼中如何重要。他经常带着客人不断出入各个房间，参观纪念品、亲笔签名簿和相片，"像一只快乐的蜂鸟一般叽叽喳喳地介绍，每一样物品都会获得客人对卡内基先生的交口称赞"。卡内基曾与许多名人通信，也得到了大量逢迎奉承的回复。他不厌其烦地向客人介绍每一封信的来源，是哪一位伟人"写给他的"。"如果让卡内基来评价通信这件事，他肯定会宣称自己绝不慕名给名人写信，反而总是其他人慕名给自己写信。"马克·吐温的结论是，卡内基缺乏自知之明："他认为自己拥有天然、直率、独立的灵魂，认为自己的思绪像美国独立日那样放纵不羁。然而实际上，他与那些必须确定毫无风险才肯开口的人是一丘之貉。卡内基认为自己敢于藐视权贵，例如国王、皇帝和公爵；但事实上他与普通人一样，即便国王、皇帝或公爵远远地瞥他一眼，他都会因此而喝酒庆祝整整一个礼拜，并津津乐道地将这件事宣传7年。"

卡内基曾在自己奢华的住宅中受到了英国国王爱德华七世的短暂接见。"卡内基先生就是不停地提起英国国王来访这件事，他至少详细地和我讲过4遍。其实，他当然知道自己在讲第二、第三或者第四遍，因为他的记忆力非常好……他身上有些可爱的品质，我非常喜欢，但我无法忍受他再讲一次国王爱德华访问的故事。"

这并不奇怪。通常，有权有势的人也像穷人一样，对欣赏、赞誉、欢呼和钦佩极度渴望，缺少他人的认可就像贫穷那般令他们备受煎熬。有权势的人极度渴望被爱，但无论哪种情感都无法超越现代化理念"爱你自己"。自爱是自信的基础，但对爱的渴望也催生了自欺欺人的可悲幻觉，令人沉浸在意淫之中。海玛巴蒂·森与安德鲁·卡内基的故事表明，尽管二人享受着不同程度的精神慰藉，然而伤害他们最深、也是他们未曾意识到的，是精神寄托的缺失。所有对富人和穷人的衡量标准均不完善，因为这些标准并不客观，亦未考量人际关系，但后者决定了一个人的贫富程度。工业革命令这一切难上加难，因为它改变了"慰藉"(Comfort) 一词的含义。原本这一词语表示"一个人在精神层面得到的支持与安慰"，但如今其含义转变为"一个人通过获得物质而得到的生理满足"。这种改变的发生之日非常精确：1815年，法国人从英语引入了这个带有新含义的词汇。

如何欣赏他人，包括与我们志趣不同的人？

物质的匮乏、基本生存要素——食物和居所的缺失，构成了残酷的社会现实，而这种状况并不会因为精神或生理安慰而消失。人们之所以认为贫穷问题可以通过慈善捐赠或经济增长来解决，其根源在于对食物以及对其他物质的需求与渴望被完全孤立。如果抛弃这种狭隘的观点，人们就会意识到，绝大多数人都在遭受贫困的折磨。低收入人群为了克服物资短缺的问题，从稀少的自然资源或依靠交换来榨取价值，这种技能要么从未被重视，要么被直接计入所谓国民经济核算之中。我们能否发明一种全新的核算方法，将浮于表面的物质富裕以及意义深远、超越自我满足的精神富有区分？

卡内基从未找到恰当的方式缓和穷人对自己的憎恨之情。在《汉书》的《货殖传》中，作者班固曾批判，富人的财富极少通过完全正当合法的方式取得。《汉书》记载了一名富贾的商业经营模式："人弃我取，人取我与……积累赢利……皆越法矣……擅山川铜铁……"清（公元前246～公元前210）是巴郡的一名寡妇，也是一名杰出的女商人，她继承了祖先发现的一座丹砂矿，"清寡妇能守其业，用财自卫，人不敢犯"。于是天子用对待宾客的礼仪来招待她。"始皇以为贞妇而客之，为筑女怀清台。"《汉书》总结道："故富而主上重之。"而卡内基的特权和手段，引来的非议与赞同之声几乎相差无几。

财务自由通常只是初始阶段，之后如何处置资产才真正具有挑战性。卡内基无法决定应将财产捐赠给谁。他坦白，自己唯一的善行，便是成立卡内基英雄基金会。卡内基捐赠的善款由专业经理分配，完全遵循通行商业的法则，不讲情面。卡内基极少回复雪片般涌来的募捐信，他的财富并未拉近与其他人类的距离。尽管可怜的海玛巴蒂·森一贫如洗，但她比卡内基要慷慨得多。

因此，我并未沿着前人的道路前行。有太多的专家在这条布满荆棘的路上不断探索，他们尝试帮助穷人变得富裕起来，然而成果寥寥，这令人沮丧不已。我不清楚要等到多少个世纪之后，人类社会的财富分配才能更广泛、更公平；我也不想阻止其他人坚持不懈地继续勇敢探索。我只想尝试另一种方法。如何缓解一个人对赞赏的渴望？如何欣赏他人，包括与我们志趣不同的人？如何消除贫富不均引发的错误思想？每当海玛巴蒂·森濒临饿死时，她就会安慰自己，无论痛苦多么难以忍受，上帝都在眷顾着她。无数富人或穷人都会这样自我安慰。然而，森仍旧渴望得到更多人的理解与关怀。通常，渴望变成富人，从未意识到非常富人遭受着怎样的精神创伤。对于在贫困泥沼中苦苦挣扎的人而言，跻身中产阶级是更加合理的目标，然而中产阶级的生活离天堂仍旧很远。那么，人们应该拥有怎样的人生目标呢？

印度实业家 G.D. 比拉（1884 ~ 1983）秉承着全然不同的财富观。由于涉足黄麻、糖、纸、汽车、银行、水泥、化工和纺织等多个产业，比拉创立了印度最大的私人基金。对手指责他中饱私囊、以权谋私；向宗教界和教育界的捐款只是避税手段之一。

在自传《在圣雄的阴影下》（*In the Shadow of the Mahatma*）中，比拉表示自己赞同大规模工业化生产，而甘地是小规模农业经济的信徒。虽然二人的商业理念背道而驰，但为了国家独立，比拉仍然成为甘地"非暴力不合作"运动的主要资金支持者。原因之一是，比拉备受英国人及其种族自豪感的屈辱，"我不能乘电梯去他们的办公室，也不能在等待会面时，坐在他们的长椅上……这种低人一等的屈辱感令我无比懊恼"。比拉对甘地朴素的生活深深着迷："一位放弃了所有快感的圣人。尽管对于许多问题的看法，我和甘地的意见相左，但我从不会违背他的意愿行事。他不仅容忍我的独立性，甚至因此而更加爱我，就像一位父亲爱自己的孩子。我们之间的关系，类似某种家族成员之间才存在的自然羁绊，就像父亲和孩子。"尽管比拉本人并不反对奢侈，他仍然向自己的孩子宣扬甘地的信条。"人应当回避所有感官的愉悦，在自己身上花费最少的财物。仅为满足口腹之欲而进食的人往往早逝。我们应当像服用药物那样进食。"

印度企业大亨与美国企业大亨的最根本的区别在于，比拉公开承认友谊和家人在其商业生涯中的重要地位，他强调"了解其他人的重要性和私交的价值"。相比卡内基不顾一切地希望赢得其他人的赞赏或服从，比拉更关心自己与身边人的情感纽带。"在印度，人们都很看重感情，"他写道，"我们会回应其他人的友谊；我们被爱和同情感动；我们怀有怜悯之心。我们有时也会产生强烈的敌意，但极少针对个人，而是针对某种集体和社会制度……近距离的接触可以令人看清事物的本质。在他人身上发现的善远多于恶。"所以，对比而言，甘地"对真理的真挚求索"成为最吸引人的特质。对真理的求索最为重要。甘地将自己的一生总结为一系列"对真理的实践"。比拉写道："通常，我不认同甘地的理论……但我相信，无论如何，甘地的行为都是正确的，只是我无法理解。因而我没有任何理由拒绝他。甘地并非蛮横的独裁者，他本质谦逊，即便在批判他人时，也无半点怒气。"

对 MBA 的学生而言，比拉的偶像光环绝对无法与卡内基相提并论。在商业领域，比拉的确冷酷无情；在私生活中，比拉是一名失败者，他的家庭关系并不和谐。二人的"赚钱魔法"表明，世界上存在另类的损益核算方法，可以将商界紧密联合在一起。假如忽略了商业成功导致的生活质量下降，那么这一成功标准便无法逃脱狭隘之嫌。会计核算诞生于 19 世纪中期，历史并不久远，其初衷是保护公众免遭商业欺诈与腐败之害。然而，由于会计核算与商业渊源颇深，并且其主动权经常掌握在把控财务命脉的重要商业决策人手中，因此，希望会计核算部门最终能够发挥独立司法机构的作用的看法，过于乐观。忽略无法用精确数字衡量的事物，就好比只对一束花的茎叶感兴趣，而无视其浓郁的香气与怒放的美丽。

人生质量的正确衡量标准，并非财富，而是"蜂蜜"。自古以来，蜂蜜便象征着能够让生活变得更加美妙的事物，人们认为它比金钱更重要。事实上，在神话传说中，蜂蜜是众神的食物，是爱的象征、能量的源泉，是法老打败死亡、永世不朽的魔法。直到最近，人们才清楚其治愈力量背后隐藏的古老秘密：蜜蜂将其免疫系统中的蛋白质留在了蜂蜜中。蜂蜜无法人工合成，它既非动物，也非植物，其中包含了200多种不同的成分，可被区分为无数品类。

能够用钱达成的目标以及无须用钱完成的事，都需要会计反复核算并以数字的形式展示。会计损益表中也应衡量以下各项：富人和穷人从知识中得到的收获，从人际接触中获得的智慧、同情和品位，从其他人身上得到的收获，人与人相遇时产生的思想火花（不仅包括设宴招待客人花掉的钱），由于撒谎和犯罪付出的代价，积累财富时无法避免的牺牲与背叛等。收获许多财富仍是美妙的梦想，因为只有极少数人品尝过财富带来的快乐与烦恼。

拥有全世界一半财富的7 500万人口，是全人类最隐秘、最难以了解的群体，他们像古老文明中半神半兽的神灵那般难以企及。如果对这一群体进行专门研究，毫无疑问，我们可以发现，他们可能属于"未知的种族"，并发现其习性与普通人的区别。唯有将这些人的真实生活状态公之于世，我们才能公正地评估经济运行秩序对社会繁荣、财富积累与消费的正面作用力。目前，只有小部分富人讲述了财富对人生的影响，而他们的后代仍然需要探究父母的人生真相，毕竟世界上最困难的事情之一就是成为百万富翁的继承人。显然，富人不愿面对财富再分配的威胁，但社会的每个阶层都可以从嫉妒与怜悯的再分配中收益。

第7章
世界上有多少种自杀方式？

艺术家的遗言：重塑世界

　　与过去相比，现在越来越多的人用自杀来回应生活中遭遇的苦难。每40秒，在世界上的某个角落，就有一个人选择退出。曾酝酿自杀或自杀未遂的人不计其数。然而，更多的人并未选择结束生命，而是抛弃了部分灵魂，在世间浑浑噩噩、如行尸走肉般继续存在。如果某个人切断与其他人、其他地点和其他思想的联系，蜷缩在自己的小世界里，他最终很可能选择自杀。缓慢的自杀发生在那些被谋生折磨得毫无生气的人之中。有些人看似主动自残，然而事实上他们是被所属的社会体系逼上绝路。

大画家本杰明·海顿①（1789～1846）求死心切，向自己的头部开了一枪，但子弹并未彻底击穿头骨，于是他继续用剃刀割开喉咙，直到气绝身亡。这属于哪种自杀方式？海顿将生活中遭遇的挫折写满了整整26册笔记本。他生活窘迫，捉襟见肘。他的朋友济慈、雪莱和华兹华斯经常取笑他对《以赛亚书》中那句承诺"神必搀扶你的右手，对你说，不要害怕，我必帮助你"的信仰。海顿固执地认为，没有信仰，"我早就疯掉了"。可是，他后来为何自杀，并用《李尔王》（*King Lear*）中的话"不要让我继续在这个艰难的世界中经受折磨"来请求上帝的宽恕？

一方面，海顿没有足够的钱来维持生存，另一方面经常依靠借债来满足欲望，这是他终生无法逃离的困境。如今，四分之三的美国人将成功定义为"能够还清信用卡债务"。高超的借贷技巧横亘在"君子固穷"与"取财有道"之间。那么，是否可以将为养家糊口而举债，以及为致富而招兵买马进行的借贷区分开？

本杰明·海顿的人生表明，两种鲜明对比的文明共存于世。借贷是友谊、同情与鼓励的证明，反之便属于纯粹的商业行为。当海顿的欠款达到了100英镑（粗略估计相当于今天的1万英镑）时，他的房东并未将他扫地出门。"我不想赶你走，"房东说，"你有钱之后，自然会付清房租。"海顿回答，他需要两年的时间来完成巨型画作，而房东同意再等两年。在住处附近一家小饭馆用餐之后，海顿坦诚自己没有钱，并请求允许第二天付款。这家饭馆老板将海顿带到后屋，自愿向他提供长期信贷。"两年来，鲁伯特街的西布鲁克先生每次见到我都面带微笑、张开双臂欢迎，从来没有一句怨言、没有一次冷眼、没有一次失礼。好像我是一位每次吃饭都老实付钱的贵族。"海顿的另外一名房东是职业木

①本杰明·海顿，19世纪英国历史画画家，代表作包括《耶稣入耶路撒冷》《拉撒路的复活》以及《所罗门王的审判》等。他所著《自传》涉及了许多艺术界和政界知名人物，极为精彩，重要性不亚于其绘画，曾为《大英百科全书》第七版绘画部分撰写条目。

匠，此人极其仰慕这位穷困的画家，并同意他用画作充抵房租。一次，一名日报记者在街头偶遇海顿，发现他"急得发疯"，因为"今天我有58英镑的欠款要付清，但我只有50英镑"。于是记者说："我亲爱的海顿，你稍等一下。"这位记者迅速消失在街角，他抵押了自己的手表，然后为海顿带回了急需的8英镑。银行家库茨甚至在明知道海顿不可能还钱的情况下，仍借钱给他。当警长因海顿的债务纠纷前来将其拘捕入狱时，由于对海顿正在创作的巨型基督像无限敬畏，便告知他会在"方便时再来"。这些人就像对待家人一样善待海顿，并认为他才气纵横、必成大事。海顿独具的某种强烈的成功者特质令人印象深刻，他们甚至认为帮助海顿实现人生理想、成就大业是莫大的荣幸。

在海顿生活的时代，人们大都依靠赊欠购物，因为店主私下对每位客人的个性、气质以及政治和宗教观点了如指掌。这意味着双方构筑了相互信任的人际关系，为满足邻里的实际需求，将生意与彼此的殷勤好客融合。购物之后，顾客经常会收到店主的用餐邀请，而且人们经常来到店中聊天，而非购物。在伦敦，住在自己店中或附近的店主，远多于长途奔波的人。流动商贩也是海顿的固定拜访者。情感维系了买家和卖家的关系，而非商业活动。一次，海顿拒绝付清裁缝出具的全部账单，称这会终结他们之间的关系，因为从今以后，裁缝就会"像一个陌生人一样"对待他。1895年，某商业杂志这样写道："从未有一家声誉良好的公司要求或期望客户在一年之内付清欠款。"况且当时不乏16年才清偿债务的案例。商人允许富人延期支付账单，因为维持稳定商业关系的价值已经超出商业范畴。当时，有许多刚刚过世的人仍背负着超过100个人的债务，而这几乎成为一个人在其社交圈子中大受欢迎的标志。但与此同时，许多人为了换取一块面包或一小块黄油，只能抵押自己孩子的靴子。免除债务的情况也很常见，许多人在冲销债务上的花费远高于其慈善捐款。社会因多重债务网络而凝聚起来，"每个人都是邻居的债务人"。而且绝大多数债务均属口头或非正式欠款。有时，对于两人之间相互尊重的情况，商业交易比商业债务更具代表性。其中，最佳例子就是英国人在美洲殖民早期进行的融资，而债务人多是商人，当他们希望对方还钱时，只会模棱两可地提起。

海顿以艺术家的身份闻名于世，并非因为他的画作，而是由于其超前理念——艺术可以重塑世界，而借贷意味着人为改变了时间的流速，同时强迫人们加快速度，尽早实现梦想。对海顿而言，绘画绝非一种享受或一份职业，而是一种使命。赢得他人对其才能的欣赏只是初级目标，海顿的终极梦想是改变英国人的品位，教每个人画画，令"区区一名门板画师也可以创作人物肖像画"。他相信，这一切"必将升华人类的灵魂，使其凌驾于世俗观念之上"，令人获得"精神力量"，激发"英雄主义、幡然悔悟或种种美德"。海顿的画作并未完全还原物体的所有细节或将人物描绘得漂亮可爱，也不仅限于传达某种理念，而是蕴含道德寓意、宣扬鼓舞人心的思想。尽管对物体的还原度高，并拥有异于常人的天赋，但海顿鄙视传统的肖像画、静物画和荷兰内景画，他喜欢在高达10英尺的巨大帆布上，创作宏伟、举世震惊的历史题材。这些巨幅画作传达了类似《圣经》或文学经典的精神理念，也令伟大的历史事件比描绘日常生活的作品更加真实。借助教堂绘画的技艺表现那个时代的意识形态，即爱国主义以及政治改革，海顿希望所有的公共建筑都能够装饰着有教育意义、讲述民众胜利与传递希望的画作。如果海顿出生在两个世纪后的今天，或许会执导历史题材的电影：他惯用自己的"诗意发明"和"女性触觉"来优化作品，"缺少女性气质，没有任何事物可称之为美"。

依靠他人的接济，海顿得以继续教化"值得尊敬的劳动者"欣赏艺术，打破高雅艺术和工业产品之间的藩篱。"对卑微的技工、手工业者和短工而言，艺术不再神秘。"同样的原则，应该像"塑造英雄的臂膀那样应用于牛奶壶的制作"，意即，对人体曲线美的艺术欣赏力也能够促使人们在日常生活中创造出更加美丽的物品。工业革命末期，当手工业者失去自主权、被迫接受工厂的运营模式时，海顿在全国发表鼓舞人心的巡回演说，敦促所有工人接受绘画训练，学习如何描绘人体，并将灵感、创意和美感运用到制造业中。然而，各制造商对纪律、毅力和利润更感兴趣。因此，海顿怀着将工业品变为创造性艺术品的初衷，参与建立了设计学院（50年后更名为皇家艺术学院），而让保守党震惊的是，为了方便学生创作，他雇用了女性和男性为绘画模特。然而，海顿旨在"升华手工业者"的教育改革之梦最终破灭。在19世纪40年代，现实主义者大肆嘲讽"人人希望成为艺术家的狂热风潮"，并将艺术排到科学和技术之后的第三位。

　　选择成为一名艺术家，并比大多数现实主义者更推崇理想主义，是海顿首次深入冒险和自杀之间的危险领域，他在维护通往现实社会的桥梁以及移居到只能以想象和希望为食的大陆之间摇摆不定。海顿曾抱怨，自己是"被放逐的人"和"受害者"，相对世界是一个局外人，因为有钱有势者统治着世界，但这些人不懂得欣赏他。除被人推崇的艺术形式之外，海顿对其他艺术异常苛刻，因而皇家艺术学院屡次拒绝收录他为会员。那些追求时尚但天资平平的艺术家，因乐于创作迎合普通民众的作品而过上了优渥的生活。海顿不愿妥协，他态度坚决，不愿因生计问题而成为泯然众人的画工，为那些自恋的富人美女创作利润可观的肖像画。他强迫自己应对那些为他提供丰厚报酬的资助人，然而后者的艺术品位却令他深恶痛绝。海顿总是赤贫如洗，不仅因为他不愿迎合大众，也由于其价值观存在某种局限：他不知如何应付那些与自己意见不同的人；不知如何从其他人的不解中获益；除遵从自己的内心之外，他不懂得如何汲取可以拓展、丰富情感和视野的灵感；不懂得如何扮演丈夫的角色，无法与妻子和睦相处。相反，他勃然大怒，认为自己被"敌人"团团包围。海顿经常将自己与其他人的意见分歧戏剧化，或抛出尖刻的无礼言论令辩论不断激化，或痛斥对手故意吹捧平庸之才，嘲笑他们是"独裁者"。他永远无法理解，为何皇家艺术学院更喜欢那些取悦大众、画着身着粉色腰带小女孩的庸俗肖像画，而非他笔下宏伟、带有教育意义的古罗马英雄画。仅凭一腔愤懑攻讦某些机构打压异见分子的不公现象，极少能够取得理想效果。

海顿深信，自己为了伟大的目标而生。在创作时，他的毅力惊人，每天工作 12 ~ 16 个小时，无论是否能够负担得起，从不吝啬对帆布、模型和颜料的花费。他去世之后，留下了巨额债务。海顿对金钱规则的蔑视令许多人愤怒不已，狄更斯便是其中之一。在《荒凉山庄》（*Bleak House*）中，狄更斯借笔下人物斯基坡尔之口，痛斥这种人的自私，无论他们的外表多么迷人可爱，却任由自己滑向债务的无底深渊。然而听到了海顿的死讯后，狄更斯向他的遗孀寄去了 5 英镑。

在最后一次画展中被当众羞辱后，海顿最终绝望地意识到，他与自己希望教化的普通大众之间，存在着不可调和的分歧。海顿举办画展的地点与巴纳姆马戏团侏儒明星大拇指汤姆的展览地点相同。身高只有 1 米的汤姆吸引了 1.2 万名付费观众，而海顿描绘阿尔弗雷德大帝指导英国第一个陪审团情景的巨幅画作《正义的祝福》（*The Blessings of Justice*），只引来 133 人参观。之后，一位朋友，至少海顿认为是自己的朋友，拒绝再次借钱给他。这时候，海顿感觉世界已经没有了自己的容身之地。如果连友谊都无法依靠，他还拥有什么呢？

海顿因具有"失败的天赋"而不容于世。然而，当海顿的日记在他去世之后出版，人们很快便将他视为剖析所处时代的敏锐分析师，更是一名极具天赋的作家。此外，狄更斯认为，海顿本应成为一名小说家。或许，任何希望改变世界的人都应该首先成为一名小说家，练习创造现实，舍弃乌托邦式的蓝图，用脆弱的情感和不可预测的意外来构建理想中的社会。此外，海顿的自杀，也需要与他的绝望同样强烈的勇气：大多数人心灰意冷之后，会采取更怯懦的自杀方式，但海顿与众不同。

海顿生活的国家夹在两种文化之间摇摆不定，其一重视友邻文化，其二则向往金钱的力量。正是迫于城市化、工业化和人口过剩的压力，友邻文化逐渐转向冷漠，而社会的商品化趋势越明显，因同情而出现的借款与互助等行为便越发稀少。因欠债不还被拘捕 7 次、坐牢 4 次、被法警变卖所有财产（包括牙刷）抵债之后，海顿终于意识到，放债人更重视其他方面的因素。

嫉妒、贪婪和傲慢自大是无法痊愈的慢性病

13 ~ 14 世纪之后，金钱在生活中的地位开始发生改变。如今，自称忘我追求真理的学术界经常抱怨被卑贱的项目筹资所干扰。事实上，在货币化改变生活的过程中，学术界发挥了不可磨灭的作用——为人类的新视角"何为重要之事"提供了理论基础。在人类眼中，大自然的概念已被更新，它不再是处于静态之中的完美化身，而是不停变化、需要被不断测量的对象。牛津大学墨顿学院的智囊集官僚和学者的身份于一身，以"牛津计算者"（又称默顿学派）之称闻名于世。他们以极大的热情对几乎所有人类活动进行了测量与量化，其中包括慈悲灵魂的力量、基督教慈善事业贡献的社会力量以及每次参加考试的学生付出的代价，他们不断重申，金钱可以衡量一切。这种社会现象和货币供应量的巨大增长步伐一致：1179 年，英国的造币厂生产了 130 万便士，1250 年为

1 500 万便士。英国国王一半的收入源于造币贬值，即将真金实银的货币召回，然后用掺加杂质的新货币取代。曾几何时，领主们非常珍视领地里的森林，并认为森林给予他们地位与快乐。然而后来，他们逐渐将森林视为追逐利润的收入来源。严格的契约精神将财务活动中的情感因素剔除，这一理念需要逐步推广。最终，固定价格以及准确的赔偿金制度使讨价还价、斤斤计较画上了句号。

先进的平等观念完成了最终转型。顾客们逐渐意识到维护独立的重要性，"欠他人钱者，身属于他人"。他们宁愿借分期偿还贷款，因为这些机构绝不会干涉其个人生活。人们不愿四处寻求资助，如果受人恩惠，则会感到屈辱、怨恨。这种改变大受欢迎，因为在过去的熟人社会，大家彼此相识，但人们并未因此而感到温暖、惬意，反而得以近距离地观察到窒息、羞耻和残酷的人际交往问题，他们被嫉妒和争吵折磨得痛苦不堪，因此不顾一切地希望逃离邻居的监视及舆论审判。

与海顿同时代的中国诗人、哲学家龚自珍（1792～1841）曾抱怨，人类竟变得比动物更加自私，对亲友的慷慨毫不知恩。然而，真正出现另外一种自杀形式的国家是英国。韦斯特勋爵（1859～1940）从阿根廷、俄罗斯、中国、澳大利亚等地进口冷冻肉，进而发起了改变英国人饮食习惯的革命。他创立了一家离岸跨国集团，因此避免了所有税务负担，并将肉店的利润税减少到 0.0004%。凭借此举，他将连接贫富人群的脐带或其他任何曾经存在过的感情纽带一刀斩断。韦斯特勋爵一心扑在事业上，对外界事物没有任何兴趣。他每周工作 6 天，住在低调、简陋的房屋里，所做的一切决策都尽可能避开税收；即便掌管着当时世界上最富有的私人公司，他也只将收入的四十分之一用于抚养后代，而其全部资产用于投资，并以此为豪。"我从不花费利润中哪怕一分钱，我只依靠 20 年前赚来的钱生活。"

在 20 世纪，大不列颠殖民帝国化身为强大的金融帝国。该金融帝国的中心位于拥有 60 个离岸避税天堂的群岛中，由伦敦主持大局。至此，一个不存在国界的虚拟国度诞生了，它用金钱而非武器来武装自己，像反抗暴政那样反抗民主。这个金融帝国无所不能，甚至能够迫使谦逊的纳税人为其偿还赌债；它可以忽视整个选区的意向，而不必担心受到任何惩罚；它可以向匿名的公司放贷，毫不在意借款人的身份。显而易见，富人正在切断自己的静脉，切断与其他人类的联系，进行慢性自杀。或许穷人还梦想着变成富人，但穷富两个群体之间自此出现了无法逾越的鸿沟。在这两个群体之间，相互理解和同情将土崩瓦解。金钱不再是社会的黏合剂。

自杀的倾向仍被世人忽视。当位高权重者怀疑人生、无法履行诺言，并发现他人不再相信自己时，他们就踏上了自杀的道路；专家作出了错误的预言时就在自杀；如果某一领域的专业人才无法理解其他专业人士的话就是在自杀；善良的人进入了对善良者而言毫无立足之地的领域就是在自杀。最常见的自杀方式就是绝望，而最悲伤的自杀方式是感恩之心的泯灭。嫉妒、贪婪和傲慢自大是永远无法痊愈的慢性病，但曾被感恩之心所控制。对神的感恩，对祖先的感恩，对父母的感恩，对老师、邻居和大自然的感恩，曾将整个社会维系在一起，在一定程度上抑制了怨恨的滋生。社会平等应该建立在完整的权利保障制度之上，而社会的商品化程度越高，感恩之心的容身之地变越少，因为感恩之心已经沦为对独立性的侮辱、对自尊的否定。"感恩是一种昂贵的情感。"英国历史学家爱德华·吉本如是说。"感恩是一种负担。"法国哲学家狄德罗如是说。"感恩是狗才会得的病。"斯大林如是说。

然而，故事的结局并非定然如此。我会在最后一章再次谈到自杀的问题，它将成为理解"活着"的关键所在。

第二部分 虚构之物：
国家与宗教

第 8 章
没有信仰的人如何理解有信仰的人?

智慧与神学的巅峰——人文思想与普适价值合二为一

一个人仅凭音频文件,就能够分辨出某个贝多芬交响曲的乐团指挥,他会有怎样的宗教信仰?什么样的人既热爱爵士乐,又热爱古典音乐、法国电影以及一系列欧美文学,同时对足球极其着迷,甚至通过比较不同风格的德国足球俱乐部,用图解的方式提出经济发展的替代策略?

这个人名叫阿卜杜拉赫曼·瓦希德(1940 ~ 2009),曾连续 3 年出任印度尼西亚总统,从其祖父和父亲那里继承了世界最大的伊斯兰团体——印尼宗教学者复兴会(简称伊联)的领导权。伊联为 4 000 万穆斯林提供教育和医疗服务。瓦希德的外祖父则是创建伊斯兰女校的先驱者。瓦希德生于印尼爪哇岛，在巴基斯坦卡拉奇市文法学校度过了中学时代，之后前往埃及开罗的爱资哈尔大学进行宗教研究，在伊拉克的巴格达主修阿拉伯文学。瓦希德能够对阿拉伯宗教和哲学经典旁征博引，对现代伊斯兰教奠基者库特布和哈桑·班纳的学说了如指掌。然而，在摩洛哥的展会上看到亚里士多德《伦理学》（*Ethics*）的阿拉伯语译本时，瓦希德满含泪水。他回想自己险些成为西方的敌人："如果不是在年轻时拜读过亚里士多德的著作，我很可能已成为一名原教旨主义者。"亚里士多德向他展示，人类如何"独立于宗教，仅凭理性以及对人类灵魂的了解而获知真理"。瓦希德也研习印度教哲学，在刚刚当选为世界上最大的伊斯兰国家总统之后，进行了几场公开活动，其中就包括到印度教神庙祈祷。他终结了印度尼西亚对华人的迫害，6次访问以色列，并宣称："批判我并非一名合格穆斯林的人，应该仔细读一读《古兰经》。伊斯兰教乃是关于包含、容忍与团结的宗教……其精髓就包含在《古兰经》的字里行间。或许对你来说，伊斯兰教是你的信仰，但对我而言，它是我的心眼。"此外，"民主并非伊斯兰教的禁忌，而是其必要的组成部分"。诙谐如瓦希德，曾将一本苏联的笑话集译为印度尼西亚语，以教会同胞如何自嘲。卸任之后，他认为，相比丧失权力，失去苦心收集的27张贝多芬第九交响曲乐谱更加心痛。

瓦希德称，《古兰经》将神比作真理，每个人可以用不同的方式追求真理。"伊斯兰教的荣誉和价值参差多态，允许每个人根据自己的天赋和习性来理解神。例如'库德西圣训'[①]中所言：我是仆人想象中的样子……那些自以为完全理解神之意志的人，及胆敢将个人理解强加于其他人的人，本质而言，就是将自己置于与神同等的地位，在无意中亵

---

① Hadithqudsi，伊斯兰教圣训学专用语，亦译"真主之圣训"。"库德西"在阿拉伯语中意为"神圣、圣洁的"。库德西圣训在伊斯兰教中的经典地位，介于《古兰经》与圣训之间。

渎了神明。"《古兰经》中有言："对于宗教,绝无强迫。"瓦希德骄傲地说："这是对《世界人权宣言》的精准预测。"对他而言,伊斯兰教教法提供了一条"通往神坛的道路",但这些教法由人类撰写,而非神定的法律。教法在穆罕默德死后数个世纪里逐渐形成,需要不断根据社会变迁而修订。"法律严惩亵渎神明和叛教之行为……防止穆斯林跳出宗教的限制,以宏观的角度思考人生、文学、科学和文明。"瓦希德总结,对真理的追求"应该自由而广泛,可以通过智慧、情感以及各种各样的宗教实践"。中世纪的伊斯兰教,因融合了阿拉伯人、希腊人、犹太人、基督徒和波斯人的影响力,将"人文主义"与"世界性普世主义"合二为一,从而达到了"智慧与神学的巅峰"。

瓦希德与哈桑·班纳的信仰为何如此矛盾?哈桑·班纳是穆斯林兄弟会①的创始人,瓦希德曾一度心醉于前者的理论,但最后将其抛弃。瓦希德认为,自由的价值高于一切,并以一种无上的勇气表达了对自由的渴望。班纳则追求确定性,"除掉摇摆不定的思想,除掉躁动不安的思绪,除掉观点的起伏与混乱"。这与自由的概念截然不同。拒绝所有无聊的干扰之后,班纳完全从《古兰经》中汲取养分,接受村中教师和父亲的教导。班纳的父亲曾是一名阿訇、小佃农、修锁匠以及贩卖宗教录音碟的小贩。

当班纳还是一名学生时,就发起并组建了一个阻止越过禁忌的社团,如果其他人漏过祈祷或者在斋戒时吃东西,他们就会发出警告信,要求其改正自己的行为,而违者将在天堂无处容身。几年后,班纳又成立了一个慈善团体,旨在清除酒精、赌博、异教风俗。在纠正其他人的过错时,班纳从未犹豫,无论对方名望如何,他都会在对方违反伊斯兰教教

①穆斯林兄弟会,穆斯林兄弟协会的简称,成立于1928年,以伊斯兰逊尼派传统为主而形成的宗教与政治团体,目标在于让《古兰经》与圣行成为伊斯兰家庭与国家最主要的核心价值。

法时发出警告。班纳甚至要求政府大臣取下手指上的金戒指，因为伊斯兰教禁止男人佩戴金饰。如果服侍班纳的女服务员光着头，他就将其驱赶，并要求其包裹头巾。

班纳前往开罗接受教师培训，却被学生所厌恶，因此他将后者描述为"虚无主义者和自由主义者"。同时，班纳也对欧洲人纵情酒色的放荡生活惊骇不已。欧洲人沉溺酒精、娱乐至上，大谈女性解放、怀疑传统，在他们眼中，西方国家的一切均是神圣的。开罗的剧院、音乐会和电影院都无法吸引班纳，而他也不喜欢学习外语。班纳对伊斯兰教内部的"冲突性辩论"无比厌烦，鄙视神学家们"纠缠于术语和学术迷津"以及无休止的争吵，因此他开始在咖啡厅向公众说教。事实证明，班纳贡献了极具煽动性的演讲，他也是一名魅力十足的杰出组织者。很快，班纳身边聚集了一批追随者，"生死均为伊斯兰"。他要求追随者持有"与自己完全一致的观点"，并"热爱守护这些观点的人"，拒绝"混乱、令人困惑的……非伊斯兰理念"。

随后，班纳在自己的信条中加入了民族主义。当时，他还在埃及的伊斯梅利亚市任小学老师。伊斯梅利亚是英国在埃及的主要军事基地，班纳面对外国侵占力量感到"耻辱与窒息"，这激发了他狂热的爱国主义。"我希望通过教化自己的民族，能够使自己的国家在世界上争取到荣耀、庄严的地位……成为世界的领导者，这也是每个穆斯林义不容辞的责任"。他认为穆斯林要"在每个领域出类拔萃，同时避开物质主义或自我膨胀的侵蚀"。很快，班纳在清真寺吸引了大量民众，并在埃及各地建立了穆斯林兄弟会的分支机构。班纳的追随者们将自己一半的收入都捐给了穆斯林兄弟会，并经营商业活动来支持穆斯林兄弟会的运转。此外，这些追随者还成立了福利组织，向贫困工人、病人和失业者提供及时的帮助，包括便利的医疗服务、职业培训和财务援助。班纳本人住在一间异常简陋的出租房中，他和蔼友善，向每个人问好，喜欢直呼孩子们的名字并问询其近况、学习成绩甚至宠物。他的记忆力惊人无比。

这两种版本的穆斯林理念可谓天差地别，表明社会的潜在问题就是想象力的冲突。印度尼西亚有 17 508 个岛屿、300 个不同的种族，该国民众说着 742 种语言或方言。在历史上，印尼先后接纳了本土的万物有灵论以及伊斯兰教、印度统治者、荷兰殖民者、日本占领、世界第三大共产党、民族主义和资本主义。这些千差万别的意识形态或侵略者不同程度地散播在印尼群岛。任何变革都会遭到抵制，有些村落甚至在长达两个世纪的时间内禁止祭奠。但是，无数印尼人学会了与表面上互相矛盾的哲学理念和平共处，他们忽略了彼此的信仰，无视社会规则，注重实际的感知与经验。

此外，他们重视村落宴会，因为这种集体活动将其观点凝聚在一起。孩子们可以挨家挨户访问，选择一位自己最喜欢的家庭成员之外的阿姨或叔叔，从而将两个毫无血缘关系的家庭联系在一起。如果拒绝其他家庭培养或"借用"你的孩子，则被认为不合礼仪。"人们借用伊斯兰教举行婚礼和葬礼，向祖先寻求尘世的祝福，向村落的守护神寻求魔法的护卫。"为村民主持婚礼与葬礼的清真寺阿訇，不常在斋月斋戒或每天祈祷 5 次，他们认为那些依照教规行事的人，不过是在"炫耀"，而真正使其恐惧的地狱是警察局。一位村落的族长如此总结他们奉行的"和平共存主义"："伊斯兰意味着福利与繁荣。如果每个人都追求这两样东西，那么每个人都是穆斯林。"一位虔诚的清教徒①曾经谴责，四分之三的村民都只是名义上的穆斯林，他们极少祈祷或履行宗教责任。总体而言，很长一段时间以来，那些忽视宗教的人都未受到过任何骚扰。

在 20 世纪末，一切突然发生了改变。当地人所谓的"阿拉伯伊斯兰教"

①清教徒是指要求清除英国国教中天主教残余的改革派。

来临，它与数个世纪前传入印度尼西亚的印度伊斯兰教全然不同。印度伊斯兰教更偏重个人主义、内在化、宽容，并且受到某种苏菲派①神秘主义的影响，并不认同公开崇拜。然而，新的传教士更具恐吓性："群众是愚昧的，教化他们是我们的责任。穆斯林的行为举止也必须全盘伊斯兰化，愚昧的人不可以擅自做决定，他们需要被教导。如果他们不遵守，就必须受到惩罚。"学校里的孩子必须背诵阿拉伯语《古兰经》，尽管他们在日常生活中并不讲阿拉伯语。就如一个孩子曾说："神永远不会讲我能听懂的话。"女人开始戴头巾。阿拉伯伊斯兰教以现代化的面貌出现，并取代了民族主义，成为信徒反击耻辱、贫穷与失望的武器。一位重生的穆斯林说："人生中第一次，我发现自己觉醒了……我能够感到自己的信仰一日比一日强烈，就像某种力量在不断积聚……你之前注意到，礼拜五的清真寺有那么多的人吗？500 年了，这里的伊斯兰教终于取得了进展。"当然，许多人反感其他人教自己应该信仰哪种宗教、该如何行事，但其他人认为："如今，人们有太多的欲望，也有一千种满足自己的方式。他们臣服于自己的欲望，而伊斯兰教能将人们从欲望中解救出来。"

在分歧中寻找融合：交流、倾听与理解

基督教与伊斯兰教并不存在文明隔阂，但对神谕的阐释则引发了多次冲突。这两种宗教都曾因如何阐述其理念而发生内斗，因为在大量信徒中藏匿了多种不同的文化背景。大多数文明和宗教会因两种愿景而发生内战：一方面，文明作为城市堡垒，被城墙环绕以抵御野蛮人的攻击，抗击外部世界的罪恶；另一方面，城市的港口总是向往本

①苏菲派，伊斯兰教神秘主义派别，是对伊斯兰教信仰赋予隐秘奥义、奉行苦行禁欲功修方式的诸多兄弟会组织的统称。

身所缺乏的东西，通过与陌生人交易以及进口新奇物品来追求丰富多彩的生活，但并不担心这些物品会将自己引向何方。这种分歧存在于追求简单生活和承认生活充满矛盾及复杂的人之间，存在于循规蹈矩和喜欢发掘解决方案的人之间，存在于重视基本法规、喜欢服从和喜欢质疑、争论与抵抗的人之间。

然而，由于每个人对不同的情况持有不同的态度，极少数人是真正合格的清教徒，每一个人的言行思想也并非完全世俗化，因此人与人之间的冲突并非灾难性冲撞，而更像一串杂乱无序的铃铛之间的碰撞。

在大多数宗教流派中，都会间歇性出现类似于班纳的信徒，他们反对贪婪、好色，主张谨言慎行、放弃肉体的愉悦，通过节欲、苦行甚至殉教来追求狂喜的神圣体验。清教主义时而试图将其观念强加于每个信徒，以消除俗世的罪恶，时而告诫信徒洗清自身罪恶，以达到与外界有害影响隔绝、自足存在的状态。美南浸信会①的创始人采用与班纳同样的方式拒绝现代化道德规范。

与之相反，瓦希德的普世主义代表了普遍的世俗看法，在伊斯兰教的黄金时期发出了炫目的繁荣光辉，在文艺复兴时期也令世界其他地区光彩耀人。在征服了世界大部分地区之后，穆斯林们开始自信而好奇地研究所有古代人类智慧，不断吸收、汇聚超越，不仅革新了各领域的知识，同时进军艺术界，大量汲取异端观点，并无拘无束地表达对诗歌的热爱。万维网之父蒂姆·伯纳斯·李就是遵循传统的一员，他宣称自己是一神普救派②的信徒。该教派没有任何固定的教条，而是基于每位成员追求真理的自由，吸收其他信仰的精华。蒂姆·伯纳斯·李将该宗教与互联

---

①美南浸信会，美国最大的基督教新教教派。信仰立场保守，因不满世界浸信宗联盟容忍同性恋和按立女性牧师，2004年正式脱离世界浸信宗联盟。
②一神普救派，一种持开明性神学的包容性宗教，由基督教中的"一神论派"和"普救派"合并形成。其主张：珍惜创造性、自由、慈心，接受多元化和互联性，致力于促进个人灵性成长，并通过礼拜、同伴关系、个人经验、社会行动、善行和教育促进公义。

网同等视之，因为两者的宗旨均为促进所有文明获取利益。尽管最初一神论派只是基督教的另类少数派，然而就像东方宗教一样，该教派兼收并蓄，对其他一切信仰敞开了怀抱。东方信仰认为，信奉某种宗教并不意味着排斥其他宗教。

事实上，众多领域的先驱都与一神论派存在着某种联系：女权主义先驱苏珊·B.安东尼、宽容理论先驱约翰·洛克、护理界先驱弗罗伦斯·南丁格尔、无国界医生组织的第一位成员阿尔伯特·施韦泽、工业化陶器制造商与现代营销（直邮、退款保证和买一送一）发明人乔赛亚·韦奇伍德、建筑大师弗兰克·劳埃德·赖特、英国小说家查尔斯·狄更斯、美国第三任总统托马斯·杰斐逊，以及另外4位美国总统和一系列形形色色的前卫思想者。

这是否意味着不同宗教的清教徒能够彼此欣赏并发现共同点？绝不可能。各种以传教为目的的宗教，为了俘获信徒的忠诚，产生了竞争关系。尽管不同宗教间的对话逐渐成为时代主流，但在绝大部分地区，宗教之间的竞争越发激烈。

无人清楚，每种宗教每天能够转化多少人的信仰，或产生了多大的影响，但跨国传教的热情从未如此热烈。例如，巴西普世神国教会①在1977年于里约热内卢某贫困郊区成立，如今在80个国家拥有上千座教堂，并建立了一个"令大部分公司CEO眼红"的国际组织。普世神国教会转变了一个俄籍巴基斯坦人的信仰，使其在自己的国家建立了一座巴西教堂。日本日莲宗②的国际机构创价学会号称在全世界82个国家拥有1 200万信徒。土耳其在苏联的南部地区开办了伊斯兰学校，培训新型社会精英。韩国人致力于扩大在亚洲和非洲的影响力。此时，前殖民

①普世神国教会是新派基督教五旬节会的一支，信奉成功神学，认为财富与信仰有关。
②日莲宗是日本佛教的主要宗派之一，由日莲上人在镰仓时代中期（约13世纪）所创立，总本山身延山久远寺。

地国家纷纷向其宗主国输送传教士。全世界大概有 50 万四处活跃的职业传教士，此外还有数不清的业余传教士，他们除了教化自己的同胞之外，还会出国进行短期传教。

这种传道精神类似于全球化进程。五旬节派①在不到半个世纪的时间内改变了 5 亿人的信仰。人们仍拥有各种数不清的选择。不同宗教利用各式各样的媒体与营销工具竞相传教，其激烈程度堪比商界各品牌之间的竞争。

人类无法就彼此的信仰取得一致，但这并不意味着人类必然因此而陷入永久的斗争或信任危急之中。以往的经验告诉我们，当人们彼此欣赏而非彼此威胁时，他们会对外部世界感到好奇。人与人最大的恭维，就是展现出对于对方的好奇心。一个人丰富自身的最佳途径就是了解其他人的想法。人类并不需要模仿蜗牛，一有风吹草动就缩回自己的壳里。

我曾与一位著名的伊朗阿亚图拉②会面，他用了 1 个小时的时间厉声谴责西方的罪行。发泄心中怒火之后，他露出了微笑，并用一只手搂着我的肩膀，说道："我下次还想与你交谈。"

"为什么？"我不解地问。

"因为你会倾听我的话。"

事实上，这种姿态和言语打开了隐藏在教义冲突背后的人性，瞬间将分歧变成了好奇。然而我清楚，好奇只是一个开始，是开启一扇门的钥匙，除非有知识的相伴，否则它将留在原地。仅仅倾听远远不够，要想理解对方，需要提前做好准备，提前阅读并不断询问，只有这样才可

①五旬节派亦称"圣灵降临派"，因相信五旬节（复活节后第七个星期日）圣灵降临于耶稣门徒身上，由此相信礼拜时圣灵会降临于信徒身上而得名。该教派产生于 19 世纪末、20 世纪初的美国，在因信称义教义基础上强调"成圣"，相信灵洗、讲方言、灵疗。
②阿亚图拉，伊斯兰文化概念，意为安拉的显迹或安拉的迹象，是伊斯兰什叶派十二伊玛目支派高级教职人员的职衔和荣誉称号。

以避免成为一个缺乏理解力的陌生人。如果希望被他人理解，就必须提供可以阐明对方关注点的理念，进而引起立场不同者的共鸣。互相理解无法消除分歧，但可以将其转变为有益的人生经验，令人恍如获得进入人类多变秘境的荣誉之感，进而脱离行尸走肉的状态。尽管各种宗教之间以及宗教内部曾发生无数痛苦的争吵，但我非常珍视对那位阿亚图拉的回忆。他坚持认为，什叶派传统的基本特征之一就是尊重个人判断。极少数的理想能转变为现实，但这条线索不应被忽视。

第9章
宗教将如何演变？

统一的宗教信仰是建立政府的前提？

人类所受的教育水平越高，便越有怀疑精神。20世纪，一名曾在剑桥大学和哥伦比亚大学进修的天主教修道士用如下语句进行祈祷：

我主上帝啊，我不知道该前往何方，也看不到前方的道路。我无法确定终点在哪里，也并不真正了解自己。事实上，我认为自己正在遵循您的意志，然而这并不代表我真的遵循您的意志。但我相信，一心希望取悦您，的确能够让您愉悦。因此，我希望自己的一切言行都能够令您心情舒畅。我也希望自己永远不会做出偏离这种愿望的事。我知道，如果按照这种原则行事，您一定会将我引向正确的道路，尽管我可能对此一无所知。所以，我将永远信任您，尽管我看似迷失，并处在死亡的阴影之下。然而，我将无所畏惧，因为您永远伴随我，您永远不会让我独自面对危险。

托马斯·默顿（1915～1968）创作了这段如今广泛流行的祷词，他用许多年来寻找人生使命。为了寻求指引，他随机打开一本《圣经》，手指恰好指着那段"你们应该沉默"，由此他远离尘世，成为一名特拉普派修道士。尽管如此，无论信仰还是为了和平与社会公正的行动主义，都无法完全满足默顿。因此，他投入了大量精力与东方宗教领袖交流。默顿的自传成为畅销书，因为他在书中公开表达了自己以及世人的共同疑惑，而这些疑问毫无消失的迹象。世界上宗教、意识形态和消遣的选择越多，人们便会在怀疑的泥沼越陷越深。

"我们都崇拜同一个神。"这是真的吗？那些声称自己不信仰神灵的人如何看待这一观点？单一宗教能够取悦所有人，并使其朝着同一个目标奋斗吗？摩尼（约公元前213～公元前276），一位英俊超凡的巴比伦人，在24岁那年得出了上述问题的答案：是的。

摩尼创立了3个世纪以来全世界传播最广泛的宗教——摩尼教（亦称明教）。该宗教迅速扩张，从法国、西班牙到北美，最远甚至到达印度和中国。罗马帝国的天主教思想家圣奥古斯丁[①]在皈依基督教前，曾做过9年的摩尼教徒。历经起伏，摩尼教在中国繁荣了将近1 000年，人们将摩尼视为老子的转世，摩尼教也与道教融合。在唐武宗会昌五年（845年）灭佛时，摩尼教遭到迫害，4 600所修道院和4万座寺庙、神

[①]圣奥古斯丁，天主教圣师，古罗马帝国时期天主教思想家，欧洲中世纪天主教神学、教父哲学的重要代表人物。在罗马天主教会，他被封为圣人和圣师，是奥斯定会的发起人。其著作《忏悔录》被称为西方历史上第一部自传，至今仍被传诵。

殿毁于一旦。之后摩尼教逐渐复兴，并演变成一种秘密的宗教。

摩尼认为其他宗教只与某个特定国家存在联系，并且只用一种语言进行表达，但他为世人创立了一种可将所有信仰联合起来的宗教，任何国家、任何语言都可以接纳摩尼教，而摩尼教也可以与当地传统甚至本土宗教相融合，即便这些宗教之间存在巨大差异。摩尼将基督教、佛教、诺斯替教①和琐罗亚斯德教②的思想融汇交织，编成了一部戏剧性的神话，讲述世界如何演变成如今这种糟糕的局面。在中东，摩尼自称是基督教徒。访问印度后，他接受了灵魂转世的宗教学说。在伊朗，他吸收了伊朗的神学。摩尼用多年时间在世界各地旅行，亲自将众多国王和团体领袖招至门下。从未有一种宗教如此灵活、宽容，就像当今自称兼顾全球与本土的香港上海汇丰银行的高管，在全世界旅行时会随时更换服装，将带条纹的商务套装换成中东的长袍、日本的和服或印度的纱丽。

摩尼清楚如何同时吸引悲观主义者和乐观主义者。他认为神并非全能，因而无法解决善恶之间的冲突，不过天使们会尝试缓和紧张的局面。邪恶源自贪婪，与其斗争毫无意义。摩尼曾预言，世界上的战争、冲突和贫穷将一直存在，直到时间的尽头。不过对此他提供了一种庇护措施：创造美、温和、非暴力思想、素食主义和简单生活的理念。摩尼教随着扩张而越发丰富，但其本身的信条极其简单。摩尼吸引信徒的方式揭示了他的皈依者未必需要经其教化才能够转变，更不必进行每年一次、每次持续一个月的斋戒仪式。摩尼是一名唯美主义者，不仅致力于宣传教派信条，也传播文学和美术。他坚信，之前的宗教改革者之所以波折不断，是因为他们只注重以交谈的方式传教，却从未诉诸文字。因此，摩

①诺斯替教派亦译"灵智派""神知派"。罗马帝国时期在地中海东部沿岸各地流行的许多神秘主义教派的统称，一般认为起源于公元1世纪，比基督教的形成略早，盛行于2～3世纪，至6世纪几乎消亡。
②琐罗亚斯德教，基督教诞生之前在中东最有影响的宗教，是古代波斯帝国的国教，也是中亚等地的宗教。它是摩尼教之源，在中国被称为"祆教"。

尼撰写了"摩尼教七经"（摩尼教根本经典），并亲自为著作绘制插图——七经的确完全由图画组成。他也撰写了一本自传，在书中留下了光辉灿烂的书法。该自传用金箔装帧，因而这本书变成了名副其实的艺术珍品。对美的热情成为摩尼所有宗教著述的传统诉求。在摩尼的祖国，人们将他视为一名伟大的艺术家来铭记，但这掩盖了他在古代作为一名异教徒的声誉。摩尼也是一名充满热忱的音乐家，人们曾发现一些画作，描绘摩尼教的礼拜乐队。

相比与黑暗中的恶魔战斗，摩尼更喜欢将光明带给世界。其遵循的教育之道记载于一份手稿中。这份手稿记述了摩尼教徒朱莉娅，她来自安提俄克①，于公元400年左右移民巴勒斯坦的加沙，据说随行的人还包括外貌极其俊美、性格谦逊温和的两名年轻女子与两名年轻男子。朱莉娅挨家挨户地走访，邀请人们去她家里做客，通过向穷苦人民提供社会服务而改变其信仰。此举惹怒了其他教会，朱莉娅因此被控告纵情欢宴、浪费大量食物。

世界性宗教对所有现存宗教构成了挑战。摩尼迅速将其他宗教信仰者转变为自己松散盟友的速度，很快便引发了一些人的敌意，他们认为宗教是一种有明确界限的团体，而外人永远无法完全理解团体之内的人。摩尼被对手抓捕，最终死于狱中。据称，摩尼被处以活体剥皮的极刑。摩尼去世之后数个世纪里，摩尼教继续被世界其他宗教领袖视为大敌，其中包括琐罗亚斯德教、伊斯兰教、基督教和儒教。由此，摩尼教逐渐从地球上消失，其程度之彻底异乎寻常。最近，在埃及和土耳其的惊人考古发现中，消失已久的摩尼教遗迹和经文再现人世。被诋毁者刻意隐藏的摩尼教历史终于得见天日。

摩尼认为，即便所有宗教并非完全一致，也至少也可以像郊区邻居

---

①安提俄克，古叙利亚首都，现土耳其南部城市。

那样和平共处、互不干涉。在很大程度上，摩尼的理念与当今美国人的信仰不谋而合。1920 年，94%的美国基督徒认为，基督教是世界上唯一真正实证的宗教。如今，持这一观点的人数已下滑至 25%，其余的人相信，其他宗教也包含一定的真理。艾森豪威尔总统曾说："除非我们的政府建立在深刻的宗教信仰之上，否则它将毫无意义。然而，我并不在乎民众究竟信仰哪种宗教。"这种漫不经心的态度激怒了许多人。"我信仰的宗教是通向神坛的唯一道路。"79%的沙特阿拉伯人、65%的韩国基督徒、49%的印度穆斯林、42%的美国新教徒、37%的印度教教徒、33%的以色列犹太人、31%的韩国佛教徒、25%的秘鲁天主教徒、24%的俄罗斯东正教教徒和 15%的美国天主教徒持有这一观点，而在更加实际的层面，约三分之二的穆斯林、印度教教徒和犹太人坚决反对跨宗教婚姻。这种社会舆论倾向并非个案。

巴哈伊教出现于 1844 年，其最高宗旨为创建世界性宗教，同时承认绝大多数现存宗教均有其合理性，并结合现代化观念对抗歧视与不公。很快，其他宗教便将巴哈伊教视为敌人，因为后者基于一名先知的神秘天启成立，并以独立宗教的姿态出现。此外，由于巴哈伊教起源于什叶派，因此被视为伊斯兰教的叛徒。在谈论宗教时，不可将其视为单一、联合的力量。每种宗教都拥有独立的文化背景，通常由不同文明融合而成。联合国教科文组织甚至宣布，由于不清楚"宗教"的本质，因而列出了48 种不同的定义。创办于 1893 年的世界宗教大会与联合国一样，只能对各种宗教的独立性进行确认。

或许当前形势暗示，虽然宗教的终极目标是为人类焦虑、混乱的生活提供确定性，但事实是，未来可能会爆发更多宗教战争。然而，当回顾确定性与怀疑的历史时，我发现了其他可能性。在创立初期，宗教并不期盼能够战胜或彻底取代其他严格意义上的信仰。耶稣去世之后，一些基督徒信仰一神，有些人信仰二神，也有人信仰 30 个神甚至 365 个神。信仰的概念一度泛化，不带有信念或确定性的暗示。信仰更倾向于情感依附，而非理智的赞同，其最初含义是拉丁语中"我付出我的心"，亦即我爱。起初，《圣经》被当作英雄故事集，或者可以对其进行多角度解读的寓言，并无确定意义。早期犹太教拉比确立了一种理念，即任何经文均应被视为"对持续讨论和发展的邀请"。一个经久不衰的说法是：当两个犹太人会面时，他们至少会针对某一问题提出 3 种不同的观点。中世纪的基督传教士擅长用神圣的故事讲述个人精神之旅的起点。由摩陀伐①于 14 世纪撰写的《全哲学纲要》(*The Compendium of All Speculations*)，以客观公正的态度探讨了所有已知的神学和无神论，向读者展示了印度人在某些时期寻求不同观点的和谐共处之道的伟大能力，而没有一门宗教能够包含所有真理。异端思想发展迟滞。异端的原始含义是"选择"，这一词语并无任何贬义。之后，神学家们逐渐将争论的潜在涵义转变为谴责与定罪。由此，争论逐渐从"激发理智和精神活力"的要素，演变成对和谐的巨大威胁。教堂越发挑剔，之所以颁布新教义，并非因为发现了新的真理，而是为了镇压不同的思想观念。有时，与集权君主希望消灭所有敌对军阀一样，神学家要求人们绝对顺从正统宗教，否则便会将其逐出教会。

为了回应科学的质疑，宗教尝试通过描绘神灵的不同形象来提高其亲民度：神灵不再是无法描述、深不可测、难以确定的心灵影像，而是一名大于生命、旨意精确的领袖。宗教曾经充满诗意，然而在世俗、科技的围攻下，变得散乱不堪。宗教进入了与科学同场竞技的擂台，越发难以辨识。

当然，神圣的经文是信仰的基石，但经文需要多重阐释才能够为信

①摩陀伐（Madhava），吠檀多派正统派二元论（Dvaita）的创始人，也是毗湿奴派大师。

徒所理解，而解释经文的学者往往各持己见、分歧不断。因此，在大部分的宗教历史中，其信条均充满了不确定性。例如，中世纪的伊斯兰逊尼派的四大教法学派在阐释伊斯兰教律法时各执一词，并分别在伊斯兰世界占有一席之地，但各学派之间的分歧在"争论伦理学"（Ethics of disagreement）的前提下，均具有指导意义而非相互敌对的学说。获取学识意味着不断争论、创新和独立推理。最著名的伊斯兰神学家之一、被尊称为伊玛目①的"两圣地教长"朱韦尼（1028～1085）认为："探究伊斯兰教法的目的不是为了得出正确的结论，而是为了'探究'这种行为本身。"而这恰好是如今的科学家对待科学的观点。

在土耳其卡帕多西亚（小亚细亚东部的古王国）尼亚萨湖附近居住的基督教主教格雷戈里（公元335～394）并未由于人们背离正统教会而震惊，因为当时的正统教会远没有几个世纪后那样庞大。格雷戈里拒绝从历史中寻找所谓的"典范人生"以指示其追随者，相反，他告诉人们，要以相识的人为榜样。格雷戈里故意在作品中引用了模糊不清的基本教义，因为他坚信含有歧义的《圣经》可以让读者不断反思自己。当时的宗教教义并不死板、僵化。格雷戈里在为妹妹玛奎马（Macrima）撰写的传记中，赞颂她同时具有男子气概以及女性的柔美，并认为当人类复活之时，"将无男女之别"。

君士坦丁堡的戴谟披罗斯（Demophilus）主教回应他人对其观点的异议时，引用了《马太福音》中的句子："当你在一座城市被迫害时，就逃到另一座城市。"最新研究表明，在基督教创教初期，没有任何领导或宗教中心，大多数礼拜活动均由本地机构独立组织，而这些机构由家庭或家族掌控并推崇不同观点，极其反感主教将所谓的"统一性"强加到他们头上。

①伊玛目，意为领拜人，引申为学者、领袖、表率、楷模、祈祷主持人，亦为伊斯兰法学权威。

如何将自己的信仰投于实践？

在很久以前，不同宗教之间并不像如今这般界限分明，尽管狂热的宗教纷争一直存在。曾经，儒学、道教和佛教均得到中国历朝历代官方政府的承认，这些宗教或类宗教的意识形态并不彼此敌对。儒学引导政治，道教负责舒缓个人焦虑，佛教则为人类的最终救赎提供希望，也在重大节日将所有阶层的民众凝聚到一起。不同宗教之间的融洽关系强烈地吸引了明朝第一任皇帝明太祖朱元璋（1328～1398）。幼年时朱元璋成为孤儿，身为农民的他目不识丁，自然无缘博学的精英阶级。他认为，儒、释、道均可维护国家和平及其荣耀地位。在中世纪的西班牙，基督教、伊斯兰教和犹太教也曾一度和谐共处，许多农业、诗歌和学术领域的杰出成果均以拉丁语及阿拉伯语双语形式呈现，不过在彼此容忍的同时，也经常有迫害发生。

18世纪，英国的教堂不再询问教众的个人信仰，逐渐变成了"广教派"，而神职人员坚信礼拜、教义和教会组织等精准细节在上帝的眼中"无关紧要"，因为上帝只关心人们的道德品行。在美国，处于几乎同一时代的最著名的传教士亨利·沃德·比彻（1833～1887）认为，慈善比信仰更重要，而且排斥异端不符合基督教教义。或许人类想象自己变得更加"宽容"，但实际上随时随地发现神圣事物的能力正逐渐流失。许多宗教教义变得比以往更加冗长、繁杂。

传播范围最广的民间信仰①，从未受到形而上学的困扰，因为它一直追求实用功能，帮助人们解除生活、疾病、灾难、贫穷和饥饿带来的痛苦。3 000年来，民间信仰对生命不变的关怀，在中国淋漓尽致地呈现。中国人对财神的崇拜从未受到任何意识形态的影响，至今在许多家庭或

---

①民间信仰，指民众自发地对具有超自然力的精神体的信奉与尊重，包括原始宗教在民间的传承、人为宗教在民间的渗透、民间普遍的俗信以及一般的民众迷信。

建筑物的入口处，均可找到财神的画像或雕塑。如今，很多中国寺庙被重建，但并非为了宣扬或新或旧的神学，而是为了帮助人们为生活而奋斗、复苏古老的民间传统、重申农业互助的传统理念、组织传统节庆、修建学校，同时提供算命、禳解等服务，但这些服务均需付费。这也解释了为何在仅有 500 万居民的陕北地区，就重修了超过 1 万座庙宇。出于同样的原因，半数美国人改变了宗教信仰。在这一半人中，又有一半的人至少变更过两次：只有 18% 的人改变了神学观点，但更多的人由于与不同信仰的人结婚（37%）或搬到了另外一座城市、结交新朋友（25%）而改变信仰。从本质上而言，教堂是一个社区，而信徒则能够相互帮助。当问及年轻的美国人："对你而言，宗教的意义是什么？"大多数人回答：在遇到麻烦时，依靠宗教可以寻求他人的帮助。此外他们补充，当宗教能够令人快乐时，那么宗教的教义便是正确的。然而，即便民间信仰也会变成党派性组织。随着社会期望值不断提升，社会不平等现象越发严重，人们食不果腹，只得苟活于世，挫败感达到临界点，由此宗教变成发泄民愤的政治运动。

宗教信徒和非宗教信徒之所以会发生争斗，很大程度上归因于宗教被当作权力和控制的工具。世人对宗教的敌意，极少源于对超自然神秘事物的争论，而是由于宗教的傲慢、腐败或反感对其他人行为的虚伪教导。政府利用宗教令民众顺从，商界领袖利用宗教使自己的员工更努力地工作。宗教甚至几度成为爱国主义的盟友，使两个国家相互对抗。然而利用宗教操纵民意的同时，也激起了人们向宗教寻求庇护的欲望，因为宗教能够提供世俗权力无法企及的思想深度：印度拥有 50 万所寺庙，但只有 7.5 万所医院。

起初，世界上各种宗教均以革命活动的形式出现。穆罕默德对大众道德、富人阶层及权势阶层的腐败疾声抗议。信徒希望改变世界规则。

然而，基于某个预言而建立的制度，经历演化之后的最终形式会令其创始者大吃一惊。随着宗教教会越来越富裕、权势越来越大，它逐渐丧失了最初的热忱而自傲自满，从历练勇气蜕变为妥协，从理想主义堕落到腐败。时代不断变换，大多数宗教在宣扬平等与谦卑的理念时，均与贵族及富豪事先达成了交易。成功并非宗教的理想伴侣。因此，各宗新教派、分支、异教以及对旧宗教的全新阐释几乎每天都在公开或私下诞生，每一场变革都是一次小型革命，提醒人们社会还存在着哪些不足。

通过个体名义上的宗教信仰预测其行为模式的做法绝不可行。在北爱尔兰，天主教徒和新教徒之间爆发了一场有史以来最残酷的宗教战争，但之后世人却发现，参战的人竟不知何为基督教的第一戒律。在16 ~ 24 岁的年轻一代中，只有17%的人以及46%的成年人能够给出正确答案；约有21%的青少年和54%的65 岁以上老人知道世界上还有四福音书[①]；只有半数美国人能够说出至少一本福音书的名字；约四分之一的美国人自称基督教徒，但他们同时也相信转世的说法以及占星术。

父母或老师从未给我任何关于宗教的指引。成年之后，我才对宗教的意义产生了兴趣。然而，我并不确定，相比那些儿时受过基础宗教教育（针对儿童的一系列教育，要求他们完全忽略本宗教以外的宗教先知）的人，我是否处于劣势。

一直以来，信徒试图将宗教转变为某种稳定的避难所，免遭日常生活的困扰，然而宗教总是不可避免地屈服于社会风潮与趋势。现存教义不断地通过各种新型心理、精神疗法得到增补，传统教堂也在悄悄地吸收反传统文化，甚至主张遵循古老传统的教派也利用创新方式融入社会

①四福音书是分别由耶稣基督的门徒马太（玛窦）、约翰（若望）以及彼得（伯多禄）的门徒马可（马尔谷）和保罗（保禄）的门徒路加写的四部介绍耶稣生平事迹的书，是《新约》的第一部分。

主流文化。失去自信的人在异国信仰中寻找安慰，正如希腊人和罗马人在其帝国崩塌后，投入了众多东方神秘教派的怀抱之中。当中世纪的日本人发觉自己的精神世界"完全颠倒"时，便进行了一连串的新宗教运动，而如今的日本人又在经历同样的时期。"人类的所有努力近乎愚蠢与虚无。"一名 12 世纪的日本诗人兼音乐家如是说。因向往自然生活，他从城市退隐，与此同时，日本社会发生了变革：失落的武士将茶饮变为精神仪式，商人通过武器出口大发其财（日本在武器出口的贸易额曾冠绝全球），人们将佛祖改造为简化、快捷的个人救赎方案，以免除信徒良心的不安或苦行的艰辛。如今的日本，已变成新宗教的主要生产地，与其电子设备及汽车的主产地一样独领风骚。

每年都有众多新宗教诞生，数以百万计的信徒归于其门下，并将其传播至遥远的大陆。世界上现存已知的宗教有 4 200 种，同时每种宗教存在大量差别细小的分支。尽管巴西、墨西哥以及菲律宾均盛行天主教，但事实上，其宗教仪式中包含了非洲人、玛雅人或波利尼西亚人的历史痕迹。尼日利亚的圣公会教堂数量甚至超过英国本土，如今该国民众正在逐渐恢复朝圣先驱（1620 年之前到达北美洲的英国清教徒前辈移民）的严格道德准则。许多非洲基督徒在《旧约》中得到了莫大的鼓舞，因为他们认为所处的社会与古代希伯来人社会极其相似。许多非洲穆斯林努力背诵本教圣经，并极度渴望恢复社会正义。斐济群岛的卫理公会①教徒不满足于继承约翰·卫斯理的宗教仪式：他们不仅教孩子教会礼拜，也教他们学习斐济岛的传统祭祀仪式。秘鲁的新教徒常常无视传教士的教导，也忘记宣传自己基督徒的身份。殖民地的本土部族在改变信仰之后，并不如殖民者想象的那般坚定。一直为社会地位奋斗的女性认为，死灰复燃的性别歧视问题越发严重。欧洲宗教仪式的消退被人们对环境问题越来

①卫理公会派是新教派别之一，英国约翰·卫斯理创立了基督新教卫斯理宗（Wesleyans）。教会主张圣洁生活和改善社会，注重在群众中进行传教活动。

越炽热的关注度所平衡，当然，后者才是人类历史上最古老的宗教。同时，教徒们的积极性取决于其教派处于何种发展阶段：动态或静态，具有十足的侵略性或采取防御姿态。

宗教会在领域的四周建起围墙，以维护其凝聚力、排斥陌生人。但是，许多个世纪以来，宗教向人们证明，它可以进行自我变革，甚至针对如今看来绝对坚定、不可动摇的问题，比如婚姻、堕胎或同性恋，其态度也曾存在巨大反差。然而，人们并未按照《古兰经》中最著名的训令行事："我确已从一男一女中创造你们，我使你们成为许多民族和宗教，以便你们互相认识。"因为人们经常将彼此当作群体中的一员进行交流，而并未将群体视为由许多持不同观点、秉性各异的个体组成的集合。如果对他人而非自身表现出极大兴趣，人与人之间出现敌对情绪的可能性便越低。

当人们逐渐认识到自己承担着对其他人的义务时，便可以欣赏其他人通过宗教所寻求的人生目标。古埃及人看似古怪的信仰与我紧密相关，因为他们得出的最终结论为：不朽不仅是法老的追求，也是每个人的梦想。这令人深思：除了永生之外，不朽意味着什么？在死亡之后，人类可以留下何种惠及全人类的礼物？在基督教十诫当中，有七诫取自古埃及经书。这一事实让我不断思考：在本质不变的前提下，宗教信仰如何逐渐演化？与耶稣几乎同一时代的犹太圣人希勒尔①将其信仰总结为："不要将你所厌恨的强行施加给你的邻居。这就是摩西律法的全部，其余均是对这句话的解释。"这句话与孔子的名言相差无几。我不禁沉思，为何所有创造普世道德观的尝试均以失败告终？当最重要的历史事件之一——人类接受犹太人一神教的故事大白天下时，意想不到的发现浮出

①希勒尔，曾创立犹太教圣经学院"希勒尔之家"，在对犹太教律法的阐释上属宽容派，所拟解经准则 7 条，对后世犹太教解经学家具有重大影响。他编写了《古代犹太拉比格言集》，成为后人编写《塔木德》的依据之一。

了水面：信徒刻意抹除了上帝女伴的存在，而历史上，犹太教也曾与古希腊的多神教一样，允许许多女祭司担任重要的社会公职，扮演重要角色。沉思以下可能性极具启发意义：如果先知穆罕默德希望犹太教和基督教统一为新宗教，并且其努力取得了成效，那么人类历史将朝着怎样的方向转变？

化解潜在文明冲突的方法之一，并非毫无保留的宽容，而是拥有相同的知识，但这也只能解决三分之一甚至一半的问题。知识经常受到怀疑或不确定性的限制，而怀疑从未升华为令人满意的艺术。然而，知识就像食物一样，其味道和色相的差异取决于不同的厨师、上菜方式以及之前吃过的东西。知识永远处于被加工、改造的过程之中。"烹制"和"食用"知识，或许是所有艺术中最困难的一种。

我不会询问你的宗教信仰。我宁愿问："你如何将自己的信仰投于实践之中？"

第 10 章
如何克服偏见？

如何处理生活中的混乱与意见分歧？

自古以来，人类就以其独特之处为荣，却不知如何处理给生活带来的混乱与意见分歧。

> "你信仰哪种宗教？"
>
> "所有明智的人都信仰的宗教。"
>
> "那么它的名字是什么？"
>
> "明智的人从来不会向他人透露。"

沙夫茨伯里伯爵（1621～1683）是这种沉默策略的支持者，他敢于反抗国王、不畏惧砍头、勇于前往蛮荒的加利福尼亚进行殖民活动，甘愿成为一名冒险的政治家，甚至不惜为此犯下叛国罪。在临终之时，他终于鼓起勇气坦白：自己并不相信耶稣就是上帝。在那个年代，公开透露自己的宗教观点属于极其危险的行为。那时，打着上帝旗号的宗教战争席卷了整个欧洲，甚至某些地区的半数人口均因此而殒命。天主教宗教裁判[①]审判了超过 15 万异教徒，而与天主教对立的基督教徒在宣传"要热爱你的邻居"时，又在相互猜忌，认为对方是恶魔的信使。

允许每个人自行选择其宗教信仰，似乎是避开分歧以及之后不断骚乱的唯一办法。美国宪法秉持了这一理念，其他国家纷纷效仿。然而事实证明，这并非完美的解决办法。宗教分歧及其他冲突引发了大屠杀等暴行，而这些悲剧事件仍在全世界蔓延。宽容无法消除无知或蔑视。即便持不同观点的人并未遭到人身攻击，他们也会因其他人的不解而愤恨不平。每个时代、每个群体都存在特定的禁忌，最好不要就此质问或提及。摆脱异端迫害只是开始，因为在人心冷漠的社会生存，与遭到单独拘禁无异。

从刀剑相向到口舌之争，从武力争斗到平和地辩论，这已经是重大突破。然而，民主制度永久地保留了"一个胜利者打败一个敌人"的军事传统，哪怕一场微不足道的口水战最终会也会产生赢家和输家。显然，这与民主制度的发明者——古希腊人的初衷背道而驰，因为他们认为，不应该令任何一方感到挫败，以往的伤害应被原谅或遗忘。以一方打败另一方为结果所取得的胜利，只能表明双方没有能力以共赢的方式解决冲突。尽管民主立法制度已经扩散至全世界，但贪婪和傲慢依然肆

①宗教裁判是指在辖区范围内，主动调查异端份子而提出申诉，其目的有二：一是拯救异端者的灵魂，二是防范异端邪说的蔓延。

意滋生，而战争成为转嫁国内危机的利器。在雅典立法家梭伦（公元前638～公元前558）提出了悲观结论之后，民主并未发生较大改变。梭伦认为，冲突是一个恶魔，人们无法逃避，它会进入越过高墙进入千家万户，无门可阻。

在更加私人化的层面，礼貌缓冲了思想的冲突，并向社会关系中添加了优雅的元素，为善良提供了新的表达路径。然而，我们仍然无法确定如何将礼貌与真诚结合，如何避免礼貌沦为交换谎言的游戏。通常在这种游戏中，没有人会上当，但礼貌的确会掩藏现实中的分歧。俾斯麦认为，人一定要保持礼貌谦逊的态度，即便在宣战时也应如此。这种观点反映出礼貌的局限性，因为它并未削弱人们对攻击性的崇尚之情。无论在公共或商业领域，侵略性备受赞赏。

尽管人们付出了诸多努力以平息争执，但随着教育的普及以及人们不断提升的批判能力，争执愈发激烈。然而，争执并非社会顽疾，它不仅带来了冲突，更是将人类和其他动物区别开来的根本标志。人类善于思考和推理，而争执强迫我们理清思维，进而将思维转换为语言，并最终发现新的问题。没有争执就不存在沉思，就不会产生对真理的追求，遑论活跃的交谈。如果没有争执，人类便只能一遍又一遍地重复陈词滥调，无从提高品位或产生惊奇感。那么，是否至少有一部分争执能够成为能量的源泉呢？

与公开的争执相比，个体差异会造成更大的破坏。在公共生活中，我们会无意间树立敌人、酝酿战争，会爆发为争夺权力和权利的争吵。在个人生活中，因糟糕的第一印象而令人错失潜在友谊的情况比比皆是，琐碎的争论成为人们心头的慢性毒药，屡屡伤人自尊，在心底留下难以愈合的疤痕，如同嫉妒和焦虑成为最残酷的心灵牢狱。这一切都是不可避免的吗？

令人类不断产生分裂的最古老分歧之一，至今仍旧横亘在东西方之间，这似乎表明人们永远无法从相互的误解和猜忌中解脱。为了跨越这道障碍，首位非欧洲诺贝尔文学奖获得者拉宾德拉纳特·泰戈尔（1861～1941）作出了人类史上最具勇气的尝试，他曾质问，为何"不同种族、宗教和科学无法融为一体"？泰戈尔认为，所有人都具有崇高的一面，唯独自私自恋导致人们无法意识到自己到底能为对方做些什么。人们对自然、文学、诗歌和音乐的爱，能够将其从眼前的苟且偷生中解救出来。泰戈尔希望东方能够对西方展开无尽的想象，西方则与东方分享其科技，而印度正是理想的媒介。"一直以来，印度不断努力追求建立人与人之间的私人关系。"印度人呼吁所有人忽略亲缘关系的远近，与自己的父亲、兄弟以及姑姑保持亲密联系。他们不分贫富高低，以维护远亲及童年朋友的关系为乐。"这些纽带并非经文规定，而是发自内心……一旦与某人交往，就意味着与其建立了某种关系。而我们从未堕落以致养成此类习惯：将人类看作实现某种利益的机器或者工具。或许我们的交往模式有利也有弊，但这就是印度风格，甚至可以扩展到整个东方。"如果东方吸收了西方的精髓，"二者的结合，将诞生出怎样的完美人格"？为何世人要忽略泰戈尔的建议？

泰戈尔游历西方时，发现主流思想家均对他的理念持保留态度。对这些主流思想家而言，诗歌、音乐和想象力与现实生活毫无关联，他们将泰戈尔的理念视为神秘主义。比阿特丽斯·韦伯曾写道："他礼貌优雅、智慧超群、魅力十足，外表英俊、衣着精致。"然而，对于泰戈尔的理念——"理智无法解决问题"或"所有政府都是邪恶的"，比阿特丽斯·韦伯愤愤不平，她厌恶泰戈尔对西方的批判，也憎恶泰戈尔对其批判印度教传统做法的不屑。韦伯的结论是："相比行动主义者，泰戈尔秉持着自以为是的至高公义，并认为其中无所不包，这位神秘主义天才生活之地风行的阿谀奉承等陋习造就了这种高傲的气质。"伯特兰·罗素[①]与泰戈尔交谈之后写道："满纸空言，全部都是河流汇于海洋之类的陈词滥调……泰戈尔的神秘主义行为对我而言毫无吸引力。我希望以后交流时他能够更加直接。他的行为方式温和有礼，甚至有些腼腆。所以我认为他会刻意逃避开诚布公的交流。自然，他的神秘主义观点被许多人奉为格言，不过从这些人的身上不可能找到任何理性或逻辑的踪影……泰戈尔大谈'无限'，简直滑稽透顶。"而泰戈尔听了罗素在剑桥的一场演讲之后，有感而发："我全心倾听，并且非常欣赏罗素精巧的表达方式，但事后我发现自己完全想不起这位教授说过的每一个字。他的演讲与人生中最重要的问题毫不相干，明显缺乏对简单事物的科学洞察力。"通常，钦慕泰戈尔诗歌的西方人从中发现了自己熟知的事物，例如基督教人文主义。达尔文的女儿曾说："现在，我完全可以想象一个强大而温和的基督，而在以前我完全无法做到。"虽然泰戈尔举世闻名，但许多人认为"他与我们并非一类人"。与泰戈尔交谈时，他们也只能领会到一些不断重复、之前就已确定的概念。

塑造人类对不同艺术的审美品位

19世纪，德国引领西方世界开启了对印度宗教的研究。起初在德国，泰戈尔的诗歌被视为阐述东方信仰的文字阅读，而非对世界文学的贡献。在很长一段时间内，翻译泰戈尔诗歌的出版机构均属于宗教界，而非文学界。在美国，当泰戈尔向慈善家、美国最富裕的家族之一的女继承人

---

①伯特兰·罗素，英国哲学家、数学家、逻辑学家、历史学家，也是20世纪西方最著名的学者、和平主义社会活动家之一。1950年获得诺贝尔文学奖，以表彰其"多样且重要的作品，持续不断地追求人道主义理想和思想自由"。其代表作品有《幸福之路》《西方哲学史》《数学原理》《物的分析》等。

多萝西·惠特尼募集资金时，后者声称厌恶"泰戈尔混乱的诗人理念及浮夸的装扮和举止"而将其搪塞过去。直到惠特尼的丈夫为泰戈尔工作之后，她才发现这位印度诗人非凡、无限的天赋，进而扭转了自己的第一印象。

西方人草率地将泰戈尔归于"印度文化"一类，但他一生都在努力改变这种状况。泰戈尔曾说："我爱印度，但我所指的印度是一种观念，而非地理名词。"此外，泰戈尔对风行于印度的腐败、贪婪及"野蛮的内部冲突"嗤之以鼻。当泰戈尔谈到"世界的灵魂"时，仿佛在宣扬一种古老的宗教，但事实上他是科学知识和农业革新的提倡者，并将儿子送到了德国学习科技。泰戈尔也是一名先锋派环境保护主义者，在1928年发起了植树节。在外国人眼中，泰戈尔的外貌似乎暗示了他是一位来自古代的先知，然而对孟加拉人而言，泰戈尔来自未来，是文艺复兴的最初传道者。孟加拉人与泰戈尔用本族语言交流，并因后者"语言中的热情"振奋不已——泰戈尔炽热的歌曲点燃了孟加拉人的感情。

极少有人能够像泰戈尔一样，如此公开、坦然并不乏深沉地展露情感、希望与自己的心路历程；极少有人能够像泰戈尔一样，通过音乐（超过2 000首歌）、戏剧（超过30部）、歌剧、小说、短篇故事、随笔、诗歌、哲学、历史、自传、游记及世界性演讲等如此丰富的途径来表达内心。在很长一段时间内，自我表达被奉为个人解放的至高境界，即将注意力集中到个人身份的认同感，但这种观念不会轻易被世人接受。

或许泰戈尔是唯一尝试用如此繁多且大相径庭的方式击碎人类沟通障碍的人。他呼吁理性，宣称为智慧的人撰写智慧的书。当然，并非所有智慧的人都赞同他的观点。同时，泰戈尔也呼吁人类重视情感，通过诗歌和音乐达成目标，并认为，如果人们希望理解他，就不应该读他的传记，而应当关注他的歌曲。泰戈尔认为他最高的天赋在于音乐，而音乐是"与外部世界交流"的最佳方式。创作音乐时，他受到了孟加拉邦包尔人乡村歌谣的启发。许多个世纪以来，包尔吟游诗人不断融合苏菲派、毗湿奴派、密宗和佛教理念，其作品超越了宗教和政治分歧，表达了印度教徒和伊斯兰教徒最殷切的渴望。印度和孟加拉国各采用了泰戈尔的乐曲作为国歌，至今流行歌手仍为其歌词谱曲。"没有任何一位诗人或作曲家能像泰戈尔那样，能够无穷无尽、毫不费力地同时作词、作曲。一切都是自然而然地发生，泰戈尔必须在忘掉之前迅速记录下来。在他的歌谣里，世界不再'被狭隘的国家之墙分割成破碎的碎片'。""我的蓓蕾因你的气息而悄悄地弥漫着清香"透露出一种理念：少许灵感便足以创造一段感情。泰戈尔歌颂着"心灵中毫无恐惧"的未来。遭到拒绝时，他如此鼓励自己："如果他们没有回应你的呼唤，就独自前行。"然而，泰戈尔逐渐得出了最终结论："音乐是'世界通用语言'的说法完全不堪一击。"因同胞完全无法理解自己的歌曲，泰戈尔表达了深切的哀悼，而对于西方世界而言，除非对印度音乐进行整体而深入的研究，否则更加无法理解泰戈尔。最终，他认为，无论是音乐或文字都无法传递思想的深度。跨文化交流的最佳媒介是绘画。

无论其崇拜者或批评者都未意识到，泰戈尔在生命的中后期意识到自己竟然是色盲。由于遗传原因，泰戈尔无法分辨红色或绿色，并且对颜色的感知也存在缺陷。泰戈尔突然发现，不仅其他人眼中的自己不完美，自己眼中的其他人也存在缺陷。60岁时，绘画成为泰戈尔的首要职业之一，因为他希望借此努力"将自己的颜色与其他人的颜色融为一体"。在之前的诗作中，泰戈尔从未描述或称赞过红色花朵或秋叶的美。他游历全世界的博物馆，研习各种艺术形式的精髓，包括埃及遗迹、日本木版画以及英国水彩画。然而无论在哪里，泰戈尔都会对原始主义作品产生共鸣。"不要否认传统，而是发扬传统；不要被出身所羁绊，但要有能力吸收并扭转外界的社会规则，并借助'能够使其起舞的韵律'化为己用。"泰戈尔对绘画的观点并未改变，他将其转变为探究无法亲眼所见之事的试验、将新意义赋予旧事物的手段。他从不认为色盲是必须摆脱的诅咒，反而将其视为能够"触摸神圣"的象征。所见之物与不可见之物的对比总是令他心醉神迷。泰戈尔得出的结论是：人类需要学会"赞美不可见之物"。

借助"赞美不可见之物"的理念，或许我们能够将泰戈尔定义为一名理想主义者或唯心主义者，通常而言，这类人否定世界原本的模样。实干的企业家亦如此，因为他们希望用未来取代现在，这正是泰戈尔毕生努力的目标。他厌恶接受的教育，也从未因错失大学深造而苦恼。不过，泰戈尔创立了一所大学，即维斯瓦·巴拉蒂大学，亦称印度国际大学，该所学校的宗旨是"召唤学习及艺术女神"（相当于希腊神话中的缪斯）。他希望在这所大学中，学生能够了解不同形式的印度文化、亚洲文化以及西方文化，在这里，他们不仅可以获得"丰富的知识"，同时也与其他人"建立爱和友谊的纽带……与全人类和大自然建立亲属关系"，从而唤起人类对不同艺术的审美，最终令世界生机勃勃。印度国际大学沿袭了古印度林间学校的传统，其课程均在野外进行，同时其教育体系也吸收了现代西方最先进的教育理论。事实上，这所学校并无通用的教学大纲，每位学生均拥有专属教师以及独立的学习计划。鼓励"新鲜头脑"的教育方式代替了死记硬背与道德引导等落后体制。学校的教育并不依赖书籍，泰戈尔建议学生在邻近村庄进行农业及社会工作实践："仅在这种努力对一个纯粹的人进行直接了解的过程中，便包含了教育的精髓。"许多毕业于该所学校的学生在国际社会赫赫有名，比如后来的印度总理英迪拉·甘地，诺贝尔奖得主、经济学家阿马蒂亚·森以及印度电影大师萨蒂亚吉特·雷伊。萨蒂亚吉特·雷伊称，他在维斯瓦·巴拉蒂大学度过了人生中最充实的 3 年。在那里，雷伊从对西方文明的痴迷中解脱："我睁开眼睛，第一次发现印度和远东艺术的灿烂光辉。"最终，他变成了"东西方结合的产物"。然而，泰戈尔相信，为了实现目标，他应该首先将所有印度宗教和精神传统汇聚一体，然后令整个亚洲"认识印度"："亚洲的心灵尚未修复……在亚洲与西方文明融合之前，必须将其涵盖的所有不同种类文明汇聚一体。"

　　尽管泰戈尔与促成印度独立的标志性人物甘地彼此尊重、友好，但二人对社会问题的看法存在巨大的分歧。印度前总理尼赫鲁认为，世界上任何两个人之间的差异，都不会大于泰戈尔与甘地。泰戈尔与甘地之间的分歧，不仅代表了婆罗门①与吠舍②的种姓对抗，也代表了身着昂贵礼服的古老贵族与衣着朴素并且力求唤醒大众的平民阶级的对抗、孟加拉人与古吉拉特人之间的对抗、国际主义者与民族主义者之间的对抗、开放现代化与退回农耕之间的对抗。泰戈尔极力反对甘地"印度应该回到手纺车时代"的观点，他反驳道："手纺车不要求任何人进行思考。"当甘地宣称，印度人需要偶像，必须首先经历民族主义才能走向国际主义，同时应经历战争才能走向和平时，泰戈尔斥责，自己"无法忍受像孩子那样对待民众的政府"，或随意利用其感性与天真，"或许这种方式很快会在上层阶级收到成效，但同时也挖空了印度社会的根基"。泰戈尔哀悼，现实与其理想中的印度背道而驰："分歧处处滋生，无数琐碎的障碍将我们彼此分离。"他抱怨自己"经常受到政治团体、宗教团体、文学团体和社会团体的攻击"，并总结，"唯有不同的宗教团体和种姓等级接受共同的教育，人们才有希望克服如

---

①婆罗门教将人分为 4 个种姓，婆罗门是印度社会中最崇高的种姓、祭司和学者的阶级，为古印度掌握一切知识的核心人群，主要掌握神权、占卜祸福、垄断文化和报道农时季节。
②吠舍，印度四种姓之第三阶级，指从事农业、畜牧、手工业、商业等生产事业的一般平民阶级。

今存在的暴力倾向"。然而，教育并不必然令所有人变得智慧、温和。受过高等教育的人也会发生争吵，与从前一样激烈、频繁或琐碎。欧洲和美国的学生并未如他所愿涌到学校，以吸纳博大精深的印度思想，并将其转变为具有共同价值的综合体系。

泰戈尔坚信："自由的演变历史，就是人类关系不断完美的历史。"然而，他曾私下承认仅凭自己无法实现这一目标。"你们根本无法意识到，我忍受了何种巨大的孤独感……我天生不喜欢与他人密切交往。对我而言，亲密关系几乎无法忍受。除非周围有大量空间，否则我无法排解思想负担，在精神世界自由驰骋……我失去了大部分朋友，因为当他们为一己私利向我提出各种请求，而我表示无法毫无负担地奉献自己时，他们就会认为我虚骄恃气。我一次次遭受折磨，甚至每次新的友谊降临，便会无比紧张。"

泰戈尔通过"与自然交流"所寻求的安慰，远远无法抚慰内心。他娶了一位素未谋面的 10 岁女孩作为新娘，数年后写信给她："如果我们能够成为工作和思想伴侣，那再好不过，然而毕竟并非所有梦想都能实现。""我与家人的关系成为阴影。即便某人是我所谓的'家人'，也并不意味着我喜欢他。""我是心灵的流浪者……无人能够用锁链羁绊我的脚步。"名气只是令泰戈尔愈发孤独。"我的市场价值非常高，但同时个人价值被掩盖。实现个人价值的愿望一直穷追不舍，令我备受折磨。我只能从女人的爱中找到安慰，我等待许久……我应该得到它。"然而，泰戈尔对于爱慕自己的女人依旧保持距离，因为他不愿成为被女人独占的"物品"。

泰戈尔与其英国助手恩厚之（1893 ~ 1974）建立了长期的友谊。恩厚之的年龄只有泰戈尔的一半，但他一旦体会到泰戈尔身上潜藏的庄严风度，便深深为之折服。"（泰戈尔）他的眼睛永远散发着幽默、顽皮的光芒。他并非神秘主义的哲人，不是广收弟子的大师，而是一个极其人性化的人……人类所展现出人性的任何一面，都会令他入迷。"正如泰戈尔写道："我既年轻又衰老，而你是唯一一个近距离了解我的人。"恩厚之回答："有时，我认为你是世界上最孤独的人。或许这就是真正的'伟大'所不可避免的惩罚。"然而，"你总是像父亲一样哉鼓我，我们总是像孩子一样哈哈大笑"。泰戈尔回答："我会永远记得你。对我来说，你不仅是一位朋友，在某种意义上，也是创造了亲密关系的分享者。"恩厚之被两人的短暂会面所鼓舞，自愿为泰戈尔工作，不要求一分钱的薪水，只为将所学运用于现实。他帮助泰戈尔将农业知识普及到贫困的印度山村，随后又在英格兰成立了达廷顿教育和农业实验室，以将两大伟人的思想合而为一。这座实验室的意义非比寻常，其一，它将泰戈尔的乐观主义辐射至当今时代；其次，它与罗伯特·欧文（1771～1858）在新拉纳克建立的工厂一样，是重要的"乌托邦式"工厂。厚恩之与泰戈尔的伙伴关系超越了时间的羁绊，后者曾写道："老者老矣，年轻人依然年轻，天生一对的两个人极少能够相逢，但我们两人确实相遇了。"二人是精神伴侣，他们向世界表明，两个截然不同的人能够按照实用主义合作，并且这种合作模式会取得丰厚的果实、超出双方的预期。厚恩之与泰戈尔的伙伴关系表明，个体的创造力能够对公共事件产生正面、积极的影响。

自此，对事物敏感性的表达方式发生了重要变化。在传统观念中，荣誉至关重要。贵族阶层希望公众意识到自己的优越性，通过孜孜不倦地展示其武力、财富、慷慨或殷勤好客来力证这一事实。社会地位更低一些的人则努力获得象征体面、独立和正直品格的社会荣誉。社会名誉的脆弱性仍困扰着大部分人，但对附庸他人观点的厌恶感令人们更加关心自我品格的塑造。人们越否认，就越容易曲解自己的经历。

学会欣赏他人

当一个男人和一个女人生下孩子，便意味着他们将一个按照未知方式混合着二人特征的人带到了这个世界，因此即便是父母，也无法完全赞同其后代的一切想法。思想同样如此，任何思想均为其他思想的混合产物，有时甚至不知所源。人类从未凭空创造过任何事物。人类最擅长再创造，而再创造至少需要一名伙伴、一个灵感以及与他人产生的一次交集。只要活着，就需要不断汲取知识，而这正是一个人不断与原本的自己产生分歧的过程，期间他做好了准备去爱所有人，并努力解决自己与大多数人因分歧而产生的问题。"相容共处"可以给人带来温暖，但"水火不容"也能激起人与人之间的火花与光辉。

泰戈尔说："当我像看待自己的同胞一般，去欣赏其他国家的诗人和艺术家时，我就会对自己身为人类的一员而感到自豪。"我非常感激泰戈尔，因为我可以汲取他的某些经验，通过他那独一无二的视角，一瞥印度独特而多样的传统，及其对某些问题的微妙探索。如果我像伯特兰·罗素一样曾与泰戈尔私下会面，那么泰戈尔或许会像拒绝其他人一样拒绝我。与大多数短暂的相遇一样，他会认为我们之间存在无法消弭的隔阂。然而，泰戈尔的书籍和信件是坦率的自画像，呈现了人格在不同情况下的不同状态。这让我产生了许多深刻的思考，重新审度我的朋友和熟人。我认为自己与泰戈尔建立起了一种可贵的关系。泰戈尔本人或许永远不会知道，但对我而言，他永远活在我的心中。

各个国家都会向其公民颁发出生证明和护照，以证明他们"活着"的状态，但就生命悲欢的意义却无法给予任何证明。伯特兰·罗素对泰戈尔的怪癖异乎敏感，从而妨碍他挖掘后者的其他品质。这就是小事件产生重大结果的方式。泰戈尔和恩厚之将不同社会背景置于一旁，探讨相互能给予彼此的事物。大多数人不懂得彼此欣赏，最主要的原因是出自本能的排斥，人们总是根据第一印象过早地下结论。这是一种普遍的人类反应，大多数人都以本能地作出迅速而精确的判断为豪。然而，人类还存在另外一种更加缓慢的反应，其内核为，每次当两个人在不同情况、情绪、会话或挑战中相遇，都能发现一些新事物，都能听到不同的意见或揭开不同的面具。所谓接受能力，是一种对惊奇事物的开放心态，是乐于承认错误的勇敢。夜郎自大极其危险，因此熟读历史是非常安全的学习方式。历史时时提醒我，我并非无所不知，事实上我也不可能无所不知；历史提醒我，无须为个人的无礼而去争论；历史也偶尔让我得到些许我所不时渴望的超然的满足感。

我不喜欢拉锯式的日常交流，因为这种交流方式小心翼翼地避开了所有潜在的争论。独裁者通过消灭异议来维护其统治地位，持有异见者无法进行公开辩论，他们通常迅速转入地下，而反对的呼声则更加猛烈地蔓延开来。自由论者尊重并珍视争论。在争论中会诞生新的思想，但争论也可能会继续下去，就同样的主题进行无休止的辩论。泰姬陵是印度莫卧儿帝国皇帝沙贾汗为纪念深爱的妻子而修建的坟墓。泰戈尔将泰姬陵描述为"永恒面颊上的一滴眼泪"，这表明诗歌可以转换人类的视角并释放其想象力。思考，可以促使人提出新的假设，追求尚未发现的证据，将想象力从旧的争论转向新的未知目标。"思考是世界上最困难的工作，"亨利·福特说道，"或许，这就是很少人乐于思考的原因。"然而，思考并不意味着痛苦，它同样令人无比振奋，像玩耍一样放松、愉悦。

泰戈尔之所以能够在相当广的领域内成就斐然，是因为他出生于印度文化教养程度最高的家庭之一，而他本人也对许多表面上并不相关的事物感兴趣，比如他对亲人中的女性教育和宗教改革先锋、加尔各答市第一座电影院创办人、将管弦乐队引入印度音乐的介绍人兴趣盎然。泰戈尔的知识体系融合了印度宗教文化、伊斯兰文化和欧洲文化，可以讲6种东西方语言。他从亲人身上汲取一切进行独创的勇气。泰戈尔广泛阅读世界文学，因此能够将英国殖民压迫和英国的文化、戏剧、诗歌以及"慷慨的自由主义"区分开。绝大多数缺乏类似出身背景的人，需要培养替代者来获取灵感，并终身为之努力。然而，久治印度的英国人无法意识到这块大陆上精英人群文化的广博与深刻。印度精英们拥有这样一种优势：他们的心灵并未受困于一种特定文化，而是传承了印度和英国的两种传统，并汇聚了数种历史和宗教文化。极少数英国人能够理解泰戈尔如何结合了从吠陀祖先汲取的灵感与现代思维。泰戈尔说道："维系着某个群体的凝聚力究竟是宗教还是艺术，并不重要。"文明的融合，定然产生无法预料的结果。东方文明从西方文明吸收了许多思想糟粕或精华，然而相反，西方在掠夺东方时，却曲解或过于简化地对待其文明精髓。泰戈尔独立于众人的一点在于，当他倡导团结统一时，也接受社会内部存在矛盾的观点。他的理想是谱写一曲"由无数乐器演奏的永恒交响乐"，但不存在"教皇式权威的浮夸及迂腐"。泰戈尔的灵性并未建立在严格的信仰之上，而是依赖于个体体验，他无法忍受"与世隔绝"，因为那会产生一种"令人恐惧的孤独感"。

1913 年，几乎在印度无人知晓的情况下，泰戈尔突然被西方文学的评论家们热烈追捧。这些西方人将泰戈尔视为同类的灵魂，并授予他诺贝尔文学奖。当时，泰戈尔所著的孟加拉诗篇的英文版刚刚面世 6 个月。然而，短短几年过后，带着第一次世界大战的创伤，原本仰慕泰戈尔的人又将他视为"多愁善感的垃圾"而将其摒弃。泰戈尔的名声在誉满全球以及几乎被遗忘之间潮涨潮落，生动地展示了人类的记忆如何随着短暂情绪的变化而被重新塑造。然而，分歧并非仅源于记忆的改变，也来自不肯消逝的记忆：泰戈尔对同辈的印度农民感到大惑不解。他曾尝试将其集中到一起，进行集体主义以及更大效能的试验。泰戈尔不解他们为何要反抗，为何"他们拒绝为自己付出"。印度农民回答："我们为什么要改变？反正最终受益的是地主，而不是我们。"显而易见，泰戈尔和这些人生活在两个不同的时空里。作为 19 ～ 20 世纪孟加拉文艺复兴的荣耀明珠，泰戈尔品尝了与意大利文艺复兴先贤们同样的孤独感，他备受折磨。下一章，我将探讨是否需要换一种方式去理解逝去的时间，并将争论变成思想的启迪。

第 11 章
预言、担忧与未来之思

未来，回到原点？

两届诺贝尔奖得主阿尔伯特·爱因斯坦曾经与泰戈尔进行了一次公开会谈，但期间两人"完全没有产生心灵交流"。不过，爱因斯坦与泰戈尔一样，全身心地投入到促进不同文明、不同人种和谐共处的努力之中。爱因斯坦召集了全世界最杰出的 33 名科学家，共同签署了一份宣言，主张一切知识领域的学者应该联合起来，"构造综合世界观"。他支持"同一个世界运动"（One World Movement）；在第一次世界大战期间，宣称自己是一名欧洲人；1935 年，他还劝解阿拉伯人和犹太人进行"和平友好的合作"。《爱因斯坦全集》（*Collected Papers of Albert Einstein*）收录了这位伟大的物理学家的文章、演讲与采访，该图书项目仍然在出版过程中，预计共 25 大卷，以百科全书的方式来剖析爱因斯坦的人生。在日常生活中，爱因斯坦预测未来的能力并未领先于其他人。在他拒绝担任以色列总统的邀请时，曾坦言自己"既无处理社会事务的天赋，也没有类似经验"。

爱因斯坦无法确定，在未来的世界中，人类能否相互理解。他认为："智力工作领域的高度专业化，导致智力工作者和非专业者之间出现了有史以来最大的障碍。"之后，他半开玩笑地补充道："自从数学家开始研究相对论之后，我自己也搞不懂它了。"极少有人能够想象，爱因斯坦的学术成果会让他们的未来产生巨大变化。《伦敦时报》（*London Times*）曾公开抨击爱因斯坦的理念是"对常识的侮辱"。坎特伯雷大主教①也认为，爱因斯坦"对自己的理论根本就摸不着头脑"，而且"他对某一问题关注得越多，其思维就越混乱"。

许久之后，人们才开始意识到，爱因斯坦创造了对未来的全新阐释，其中普通人认知滞后的原因在于，爱因斯坦曾宣称自己对过去更感兴趣。他说："真正让我感到着迷的，是上帝在创造世界时，是否真的有其他选择。"换言之，宇宙起源之初，世界是否曾面临某种抉择，是否存在两个甚至更多互不相容的选项？当波士顿的红衣教主奥康纳批评相对论为无神论时，纽约的犹太拉比戈尔茨坦向爱因斯坦发去一封电报，质问："你信仰神吗？停下来吧。回复需支付 50 字费用。"爱因斯坦回复："我信仰斯宾诺莎，他在和谐世界中展现自我。我不信仰那些整天担心人类命运或行为的神。"爱因斯坦的观点与 17 世纪的观念产生了某种关联，这令那位犹太拉比以及红衣主教感到不安。1656 年，斯宾诺莎因怀疑有组织宗教的合理性、拒绝所有教条并否认上帝超于

①坎特伯雷大主教，又称为坎特伯雷圣座，首任主教是圣奥斯定·坎特伯雷，为全英格兰的首席主教，主持自 1867 年起的每十年一次的全世界圣公会主教会议。

自然的观念，被犹太教堂逐出教会。即便如此，斯宾诺莎宁愿忍受贫穷，也不愿接受海德堡大学提供的教授职位，以免受其约束。爱因斯坦撰写了许多关于斯宾诺莎的文章，并专门为他写了一首诗。他曾坦诚斯宾诺莎的伦理观"将对我产生永恒的影响"。爱因斯坦称自己为"极其虔诚的无信仰者"，即意味着他不信仰任何一种宗教。爱因斯坦既未生活在过去，也未生活在未来，而是存在于时间之外。对科学研究的全神贯注，令爱因斯坦摆脱了无趣难耐的日常生活，从各个层面获得了一种"内在的自由与安全感"，进而获得了"类似宗教人士或沐浴在爱河中的人才会产生的感觉"，这帮助他"构筑了一幅简单清晰的世界景象"。世人称爱因斯坦为"巨大的热情与深邃的冷漠的怪异混合体"，他本人则认为："从出生起，我就认为自己像游荡在国界边缘的流浪者，被所有人厌恶、抛弃。"当爱因斯坦宣布自己的第一个重大发现时，还是一个否定先贤理念的年轻人。在爱因斯坦40多岁、誉满全球时，一名记者曾这样描述："他给我的印象，是一个令人不安、充满浪漫的年轻人。某些时候，他让我不可抑制地联想到年轻的贝多芬……而爱因斯坦突然发出的笑声，会让人以为他是一名学生。"爱因斯坦带有玩世不恭的机智，眼睛里闪烁着"和蔼的光……哪怕刚刚经历了一场严肃的争论，他的眼睛里也会放出光芒"。他喜欢将自己的房间弄得一团糟，拒绝任何清洁工甚至妻子来整理。"如果杂乱的桌面是杂乱头脑的象征，那么空桌子又代表什么呢？""作为我对蔑视权威的惩罚，命运将我变成了一名权威人士。""如此出名又如此孤独，真是件奇怪的事情。""为什么没有一个人理解我，但所有人都喜欢我？"

爱因斯坦从不刻意迎合其他人的期望。"我从不在意能够获得舒适或幸福之类的事物。我把这种理念称为猪栏的理想。""我从未完全属于任何国家、政府，或任何朋友，甚至我的家庭。"他将婚姻定义为"让意外事件延续的失败尝试"，自称"由于不愿变成易于满足的中产阶级而只好远离婚姻"。竞争"是一种可怕的奴役，其邪恶程度丝毫不逊于对金钱或权力的狂热追逐"。爱因斯坦从不饮酒，是一名"原则"上的素食者，吃肉时会"带着一点内疚"。"我既不喜欢新衣服，也不喜欢新奇的食物。"他也不喜欢自己的脸："如果不留胡子，我看上去像个女人。"当他提到"极少数女人拥有创造力"时，还透露自己出生于1879年，大脑是一个古老的遗迹，带有古旧的偏见，但同时也是新想法的喷泉。

"我很快乐，"爱因斯坦说道，"因为我对他人无欲无求。我不渴求赞美。除了我的工作、小提琴和帆船之外，唯一让我感到快乐的是同事对我的感激。"然而，尽管爱因斯坦与其同事维持着亲密的关系，但他对量子物理学中的随机性和事实的主观性表达了强烈质疑。"我深信宇宙的和谐……一切都是确定无疑的。无论人类、蔬菜或宇宙尘埃，都随着远方某个未知的风笛手演奏的神秘曲调而翩翩起舞。"该理念的一种替代性解释被称为"镇定哲学"（Tranquillising philosophy），足可与宗教相媲美。尼耳斯·玻尔[①]（1885～1962）更相信宇宙的互补性而非统一性，其座右铭为"对立者互补"。玻尔是"一名在意'现实'的犹太教法典哲学家，认为现实是一个天真的恶魔"。爱因斯坦坚定地认为，随机性最终会成为更深层次的决定论。如果空间和时间、电力和磁力、能量和物质无法被统一到同一个场景中，这将"无法忍受"。在晚年，爱因斯坦一直尝试将量子物理学与重力学统一，但徒劳无功。

泰戈尔和爱因斯坦的相似之处在于，二人都认为自己被其他人孤立、误解，其终极目标无法实现，原因可部分归结于他们对时间的态度。泰

---

①尼尔斯·玻尔，丹麦物理学家，1922年诺贝尔物理学奖得主，通过引入量子化条件提出玻尔模型来解释氢原子光谱，提出了互补原理和哥本哈根诠释来解释量子力学。他是哥本哈根学派的创始人，对20世纪物理学的发展有深远的影响。

戈尔有意识地从不同时代汲取灵感，他与同时代的人"无法同步"，因为后者习惯于完全将自己封闭在特定时代。至于爱因斯坦，他得出与日常生活最相关的观点为，"过去、现在和未来的差别，只是一种顽固的幻觉"，这令他站到了绝大多数人熟知的某种常识之外。如果你、我与他们谈话，我们必须解释自己对时间的态度，而时间本质上是人类最宝贵的财富，即生命本身。我将阐述本人对时间的态度，以期读者也解释所处的时间框架，而实际上这就是人们对历史的哲学观。世界上有很多现存的历史哲学观可供选择，其基础五花八门，包括进步、开发、幸福、不朽、个人或性别等。这些历史观通常带有某种暗示，即人类自出生那一刻起，即被抛入了波涛汹涌的大海中，要花费许多年的时间才能爬上一艘漏水的救生艇，而后不受控制地顺流而下，前往未知的海岸。然而，有时前方根本找不到任何陆地的踪迹，艇上的人只知道自己注定要随船沉入海底。事实上，无论哪种历史哲学观都无法吸引我，因为它们指向的未来全都与现在相似：更加繁荣、更多精巧的科技产品、更多的节日、更多的灾难、更多的疾病以及更多的治疗手段。

现实中的历史温度

对我而言，当今时代的大多数分歧均都与历史、预言、原本会发生以及应该发生的事有关。历史不断改变人类记忆、遗忘或预期发生的事，因而人类的希望、争论或绝望也随之变化。20 世纪处于新旧交替的阵痛期，因此人们最关注自己的童年记忆，认为它是最有价值的未来指针。我的目标是，确定能否利用其他记忆，而不仅仅局限于本人的记忆面对未来。记忆并非被珍藏或呵护的宝物，但近代科学将记忆变成了藏有许多虚假幻觉的"阿拉丁的山洞"。

自从弗雷德里克·巴特莱特[①]（1886～1969）完成其先驱性试验后，人们发现记忆并非是对某个完整事件的读取，而是对无数分散碎片的重建，如今这一发现不可避免地融入了许多现代的思想观念。人类在不断地重塑历史。21世纪最重大的进展之一，是人类发现大脑用同一个部位构筑记忆、思考未来。我们对未来的观点，取决于我们对过去的认知。

在我之前所有的书籍中，都曾提出以下问题：我们并没有任何正当理由就武断地认为，应当用古典历法或年、月、日次序呈现时间的流逝。此外，为何历史无法与绘画艺术一样，享受一定的自由？我列举了不同时代、背景的历史人物以及观念，希望从中找到解答诸多困扰现代人类问题的答案。由于诸多不同原因，爱因斯坦将过去、现在和未来的区别置于一旁。在16岁那年，爱因斯坦就曾问自己："如果我以光速旅行，会看到什么？"爱因斯坦和泰戈尔彼此迥异的穿越时空之旅，为时间旅行者提供了两幅差异巨大的图景。两位思想者驱使我思考，我将用怎样的理论预言或为未来忧虑？

没有人生活在过去。人类的头脑中不仅储存着有关个人经历的记忆，也可以从出生之前的时代，从素未谋面的历史人物那里获得诸多信念与习性。我们借用古代、中世纪或现代的各种历史碎片来构建自己的人生。从未存在任何一段历史时期，能够被后续时代永久取代，甚至那些紧随潮流、走在时代最前沿的人物，也怀有古老的信仰和梦想。我们无法预言，哪种嗜好或挥之不去的厌恶会令人生枯萎，或带来独创性的新发明。人类的冲突，通常是对过往回忆的不一致而产生的激烈交锋。如今的冲突较之以前要普遍得多，因为现在的人同时生活在两个世界中，一个是可见的物质世界，我们在这个世界吃喝玩乐、工作养家；一个是不可见的精神世界，其中充满了渴望、恐惧、信仰、怀疑、音乐、神秘、灵性、

①弗雷德里克·巴特莱特，英国心理学家，生于英国的格洛斯特郡，逝于剑桥。他在推动英国实验心理学研究方面作出了巨大的贡献。

理想主义、超自然、占卜以及无法用语言描述的思想理念。第二个世界挤满了许多拒绝消亡的古老迷信，并期待以混杂形式东山再起，第二个世界也不断被新的矛盾思想侵入。假如我们用新的方式将记忆组合，就极有可能改变对未来的认知。

罗马人早已预感到双重世界的影响。他们的时间之神、开始与结束之神雅努斯，便拥有两副面孔：一张面向过去，一张朝向未来。同时，雅努斯也是冲突之神、旅行之神、贸易之神及海运之神。他率先铸造了硬币，认为商业的本质是买卖时间。最近，研究发现，记忆受损的病人在思考未来时也会遇到困难，在遗忘的深渊中，错乱的神智把他们拖得越深，其未来便越空洞。如果人类耽于对过去的幻想，其脑中的未来图景便会越发错乱，一个人的视觉记忆越强，对未来的视觉想象便越清晰。因此，记忆不仅关乎过去，也是构建未来的重要因素。假如一个人对过往的记忆过于狭窄，那么他对未来的认知也不可能开阔。如何培养记忆，就像如何锻炼身体一样，变得越发重要。个人经历是营养不足的膳食，但我们可以通过从别处汲取记忆，以对其进行补充。这些从别处而来的记忆，事实上来自全人类，包括活着的人和死去的人。如果记忆贫乏，我们简直无法想象自己从未体验过的未来。

当我与你交谈时，我听到的不仅是你所说的话，更有历史上人类先贤的回音，也许还有他们对后人观点的抗议。这种情况并非异乎寻常。起初，大多数文明并未将历史从现实中剥离，因为与逝去先贤进行长久、专注的讨论，是进行未来规划、避免发生分歧的基础。死去的人与活着的人一样，仍存在于世界上。进入现代之后，人类认为应当比祖先取得更多成就，因而砍断了与历史的纽带，变成了时间孤儿，这导致人类在思考未来应当如何自处时，变得更加困难。

至此，各种社会机构为了缓解由此产生的不安全感，构建了可以预测未来的规则性社会：每天每个小时都被提前规划好，每种职责都被分配到固定岗位。然而，目睹了时间永不回头，一分一秒流逝所产生的焦虑将我们的生命变成了一场对抗时间的永恒战争，也把将我们拖入了一场关于如何花费或度过宝贵时间的永久辩论之中。守时和效率成为奴隶主，鞭笞人类向每天塞满更多的活动以期得到更多收获，同时强迫人们放弃个人节奏，屈服于固定、死板的时间表。渐渐地，人类不再仅仅因特权而割裂，也因不同的性格而彼此疏远。有些人喜欢呆板的规则、平凡的生活，满足于社会对自己的安排并努力适应，因为这样他们便可以避免自己做决定。有些人则希望自己做决定，做什么、何时做，并按照既定的速度推进，以便从惊奇、多样性和即兴发挥中获得乐趣。这便是人类对未来期待的巨大分歧。

如今，人类坚定地认为，时间比金钱更可贵。虽然并非人人持如此观念，也并非每个人在人生的每一阶段都持相同观点，但这足以让我们提出疑问：如今，买卖时间的方式，即我们的谋生手段是人类唯一的选择吗？科技正在努力解答这一问题，而迄今为止，也一直尝试征服时间，将人类从时间的约束中解放出来，令一切更加迅速地进行。通过网络，科技创造了巨大的记忆冰箱，其中储存着过去、现在和未来。记忆冰箱是一切事件的档案馆，传递了当下社会迸发出的所有思想火花，也是播放着未来愿景的电影院。这一切之所以出现，是为了帮助人类各得其所或收获他人的期望，而非令人记起那些宁愿遗忘的事。

法国数学家亨利·庞加莱（1854～1912）险些击败爱因斯坦，率先发现相对论。庞加莱提出，混沌状态是世界不可分割的一部分，在一切秩序中都隐藏着混乱。在循规蹈矩的规则中存在激流暗涌的孤岛，这导致人类难以作出长期预测，因为初始条件的细微改变都会产生误差，进而使结果大相径庭。在这位数学家的话语中，暗含了唯有生活在计算机时代的人类才能充分理解的观点：一只蝴蝶扇动几下翅膀，可能引起数千英里外的一场暴风雨。

庞加莱赞颂直觉，认为直觉并不属于纯粹的臆测，而是一种特殊能力，能够"将许久之前便已存在，但之后彼此分散、表面上不相关的元素融合……观察的价值体现在它可以将新价值赋予其融合的旧元素之中"。爱因斯坦曾断言，科学的目的是发现"复杂现象的统一，但对直接的感官经验而言，复杂现象却相互分离"。庞加莱认为，科学的目标是从混乱中找出现实意义，实现该目的的途径是用优雅将目标重塑，而引导人们的原则是对美的追求。"如果大自然不是完美的，那么它就不值得被研究，而生命也没有必要存在。科学家并非出于实用价值而研究大自然，而是希望从研究中获得快感，因为大自然是完美的。"对庞加莱而言，美意味着简洁。美，可以节省人类的苦苦思考而被识别，就像机器可以节省人力一样。他并不追求确定性，因为"一切确定性都是谎言"。掌握事实只是完成了旅程的一半，更重要的收获是厘清了事物之间的内在关系。因此，庞加莱对几乎一切知识领域产生了浓厚兴趣，因为没有任何领域完全与其他领域毫不相关。庞加莱的朋友认为"他的想象力的强度和范围堪称诗意"，"他的宗教感情表现为面对大自然时惊异的狂喜"。庞加莱认为，科学家能够获得的最好的训练方式就隐藏在人文科学中。他最喜爱的读物是探索和旅行之类的故事。在谈话或讲述奇闻逸事时，"庞加莱几乎从来不会从头说起，他的头脑不按直线工作，而是从中间向外扩散"。在世俗眼光中看似不可调和的矛盾，庞加莱总能将其充分利用。

我珍视不相容性、分歧与不确定性，因为这些因素可以打破现实，将其转变为真理和幻觉的碎片，并打开通往发明创造的大门。当汉普蒂·邓普蒂（童谣中从墙上摔下跌得粉碎的蛋形矮胖子）从墙上掉下来，将自己的蛋壳摔得粉碎时，除了把蛋壳重新粘好，我们还有另外一种选择。是的，我们还能从一片混乱中做出一个煎蛋卷，加入许多其他新奇佐料。未来是一系列无穷无尽的试验，分歧是对想象力的挑战，超脱是对冲突性记忆的奖赏。随着知识领域不断扩张、细分，事先设定与偶然的事件之间出现了裂痕。原本清晰的事实变得神秘，由旧问题引发的新问题数量远超答案。一种更大胆的自由理念浮出水面。自由不仅是权利，更是需要习得的、通过他人视角而非个体透镜观察世界的技巧，为了攫取美、意义与灵感，而想他人所不敢想的气魄。每一个生命都是一则自由寓言。

第12章
嘲讽是非暴力对抗的最有效形式吗？

幽默能够成为暴力反抗的替代选择吗？

　　"别嬉皮笑脸！""别扮鬼脸！"这是我对学生时代唯一记得的、关于幽默的建议。当时，我甚至被藤条抽了6下，因为男舍监怀疑我在嘲笑他。特权阶级总是小心翼翼地掩饰其脆弱的本质以及对任何嘲讽的恐惧，即便只是蛛丝马迹，也会令其大惊失色。很久以前，印度人相信，上帝创造的世界是一个游乐场，而人类像孩子一样嬉戏其间，他们修建沙堡然后又将其推平，但许多人发现，那些摧残着日常生活的专横做法并不有趣。当然，没有任何一位幽默大师可以避开这句评价："从拿起你的书到放下为止，我一直笑得直不起腰。总之，我打算再读一次。"

迄今为止，还没有任何先知号召全世界的小丑联合起来，刺穿世界的傲慢，拯救被蔑视的弱势群体。为什么幽默被视为难登大雅的低级乐趣？幽默可以成为暴力反抗的替代选择吗？幽默可以取代愤愤不平的街头抗议吗？许多人认为被迫服从的政府愚蠢、腐败，认为傲慢自大的老板令自己的人生受尽折磨，那么嘲讽作为一种艺术，除了帮助人们免于绝望的侵蚀，是否能够发挥更大的作用？

当爱因斯坦尝试用新兴电影艺术来缓解现实世界中永远无法摆脱的折磨时，其同时代人老舍（1899～1966）发现了幽默的潜力。老舍将词语"幽默"引入了中文，赢得了中国最受喜爱的现代小说家以及剧作家的荣誉。此外，作为一名中国作家，他的作品在美国十分畅销，这实属罕见。

老舍成长于贫穷的环境中，有时甚至食不果腹。他的家人全是文盲，母亲靠替人洗衣、打扫养家糊口。在经济极端困难的情况下，老舍得到了在某所小学免费接受教育的机会，最终取得了教师资格。通常，这意味着他取得了成功以及一份谋生的工作，而且职位晋升极其迅速，但他却辞职了。老舍希望独立，拒绝与腐败的官员假意亲热，他将后者斥为"妖魔鬼怪"。即便在寒冬，贫穷也甚合他意。为了给母亲提供衣物、食物，老舍卖掉了自己的皮大衣。因为贫穷，他可以随意鞭挞世界；因为固执，他可以任意用自己的标准及感受去评判他人。幽默可以带给老舍超脱感，使其免于痛苦的折磨。在学校读书时，无论老师如何对他体罚，老舍从未哭过，也从未求饶。与母亲一样，他宁愿死，也不想向人乞求。老舍的叛逆方式就是维护自己的尊严。相比功名利禄，他宁愿在陪伴自己的穷苦大众中停留。即便老舍名扬全中国，得到了"人民艺术家""杰出的语言大师"以及政协委员等称号或职位时，也从未改变初衷。他所做的不仅是跑到茶馆、坐在穷人当中，"秘密记录其言行举止"。"我从未那样做，我只想交朋友。他们帮助我，我帮助他们。我过生日的时候，他们会为我祝贺，他们结婚或生子时，我也到他们家中去祝福。"

25 岁那年，老舍随大量中国移民来到英国。当时，中国人纷纷奔赴欧洲，就像当年欧洲人纷纷涌向美洲。历经波折之后，老舍在伦敦大学东方及非洲研究学院谋得职位，任中文教师之职。从 1924 年到 1929 年的 5 年时间中，他一直在该学院工作。然而，当伦敦人轻蔑地认为所有中国人都是吸食鸦片者、军火商甚至残忍的野蛮人时，老舍如何能够保护自己，又如何回应那些一边通过与中国通商大发横财，一边又无视灿烂的中华文明、充满优越感的英国商人？他如何在自认高人一等的傲慢传教士面前保持礼节？"英国人偏见颇深，为人无趣，"老舍写道，"但他们并不像看上去那样刻薄，他们只是没有幽默感。然而，我只能用幽默的笔法来描写这些英国人，否则他们就像是一群不幸而半疯的傻子。"

老舍排解异国歧视的方法是揶揄自己与同胞们所受的屈辱。面对残忍、不公的情况，老舍并未诉诸革命抗议，而是苦中作乐，借助生活中一次次击败逆境的凯旋、揭露身边的荒谬来安抚普通大众的痛楚。老舍在自己的小说作品里描述了许多可笑的人物，其原型有颐指气使的政客、浮夸自大的警察、持有偏见的法官、一直教授新方法的教育家，也有"分裂成 327 个党派"、满口抨击丑恶却不知如何应对的"浅薄的现代学生"，以及寻找人生价值从而为野心辩护的困惑资本家，每天在办公室和家之间奔波的文员，而那间办公室就像"一只张着血盆大口等待的怪物"，家中的妻子是等着将丈夫一口吞下的"母夜叉"。老舍嘲笑"公务"催生了"没有结论的文件""吃下钱、吐出文件"的官僚机构以及一味模仿外国人举止的幼稚市民，他谴责"金钱的声音和气味"是毒害私人与家庭关系的毒药。

与此同时，老舍创作了许多极具魅力的角色，尽管这些虚构的人物有缺点，但仍值得喜爱。其中，最受欢迎的角色莫过于贫穷的人力车夫祥子。祥子一生省吃俭用，希望存钱买一辆黄包车，以期获得自由与独立。然而，祥子总是被各种各样的骗子、流氓所阻挠，最后他也沦为小偷，背叛同行，学会了抽烟、酗酒和赌博。此时，这样一点短暂的愉悦就是祥子能够想象的一切，让他从痛苦中暂时解脱。"生活既是那么无聊，痛苦，无望！生活的毒疮只能借着烟酒妇人的毒药麻木一会儿，以毒攻毒，毒气有朝一日必会归了心，谁不知道这个呢，可谁能有更好的主意代替这个呢？"

老舍的确没有更好的办法。对他而言，幽默是"心灵的态度"，需要加以培养，否则生活将难以忍受。这意味着他要像一名外来的游客那样观察人群，从中发现乐趣。老舍的目标是保持快乐和慷慨的正面情绪，即便人类犯下无数的罪恶。讽刺无法令老舍完全满意，因为其中的讥讽意味过于冷酷，而意在激起他人对受害者的厌恶也并不公平："我讨厌坏人，但坏人也有好的一面；我喜欢好人，但好人也有坏的地方。"智慧无法令老舍完全满足，因为在大多数情况下，智慧与人的直觉并不相符，无法产生直觉上的吸引力。以引人发笑为目的的滑稽剧非常不错，但却缺少一种东西，那就是同情，而这恰恰是老舍最在意的品质。老舍对苦难的回应，证明了每个人都很伟大，但也非常可笑，甚至指出这一点的作家本人也不外乎如此。"所有人都是兄弟，都有各自的缺点"，如果一个人有些与众不同的"小怪癖"，也值得高兴。老舍喜欢观察各种人的性格，描绘其矛盾、梦想与失望的冲突，以及面对绝境时的韧性。"幽默作家的艺术感在于展示事物荒诞的一面……但他并不仅仅满足于将这荒诞的一面指出，他已经意识到这是大多数人的共同命运。"老舍曾经引用英国作家狄更斯的话："幽默作家决心唤醒、引导你的爱，你的怜悯，你的仁慈，你对虚假、伪善、欺诈的嘲笑，对弱者、穷人、被压迫者、不幸之人的同情。"老舍被称为"狄更斯和马克·吐温的中国表兄",而老舍本人也十分推崇此二人的作品。如果狄更斯和马克·吐温能够活到20世纪,我敢断定,他们对老舍不仅喜爱,更会因为前者所面临的困境以及试图找出幽默文学作品的极限而感到震惊。

幽默作家的问题在于,他们与其讽刺对象一样,易受攻击。狄更斯利用巨大的名气来传播其作为社会改革家的理想,十分向往欢乐的家庭生活,而这掩盖了他婚姻失败的事实。狄更斯的感情生活并不合法,因此只得秘而不露。马克·吐温对赞美产生了无法抑制的渴望,这令他成为欲望的囚徒。同时,他也受困于"永远伴随人生的莫名忧愁"之中。作为美国人的典范,马克·吐温努力维持个人声誉,因此坚持其自传在逝世之后100年内不得出版,因为他清楚美国人不会认同自己的理念。从近年出版的马克·吐温自传中我们得知,马克·吐温认为美国士兵是"穿着制服的刺客",爱国主义是"谎话";除非交谈双方完全坦诚相待,否则他不知该如何开口。然而,老舍几乎能将所有事编成玩笑。马克·吐温不得不承认:"我并未全身心投入真理之中。"与许多人一样,老舍发现无法在幽默和严肃的现实之间建立理想的关联。

老舍在其艺术作品中,均拒绝对国民性格进行肤浅的归纳,他讨厌"用肤色、毛发的卷曲程度区分野蛮人和文明人"。然而,幽默不足以完全消除他对英国人"作为罪恶之源的狭隘爱国主义"的愤恨,而这种愤恨激起了老舍的爱国主义。他得出结论,"强国的人民拥有独立的人格,而弱国的人民与狗无异"。除非中国成为强国,否则中国人民将永远像狗一样被外族践踏。终其一生,老舍发现,他反复在保持超脱的微笑与激昂的严肃主题之间左右为难。

老舍的自嘲源于较谦逊更深层次的感受。他不但未以其著作自豪,反而对其持深刻的批判态度,并以完全超脱的姿态指出不足。"即便我有天赋，那么肯定不包括理性的思考。我可以给朋友写一封温暖的信，但无法向对方提出理智的主张。"老舍也慑于描写女人或爱情，"我天生就是一个肤浅的人，没办法使自己的心跳加速"。尽管有时他会让步，承认自己有一点才能，但从不认为自己是一个天才。"文学艺术并不简单，"他哀悼，"我之所以这样评价，其一是对平庸的厌恶，其二是希望给自己一些勇气。"他并不认为自己比一名人力车夫尊贵："我们不都是为了其他人而忽视自己的生活吗？"老舍苦于无法成为一名英雄，但又不愿成为假冒英雄、继续其他人的游戏。最后，他变成了怀念古老儒家传统的怀旧者，忘记了自己曾经如何嘲讽儒家文化可能带来的荒谬结果。老舍无法向下一代传达任何理念，只是告诉他们一定要做得更好。

在老舍的戏剧《茶馆》（Teahouse）中，一个人因失去了对他而言一切重要的东西，失去了对政府、社会的信任而自杀。在戏剧《面子问题》（The problem of face）中，另一个人物因蒙受奇耻大辱而选择自杀，"去往另一个世界，在那里他可以洗净所有屈辱的世界"，"他将拥有冷清、干净、快乐的自由"。

嘲讽暴政：民众的语言暴力

幽默通常被视为人类的精神鸦片，一剂应对苦难的止痛药、犬儒主义①，一种对失望的无害还击，或回归童真的状态。如果以上就是幽默的全部定义，那么不难理解，为何在讽刺愚蠢或抚慰痛苦方面，我们取得了如此寥寥的进展。埃及人至少从公元前 2200 年开始就以其快乐而著称，古埃及文献《遇难水手的故事》（Tale of the Shipwrecked Sailor）

---

①犬儒主义（Cynicism），一种带着厌倦情绪的负面态度，对于他人行为的动机与诚信都持不信任的态度。它来源于古希腊犬儒学派学者主张的哲学思潮，该派别由苏格拉底的学生安提斯泰尼创立。

宣称："在众神眼中，强大与弱小只是一则笑话。"罗马人曾颁布法令，禁止埃及律师对其大肆挪揄。14 世纪，阿拉伯著名哲学家伊本·赫勒敦发现，埃及人"异常欢乐、无礼"。前不久，老牌埃及电影明星卡玛尔·希纳维（1922～2011）将玩笑提名为"埃及人用来反抗侵略者及占领者的毁灭性武器"。然而，即便埃及人对其统治者开了诸多玩笑，甚至令玩笑成为谈话中不可或缺的开场语，幽默也不足以驱逐任何一位暴君。埃及人曾嘲笑穆巴拉克总统是"乐芝牛奶酪"（全球知名奶酪品牌），暗示了后者像一个咧着嘴笑的乡下小丑，以此表达其轻蔑态度。埃及人还编出了这样的笑话：纳赛尔[①]（1918～1970）总统在选择副总统时，唯一的标准就是后者要比自己还蠢，于是就选择了穆巴拉克。但是穆巴拉克上台后并未任命副总统，因为他在整个埃及找不到比自己更蠢的人。然而，虽然频遭讽刺，但穆巴拉克与大多数荒唐的暴君一样，找到了许多盾牌来保护自己，因而他毫发无损地在总统宝座上待了 30 年。暴君通常被一群阿谀奉承、蒙昧的官员与军队包围其中，能够忽略一切反对力量行使其权力。然而，这并非讽刺无法伤害他们的唯一原因。

幽默是缓解人与人之间紧张关系的安全阀，然而，这也是幽默的原罪，因为这只会令民众更加顺从暴政。尽管历史上所有狂欢均以嘲笑权威、颠覆社会阶级为乐，但通常只会持续几天。在狂欢中，拥有特权的神职人员戴上了面具，甚至穿上女人的衣服，或将教士的法衣反过来穿，同时唱着下流的歌曲，与动物进行假冒婚礼、诅咒而非祝福其教众，但他们的真正目的仍是巩固权威。1444 年，几位神职人员这样解释："我们只是出于戏谑的目的而举行这些活动，并未像古代人举行仪式那样认真。这样，通过每年一次的活动，我们释放了体内的愚蠢，使其蒸发消失。"

---

①迦玛尔·阿卜杜尔·纳赛尔，埃及第二任总统，前任为纳吉布。1956 年当选总统，当年 7 月 26 日宣布苏伊士运河收归国有；10 月，英国、法国、以色列联合进攻埃及，苏伊士运河战争全面爆发。纳赛尔领导埃及人民英勇打击侵略者，赢得了战争的胜利。

与意大利政治思想家马基雅维利的同时代人如此评价这位自称"戏剧和悲剧的历史学家"："马基雅维利嘲笑人类的错误，因为他无法纠正它们。"就像享受着共谋的乐趣与兴奋的革命者，那些享受嘲笑带来的快感的人，由于笑得太多，以至于无法察觉，幽默不仅拥有放松与娱乐的功效，还拥有其他作用。

此外，幽默受到了强大敌人的频繁攻击。手握权势者常常残酷地惩罚嘲弄自己的人。基督教会在很长时间内都为嘲笑者安上为魔鬼工作的罪名，但是与其他遭到谴责的刑罚一样，基督教会从未成功消除来自社会的嘲讽。世界上最具影响力的教育企业家圣若翰·喇沙①（1651～1719），是第一个雇用非教派教师而非牧师创办天主教学校的人。喇沙在 1703 年出版的著作《基督教的礼仪》（*The Rules of Christian Decorum*）中警告自己不要微笑："有些人任由自己的牙齿暴露在光天化日之下，这完全违反了礼仪。我们不应暴露自己的牙齿，因为大自然给了人类嘴唇，而嘴唇就是用来隐藏牙齿的。"法国大革命也并不推崇嘲讽，其国会奉行的《行为准则》规定："（会议中）决不允许出现任何喝彩或赞同的迹象，禁止展露无礼或个性，也不允许突然间爆发笑声。"理性能够令议员的决定更客观。带着这种愿望，《人权宣言》的发起者在长达 28 个月的辩论中，努力控制自己只爆发了 408 次笑声，平均两天一次，成功地令不理性的大众无话可说，之前国会议员被称为"世界上最快乐的人，每次活动都以歌声和欢笑来开始、结束"。号称"自由大陆"的美国，也将查尔斯·卓别林驱逐出境。

在追求体面时，人与人之间形成了一种默契，即装腔作势的庄严成为智慧、可靠的证明，而大声发笑变成乡下人的标志，会被"受过良好教育的人"所蔑视。在 19 世纪，笑声受到更多的限制，因为中产阶级

---

① 圣若翰·喇沙，公教学校兄弟会的创办人，专以教育儿童，主要是贫家儿童为宗旨。

发明了新的举止礼仪，他们将笑定义为"肌肉痉挛"。只有孩子们能够在恐惧、慌张或嬉戏时露出笑容，但他们仍然接受着类似教育：只有严肃地对待世界，他们才能够更好地生存下去。政客则以这种方式来取悦人民，证明他们在保持严肃的情况下，仍然能够欣赏以恰当方式制造的玩笑：第 26 任美国总统西奥多·罗斯福（1858 ~ 1919）或许是第一位允许自己露出明显微笑而非神情严肃的政治家。

因此，出于多种原因，无数攀爬至高位的可怜之人，都不会被嘲讽所影响。他们身居要职，并不是为了倾吐真理。如果这些人说出事实，就会在耻辱中去职。此外，他们的谎言经常会令人认为生活更加美好，能够给予人们勇气或希望。从某种意义上而言，这些人也是幽默作家，因为他们编造了所有成功的故事。在这场蓄意将球向对手脸上砸的网球比赛，不会产生真正的赢家。老舍曾经尝试使嘲讽变得相对温和，他像医师一样，成为值得全人类尊重的恩人。然而，嘲讽本身的力量有限，它仅仅将肢体暴力转变为语言暴力。因此，在下一章，我将探索人类通过幽默，还可以取得怎样的成果，但并非在公共领域，而是在个人生活中。

我知道，幽默需要进行小心翼翼的处理。幽默拒绝人为解释，以高超的智慧击退了所有关于幽默的理论。如果幽默脱离了神秘的色彩与狡猾的艺术，那么它将失去魅力。狡猾是创意的肆意狂奔、言辞的翩翩起舞。然而，我们可以求索幽默的其他可能性，证明幽默不只是一种消遣、一种武器；我们可以使讽刺、同情与幻想在同一架钢琴上和谐共鸣，压倒性的交响乐将鼓舞我们在日常生活中放弃虚伪，发现真实的彼此。

那位教导我收起笑容的老师是一个可敬、博学而忧郁的人，但我们在课程之外从未进行交流。他曾有阅读法语哲学类书籍的习惯，于是就以命令我切开这些书籍的页面来惩罚我，因为当时的法语书仍以古旧的方式装帧，页面都连在一起。然而，他因太过专注于哲学思考，或过于羞涩，无法了解学生的内心。因此，他永远不清楚我到底在笑什么，或者，如果当初他能够发现，我的笑容里蕴含着喜爱之情，而非恶毒的嘲弄，那么他便能够成为一名更加快乐的老师。

第13章
如何培养幽默感？

怎样冷静地看待世界？

　　托马斯·莫尔（1478～1535）是其生活时代最智慧的人士之一，但是现在，他以乌托邦的创造人、天主教圣人被世人铭记。作为英格兰大法官、下议院发言人、成功的律师和文艺复兴学者，莫尔爵士那异乎寻常的快活天性与其严肃的职业形象形成了鲜明对比。"从孩童时代开始，他对笑话的反应便极其剧烈，这似乎表明开玩笑才是他的人生主旨……青年时期，莫尔开始尝试写作滑稽剧并亲自表演。如果谁讲了一个笑话，即便这个笑话针对他本人，莫尔也会无比喜悦。他喜欢任何带有微妙含义或智慧的俏皮话。"

文艺复兴时期人道主义者代表人物伊拉斯谟[①]（约 1466 ～ 1536）是托马斯·莫尔的挚友。莫尔曾劝说伊拉斯谟写作《愚人颂》（*In Praise of Folly*），前者形容这一情景"就像安排一头骆驼开始跳舞"。莫尔家中的每个人，包括仆人在内，都受到他的鼓励学习某种乐器，并积极参与游戏和表演，或者构思场景、角色，并以第一人称的方式朗诵某部戏剧中的段落。"对我而言，快乐的交谈从不会出错。"他甚至专门雇用了一名小丑。这位小丑大受尊敬，在霍尔拜因受邀为莫尔家族画像时，把那名小丑也纳入画纸之中。如今，这幅画闻名世界，它证明莫尔极其看重个人生活的亲密之趣以及后代的教育。他喜欢与妻子进行机智的应答，热衷于每天和最钟爱的女儿玛格丽特进行私人的"互动交谈"。莫尔相信，玛格丽特的才华终有一天会超越自己。

在《乌托邦》（*Utopia*）中，托马斯·莫尔极具智慧的想象力一览无遗。它表达了始终萦绕着年轻人的困惑，这种困惑让他们在面对世界强加于自己的期望时，失去了为自己考量的能力。成年之后，托马斯·莫尔为权势者的虚荣和贪婪感到讶异，那些人沉迷于个人观点，甚至认为"连自己放的屁都是香的"。之后，托马斯·莫尔遁入修道院整整两年，回避俗世。为了从消逝的世界中寻找灵感，莫尔专门学习了希腊语，但后来他却用希腊语翻译了批判古希腊文明最尖锐的滑稽、讽刺批评家的作品，即来自叙利亚萨莫萨塔的琉善[②]（约公元 125 ～ 180）的著作。托马斯·莫尔，这个年轻人在其著作《乌托邦》中，透露出对社会的极度反感，蔑视最基本的荒诞体系与职能，谴责政府只是带着"富人的阴谋理论管理公共事务，他们的目的仅仅是追求私利……诱骗穷人以最低的价

[①]德西德里乌斯·伊拉斯谟，尼德兰哲学家，16 世纪初欧洲人文主义运动的主要代表人物。1524 年著有《论自由意志》。他知识渊博，忠于教育事业，讽刺经院式教育、反对死记硬背，主张学习自然科学。其一生始终追求个人自由和人格尊严。
[②]琉善，罗马帝国时代的希腊语讽刺作家，是那一时代最著名的无神论者。周作人曾翻译其作品（他按照希腊语发音译为"路吉阿诺斯"），结集为《路吉阿诺斯对话集》出版。

格为自己辛劳工作"，同时他要求废弃财产权，摒弃"焦虑与罪恶之源"的金钱，并呼吁"所有人自由选择宗教信仰"。然而，这一切只是一相情愿的幻想，莫尔清楚，以上诉求永远无法成为现实，他只能将故事以对话的形式记述下来。在书中，莫尔借助人物角色之口提出自己的激进主张。

终其一生，莫尔都在被这些矛盾折磨，他既想放弃世界，又希望改善世界。莫尔接受了一个为皇家服务的职位，但这"极大地违背了他的意愿"。当目睹一位令人敬佩的改革家失势并遭到流放之后，莫尔更坚定了自己的想法。他认为自己找到了应对的办法，而且这个办法并不特立独行，反而非常务实："如果无法将某件事做到最好，那么至少可以将糟糕的程度减到最低。"因此，莫尔将其融入解决社会问题的方案中，并认为民众应当向统治者坦诚地表达心中所想，即便这会招致惩罚。许多公职人员都是"善良、诚实、无辜的人，却因'野心之蛇'而堕落"，因此莫尔千方百计地避免这种命运。以往的经验表明，诚实并无好报，但莫尔坚持认为，统治者应该了解民众的真实诉求。因此，当英国的国王改变宗教信仰时，托马斯·莫尔拒绝就自己的宗教信仰撒谎。莫尔选择被处死，但这原本是能够轻易避免的结局。事实上，这也是一种自杀的形式，这与莫尔死后无数选择了自我灭亡的幽默作家一样。不过，托马斯·莫尔的世界观与老舍略有不同，前者告诉家人："我们将在天堂欢快重逢。"尽管家庭带给了莫尔无数欢乐，但他极度厌恶所处的世界，因而选择自行离开。莫尔将个人生活与公共生活隔绝：在公共机构中，他对裁决的罪犯不苟言笑，甚至异常凶残。莫尔的幽默感只是对现实的短暂逃离，而非加深或重塑理解的工具。

在莫尔生活的时代，尽管人们为了使生活变得更美好而付出诸多努力，但许多令人焦虑的新问题也随之出现。新旧问题交错，人们便无法冷静地看待世界。频繁的社会变革激起了民众的忧虑，对他们而言，未来的前景越加渺茫。大城市藏匿着孤独；医药不仅治疗疾病，同时令忧郁症的风险也越来越大；肉眼不可见的细菌与病毒取代了以往的魔鬼和妖怪；越加深刻的理性与不断增长的财富无法保证人们能够过上无忧无虑的生活；随着传统社会阶层的崩塌，自尊自负变得更加难以捉摸；激烈的竞争带来的压力日益增长；工作压力毁掉了同事之间的关系；对失败的恐惧滋养了挫败感与自卑，无论更多的闲暇或酒精都不足以弥补。因此，重新思考如何面对以上挑战极有必要。

在讽喻与教化间徘徊

在人类进步的道路上，宫廷小丑极少发挥决定性的影响力，但国王、法老、皇帝、苏丹甚至教皇豢养宫廷小丑的历史可谓悠久，后者敢于道出谄媚者不敢说的话。只在有极少数统治者像普法尔茨选侯卡尔一世·路德维希① （1617～1680） 一样，认为"没有必要豢养宫廷小丑。因为当统治者要取乐时，就会召集两位大学教授，让他们开始辩论，而自己则静静地在一旁观赏这出愚蠢的景象"。小丑自然而然地成为重要的娱乐演员或忧郁的解毒剂，但其真正价值在于，他们的话"不触怒任何人"，并且完美地回避了诽谤招致的惩罚。从未有人拥有这种特权。小丑演员理查德·塔尔顿可以当面批判女王伊丽莎白一世，谴责其宠臣是"流氓"。由于被阿谀奉承与阴谋诡计包围，国王经常感到孤独寂寞。因此，永不觊觎高位的卑微小丑成为生活中不可或缺的因素，他们帮助统治者与现实建立了某种联系，同时也揭开了虚伪和谎言的面具。虽然小丑们经常穿着滑稽的衣服、头顶倒立，但他们似乎在用最正确的方式看待世界。"他

---

①卡尔一世·路德维希，哈布斯堡王朝与奥匈帝国的末代皇帝。

们是唯一一群话语真诚、吐露真相的人。"伊拉斯谟这样评价小丑。法国宫廷小丑马雷告诉路易十三（1601～1643）："对于你的职业，我只有两点不满：一是独自吃饭，二是当众大便。"阿布·努瓦斯[①]（762～813）是哈里发哈伦·拉希德[②]（约764～809）的宫廷诗人，他曾在一天夜里将主人乔装打扮后带到巴格达街头，让后者领略这座城市民生的真实面貌。国王与小丑的关系通常很亲近，例如印度莫卧儿帝国的皇帝阿克巴曾在自己的宫廷小丑去世时落泪。宫廷小丑是"一名经过批准的诚实男人"，当然女人也可以胜任这一职位，曾有历史记载玛丽女王奖励了自己的女小丑"12双新鞋子"。

宫廷小丑也被称为"聪明的愚人"，他们履行的职责能够从以下语句中窥透："夫以铜为鉴，可以正衣冠；以史为鉴，可以知兴替；以人为鉴，可以明得失。"中国最著名的宫廷俳优东方朔（公元前160～公元前93），在去世之后的许多个世纪中，俨然成为了传奇式人物。此人诙谐幽默，是汉武帝手下一名机敏异常的评论家。东方朔批评汉武帝奢侈浪费、罔顾百姓的利益。其迅捷的反应、深入观察事物的能力以及探查隐藏在每种问题或现象背后他人无法察觉的因素的手段，经常令人惊叹不已。曾有犹太谚语说道：愚人是半个先知。由于人们无法完全理解真理，因此小丑通常以诗人、魔术师、音乐家或歌唱家的身份出现，用警句、故事或歌曲的形式传达令人不快的深刻洞见。引人发笑并非小丑的终极目标，真理才是这些举足轻重的艺术家追求的理想。他们揭露了历史中为人忽视、虚假的情节。

不仅帝王需要小丑，中世纪的贵族也会雇用小丑。然而，如今的商业大亨与其"精神导师"的诉求背道而驰，更加无法容忍员工的嘲弄。

①阿布·努瓦斯，阿拉伯文学革新领域继巴夏尔之后的又一位领袖，嗜饮酒好享乐，是颂酒诗人的魁首，阿拔斯王朝鼎盛时期最重要的诗人。
②哈伦·拉希德，阿拉伯帝国阿拔斯王朝最著名的哈里发，因与查理曼大帝结盟而蜚声西方，更因世界名著《一千零一夜》生动地渲染了他的许多奇闻逸事而为众人所知。

宫廷小丑掌握的各项技艺被分为诸多正式、严肃的专门行业。比如，音乐家、魔术师、诗人分别走上不同的轨道，而真理也越发需要知识而非智慧来辨别。宫廷小丑执著于道出真理的精神，尚可在剧院中找到残存的痕迹。追求真理的信念就像一面镜子，人们通过想象中的自己看到了自己的真实面目；追求真理的信念像一个舞台，演员们精心打扮之后，发现了所扮演角色的真相。事实上，新闻记者也属于未被承认的宫廷小丑继承人，他们敢于抨击公众人物的谎言与障眼法，但却并不享有宫廷小丑的豁免权。在一些国家，记者面临被起诉甚至被刺杀的风险，在另一些国家中，记者的声音被公共关系专家的娴熟处事手段逐渐淹没。如今，世界上公共关系专家的数量是新闻记者的4倍。

真理一度是坚不可动的磐石，为清晰的决策提供了稳固的基础，然而如今却变成了钻石，辐射光芒，并且需要从不同的角度来观察。17世纪的钻石切割工艺，从最初只能切割17面发展到能够切割出33面，现代的钻石工艺甚至能切割出144面，而真理的演变过程也同样纷繁复杂、令人晕眩。成百上千种不同的学科都向真理之钻投射了不同的光芒。曾经，理解一小块知识碎片中隐含的暗示或驱散包含错误信息的迷雾是轻而易举的事情，如今却无比艰难。小丑发挥的力量有限，依靠缪斯来激发灵感也不再合宜。

托马斯·莫尔爵士式的诙谐快活似乎与当下人类的理想、抱负格格不入。除了娱乐、自卫或抗议，幽默还有另一种作用。幽默能教人用乐观积极的态度对待真理，从英格兰的幽默历史中我们便可推知一二。在英格兰，幽默被刻意转变为欣赏陌生人的手段。借助讽喻隐藏在日常生活中的荒谬景象，传统戏剧被赋予"改正人类行为"的功能。爱尔兰剧作家乔治·法夸尔（1677～1707）移居到伦敦时，观察到"伦敦人是世界上最无法理解的人类混合体……因为这座城市混合了各许多国家的人"。当然，其他伟大城市的人口构成与伦敦相差无几，但法夸尔将其看作两难的困境，并质问"如何才能取悦如此众多而差异巨大的民众"。换言之，除了尝试消除差异，如何应对频发的争执？随着城市渐趋商业化，"贸易与各种行业的大量涌现"必然导致"人口多样性剧增"，亚当·斯密的门徒约翰·米勒（1735 ~ 1801）如是说。这一观点对《美国宪法》的起草人产生了极大影响。"手工艺和制造技术的迅速进步将创造大量财富，这将促使独立的理念与自由的高尚精神将在众多民众中广泛传播。"另一位剧作家威廉·康格里夫（1670 ~ 1729）曾敏锐地发现："任何拥有幽默感的人都能无拘无束、毫无顾忌地将其表达出来。"威廉·坦普尔爵士（1628 ~ 1699）补充道："每个人都最终跟随自己的幽默感，乐于甚至自豪地展现它。拥有幽默感的第一要素是真理，继而是敏锐的判断力，然后是愉悦的心情，最后是智慧。"幽默的人不仅令人发笑，而且能够自娱自乐。然而，幽默逐渐脱离了缓和冲突与分歧的角色。如今，幽默激发了人类的独特性，使之与众不同。感知不和谐的共鸣变成一种独到而积极的才能。感性的文化激发了人们对个体特异性产生了更强烈的兴趣。笑声不再只针对怪异的人发出，它不再令人反感、充满同情，成为展露人类善良天性的机会。

幽默，源于普通人的生活

早在1840年，"幽默感"一词就在英国出现。大约1870年，拥有幽默感成为令人向往的优点。如今，幽默感的价值达到历史高峰，它不仅满足了社交需求，也能够满足理性与道德，最终成为一种等待释放的潜在力量。如果阿尔弗雷德·贝恩哈德·诺贝尔能够更加敏锐地感知其所处时代的精神，或许他会设立一项"诺贝尔幽默奖"。然而，瑞典银行却为严肃的经济学特别设立了诺贝尔奖，此事发生在 1968 年，那时的年轻人大肆嘲弄各领域的权威人士。诺贝尔经济学奖的设立表明，尽管与任何人一样，富人和特权阶层也懂得开玩笑，但在后者眼中，玩笑不过是类似辣椒油的东西，功效只是帮助一道难以下咽的菜可口一些。

幽默的意义由于误会而被削减：许多人认为，每个国家的民众都拥有一种独特的幽默感。该谣言的目的是为了加深排外的爱国情感，这正是处于发展中的国家所需要的。陌生人的幽默并非一门外人无法欣赏的外星语言，全世界的幽默语言都会拿一些相同的对象取乐。最古老的幽默故事源自普通人的生活，自然而然、毫无粉饰，甚至无礼、下流、粗鄙，这些因素包含在流传数世纪的民间故事中，无论重复多少次都不会流失原本风味，因而理解时并不需要额外的书本知识。尽管这些古老的幽默故事向来被蔑视，但心向文雅的人也喜欢偷偷地阅读。世界不乏普世幽默的例子。从布达佩斯到北京，几乎半个世界都在不停地传播关于14 世纪土耳其智者纳斯尔丁（阿凡提）的幽默故事。阿富汗、伊朗和乌兹别克斯坦人争相宣称，纳斯尔丁出生于自己的国家。20 世纪，世界著名作曲家肖斯塔科维奇创作音乐时，也受到了纳斯尔丁的启发；如今，现代人依然被纳斯尔丁的故事逗得前仰后合。帖木儿汗会见纳斯尔丁的故事浅显易懂、毫不晦涩。传说帖木儿汗在浴室召见了纳斯尔丁，并问他："如果我是一个奴隶，我值多少钱？""5 便士。"纳斯尔丁回答。"但是，"帖木儿反驳道，"我身上的这条毛巾就不止 5 便士。""是的，当然。这正好是我愿意为它出的最高价。"塞万提斯笔下的人物堂·吉诃德也具备吸引力全世界的能力。《堂·吉诃德》被翻译成 70 种语言，其中包括15 种印度语言。同样的笑话也在匪夷所思的地方重复出现。英国人讽刺苏格兰港市阿伯丁人吝啬的笑话，居然与保加利亚人取笑加布罗沃市人的笑话一模一样：据说阿拉伯人或保加利亚人在晚上会将手表的指针停下，这样表盘下的齿轮就不会磨损。那么，他们在黑暗中如何确定时间呢？只要他们吹一声口哨，邻居就会大喊："是哪个傻子在凌晨 2 点 20 分还在吵闹！"阿尔瑙特·冯·奥弗贝克（1632 ~ 1674）是荷属东印度群岛的司法院大法官，他收集了 2 440 则英语、法语、德语、意大利语和西班牙语的趣闻逸事，每个人都能毫不费力地读懂它们。法基尔·莫汉·塞纳珀蒂（1843 ~ 1918 年）用印度奥里亚语（操奥里亚语的印度人约有 4 500 万）创作幽默小说以维护奥里亚人的尊严，他的灵感源于所习得的 11 种语言以及日常祈祷时"墙面上刻着的各种世界性宗教经文"。

在当今社会，许多英国人都注重培养自己的幽默感，并将幽默感当作国民性格中不可或缺的部分，这一理念可以追溯到杰弗雷·乔叟①（1343 ~ 1400）。然而，在这位诗人逝世整整 100 年之后，人们才意识到他的幽默风趣。晚至 18 世纪早期，沙夫茨伯里伯爵三世在其著作《智慧之自由随笔》（*Essay on the Freedom of Wit*）中写道，意大利人都是最优秀的幽默作家，"这是可怜的穷人释放自由思想的唯一办法。对于这种形式的智慧，我们不得不佩服他们。意大利人的捣乱精神滋养了他们的幽默基因"。在民族主义冲突时代来临之前，人们更容易意识到幽默感的普世性。18 世纪英国文学大师劳伦斯·斯特恩创作《项狄传》（*Tristram Shandy*）时，便受到了法国讽刺作家拉伯雷和西班牙作家塞万提斯的影响。因此，《项狄传》出版之后在法国大受欢迎，法国民众对此书的接受程度远高于英国人。

嘲笑外国人已经成为世界性的娱乐项目，但事实上只要深入研究幽默的本质，对他国国民的刻板印象便会被打破。中国人崇拜孔子，但也会取笑他，甚至异想天开地声称他可能是个女人。他们崇拜欢乐之神吉

---

①杰弗雷·乔叟，英国文学之父，被公认为中世纪最伟大的英国诗人，也是首位葬在威斯特敏斯特教堂诗人之角的诗人，著有《坎特伯雷故事集》。乔叟在促进中世纪英语白话的正统方面起到了举足轻重的作用。

神，并运用道家哲学反抗教条主义，借助"有趣的故事"（笑话）和"擦边球"（ku-chi）来表达对自由的向往。德国出版社在出版我的作品《法国人》（*The French*）时，删掉了"幽默"那一章，在我表达了多次反对之后，出版商的态度才变得温和一些。2011年的一次民意调查将德国评为"世界上最缺乏幽默感的国家"，但是德国人却发明了"捣蛋鬼提尔"[①]，与其相关的笑话在中世纪风靡全世界。19世纪时，柏林被称为"智慧的母城"。德国漫画杂志《短工》（*Eckensteher*）曾与英国著名漫画杂志《笨拙》（*Punch*）齐名争雄。不苟言笑的德国政府官员曾允许柏林市民欢笑嬉闹，希望此举能够使民众的注意力从政治动荡的问题上转移。犹太人的幽默感也具有普遍性，因为他们的幽默感能够解释许多普遍的问题，同时通过自嘲战胜弱点，将无法调和的分歧转变为狂欢，将争执变成巧妙的激励，以荒谬的辩论取乐，并以70种方法解释为何摩西五经[②]是犹太人的骄傲之源。一名犹太拉比通常通过以下方式解决两位同事的争论：当其中一人表达观点时，拉比表示赞同；当另一个人说出完全相反的观点时，拉比也表示赞同。拉比的妻子发出抗议。"他们不可能同时都是正确的。"拉比沉思片刻之后回答："你的观点也是正确的"。

在世界上的不同地方，笑声所代表的意义有所不同。日本人绝对不会在大庭广众之下露出自己的牙齿，但剧院是他们尽情欢笑的地方。中国人认为，在宴席上用餐是非常严肃的事情，在用餐时讲笑话极其令人讨厌；古希腊人只在晚饭之后才会观赏演员表演，以此获得愉悦与放松心情；英国人的特殊之处在于，一旦大不列颠岛统治了庞大的帝国，他们就有自信令幽默侵入到生活的每个领域，这也是英国人民无所畏惧的明证。然而，英国人一相情愿地认为自己的幽默感与邻国大不相同。英

---

①提尔出自德国笑话集《捣蛋鬼提尔》。提尔的故事从15世纪流传，属民俗讽刺文学。
②摩西五经，希伯来圣经最初的五部经典——《创世记》《出埃及记》《利未记》《民数记》《申命记》，全经用最古老的希伯来文写成，是犹太教经典中最重要的部分。

吉利海峡对岸的法国处于权势巅峰时，曾被定义为"地球上最快乐的国家"。旅游业的明显缺点是，游客无法像欣赏他国美食一样，欣赏他国民众的幽默。幽默与焦虑并不对立，反而关系密切，几乎在很久以前这两个词就代表了同一种意义。无论遗传学或神经学领域的重大发现都无法制造可靠的工具，抚慰焦虑的心情。现在，唯一能够确定的事情是，无论使用任何理论或手段进行治疗，病人和医生之间的关系质量才是"高效心理治疗中最重要的一环"。幽默并不会自动在人与人之间形成深层次的纽带，相反，它常常在较为浅显的层面发挥作用。此外，幽默仍处于青春期，如托马斯·莫尔所言，它对严酷的官方事务并不具备影响力。起初，两个希望拉近彼此关系的人将幽默作为共谋，并不失礼节地探究对方的恐惧与防御态度。幽默也可以发挥更多作用，给予人们勇气，对日常生活中理所当然的假设提出质疑。幽默会滋生肤浅的怀疑主义，但也可以将人类带向最科学的途径，用怀疑的态度审视显而易见的事。幽默中的同情元素教会我们如何站在其他人的角度看待世界；幽默中的幻想元素创造了非传统的生活方式；幽默中的讽刺元素揭露了人类同情的局限性。当所有元素集合到一起时，人类便意识到了本身的荒谬之处。幽默令我们相信，彼此属于同一个物种，这种观念给予了幽默在人类关系中的核心地位。如果电影院是人类的第8位缪斯，那么幽默就是第9位。

当然，幽默被欢乐的无限分级复杂化。我必须承认，最幼稚的笑话也会把我逗得哈哈大笑，就好比最俗套的煽情场景也会让我的泪水夺眶而出。因此，我并非审查或规定任何关乎幽默的人。

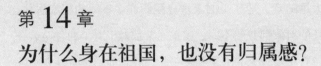

第14章
为什么身在祖国，也没有归属感？

年轻时，

我曾独自徘徊，

迷失于自我。

当遇见另一个人时，

我才感觉充实。

一个人的快乐，就是拥有另一个人的友谊。

这是北欧至高神奥丁的语录，已流传千年。然而直到今天，人与人交往的艺术，并未取得些许进展。人们总是对与他人交往或区分朋友与敌人时的潜在问题无比警惕。随着文明进程更加复杂化，从他人身上寻找快乐，究竟变得更容易还是更加困难？奥丁给出建议：

> 若你找到了一位能够完全信任的朋友，
> 并希望得到他的好意，那么，
> 请交换思想、
> 交换礼物、
> 经常去拜访他。

这些话似乎太过随意。地球上的人被分配到许多不同的国家居住，每个人谈话或信任的对象都截然不同。国家通常都对于对手的言论装聋作哑，同时也使持有相反观念的人聚到了一起，并且能够神奇地令失败者产生胜利的错觉。大多数民众彼此素不相识，通常只能依靠猜测来了解对方的观念。民众相互交换的信息大多是陈词滥调，从中只能探知其共同熟悉、喜爱或厌烦之物的范围。国家的概念也带来了谬见：从许久之前开始，民众就必须和谐共处，即便国家刚刚统一、国界并未确定之时也要如此。这样，民众就像陆地上的高山与流水，成为不可动摇的一部分。然而，民众究竟乐于与哪些人交谈？

逃离焦虑、平凡、歧视、懒惰与无知

我曾拜访维京人的后代，他们崇拜奥丁。众所周知，维京人的后代建立了世界上最平等、民主、繁荣的国家，是世界上最快乐的人。北欧诸国达到人类历史的高峰，或许这些国家暗示了"国家"这一概念的未来。在美国的幸福报告中，丹麦人获得的排名最高。我甄选了6名丹麦男女，不仅因为他们能够代表数百万斯堪的纳维亚人发声，而且也希望知道他们究竟在与何人说话、谁启迪了他们，以及为何他们认为自己需要呼吸国外的空气。

汉斯·克里斯蒂安·安徒生（1805～1875）是最知名的丹麦人之一，他的作品被译成了152种语言。安徒生也是世界上最受欢迎的丹麦歌曲的作者，那首歌叫作《我生于丹麦》（*In Denmark I was born*），他用这首歌解释了自己为何热爱自祖国——丹麦是他的家乡，丹麦语是他母亲的声音，而这首歌的高潮部分最重要："你爱我，丹麦，你爱我。"然而，安徒生创作的故事中无法脱离他本人所承受的苦难。安徒生直言，丹麦是"一个让他感觉不快乐多于快乐的地方"，他抱怨自己"和每个人都不一样"，因而"必须逃离家乡"。

安徒生年轻时，便一直努力，希望成为一名成功的演员、剧作家或诗人。对他而言，丹麦贫穷、弱小，而意大利则"充满食物与花朵"。于是安徒生逃离了家乡，成为那个时代游历范围最广阔的丹麦人。曾有一个女人问安徒生："请告诉我，安徒生先生，在漫长的他乡之旅当中，你可曾见过与我们小小的丹麦同样美丽的地方？""我当然见过，"安徒生回答，"我见过许多更美丽的地方。""我真为你感到羞耻，"她反驳，"你并不热爱自己的国家。"事实上，欧洲文化是安徒生赖以生存的精神食粮，其他国家的伟大艺术家和作家对他的欣赏也成为不可或缺的因素。安徒生努力挣扎、忍受了极度的贫穷，最终赢得了同胞对自己的认可。安徒生并不推崇传统文学文体，他喜欢用常人都可以欣赏的语言，这招致了文学精英的反感。也有人则批评安徒生过于传统，极度渴望上层阶级的赞赏，痛斥其在贵族面前表现出"卑躬屈膝的奴性"。尽管在权势或富人阶层的沙龙中，安徒生一直被视为名流，但事实上，作为一名鞋匠的儿子，他从未克服微妙的卑微之感。他高兴地记录："魏玛大公用力地拥抱了我，我们亲吻彼此的面颊。'我们是一生的朋友。'魏玛大公说。我们都流下了眼泪。"

虽然非常同情社会底层的劳苦大众，但安徒生并未成为一名革命志士。他奉行的人生哲学是：丑小鸭终有一天能够变成美丽的天鹅。如果这种事并未发生，安徒生会辩解："上帝为一切都做了最好的安排"。通过脱离成年期进入童年的奇幻世界，安徒生完成了自己的转变。在他眼中，在某种程度上孩子们与自己一样，被排斥在成年人的世界之外。安徒生书写童年，从未担忧任何道德说教的意味，而是充满嬉戏的欢乐与幽默。童话故事表达了安徒生脑中潜藏的思想。他认为，文学的终极目标并非创造和谐。安徒生写道："我寻找世界上一切不和谐的是存在……我相信，我就是这个世界不和谐的因素之一。"他经常受到焦虑的折磨，幻想公共马车里同行的旅人要谋杀自己。安徒生对死亡怀有深深的恐惧，无论走到哪里都会带着一条绳子，以便在火灾时逃离所住的房子。他非常害怕被活埋，于是随身带着一张纸条，上面写着："我只是看上去死了而已。"

为了终结类似于安徒生这类人面对的混乱状态，丹麦出台了几乎能够感动全世界的国家政策，这个国家出台了诸多有效的措施阻止焦虑入侵。例如，丹麦创造了全世界覆盖范围最广泛、最高效的保险制度，以此保证民众不会受到失业、疾病、愚昧或贫穷的困扰。然而，世界上存在许多种恐惧，国家机构根本无法触及，而且当某些恐惧与渴望消失时，立即就会有新的恐惧与渴望出现。虽然丹麦在财富和幸福感的排名中高居榜首，但根据联合国儿童基金会的调查结果显示，丹麦儿童在阅读、数学和科学测验中位列全球第 19 位。其中，大约只有 22% 的丹麦儿童"非常喜欢上学"（事实上其他国家对该问题的概率也不会超过 40%）；只有 70% 的 15 岁丹麦少年会花时间"每周专门与父母进行若干次认真的交谈"，这一数字低于匈牙利的 90%、意大利的 87%，但高于瑞典的

50%、德国的42%以及最后一名以色列的37%。在"家庭交流和互动"的题目中，丹麦排名第18位；在"家庭重组"中排名第19位，但是没有任何信息表明以上两种问题有何不同之处。在"15岁以下少年从未酗酒的人口比例"中，丹麦排第15位，这一排名位列倒数第三，仅芬兰与英国排名其后。然而，较之英美两国，丹麦的情况较为乐观。英美两国在几乎所有青少年社会问题调查的排名中均位居末尾。如果安徒生来到当代，那么祖国丹麦备受赞誉的社会制度能够缓解他的焦虑吗？

丹麦著名女作家凯伦·白烈森[①]（1885～1962）发现，成为一名纯粹的丹麦人很困难。白烈森驳斥安徒生的哲学，反感国家对安全感的追求。丹麦为白烈森提供的支持，远远无法帮助她实现人生目标。因此，她逃到了非洲："在这里，我终于可以摆脱那些可恶的社会习俗；在这里，存在着人们只能够在梦中渴望的自由。"最初，白烈森的父亲参加了法国陆军，成为巴黎公社的一员，后来与威斯康星州的齐佩瓦族印第安人住在一起，他发现自己感染梅毒之后自杀身亡。白烈森欣赏与父亲相似的人，蔑视权威、不惧危险、与命运斗争，她认为那是展现英雄气概、获得不朽名声的机会。唯有一无所有之人，才拥有那样的勇气。惧怕风险、渴望获得安全感的中产阶级对白烈森而言就是"恶魔"。"我无法与中产阶级一起生活。"她蔑视中产阶级为创造福利国家[②]而作出的自我牺牲，认为这些举措"令人窒息"。由于母亲总是试图保护白烈森远离无数的危险，这种"过于严厉的监管"给她带来了终身的阴影。凯伦·白烈森相信唯一"真正爱我的人"是叛逆的父亲。因此，她极力反对将宠溺孩子变成对成人无限度容忍的国家政策。与之相比，"在非洲的黑兄弟们"

①凯伦·白烈森，丹麦作家，主要以丹麦文和英文写作，曾居住在东非肯尼亚，其生平故事被拍摄成电影《走出非洲》，获1986年第58届奥斯卡金像奖最佳影片。
②福利国家是资本主义国家通过创办并资助社会公共事业，实行和完善社会福利政策和制度、对社会经济生活进行干预以调节和缓和阶级矛盾，保证社会秩序和经济生活正常运行的方法。

则热爱冒险。"无论发生任何事情，索马里的同胞都会很高兴"，他们"对平凡的生活感到无比绝望"。即便令白烈森爱得轰轰烈烈、令其"极度快乐"的英国野生动物猎人，也无法与之相比。非洲释放了她的天性，使其发现了真实的自己。

白烈森最渴望"作为真实的自己"而获得某些成就，并发现更多"美的可能性"。"如果能够将其糅合成为一个故事，那么任何痛苦都可以忍受"，这是"一个人一生当中能够得到的最完美的幸福"，白烈森将自己一生的经历写成了一个个故事。然而，这种心理诉求也变成了诅咒，因为在现实生活中，凯伦·白烈森从未逃离悲伤的阴影——她被染上梅毒的丈夫抛弃。白烈森总结："当你生活在一群狮子中间时，就会发觉自己在真正地活着。"

尽管白烈森对非洲的感性描绘令非洲大陆之外的人深深动容，但这充其量只是一种浪漫的想象。当一位肯尼亚基库尤仆人由于暴露了茅茅运动①自由战士的身份被拘捕时，凯伦·白烈森异常惊讶。她原本认为对其了解颇深，但这名仆人却对她隐瞒了许多事情。尽管凯伦·白烈森对待仆人和善、宽容，但非洲人无法忘怀，当他们在白烈森6 000英亩的农田上劳作时，就是站在曾属于自己的非洲大陆上。一个国家能够在维持与外族人的关系中获得什么，至今仍没有完美的答案。

女人能够从男人身上得到些什么，也是一个待解的问题。马蒂尔德·菲比格（1830～1872）是丹麦女性解放先驱，在20岁时出版了一本半自传性质的小说《克拉拉·拉斐尔》（*Clara Raphael*），以抗议女人"被所有知识型企业拒之门外"。在强调性别差异的同时，马蒂尔德·菲比格不认同女人应该与男人一样，也不主张女人应拥有"权利"，而应

---

①茅茅运动是20世纪50年代肯尼亚人民反对英国殖民者的武装斗争运动。该运动迫使殖民当局于1960年1月结束"紧急状态"。1963年5月举行选举，其中肯尼亚非洲民族联盟获胜并组阁，同年12月12日肯尼亚宣布独立。

该具有精神独立的意识与知识自由、拥有想象力的自由。这本书激起了世人的广泛探讨，并进行了大量评论，但在继续创作两部小说后，菲比格终于承认，作为一名作家，无法取得财务自由，因而成为了一名电报员。菲比格是丹麦第一名获得行政部门工作的女性。这只是微小的胜利，菲比格希望工作能够成为比争论更高效的武器。然而，成功晋升为经理之后，菲比格手下工作的男人却一直抗议，这令她无比恼火。20 年后，当约翰·斯图尔特·密尔的著作《妇女的屈从地位》（*The Subjection of Women*）出版时，菲比格对其持赞许态度，但并不认同书中的观点。菲比格的母亲厌恶她父亲的行为，于是离开了他。然而，有多少女人厌恶自己的丈夫却选择忍气吞声，着实无法统计。历史不会记录分歧背后的沉默。

如今，丹麦与其他斯堪的纳维亚半岛国家的女人，几乎完全取得了法律范围内所有形式的平等权利，那么她们到底还缺失了什么？这些女人挣脱了婚姻的束缚，挣脱了抚养孩子和家务劳动的束缚，不再受到任何工作的性别歧视。然而，无人预料到，社会公共机构负责绝大部分的儿童教育工作，这或许会导致女性产生空虚感，她们会认为自己的生活并不完满，并未充分参与到对后代的培养塑造之中。人们意识到，所谓"成为自己"，也意味着建立独一无二的亲子关系，这是人生中意义深远的一部分，但也像建立男女关系那样令人难以捉摸。针对斯堪的纳维亚女性的一次民意调查显示，在努力改善两性关系之后，她们的下一个目标是努力改善代际关系。法律对这类极其私人的"冒险"毫无帮助，毕竟这是长辈与子女之间的私事。

丹麦最具影响力的哲学家索伦·奥贝·克尔凯郭尔[①]（1813 ~ 1855）针对菲比格的第一部小说，写了一条严厉、讽刺的评论。他认为这部小

---

①索伦·奥贝·克尔凯郭尔，被称为"存在主义之父"。

说应该受到严肃对待，但无法与新的时装风潮相提并论。"如果家长按照男孩的方式将女孩抚养长大，那么整个人类种族就应该说'晚安'了。"他认为女性解放是"魔鬼的发明"，"女人就是以自我为中心的人格化表现"。克尔凯郭尔拒绝了与自己相爱的女人，因为"外在表象可以让人感到快乐的说法，根本是一种迷信"。克尔凯郭尔逃避现实，他本人则从未离开哥本哈根。他为单身主义建立了一整套哲学，目的是希望人类从人群的桎梏中挣脱，远离所有威胁人类个性的陈规陋习；一个人若要成为真正的自己，就不需要冗余的知识；个体应排斥大众观点，基于信仰而非理性作出选择，以皈依上帝。克尔凯郭尔眼中的上帝严厉不阿，满口罪恶、过失。与安徒生一心希望逃离焦虑不同，克尔凯郭尔坚持认为，"恐惧和战栗"是获得信仰的必经之路，而信仰是人生的终极目标。"学会用正确的方式对待焦虑之后，人们才算懂得了人生的终极意义……焦虑折射出获得自由的可能性。"

通过讽刺和模仿来取笑同胞是克尔凯郭尔突显其独特性的方式之一。克尔凯郭尔被称为"世界上最有趣的哲学家"，但我们不清楚，对于这一头衔，他究竟面对多少竞争者的争夺。克尔凯郭尔"滑稽而喧闹……在人类存在的矛盾喜剧中狂欢"。然而，他在苦难中发现了幽默，也在宗教中发现了幽默，他甚至宣称"一切幽默都源自基督教本身"。克尔凯郭尔认为，幽默源于痛苦。他的同胞已经赢得了声誉，即惯用讽刺和挖苦来反击秩序森严的社会压迫。伟大的喜剧演员维托·埔柱①（1909～2000）被称为"不忧郁的丹麦人"，他曾说"笑是两个人之间最近的距离"，这是否暗示，人与人之间的距离是巨大的？

放眼世界，我们总会发现许多社会中流砥柱，比如商界或专业人士会意外地教育出威胁社会稳定的后代。彼得·丹（1900～1957）是欧

①维托·埔柱，丹麦幽默作家、世界级钢琴家，有"伟大的丹麦人""丹麦小丑太子"之称。

洲最大专业音响制造商 B&O 的创始人，他的父亲在哥本哈根一家规模最大的百货公司担任经理。成年后，丹逃到了美国，开始对收音机产生热情。在彼得·丹眼中，收音机就意味着未来科技对世界的改变。他在通用电气谋得工作。几年后，他写道："我为许多不同的人工作，现在厌倦了为他人卖力。我想为自己工作。"回家之后，丹认定，自己的目标是获得独立而非金钱。奥卢夫森出身贵族，拥有一处庄园，对商业有着超越阶级的热情。他与丹联手，在距离哥本哈根 350 公里远的日德兰半岛郊野创办了一家工厂。丹在丹麦首都城市的社会中，一直局促不安，于是他又选择了逃避，宁愿去往英国、德国和美国。丹创办公司的主旨就是逃离平庸，将科技成果与时尚的产品结合，将前卫的设计当做寓言来传达新观念。如果不存在需要传达的新观念，那么公司就不会推出任何一款产品。

丹麦式福利国家的独创性在于，其发明者将社会政策视为"大众启蒙"的一部分，创造了"人民文化"，其中包含了基本的美学要素，涉及对美的物体、家居和建筑的创作，教会民众区别善与恶、实用与无用。丹和奥卢夫森用文化词汇来定义自身，对抗消费和娱乐。他们坚持在确定商品的价格前，首先讨论品位与质量等问题。二人雇用了雅各布·延森①作为公司的设计师。延森拥有室内装潢商的背景，他将其作品定位为丹麦艺术运动的一部分，致力于令丹麦的家居与陶瓷制品与众不同，虽带有"大众化之美"，但拒绝"资本家式的浮华"或批量生产，与日本的简洁美学有异曲同工之妙。

然而，在 B&O 公司创始人去世后，新任管理层认为，产品的价格应该更加低廉，毕竟从本质上而言，该公司产品与市面上销售价格为一

---

① 雅各布·延森，丹麦著名建筑师和设计师，其设计工作室创造出了无数具有革命性、纯粹性并被当代社会视为"经典中的经典"的设计产品。延森担任丹麦著名 HIFI 品牌 B&O 的首席设计师长达 20 年之久，奠定了作为世界上最成功的设计师之一的地位。

半的产品并无巨大区别。在一段时间内，延森想方设法控制了管理层的想法，并强有力地断言，自己将永不会受到此类干涉。然而，职业经理人与美国商业观念日益渗透，最终设计师和工程师失去了对市场营销的影响力。广告大师杰斯珀·昆德认为，商业中"品牌"最重要，产品次之，唯有如此，公司才能够扩张，并在其他领域盈利。昆德受到微软、可口可乐和迪士尼成功故事的启发，创作了《公司宗教》（*Corporate Religion*）一书。放弃创始人纯真的理想主义之后，许多新任管理层将自己定义为"指导羊群的温柔牧师"，而他们引进公司的顾问，则口若悬河地以夸张、比喻大谈讲如何重塑公司，势必将其变为"变革的推动者""野花"或"可以直视雄狮之眼的马塞族人"。起初，工程师蔑视这种乱七八糟的意识形态，但很快，他们发现自己无法逃避公司"合理化改革"的后果。越来越多的工作被外包，于是工程师停止制造商品，将大量的时间花在了为外部制造商撰写说明书等琐碎的工作上。此时，公司的运作变得异常灵活，但仍然受制于官僚主义的劳役和猜忌。尽管B&O 公司的地位在全世界首屈一指，但并非所有人因此而受益。

丹麦裔挪威小说家阿克塞尔·桑德莫塞（1899～1965）年轻时曾当过伐木工、老师和纽芬兰的日报记者。在他看来，丹麦是"人间炼狱"。1933 年，桑德莫塞的畅销书《逃亡之径》（*A Fugitive Crosses his Tracks*）掀起了一阵骚动，这表明公众对书中"詹代法则十诫"怀有诸多争论、分歧巨大。詹代法则十诫是流传在桑德莫塞居住地的行为习俗，其中第一诫是"不要以为你很特别"，最后一诫是"不要以为你能教导我们什么"。桑德莫塞反对大众持"一切成功均为集体成果，胆敢出头露面的人应该受到惩罚"的观点。他写道："在这种氛围中，知识是可鄙的，艺术遭到了冷嘲热讽的审判，科学是懒惰的代名词。每天，人们的生活基调只有一个，那就是'永远不要匆忙'。"有四分之三的丹麦人认为，生活没什么烦恼，他们喜欢这种惬意。对他们而言，人生的终极目标就是舒适和安详。桑德莫塞只能不断地梦想着"强壮、性欲旺盛、理智的女人"来解决他的困扰，但是除了离开自己的国家，他也没有任何实际的行动建议。桑德莫塞只是过去两个世纪中 100 万丹麦移民当中的一人。1800 年，丹麦人口还不足 100 万，如今该国人口也只有 550 万。

你，要到哪里去？

为何这 6 位丹麦的杰出人士对自己的国家感到如此不安？他们均为国际知名人物，如果没有受到外国文化的滋养与鼓舞，就无法取得巨大成就。国际化是丹麦的立国之本，其繁荣立足于向全世界兜售才华与产品。凯伦·白烈森曾用英文写作，然后将作品译为丹麦语。以前，国家的建国基础是操相同语言或者被迫学习统治者语言的人群。然而，语言相同并不意味着思想或品位的一致。如今，一个国家的生存状况取决于是否能与操非本国语言的人进行有效沟通。

安徒生的名言"只有孩子敢说真话"使人意识到，成年人总是害怕表达其真实想法；白烈森的结论是，真理只能通过故事来阐述，这似乎暗示了直面真相是冒险之举；丹认为，物体本身能够为本身代言；菲比格始终无法理解克尔凯郭尔对矛盾性的痴迷；桑德莫塞的抗议催生了障碍，导致人们无法直面真相。这些矛盾表明，国家内部与国际的交流才刚刚开始。对外国人的恐惧是不同省、州的人联合到同一个国家的主要原因之一。然而，外国人也可以带来积极的影响，为本国注入新理念、扩展新视野，因此他们不应仅被牢牢钉上"奇怪的陌生人"或"旅者"的标签。外国人与本国人天生一对，他们可以像爱侣那样进行令人惊奇的交流。他们是彼此的缪斯。国家与个人一样，能够轻而易举地将精力聚焦于内省之中，但这只是第一步。上述 6 位丹麦国家英雄，既受到了出生地文化的熏陶，也受到了世界文明的滋养。他们强调，人类对探索的渴望完全可以与对安稳天堂的需求相媲美。如果一个人希望以完全理智的方式热爱祖国，首先需要了解其他国家。随着越来越多的人付诸行动，所谓归属感的含义发生了诸多的变化。

维京人的格言"一个人的快乐，是另一个人"一直被解读为"遇见一个与自己相似的人"，而怀有强国野心的民族，则希望其国民拥有更多的共同点。创立国家的初衷可能是将许多拥有相似价值观、记忆和希望的人聚到一起，然而实际上，国家的概念掩盖了民众的分歧。如果无法与世界上其他国家的民众取得某种联系，大多数人都会崩溃。

尽管斯堪的纳维亚人有许多共同之处，但他们仍然分裂成若干国家，并且没有一个国家的人口多于诸如伦敦或巴黎等中等规模的现代化城市。斯堪的纳维亚人将大部分公共活动分散为许多规模较小的本地活动，这就是人们从每天遇到的人那里获取乐趣的方式吗？村庄里的争吵就如同庞大帝国的内战或外战一样恼人，它毁掉了人们的生活。

我并不会问你大多数人都会询问其他人的问题：你从哪里来？我宁愿问：你要到哪里去？我感兴趣的是，除了自己无法选择的出生国，一个人如何选择最终所属的群体，作为对个体天然传承的补充。"你要去哪儿"这个问题，关注人如何寻求、选择或遇到怎样的外界影响和启迪。这与坠入爱河基本上毫无差别。在之后的章节中，我会尝试更深入地探讨浪漫。

LIFE

第 15 章
一个人可以同时爱几个国家？

人类是从属于社会关系的物种？

世界上有 200 多个国家，为什么我们不能拥有超过两个以上的国籍呢？一个人如何与或庞大或狭小，但都极其复杂的国家发生感情？想到丹麦时，很少人会说自己必须不计代价地去一次丹麦，或学习这个国家的语言。但是每个国家、省份或城市，都能用自己独特的方式让他人大开眼界。

现代丹麦之父、伟大的弗雷德里克·格伦特维（1783 ~ 1872），或许就会肤浅地对丹麦国境之外的事物兴趣索然。格伦特维是一名路德教会的牧师，他宣称上帝选择了丹麦，以便令基督教圆满。与此同时，美国作家赫尔曼·梅尔维尔①（1819～1891）也宣称："美国人是上帝的特殊选民，美国堪称现代版以色列。"格伦特维是一名魅力超凡的传教士、广受欢迎的诗人，歌颂"简单、欢快、积极的人生"，他的诗句中迸发出希望与自豪。最重要的是，他还是一名多产的圣诗作者，其诗作大多描绘欢乐而非罪恶。很快，格伦特维的圣诗占领了丹麦的国家圣诗手册。借助感人至深的音乐和歌曲，他的影响力远超依靠争论能够达到的社会高度。格伦特维将普通人理想化，用浪漫的北欧神话来美化祖国英雄的中世纪起源和维京人血统。他之所以大受欢迎，在于他给丹麦人以自信。格伦特维发现，开启新的冒险之前，旧调重弹是个绝妙的办法——他将新兴民族主义嫁接到古老的宗教之中。在著作《世界史》（*History of the World*）中，格伦特维宣称，按照上帝的计划，丹麦人不应继续依靠牧师传教，而要用普通人的语言创造真正的基督教，这样，即使最低下的人也可以参与到这一伟大事业之中。

如果将格伦特维当成一个普通的爱国领袖，就必然会忽略他所散播的言论。格伦特维传达的第一条信息是：世界上不存在单独的个体，只存在从属于集体的个体，人类就是从属于社会关系的物种。如果脱离与其他人的联系，那么没有任何人能够独立发展。如果一个人与其他人之间的关系带有互惠性质，并伴随着对同辈及长辈的社会共同感，那么这个人就是自由的。作为一名牧师，格伦特维却坚定地认为，自己的第一使命并非转变大众的信仰。他的口号是："首先为人，然后是基督徒。"这句话表明，个体需要从成为一个真正的人开始，与他人建立互惠有益的社交关系，而这并非仅靠加入某个教会便可做到。对格伦特维而言，基督教并非源自"由他国语言翻译而来的"《圣经》，也并非来自神学家

①赫尔曼·梅尔维尔，19世纪美国最伟大的小说家、散文家和诗人之一，与纳撒尼尔·霍桑齐名。梅尔维尔身前没有引起应有的重视，在20世纪20年代声名鹊起，被普遍认为是美国文学的巅峰人物之一。

的评注，而是源自其信徒的行为举止。建立教堂的根本也并非传教或宗教庆典，而是教会成员之间的互动。无论在哪里，只要人们在相遇时送上问候"平安与你同在"，社会就诞生了。对格伦特维而言，建立一个国家，并不意味着简单地将操同种语言的人聚集到一起，他们也应该遵照相同的行为规则行事。格伦特维提出了"生之学校"的概念，与人们现在接受的所谓"死之学校"相反。他将这种学校称为"平民学校"，在这里，人们相互教育、相互学习。"平民学校"是非全日制的成人学校，独立于国家体系之外，没有考试，也没有教学大纲。学校的任务是启迪劳动人民，帮助他们变得自信、自由。这种学校也没有教条，依靠谈话来鼓励参与者，基于其本人的经验开创事业，同时用特殊的礼仪禁止傲慢，只允许在共同成就中展现自我。这些学校对丹麦的合作运动起到了推波助澜的作用，令贫苦大众和独立农民在极短的时间内创立了高利润的出口农业产业。这一切看起来极具丹麦风格，但却远不止如此。格伦特维仍怀有一种想法，那就是让世界上每一个人都在某种意义上成为丹麦人。

格伦特维大肆鼓吹某些所谓维京人气质，事实上在全世界的每一个人身上都能找到。维京人是抗议无趣的叛逆者，而这正是创新的最早起源。对日常琐事的厌恶，总是将平静的灵魂变为焦躁不安的冒险者、对未知的探索者以及知识和人口的进出口商。维京人的足迹远至君士坦丁堡、俄国、葡萄牙和美国，他们抢夺家乡没有的东西，劫掠、强奸、杀人放火。毫无疑问，如今看来，维京人就是一群恐怖分子，但他们也是技艺高超的贸易商和航海家。维京人以"好伙伴"引以为豪，他们重视个人独立以及一定程度上的女性自主权，并认养父与领养兄弟来巩固亲属关系，与外族女人通婚，因而其子孙后代的范围远超斯堪的纳维亚岛。总而言之，维京人绝非丹麦人的祖先那样简单，他们也在提醒世人，在很长一段时间内，人类都是流浪民族，在世界四处迁徙。相比之下，成为固定居民的时间并不不长。近年来，从乡村到城市、从穷国到富国的大移民浪潮只是一个缩影，表明了人类对大自然多样性本能反应的永恒特点。面对这些移民潮，各国尝试建立起一道道障碍却徒劳无功，现代的科技、通讯和教育汇聚一堂，鼓励新一代人重新成为流浪者。

爱国主义和世界主义之间有什么关系？

格伦特维的人生经历促使我思考，成为丹麦人或中国人，或许并不存在根本差异。亚洲也存在一类"维京人"，那就是蒙古人。他们与维京人一样，依靠人与人之间的忠诚维系关系，在广袤的土地上肆意妄为。蒙古人极易得到邻近区域的支持，所谓邻近区域就是现今的中国北方，那里的民众与南方统治者关系疏远。具有不同起源或文化背景的人，为了战争或战利品，轻易缔结了联盟，但这种关系也极易破裂。更换伙伴并非耻辱，这与如今的员工炒老板鱿鱼一样正常。格伦特维提倡对国家奉献额外的忠诚，一种非个人的忠诚，一种对陌生人的忠诚。11世纪，中国历史学家也怀有类似的野心。他们对过去进行全新的阐释，以使民众相信，他们是有别于"野蛮人"的特殊种族，"中国的衣服、食物和酒水都是特殊的"，与蒙古人截然不同，与其沾染蒙古人的奇怪习俗，"毋宁死"。史书列传开始表达对新式英雄的崇拜之情，反对与异族君主私下缔结联盟，对国家保持坚定的忠诚。这种强烈的忠诚感并非针对个人，而是献给国家。背叛演变成叛国罪，甚至皇帝也必须忠于国家的利益，其具体准则包含在"道"中。"道"即是完满人生的原则。

从此，国家成为由大量拥有不同品位、不同观点者组成的聚合体，而他们对从未涉足过的国家疆土完全没有任何概念。国民逐渐养成了归属感，让素未谋面的人强烈地感觉彼此拥有共同的价值观和利益，并热血沸腾地希望联合起来保卫亲爱的祖国不受外敌侵犯。然而，一旦外敌的威胁消失，他们会迅速分裂成无数小团体，陷入难以调和的争执当中。格伦特维的民族主义信条与中国人的区别在于，前者的目的是让大众成为善恶的仲裁者，而中国人正好相反，把这一责任交给了哲人和学者。

在这两种文化中，人口的增长都提升了非个人的国家忠诚度。从公元 1000 年到 1200 年，中国作家在宣扬全新的忠诚信条时，该国的人口几乎翻了两番。当世界人口在 18 世纪和 19 世纪暴增时，民族主义演变为普遍现象。然而，巨大的人口数量令许多人在群体中体会到迷失之感。于是，对亲密关系的需求再次浮现，新的友谊关系随之诞生。这个世界和国家刚刚诞生时已大不一样，人们不再与暂时的邻居建立亲密关系。

格伦特维坚持认为，不可任由亲密关系自然生长，而需要终生培养。他的"生之学校"或"平民学校"取得了杰出的成就，然而，他试图使祖国成为新基督教先驱的野心遭遇了挫败，如今的丹麦成为世界上宗教化最弱的国家之一。如果格伦特维得知，在出生之前的数世纪中，中国如何尝试用大众教育来改善社会，他或许会采用另外的策略来实追逐野心。中国的方法与他截然不同。孟子（公元前 372 ~ 公元前 289）是大众教育的第一位提倡者，而南宋理学家朱熹（1130 ~ 1200）则为后世的多个世纪树立了成功的榜样。中国古代的书院为那些希望晋升精英阶层却无意参与科举考试的普通农民提供了业余教育。对这些书生而言，真正的精英，并非那些炫耀财富或权力的人，而是道德和文化的实践者。中国古代的书生对商业成功漠不关心，也不在乎买卖的利益，反而鼓励相互尊重，践行"有价值的行动"并将大众与个人利益融合起来。义仓、武馆、酒宴和乡村契约均基于相同的目的而建立。由于对官方体制的繁文缛节和独裁感到失望，一些儒家弟子将重点从服从法规转向发展基于道德行为的从属关系，以及如朱熹坚持的"理学思想"。然而，这些乡村书院渐渐迷失了初衷，堕入官方体制之中。中国著名女学者班昭（公元45～117）在其著作《女诫》（*Admonitions for Women*）中主张"夫妇需相配"，女子应该享有与男子相同的教育机会。她甚至发现道学家的学说与普通人的行为相去甚远。渴望基于纯粹社会化利益而成的关系，仍然无法压抑。

格伦特维认为，社会诞生的标志是人们相互问候"愿平安与你同在"。这种现象超越了所有城墙和国界。穆斯林的问候语"Salaam Aleikum"（降平安于你）和希伯来人相互致意的"Shalom"（愿你平安）大致相同。中文的"平安"分3个部分进行充分表达：从"平"开始，代表"平等"，唯有人人平等，无人试图统治或攻击其他人，世界上才有和平；第二部分是"安"，这个汉字代表屋顶下的一个女人，表示和睦的家庭，母亲的爱是它的核心；第三部分是"和"，从字面理解为嘴和谷物，表示只有每个人都能吃饱饭才会天下太平。印度教徒打招呼用"Namasté"（那摩斯戴），意为"我向你鞠躬"，但这不表明"我"比对方低贱，相反，它表明所有阶层的人都是人间生灵，都拥有些许神性。因此，人类的终极命运——分散到不同国家、为其独特性而自豪这一观点，受到了挑战。诸多文明销声匿迹，只留下一堆历史尘埃；大多数曾统治许多不同部落与语言的庞大帝国，早已不复存在。国家也不会永远不朽。

在民族国家①诞生前，世界的面貌、规则和自由形态均与现在大相径庭，而这不过是几个世纪前的清醒。民族国家的诞生，并非由于某些区域的人突然发现彼此的相似之处便决定联合起来。格伦特维并不代表任何共通的丹麦品格，相反，他是反对一切旧秩序的叛逆者，蔑视统治

①民族国家是指一个独立自主的政治实体，乃20世纪主导的现代性民族自决和自治概念及实践。与18及19世纪传统帝国或王国不同，民族国家成员效忠的对象乃有共同认同感的"同胞"及共同形成的体制，认同感的来源可以是传统的历史、文化、语言或新创的政体。

阶级，强烈批判教堂领袖，因此很多年来他被禁止传教。格伦特维谴责教育系统"迟钝、空洞、无聊"，学校的毕业生"冷漠、自负、肤浅"。他是一名勇敢的辩论家，用无数的文章和书籍对一系列广泛的主题进行抨击，并无情地攻击持异见者。作为一名学者，他的灵感来自德国哲学家、莎士比亚、《贝奥武甫》（*Beowulf*）和盎格鲁 - 撒克逊文学。格伦特维终生珍视在牛津和剑桥度过的夏天，但同时也珍视拜访英国合作运动先驱罗伯特·欧文的经历。格伦特维的热忱就好比充满新思想的"学者大熔炉"。尽管他非常向往英格兰，却写道："我强烈怀疑，在这种无节制的英国式繁忙背后，有无数的绝望之声。每个人都忙得一塌糊涂……他们像其他人一样忙于工作，忙着在全世界游荡；他们就像其他人忙着赚钱一样，他们忙着花钱。"丹麦人完全不像德国人那样，"将勤劳视为符合自身利益的美德来追求"，相反，他们"允许自己度过美好时光"。然而，1864 年普鲁士人吞并了许多丹麦国土，这令格伦特维陷入精神崩溃的境地。他燃起了激烈抵抗外族威胁的热情。在丹麦国内，不同形式的爱国主义却彼此斗争。

那么，爱国主义和世界主义之间存在什么关系？目前，大多数人将自己视为祖国的唯一公民。然而，51% 的法国人乐于接受世界公民的身份。持同样观点的人，中国为 50%，意大利是 48%，印度是 46%，墨西哥 44%，英国 38%，泰国 38%，德国 37%，阿根廷 34%，印度尼西亚 29%，美国 27%，巴勒斯坦 27%，埃及 26%，土耳其 19%，俄罗斯 17%。受教育水平越高、年龄越小、旅行范围越广的人，就越倾向于接受世界公民的身份。在社交范围至少包括来自世界上 5 个不同地区的人中，47% 认为自己属于世界公民。

这种"多重效忠"的现象表明，政府并非国家的核心。普通人忙着创建其亲缘关系，这种关系网可无限延长、伸缩自如。伊斯兰教"乌玛"①的愿景是成为世界性同体，但它既非部落，也非国家。从乌玛的层面理解，政府过于短暂、肤浅，无法令民众保持永远的忠诚。大赞词"真主至大"意味着人类不应完全服从人类，阿訇不是首领，只是"旅行队的导游"，然而，对权力的争夺将信仰撕碎，使其成为无数痛苦的碎片。历史上著名的医生艾布·巴克尔·拉齐（841～926）甚至断言，组织性宗教毫无存在的必要，因为所有人都拥有分辨善恶的能力，他们能够运用依靠理性和"伊尔汗"②。相比之下，丹麦人则声称，通过降低争辩中外向表达的怒火，他们为"和平争论"的艺术作出了诸多贡献。

目前为止，包括科技在内，尚无法实现"全人类的友谊"。其难度在古希腊时期便逐渐凸显。第欧根尼是一位黑海银行家的叛逆儿子，或许他是世界上第一位自称世界公民的人。第欧根尼大肆嘲讽人类对安全和繁荣的追求，他假装流落街头的乞丐，睡在木桶内，以向他人证明，远离奢侈也可以生存。白天，第欧根尼提着灯笼四处游走，并声称自己在寻找诚实的人类。光天化日之下，他会在公共场合手淫，并表示，希望通过这种"腹部按摩"摆脱饥饿感。他将其哲学理论称为"犬儒主义"，主张狗才是真正的哲学家，因为它们在生活中从未焦虑，能够轻易分辨敌友、毫无羞耻感，可以毫无顾忌地在公共场所做爱。然而，第欧根尼的听众并未被他的言辞折服，反而认为受到了侮辱。第欧根尼认为，外国人、野蛮人甚至动物与雅典的文明公民一样，值得尊重。这种思想令他周围的人大为惊诧。人们既希望拥有引以为豪之处，也需要可以发泄憎恨之地。

世界主义无法通过蛮力强加于人类。公元前 22 世纪，苏美尔王萨尔干（Sargan）摧毁了周边所有城邦、征服了他能够到达的"全世界"

①乌玛（Umma），穆斯林公社，公元 622 年伊斯兰教创始人穆罕默德在麦地那建立的政教合一的阿拉伯国家的原初形态。
②伊尔汗（ilhan）类似于希腊人的缪斯。

后，宣布自己为"地球4个区域的主人"。之后，无数军事统治者曾尝试通过武力统一全人类，但均以失败告终。亚历山大大帝的愿望不仅是希望民众臣服于膝下，他不希望自己一手创建的"国际都市"仅为希腊和波斯文明的混合体。他宣称，所有市民都应该将自己看作大家庭的一员，通婚、接纳彼此的神祇。亚历山大本人率先垂范，迎娶一位波斯公主，并穿上了波斯的服装。然而，仅依靠个人力量并不足以改变祖先遗留的传统。

参与启蒙运动的哲学家认为自己可以解答社会化难题。他们呼吁大众共筑无边界的"自由世界之梦想"，并将世界主义重新定义为"与全世界信仰自由者之间的共同感"。哲学家抛弃了古代的世界公民范本，树立了令人心动的典范：一名安详的智者，在部族和语言的多样性中寻求和谐之道。他们抛弃了古代反抗暴政的自由战士形象，令最卑微的平民也成为世界公民。然而，在过去200年间，国家利己主义却赢得了更多的拥趸。例如苏联共产主义，在呼吁全世界工人联合起来的同时，也利用民族感情来扩张帝国版图。尽管联合国组织支持跨国福利机构聚焦全球问题，但该组织也是国家主权的捍卫者。

世界公民：跳出狭义爱国主义

现在，人们不可能与1750年《世界公民》(Le Cosmopolite)的作者——放荡不羁的流浪者蒙布伦那样行为处事。蒙布伦既蔑视从未离开祖国的人，也轻视一心羡慕外国的人，法国人的"盎格鲁癖"便成为他嘲讽的对象。当蒙布伦因访问英格兰而申请护照时，却被反诘："你忘了法国正在和英格兰打仗吗？"他回答："我没忘记，但我是世界公民，我在这两个交战国之间保持绝对中立。"现在，人们也不可能像汉弗莱·戴维①（1778～1829）在 1813 年那样行事。戴维在拿破仑战争的白热化阶段动身前往法国，从拿破仑手中接过了代表其科学成就的奖章。戴维坚定地认为，尽管两国交战，但科学家并非参战方。然而，此时世界主义依然是海市蜃楼，一方面由于其宣称并未对任何国家或地区政权造成威胁，但无人赞同这一点；另一方面，世界上只有不到 5% 的人能流利地说一门外语。假设世界上将出现世界政府，这个政府未必一定比现今全世界民众抱怨的国家政府更优秀。即便在 21 世纪，美国的大部分选民仍然表示，他们并不在意大选，因为美国的总统是一个对本国以外的国家持有朦胧概念的人。国家之间的相互辱骂依然是最受欢迎的安全阀，这点令人产生挫败之感。卢梭的怀疑主义依然盛行于世："警惕世界主义者，他们或许在查找关于如何进行远距离税收的书籍，而这些书是他们羞于带回家的……他们爱所有人，以便有权利不爱任何人。"

这一难题的答案是，世界上存在另外一种世界主义典范。我无法热爱从未谋面的人，或即便听过此人的大名或拜读过他的作品。面对各个国家也大致相同，我不应仅被表象打动，更应该为梦想、记忆、古代与现代志士的奋斗所感动。此外，我也应当强烈意识到，某个国家的每一位民众，并非同一个海滩上一模一样的鹅卵石。当由于机缘巧合，我在法国撰写博士毕业论文，之后用了许多年尝试理解各个时段、各种面貌的法国公民，最终确定了他们的 3 种形象：第一种是虚构的法国人，由法国人心中关于本民族的种种神话构成；第二种则涵盖总数 6 500 万的法国民众，其中每个人都拥有其独特的癖好与不同观点，这表明法国也与世界上其他有人类居住的地方一样，存在大量的少数族裔；第三种法国人，则由世界上所有国家中，融合了某些法国文明养分的人构成，事实上，这部分人群的规模比法国公民要庞大得多。无论任何人，只要其

①汉弗莱·戴维，英国化学家、发明家，电化学的开拓者之一，在化学领域的巨大贡献是开辟了用电解法制取金属元素的新途径，即用伏打电池来研究电的化学效应。

品位受到了法国人的观点、食物、文学、艺术或其法式风情的影响，其内心都存在刻着法国烙印的某个部分，并能够与其他国家的文化基因和谐共处。

抛开卢梭对世界主义的讽刺性描绘，通过热爱他人能够催生另一种观点与思想互动，而进行思想互动的个体由来自世界不同地区的元素构成。然后，将对特殊人物和特殊地域的钦敬之情结合，便会产生独特的混合情感。与提倡随遇而安、四海为家的世界主义不同，这种混合情感以更加个人化的方式传播，不断受到个体知识积累的滋养，因外族人与原住民都能够体会的互惠感情而持续发展。这种发展方式得益于外族人和原住民均对探索和思考的新方式持开放态度。例如，那些擅长描绘被原住民忽略的独特风景的艺术家，成为了彼此的想象力催化剂。

所谓的"法兰西例外"（L'Exception Française），即法国人坚持按照自己的方式行事，其重要程度可媲美抗议地球用完全相同的冷杉树重新绿化、全世界建筑都用相同的玻璃摩天大楼所取代或全世界的人都身着同一风格的服装等想法。然而这种思想被法国人从 18 世纪本土思想家那里继承的传统所抵消。18 世纪的法国思想家认为，人类能够从特殊或部分事件中得到普遍的启示。这是对狭隘世界观的强力解毒剂。法国文化是我的缪斯，但并非忌妒的缪斯，而是催促我、帮助我从其他国家得到启示的缪斯。每个国家的文化都启示我以新思想，就像一本字典，对每一条词语都列出了大量包含细微差别的释义。如同人的年龄，不仅由距离出生年份来衡量，还应测量其度过岁月的密度以及吸收的不同生活经验，同时扣除虚度的时间。如此，每个人的故乡便可由对诸多地点的回忆、忠诚和灵感的碎片构建。

第16章
为何总是怀才不遇、无人欣赏，像行尸走肉那般活着？

失败，通向成功的另一条路

为何自由、平等、博爱的理想难以实现？为何这些理想无法兑现承诺的一切？当理想形诸规章时，必将失去原本的优雅与魅力，那么它们的未来又会如何？在经历屡屡失望之后，世界上只剩下两种保持理想不灭的方法。

第一种方法便是坚定地认为，怀有高尚的理想并非坏事，即便无法付诸实践也无大碍。在日本，许多人都认为，比起成功，失败更常见，因此更重要的是失败的方式，而非失败本身。尽管日本与美国一样，有着根深蒂固追求成功的传统，但前者同时也有赞扬高尚失败之举的传

统，并推崇以真正道德之名无惧失败、藐视权威的人。曾经，日本每隔
10 年就会出现暴动或起义，虽然这些行动通常徒劳无功，但依然重复发
生。在日本，某些最受欢迎的国家英雄既非富人，也非权贵，而是一些
品行高尚的失败者。大盐平八郎①（1793～1837）就是其中之一。大盐
平八郎是大阪市一名卑微的"与力"②，却以反抗腐朽的统治阶级为己
任。"与力"的职责与现代的警督无异。当大盐平八郎发现大阪的最高
行政官腐化堕落之后，断然辞职，投身于公众道德教育之中。他认为，
屈从不公着实错误和懦弱。即便权威阶层坚不可摧，但是作为社会中的
个体，亦应"为正义而行正确之事"。一个独立的个体不仅应该清楚何
为正确之事，也应用行动去维护它。大盐平八郎赋予中国明代哲学家王
阳明的格言以革命意义："知而不行，是为不知。"意为：知道但不行动，
与完全不知道无异。如果行动并未取得任何成果也无碍，圣贤更不应该
惧怕"像疯子那样"行动，这为一个世纪后三岛由纪夫的那句话埋下伏
笔："重要的是旅程，而非到达。"19 世纪 30 年代，日本爆发了一场持
续了 4 年的饥荒，死者超过 10 万人。大盐平八郎愤怒地指出，官员与
商人勾结，致使食物的价格始终高于穷人的购买能力。因此，他变卖了
自己最贵重的物品，即藏书，并将所得钱财尽数施舍给穷人。之后，他
领导了一场起义，其目的并非追求政治权利，而是希望表达绝大多数人
的"真诚"信仰：罪恶应得到惩罚，正义必将统治世界。其中的要义是
真诚行动，而非虚伪做人。大盐平八郎将其居住的房屋付之一炬，同时
也烧掉了周边商人的住所。最终，这场大火毁掉了 3 300 处住宅，起义
者则洗劫了多家商铺。毫无疑问，这场起义极其混乱，毫无组织可言，

①大盐平八郎，江户时代后期阳明学派儒者，因处处为穷人铤而走险而受到许多明治维
新志士的崇拜，其英勇事迹鼓舞了志士的武力倒幕斗争，后被推崇为"民权的开宗"，
成为自由民权论者攻击专制政府的一大精神支柱。
②与力，日本中世以来大名及上层武士属下的下级武士，战国时期常与"家子"同意。
江户时期正式成为幕政下的职务。以江户町奉行属下的该职较为有名，他们主要协助町
奉行，执行江户城的行政、警备任务。

最终被政府毫不费力地残忍镇压。之后，大盐平八郎自杀，但作为一名英雄，他始终活在许多人心中。那些人相信，人间不应该也无必要成为"地狱"，而大盐平八郎则惯用该词形容大多数人的命运。对失败的尊崇，无论是英雄的失败或小人物的失败，在之后数世纪的美国文学著作中反复出现。《推销员之死》(Death of a Salesman) 一书赞同了日本人的悲叹：尽管人的身躯能够存活很久，但精神却极易消亡。

其次，应对理想消逝的更有效方式为，反复重申理想支配人的一生。即便个体常常背叛理想，即便个体并不像宣称的那样坚持理想。理想可以唤醒人的良知。事实上，人类对自由、平等、博爱的关注，并不如喊口号那般强烈。人类曾多次轻而易举地放弃了理想。尽管英国人身先士卒开创了自由演讲不受拘捕的先河，但他们也曾多次向世界表明，当个体认为自己受到威胁时，会毫不犹豫地放弃自由。摧毁自由根本不需要残忍的暴君助力，唯一需要的真正推手是恐慌。在 20 世纪与 21 世纪交汇的短短 10 年内，人类发明了大量的新型攻击手段，发明的初衷是捍卫自由，但有时也产生了负面效果。现在，英国人每天要受到约 500 万台摄像头的严密监控，这一数字远超世界上任何一个国家。平均每个英国人每天受到监控 300 次。此外，每一辆车的运行都被记录在案。自由演讲和公众抗议的权利被削减得残缺不全。即便并未受到控告，民众也会被投入监狱，或在尚未被定罪的情况下被非法软禁于家中。政府赋予本身法定权威以粉饰各种不法行为，这成为赢得选票的必然保障。今时今日，媒体用来揭示真相的资源相比以往更加稀少；陪审团的审理过程受到外界威胁；只有富人才可免于诽谤的损害。据某次民意调查结果显示，大多数英国人不再相信《人权法》能够促进社会正义。在美国，"人权"被称作"最后的乌托邦"。当其他意识形态失去吸引力时，自由风靡一时，但如今已逐渐没落。据称，国际特赦组织只有 300 位成员，而国际红十字会则有 9 700 万名志愿者。生存受到的重视远超自由。

尽管美国为维护民众的自由付出了巨大努力，但它传达给世界的信息是，美国公民并没有选择未来的自由。换言之，美国人如今的现状并非自由选择的结果。美国人并非出于自愿而背弃本杰明·富兰克林在《财富之路》(*The Way to Wealth*) 中的忠告："只买你所需要的。向人借债是自寻烦恼。"美国人因取得的科技成就而忘乎所以。凭借先进的科技，美国民众的生产能力远超其消费能力，于是转而寻找新兴市场，并怂恿全世界超额消费，哄骗他们抛弃曾一度珍视的朴素、节俭的美德。美国从未计划成为世界最大的公共与私人负债国，美国人也并非自愿被巨型企业所统治。相反，作为自由先驱和家族企业之国的国民，美国人曾试图凭借反托拉斯法（即反垄断法）反抗以终结被统治的窘境，但以失败告终。他们并未经过慎重考虑便赋予物质财富如此重要的地位。迄今为止，超过四分之三的美国人仍抱怨祖国奉行物质主义、自私、吝啬、冷漠。然而，他们也无法在言行方面遵循道德价值观。如果你问美国人，他们最重要的理想是什么，答案将是一栋漂亮的房子、一辆新车、漂亮的衣服和一份高薪的工作。不管他们是否承认，欲望、财富和错乱的精神，就像平等、自由、博爱一样，统治着美国人。美国第二任总统约翰·亚当斯（1735 ~ 1826）告诉妻子，唯有忙于政治与战争，他们的儿子才能"有学习数学、哲学、地理、博物学、造船学、航海、贸易和农业的自由，孩子的孩子才能拥有学习绘画、诗歌、音乐、建筑、雕塑、织锦和瓷器的权利"。然而，为子孙设想未来的愿景至今尚未实现。许多人强调，美国的本质就是商业，而这并非美国民众的初衷。

这些挫折并未阻止美国人在道德失败的墓园中继续成功祈祷。他们所做的一切，几乎影响了地球上每一个人。然而，原本他们还能得到什么？美国人把那些依靠个人力量获得成功、喜欢愉快地说着"我用自己的方法搞定"的人，视为国家的主流英雄，这充分表达了他们对自由、平等的希冀。美国人坚信，每个努力工作的人，仅凭自己的努力也会取得成功。加之安慰性推论：成功者的一切特权都是其应得的，因此财富的不平等绝不会引起任何争执。然而，美国梦终究只是梦想而已。现实中，许多人并未取得成功，而处于社会顶层的人并不需要比处于社会底层的人更努力地工作，当然，他们更不需要像两个阶层的薪水差距那样努力500倍。

迷失于政治信仰的羔羊

鲍勃·迪伦说："如果你尝试成为本人之外的人，你将失败。""如果一个人早晨起床、晚上睡觉，而在此之间做自己喜欢做的事，就能取得成功。"然而，成为真正的自己、清楚内心的诉求、预料到随着岁月流逝自己将会成为怎样的人，难如登天。作为社会中的个体，我们需要他人诚实地说出对自己的印象，或至少需要鼓励，进而交往的两个人能够忽略爱人的看法，发现彼此的美好。无论我们信仰什么、拥有什么，世上绝大多数成功者都需要依靠正确的交友方式。然而，大多数人只有小家庭或少数与自己一样失败的朋友可以依靠。那么，人们怎样寻找更多的朋友？"在这个世界，我不介意失败。"美国著名乡村歌手、政治活动家马尔维纳·雷诺尔兹（1900～1978）这样说道："因为这个世界的成功人士全都是混蛋。"然而，除了加入"混蛋"群体，我们还有怎样替代性的选择？

当理想变得无比虚伪之时，人们就转向了第三种态度，怀疑其中是否缺失了一些重要因素。当获取选票和政治权利成为这个世界的首要目标和获得幸福的先决条件，并将公众的注意力从私人理解转移到公共辩论、从个人关系转移到法定权利时，怀疑态度变得尤为重要。仅凭自由、平等和博爱，无法向世人提供足够的情感支持。因为这些空洞的口号令太多人无法察觉赏识与爱，每天如行尸走肉那般活着。只要言论不会伤及无辜，法律便会赋予我们在一定程度上畅所欲言的自由，这似乎令人振奋不已。但是，假如无人聆听我们的话、无人在意我们的举动，又该如何？因此人们越发渴望得到他人的欣赏与理解，这超越了理论上宪法赋予的权利。每位公民都拥有平等表决权，一切歧视的行为都被唾弃，这自然令人满意。然而，如果贪婪、怨恨、嫉妒和骄傲夺走了平等带来的快乐，情势将如何演变？最终，平等近乎海市蜃楼般的存在，而个体之间的差异也变得无足轻重、易于接受。在艰难时刻或在旧社会中，预料自己能够得到他人博爱之手的援助，的确令人备感安慰。然而，如果在较为平静的时代，他人的援助冷漠、吝啬、勉强，而被援助者也绝不会对他人的帮助怀有任何感激之情，形势又会如何演变？于是，生存无法令人满足，人们强烈渴望富裕生活，渴望成为给予他人重要之物的源泉，希望自己鼓舞他人并得到他人的鼓舞。

自由、平等、博爱是一剂缺失重要原料的处方。起草宪法的律师极力避免提及过于私人或亲密的社会化现实。尽管为了将这3种价值观转化为社会的现实基础，人们实践了无数的英勇行动与牺牲，然而，在世界的任何角落，这些付出均未取得预期的成果。法国犹豫了一个世纪才确定之前仓促提出的友谊、慈善、真诚。这3个魔咒般的词语，几乎装饰在所有法国官方建筑的墙面上，四周还贴着禁止胡乱张贴的警告。追求平等、自由、博爱的精神之所以能够流传至今，是因为这一精神追求受到了无数神话与多重释义的保护。这或许在暗示，除了神话，没有任何精神追求能够持久不衰。然而，由于这3个魔咒被紧紧地包裹在神话的迷雾中，它们无法发挥全部能量以改变绝大多数人的生活。当代的世人，需要"欣赏、喜爱和鼓舞"的激励，作为对以往政治、经济和社会关注的补充元素。

假如世界上大部分人根本无须在意理想实现与否的问题，被动地生活在独裁者的统治之下，甚至仰慕统治者，社会又将如何发展？忽略争权夺利的残暴是一剂苦中带甜的毒药，会令人在特定时期失明或失聪。通常，理智之人仍会受到煽动，将权力交与那些魅力超凡、允诺拯救世界的"救世主"手中。然而在历史的记载中，一旦人们痴迷于口若悬河的英雄，便会被接二连三的失望和恐慌所击溃，这种情况的概率就像风暴和飓风会带走灿烂的阳光那样无法避免。"如果一片土地没有君主，富人便将得不到保护，牧羊人和农民在睡觉时必须家门紧锁；如果一片土地没有君主，那么儿子将不再敬爱父亲，妻子也不再尊重丈夫。"12世纪，印度泰米尔语诗人甘班在其译作《罗摩衍那》（Ramayana）中如是说。《罗摩衍那》是泰米尔人的民族史诗，讲述了神祇罗摩降临世界之后，"惩罚、升华并指引人类"的故事。尽管国王以及模仿国王言行的达官显贵，比如寡头或巨型企业的掌控者，经常无法兑现保障安全与秩序的许诺，但人们对全能统治者的崇拜与信仰之情丝毫未减。长久以来，战争成为君王的专属赛事，也是渴望名誉的政客们向往的游戏。与此同时，抛弃身体暴力之后的竞争也变成了鼓舞生活、工作和娱乐的运动。"一旦国王确立了王位，必然将进攻邻国。"约成书于公元2世纪的印度最古老的政治学著作《政事论》（Arthasastra）如是说。纵观历史，每种文明统治之下的国家都出现过明智之人，劝说国王将领土扩张置于道德之上。甚至历史上第一位阿拉伯语散文大师、伟大的伊本·穆卡法（720 ~ 756）也曾这样做，之前他的父亲由于皇家的命令而被折磨致残。"弱于他者的国王维护和平，强于他者的国王则发动战争。"无论是否重视品行，马基雅维利主义作为维护个人权力的有效手段已被全世界接受。

马基雅维利并不希望王公贵族无情，他只是观察到，如果王公想要保住帝位，必须无情。

通过改变民众对神祇绝对服从的传统，政府击败了自由、平等、博爱的社会理想。然而事实上，政府对其关注领域的掌控程度远未达到预期效果。政府的控制力被官僚主义所破坏，一些本应遵纪守法的人经过长期实践，变成了利用法律钻营投机的专家。更重要的是，社会存在激励机制问题，如果某些野心勃勃的人受到了政府的排挤，那么他们就会转而追逐财富作为弥补。逐渐他们便会发现实现个人愿望比加入权力斗争更合算，因为自古以来，在权力角逐的舞台上，输家远多于赢家。

变为现实的理想——吞噬希望的蠕虫

民众在追求特殊的社会目标——自由时，遭遇了无数挫败，因为自由的内涵便是鼓励每个人探求自己的人生道路，而这催生了意想不到的副作用，即人与人之间的差距被扩大，分歧与竞争加剧。少数群体被边缘化，其个体迫切需要得到欣赏，而自我赋予的自由无法满足这种愿望。极少有人认为自己得到了充分的赏识与理解，许多人温顺地背负着其他人贴给自己的标签。真正认识、了解一个人需要克服诸多阻碍，因为许多人为了维持体面与声誉，戴上了面具。政府官员与商人的欺瞒行径或隐瞒部分事实的现象越发猖獗，他们在宣传中加入了过多虚构与杜撰的虚假事实。相比无权无势的尴尬境地，那些孤独、被忽略的个体遭遇的折磨多来自其他人的误解。唯有亲密的私人关系能够令人恢复信心，使其相信自己并非与他人眼中讽刺漫画人物那般不堪。然而，个人生活却惨遭诋毁，被形容为对扩大"公民参与"的干扰因素。人们从未认真考虑，个人生活与公共生活能够相互合作，而非竞争。

　　为了实现人类向往的所有社会目标，政治成为备选项之一，但人们希望探查，在投票站之外的区域，即在同事、客户、陌生人、富人和穷人以工作之名互相接触的场所中，能够取得何种成就。到目前为止，绝大多数人并未发现合理的谋生方式，他们也并非自发地认为，为老板工作是世界上避免贫穷、饥饿的最佳方式。或许大多数人都已忘记，在数次经济危机爆发后，商业公司遭到了公众的强烈质疑，以至于1720～1825年，在英国成立商业公司属于刑事犯罪行为，事实上在那一时期，英国的经济十分繁荣。人们经常肤浅地认定，农业、工业和服务业属于自然秩序的一部分，而不是为了共同目标而出现的。学校的课本并没有告诉他们，如今不可一世的巨型公司是历史的意外产物。以"自由大陆"自居的美国，曾准备创建两种类型的公司，其中一种专门承担与公共利益相关的民主任务，如修建运河。其中，俄亥俄州以确保企业不为私利滥用特权而知名。另一种企业需获得特许才允许建立，这业组织能够从事任何行业。在新泽西州，上述特许申请最易通过。该州的体制逐渐流行，公众失去了对公司行为的控制。公司经营体制出现的时间不过百年，因此未必是人类获得繁荣与幸福的唯一道路。同样，农业出现的初衷也并非为了公平地取悦每一个人。终日劳作的农民从农业中获得的利益也始终不及依赖农业的城市人口。人类从未举行自由投票，允许投机商成为从人类劳动中获益最高的少数群体。

　　令人惊奇的是，如今极少数人能够完全自由地选择其谋生方式，对他们而言，自由的程度由工作种类决定。这不仅因为政府经常陷入恐慌之中，进而将压力转嫁于令民众。雇主时刻担心，假如员工任由思绪偏离本职任务，企业的利润将下滑。因此，治愈雇主恐慌症的灵丹妙药是通过技术手段监视员工的工作动态，这种控制力度在历史上前所未有。我们没有任何理由相信，自由精神能够扩散到全世界，世界上少数几个以重视自由而知名的国家，其历史也不会在其他地区重演。所谓自由市场将唤起人类对自由的珍视，不过是天真的理想。许多国家都成功地将经济竞争与独裁统治相结合，这将上述的幼稚想法批驳得体无完肤。投资人在狂热褪去之时会极度恐慌，而失控的情绪将毁掉全世界人民的存款与工作。古雅典政治家伯里克利说过，幸福取决于自由，自由取决于勇气。然而，这个社会无法确保人们获得勇气。

许多工作出现的初衷就是为了将人的大脑磨成纸浆，并吸干人类的能量，只有少数工作的终极目的是让人变得更加生机勃勃、幽默、实现自我觉醒。令人感受到生活美好的重要方式之一，便是凭借技术与才能，通过工作成果为社会贡献力量，进而得到他人的赞赏，而非单纯地为了追求巨额财富。然而，上述理念被许多企业引进皮毛，只为了缓解员工的工作压力。在古希腊，只有奴隶才会工作。对向往自由之人而言，为了薪水而向他人卑躬屈膝是一种耻辱，然而如今，失业成为耻辱之事，成为工作的奴隶才是成就。社会顺从地接受了上述观点，即人类在清醒的一半时间内并不自由，但事实是，国家越繁荣，其民众就越渴望成为工作中的"自由人"，即可以自由选择如何运用才能与时间，并且不必向其他人卑躬屈膝、阿谀奉承。一片巨大且亟待探索的领域已经开启，人们可以在其中探究如何成为工作的主人、如何在工作中发挥创造性、如何成为不可或缺的角色、如何得到其他人的赞赏。许多工作均无法满足上述条件。然而事实上，大多数人从未意识到上述需求的重要性，因为他们已经理所当然地认为，工作只限于当前的形式，并且对于通过工作获得有限奖励的方式习以为常。或许也因为，他们已经学会在工作之外寻找满足感。极少数人意识到自己只是被迫适应当前世界发明的运行模式，面对效率的祭坛只能以牺牲之势应对。

幸运的是，经过重新设计后，工作有机会成为步入幸福生活的门票。

在 1848 年爆发的欧洲革命中,各国政府通过了保障劳动权的法令。或许,我们能够取得更多成就,颠覆"有工作总是比失业强"的观点。很快,世界上将出现一批杰出的年轻人,他们不仅需要劳动权,更需要一些确保避免工作呆滞或无聊的权利。谁将成为那个创造 100 万迷人、益智、充满意义的新工作岗位的创造者? 每种职业或行业均亟待重新设计与思考,以挖掘其中无限的可能性。如果缺少工作改革的加持,自由、平等、博爱的美好愿望永远只是空洞、残缺的口号。工作只是一种让人得到赏识并赋予其勃勃生机的活动而已,但爱慕之情则更难表述。在继续探讨人类能够从工作中获得哪些私密情感之前,我们应该先来观察一下,世界上的痴男怨女如何与神秘的爱慕之情斗争。

日本警督大盐平八郎并未找到如何实现终极人生目标的最终答案,但他提出了最重要的问题：值得人为之付出生命或者为之努力的生活理想是什么? 政治已然成为实践理想的艺术。然而不幸的是,一旦变为现实,理想便不再是花丛中翩翩飞舞的彩蝶,而是成为吞噬希望之尸的蠕虫。现在,将死不瞑目的理想从坟墓中拯救出来的时刻到来了!

第三部分 两性之间

第 17 章
两性战争

　　人类历史中，什么战争最残酷、最漫长，产生了数量最庞大的受害者？答案是两性战争。这种战争令世界上近一半的人口以不同方式产生精神缺陷，并使另外一半人口的敏感性和想象力化为灰烬。这是对我影响最大的战争，因为女性的友谊对我而言无比重要。修订相关法律、赢得选票、获得教育权、发动大规模平民运动、挑战男性对职业的垄断、打破晋升瓶颈等诸多社会性变革，令男性对女性的态度大为改观。

　　虽然女性用以斗争的工具，男性几乎都曾使用过，但她们并未意识到，男性从未真正达成诸如自由、平等、博爱等目标。伊斯兰国家的女性也常常运用传统方式进行抗争，比如会对《古兰经》进行重新解释，但至今成果寥寥。当苏联人颁布法令，旨在消除性别不平等的弊端时，他们发现法律不足以驱逐祖先留下的恶习。在美国，自从女权先驱玛格丽特·富勒①（1810～1850）宣布"世界上没有完全男子气的男人，也没有完全女子气的女人"之后，女权运动的每一次前进，几乎都遭遇了后续力量不足、社会抵制与现实成果的消释。正如富勒所言："现在我已结识所有值得交往的美国人，并且发现，没有一个人的聪明才智能够与我相比。"在过去几个世纪中，女性的社会地位起起伏伏，所以谁都无法保证未来女性的社会地位必然上升。有观点认为，只要由女性治理世界，那么温柔和善良会战胜权力滋生的腐败。在遭遇屡次挫败之后，人们几乎认定，与终结两性战争相比，终结自然界弱肉强食规则的可能性更大。

性别歧视，自然选择还是人为制造？

为了争夺特权与权力，人们对两性战争的注意力从难以捉摸的事物上转移。这就像一场地面战争中交战双方的作战模式，双方将士为了领土而发起残酷的白刃战，为了几码的进退斗得你死我活，此时，制空权无人问津。我所谓的天空，是一种围绕着两性关系的氛围，围绕两性生活的梦之云彩，以及无法撼动的坚定态度。那么，两性之间还会发起怎样的战争？总而言之，这种战争无法通过战斗而取胜。我对两性关系中3种难以避免的"污染物"更感兴趣。这3种"污染物"均将对人类的前途产生极为深远的影响。

其一是"人类的境况不可改变"的观点。在创作《情感的历史》（*An Intimate History of Humanity*）的过程中，我从这种错误的幻象中解脱出来。

---

①玛格丽特·富勒，美国作家、评论家、社会改革家、早期女权运动领袖、新英格兰先验论派的著名成员。

然而，这种烙印在人类历史中的思维定式从未彻底消失，而忘记思维定式的生存基础极其危险。

人类拥有一个共同的名字："智人"（Homo sapiens），这个名字是瑞典博物学家卡尔·林奈（1707～1778）为我们创造的。智人显然在夸赞人类比其他物种更智慧，但是，林奈并不尊崇人类，对女性的评价更低。在研究成千上万种植物和动物后，卡尔·林奈如此定义人类："我们的日常任务是把食物变成肮脏的粪便和恶臭的尿液。最后，我们必将变成世界上最臭的尸体。为什么上帝要让人类比其他物种更加悲惨？他是为了让自己开心，而不是帮助人类谋求幸福。"

林奈以创造动植物分类（属和种）的命名系统而千古留名。他创造的方法能够满足绝大多数人将自己归于某个群体或种类的心理需求，还可以将周围所有物体进行清晰的分类。时至今日，大多数人认为，分类能够让生活变得简单。林奈用以区别植物种类的标准，就是植物生殖器官的特征。起初，卫道士抨击林奈为"提倡卖淫的植物学情色作家"，但他的分类系统仍被广泛接受，因为他为大自然混乱的多样性带来了易于理解的秩序。假如每种植物都拥有所有人都乐于接受并使用的名字，普通人就会认为，自己终于能够理解大自然的内涵。林奈被世人称为解放者，如同公制将人们从各自混乱的重量和距离单位中解放出来一样，他创建的系统帮助人们对不同生命形式的关系达成一致。然而，林奈对简化的热情并非以解放独立思想为目的。唯有根据每个物种易于确认的特征为其命名，他才会自在轻松。这种思想态度至今深远地影响着男女对彼此的看法。这种看法限制了人们对两性相处之道的期望。

在林奈的家族中，连续5代人担任路德教会的牧师，而他本人将植物学视为类似的工作对象，即帮助人类寻找世界上存在的神圣秩序。世上的一切均由上帝命名，因此必须服从上帝的安排。他的使命是解释大自然的法则，即永恒不变的秩序。林奈创作学术书籍的手法如同布道，而他也自称"新路德"①。在昏暗的荷兰大学逗留了 8 天之后，他便获得了医学学位，凭借一篇长达 13 页的论文，成为了一名专攻梅毒的医生。他相信，洗头是癫痫的发病原因，作为一名医生，他无法阻止痛风、偏头痛、龋齿和数不清的小中风毁掉自己的健康。林奈是主攻分类学的杰出学者，也是令人印象深刻的演说家，同时以组织有趣的植物收集远足活动而享有盛名。收集植物并为其命名成为植物学爱好者的爱好，风行一时。林奈像路德将神学大众化一般，将科学大众化。

　　然而，当一种科学方法被推广之后，竞争对手也全部被扫除。林奈的经历表明，人类的价值观会受到好奇心的强烈限制。大多数情况下，人类排斥新的理念，因为新理念会破坏秩序。有时，人类看似已经接受了新观念，但原因只是这种新观念被包装成熟悉的模样。人类大脑惯于将陌生的观念归于熟悉的分类之中。仅依靠法律或信念无法改变思维定势，根深蒂固的男女关系也不会被伤及一丝一毫。改变的过程就像从案例、实验到经验那样缓慢。

　　林奈并不希望改变人类的思维定势，他只是试图巩固其基础假设。他计划依靠植物学知识得出实际成果，为人生和祖国带来稳定。他提议，瑞典应该成为自给自足的经济体，并开始种植水稻、茶和香料，绝不应追求印度的奇珍异品，要满足于拉普兰德②的"产物"。他怂恿同胞采用拉普人（北欧民族）的简单食谱，并宣称这会令其寿命加倍。为了使一切变得更加简洁，他提出了"高尚的野蛮人"概念，并将其奉为人生典范，而欧洲精英的宫廷式教养被斥为瘟疫般的规则。同时，林奈不再前往外国旅行，至此他在生活中只需要讲母语瑞典语以及学术语言拉丁

①马丁·路德，16 世纪欧洲宗教改革倡导者，基督教新教路德宗创始人。
②拉普兰德位于挪威北部、瑞典北部、芬兰北部和俄罗斯西北部在北极圈附近的地区，有四分之三处在北极圈内，独特的极地风光和土著民族风情使其成为旅游胜地。

语。他将人生视为罪恶的漫长悲剧。林奈不仅贪婪地收集植物，同时也大肆搜罗恐怖故事（包括邪恶与苦难的传说）以及关于妓女被处以火刑或水煮之刑之类的故事。在林奈的世界里，如同善恶一般，男女存在天壤之别。这种观念与其他坚定的信仰一起在他的心中扎根。林奈的观点与气质存续至今。尽管安全感仍一如既往难以捉摸，但它连同确定性与井然的秩序仍是绝大部分人的首要需求。除非我们用全新的视角看待世界，否则两性关系无法取得突破性进展。

城市化或启蒙运动能够改变两性关系吗？这是人类的第二个设想，即创建文明社会的必要阶段就是改革。法国科学家布丰（1707 ~ 1788）反对林奈的观点。二者截然不同，布丰想象中的世界并不晦暗，他兴趣广泛，拥有高雅的艺术品位。他嘲笑林奈只凭某种特征就将动植物划分为固定类别。布丰认为，表面的相似之处无法与其背后某种"意义深远的实体"相提并论，正是后者掌控着生物的存活、繁殖或退化，并与其他生物形成物种关系。"人类无法孤立地认识任何事物。事物必须处于与其他事物的某种关联中，我们才能了解其内核。"因此，布丰更推崇对细节的描述，不仅包括物质结构，也包括每个物种的所有特质与习性及其与人类的关系、人类对其习性的利用。布丰扩展了生物界的研究范围，更新了如何看待自然的思考，对每个物种的苦难进行沉思，比如"驴子的不幸""马匹的劳役""黑奴的悲惨遭遇"。他坦然接受了"存在"的矛盾性："世界之所以能够顺畅运行，乃是因为随着时间的推移，一切都会相互冲突。"布丰创作了多达 36 卷的巨著《自然史》（*Natural History, General and Particular*），此书畅销全欧洲，力压伏尔泰与卢梭。然而，布丰的成功令许多专家恼火不已，后者嘲讽前者在"女人和孩子"中大受欢迎。事实上，布丰堪称文学语言大师，用文字进行创作的画家，他对大自然微妙的多样性心醉神迷。自然之美令他惊叹不已。

相比林奈，布丰打开了更宽阔的好奇心与想象力之门，但仍限定在某种范围之内。布丰是"世界之人"，对他而言，女性角色仍然卑下低劣。尽管一心一意追寻幸福，他却哀悼"快乐的欲望一旦满足，就会立刻失落"。在 45 岁那年，布丰与一个 20 岁的女人结婚，他声称爱是动物式的激情，只能带来身体的愉悦，无法触及灵魂。布丰的传记作者如此总结："布丰爱钱，也赚到了许多钱；他爱权，也得到了权力……他爱女人，不仅因为她们拥有美好的灵魂。"布丰将巴黎植物园转变为伟大的研究中心，为此他值得在历史上留下无法磨灭的名誉。然而，尽管带着极大的专注观察动物园中的动物，他却从不会倾听女性的心声，也耻于从女性那里学到任何东西。他关注的核心并非人类关系，也并未用丰富的专业知识引导个人生活。正是由于无法将公共生活与个人生活连接起来，人类遭遇了相互理解的最大障碍。尽管这位伟大的启蒙者拥有较高的文化素养、渊博的学识和无尽的魅力，却从研究中得出了异常空洞的结论，即地球终将在寒冷中死去。在礼貌的烟幕下，两性战争被掩藏了起来。

第三种导致人类忽略两性战争的烟幕，便是人们认为个人生活和公共生活毫无相似之处，并且个人生活并不会对公共生活产生过多影响。纳尔西扎·兹米霍斯卡（Narcyza Zmichowska，1819～1876）率先决定扭转这一观念，而这足以使其被世人铭记。兹米霍斯卡是一名波兰盐矿局职员的侄女，曾在巴黎担任过一位波兰公主的家庭教师。由于经常前往国家图书馆借阅康德、莱布尼茨、施莱格尔和费希特的著作，兹米霍斯卡的思想、言行显示出不合时宜的独立性，很快便遭到解雇。她的第一本小说名叫"Paganka"（这个单词在波兰语中表示"异教徒、局外人"和"叛逆者"），这个单词恰好表达了她的感受。该书以小说式的写作手法，描绘了兹米霍斯卡称之为"热心人"的一系列肖像，其人物原型是她在生活中的朋友。兹米霍斯卡凭借非凡的敏锐性，剖析了男人与女人之间的窘境和情感，并坚称："男性与女性永远无法相互理解，因为他们对爱情持完全不同的观点。"对其他一切事物，兹米霍斯卡持相同的态度。她决定将男性和女性从一切刻板印象中解放出来，但她极其谨慎，并未用新的男女"特征"替代古老的刻板印象，因为她相信，那会使人类彼此孤立，仿佛处于集中营之中。尽管男性的友善给予兹米霍斯卡极大的安慰，但她仍然认为，男性从未受益于理想。男性为寻找政治解决方案而不断努力，但几乎均已以失败告终：他们最终被关进监狱或被流放。显然易见，女性必须另寻他路，与男性结盟，但不应忽略，两性之间甚至女性内部都将出现极大分歧。现在，女性可以提出"更大胆的问题"或"进行不可能的试验"，反抗男性哲学的抽象性及权威性。兹米霍斯卡的组织"不受任何教条思想的束缚……其任何成员均否认基于某些共同信念而聚集在一起。她们宣称自己因为纯粹的友谊而联合起来……每个人的思想与处事原则都存在诸多矛盾与对立之处"。友谊是兹米霍斯卡最珍视的情感，也解决问题的方案之一。作为一名孤儿，她了解孤独的滋味，因此，她希望创造一种能够取代或补偿家庭关系所无法提供的混合情感。

兹米霍斯卡认为，需要去自然范围之外寻找友谊，需要超出作家的文学定义，接触三教九流，但禁止说教。"我是否需要指出他们缺少的品质？不，不能告诉他们。他人埋下的道德种子只会迅速枯萎。唯有通过自己的寻找、付出、提高与启蒙，人类才能发现真理。"如果我们将自己的渴望与好奇心用于寻求为他人服务的机会，那么我们就是一名艺术家。她的一位朋友认为，兹米霍斯卡就是一名"真正的诗人"。"哦！我可以告诉你，她就是一名诗人！很少有人意识到这件事，因为她很少开口表达自己的想法，也从未写过一行诗。她外表坚强，在极少数情况下，在她炽热的一瞥中闪烁着真挚的灵魂的光芒。她认为，我对她的看法相当唐突，但请相信我，她具备一名真正诗人的一切品质。她应该在华沙文学界展露才华。"兹米霍斯卡热衷于发现他人的艺术潜质，因此并不擅长家人为自我麻醉而进行的枯燥的日常话题，比如"农作物、伏特加、鸡、鸭、鹅和地板蜡"。

在兹米霍斯卡的小说作品中，不存在高潮部分，冲突也不会得到解决，她的作品是一种完全不同的小说，试图从不同角度了解他人的想法。当然，她从未达成自己的理想。"在人类成就的等级中，书籍在最底层，所有燃烧的文字都抵不上一颗温暖人心的小火花，最智慧的系统也无法与高尚的行为相提并论。"终其一生，兹米霍斯卡都无法从失败感中解脱。这是她给世界留下的挑战。兹米霍斯卡曾因为涉嫌煽动民众而入狱，但事实上她对激进主义持反对态度。漫长的牢狱生活给她的健康造成了严重损害。兹米霍斯卡被称为波兰"最有技巧的女性作家"，但"并未发挥全部的潜力"。她的例子表明，男性与女性之间存在巨大的认知障碍，无法相互理解，虽然教育和科技创造了诸多奇迹，但两性之间的交流仍然与预期结果存在差距。

妇女运动先驱：点燃照亮真理的蜡烛

如今，科学似乎将人们的注意力转向了传统，使其关注前人所珍视之事：某物种的祖先及家族谱系图。遗传学的发展令人类发现，探究生物界多样性的最佳方法是研究血统与共同起源。同时，科学家也对某些极其原始的科研手段产生极大兴趣：关注某些无人在意的微小存在。林奈和布丰将其科学理念限制在种类的狭小范围内，进而忽略了个体的差异。现在，不仅个体，甚至个体中最细微的特征也有自己的命名，这种现象催生了人类无法预见的理念与谜题。人类对两性关系的思考尚未企及科学研究的步伐。两性关系的质量会被外部力量左右，然而不同个体的感受均存在细微差异，即便对最微妙的变化也异常敏感。在这种细微层面，我们可以设想两性之间会出现完全不同的交流方式。两性战争与现实中的战争不同，绝不可能以停火的形式结束，因为参战双方并没有最高指挥部。在亲密关系的历史中，人类对个人生活的追求充满错误与试验的经历，其中妇女运动先驱的事迹最令人鼓舞。这些先驱的每一次努力，都为照亮真理点燃了一根蜡烛。

奥斯卡·王尔德如此总结从人生岁月中领悟的智慧："男性和女性之间，不可能存在真正的友谊。男女之间可以有激情、敌意、崇拜或者爱，但唯独缺少友谊。"显然易见，这属于历史性错误。尽管并不常见，但在不同的历史阶段、不同的地方，这种两性的局限会被打破。友谊是一门艺术，人类应该从中感悟人生，而在此过程中发生的种种混乱，却丝毫不会令人感到意外。只要女性被视为附属于男性的财产，那么男女之间的友谊就绝不可能存在。人类最激进的创新之一便是夫妻将彼此看作挚友。尽管某些神学家从宗教中得出"男女不可有目光接触，以免产生引诱之嫌"的结论，但先知穆罕默德这样形容妻子栽娜卜："她让我的心更加强力地跳动。"浪漫爱情的陶醉，无法确保将性关系之外的友谊也一同灌溉。友谊拥有诸多古老的定义，同样适用于今天的情况，比如许多人仍基于私利、机会或恐惧结成易破碎的同盟，而现代网络是竞争优势的产物，而非道德复兴。

1970 年，我参加了牛津大学拉斯金学院举办的英国女性解放运动开幕典礼，尽管与女性的交往在很大程度上塑造了我的人生，但当时，探讨友谊这项议题并不会出现在大会的议程中，因为其他问题似乎比友谊更加实际，也更加紧迫。女权运动将关注点聚焦于男性的权力，而非男性的缺陷。因此，在友谊的维系下，男性与女性共同合作能够取得怎样的成就，仍然有待探索。我曾受邀以法国为题材，为牛津现代欧洲史贡献著作。然而令编辑惊慌失措的是，我撰写了《法国激情史》(*A History of French Passions*)，其中对友谊、爱和女性进行了大篇幅的论述。之前，没有任何人试图将这种两性关系题材加入任何教学大纲之中。然而，从那时开始，民意调查的结果反复表明，友谊与爱一样，堪称人生大事。对素未谋面的朋友而言，互联网是阅兵场。现在，人们甚至能够以天为单位雇用"朋友"。然而，这种人造关系无法满足人类对友谊的需求。友谊建立在倾听的基础之上，但许多女人抱怨男人不懂得倾听。因此，我将两性战争称为"沉默的战争"。在这个世界上，呆板和死寂仍将继续。

在友谊中，分歧并不意味着敌意，公开争论并不会伤害任何人的自尊心，更不会招致彼此的厌恶之感。两性友谊的历史性意义在于，它打破了"战争或任何形式的竞争均为男子气概的直接证明"这一古老观念，并且带来了另一种可能性。达成共识并非将文明融合在一起的唯一方法，最具启发性的交流没有所谓的赢家或输家。

某一性别的单方面解放毫无意义。男性与女性之间的战争不会由于妥协而结束或休战，更不会因为双方对厌恶的职业、社会风俗等共同点作出些许修改而终结。或许，男性亟待诸多形式的解放。

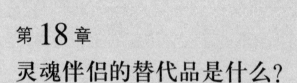

第18章
灵魂伴侣的替代品是什么？

我们都是突变体？

现在，喜欢一个人是否变得越来越困难？太多的人以思想独立为豪？太多的人认为自己是非常复杂、反传统的特殊存在，将自己当成玩世不恭的小丑或特立独行的人？找一个完美、搭档般的灵魂伴侣变得异常艰辛？

曾经，成为特殊的存在意味着成为少数派，不过萨缪尔·奥古斯都·马弗里克（1803～1870）得出了不同的结论。他的祖先于1624年抵达新英格兰，很快积累了第一批财富。马弗里克希望飞黄腾达，于是举家搬迁到得克萨斯州，有45名奴隶和20匹马同行。在得克萨斯州，由于拒绝给自己的牲畜打上烙印，他成为了传奇人物，因为当时人人都那样做。马弗里克为什么不遵守当地的习俗呢？有些人认为，那是因为马弗里克觉得给牲畜打烙印非常残忍；另外一些人则猜测，他想乘间抵隙，以便宣称所有未打烙印的牲畜都属于他；或者由于作为圣安东尼奥市市长、州参议员以及传说中继俄国沙皇后世界上拥有土地面积最多的人，他对传统习俗嗤之以鼻。马弗里克的盛名导致其姓氏"马弗里克"演变为语言，意为"未打烙印的幼畜"。之后，该词用来形容未打上任何党派标签的政治家。1886 年，旧金山一家报纸《加利福尼亚特异独行的人》(*California Maverick*) 给出了定义："假如一个人持'马弗里克'观点，那么这就意味着他没有受到任何党派性的污染。"1905 年，马萨诸塞州的一名"马弗里克"政治家候选人自称："我身上没有任何人的烙印。"最近，一名美国作家总结："现在，'马弗里克'俨然成为了美国的理想典范，代表那些坚持自我的人。孤独的人可能是疯子，但'马弗里克'代表的是独立的思想家。"

在现实生活当中，萨缪尔·马弗里克是一名缄默、谨慎的律师，穿着举止简单朴素。似乎他成为特立独行的象征不可思议。马弗里克非常擅长土地买卖，最终积累了 30 万英亩的庄园。妻子比他小 15 岁，也并非离经叛道之人。她写道："虽然我不明白为什么女人被禁止学习科学与文化，但我喜欢生活在传统习俗当中，去爱，去骄傲，去服从。"二人都把自己称作"冒险者"。马弗里克认为自己是来自西部边疆的男人，非常喜欢"充满冒险的散乱生活"、"疯狂热爱土地"、享受与移民讨价还价、挑战权威。令妻子最自豪的是，"我们是一个具备冒险精神的家庭……向着美国人能够达到的极限前进"，不过对她而言，冒险意味着改变宗教信仰，但这是脱离家庭主妇角色的第一步。她将世界看作一个"大家庭"，这个家庭亟须女人道德与精神上的投入。在马弗里克夫妇的私人信件中，我们能够感受到，二人志同道合，向着"共同的方向前进"，但他们从未严格确定某个方向。"我无所畏惧。"马弗里克说。轻蔑"恐惧"或至少某种"恐惧"，令马弗里克敢于在一定程度上坚持自我。沉着冷静与大胆冒险这两种特质在他的身上和谐共存。马弗里克的经历表明，微小的变化或人生中一点勇气的火花，能够将看上去"正常、普通"的人塑造为独立于世的典范。相反，那些自诩卓尔不群的人，在生活的诸多方面都非常传统。

自马弗里克的时代后，特立独行的概念被科学家所颠覆，因为后者发现，生命体与非生命体之间的本质区别在于，一切生命体彼此之间都存在差异。"每一粒盐都是相同的，但每个生命体都是新奇的。"本质上而言，你与我99.9％相同，"我们的基因组仅存在千分之一的碱基差异……但是，由于人类的基因组中包含30亿个碱基，因此千分之一意味着我们之间存在300万种不同之处"。先天禀赋完全相同的人也彼此殊异，因为遗传学将排列禀赋基因的方式不同。即便存在差异，每个人的免疫系统都会将入侵物当作异物排斥，只有极少例外。人类之间巨大的差异无法想象：有些人为了生存，对能量的需求是正常人的两倍。每个人的大脑都存在细微的差别，不同的生活经历又将这种差别不断扩大。人体没有标准的基因组序列："我们都是突变体。"不同癌症病人致病的突变基因也各不相同。传统上，医学将根据不同的疾病将患者分类，现在也会将病人视为各不相同的谜团。没有任何一种治疗方法适用于所有人。从巴比伦时代开始，人类指纹的个体差异就已广为人知。现在的电脑技术已经证明，人类面部存在100个部位，而每两个部位之间都有100种区别。研究发现，同卵双胞胎也会表现出遗传变异，进而双方在生物学层面并非一模一样。"正常状态"有了一个新的含义：每个人都是不同的，与任何人过于相像是不正常的。

困于集体与规则中的个人主义

如今，每个人都被迫成为各种各样的非主流个体，或至少在生活的某个方面特异而行，因为人们无法辨别，到底如何自处才完全符合主流。社会各个阶层和分类的定义已不再像以前那般清晰。一些组织的初衷是为了培养共识并鼓励思想独立，但事实上却在向主流习俗的地位发起挑战。曾经将积累财富和名誉视为头等大事的"家庭"，也开始赋予人身自由与情感更大比例的权重。教师试图激励、培养学生的批判精神，并将其视为个人天赋和自立的表达形式，同时抛弃了神圣的教条。在工作中，个人主动性与服从性同等重要。富裕国家的工薪阶层梦想成为自由职业者，不必向老板卑躬屈膝，但在现实生活中，他们无法抵挡固定薪资的诱惑。灵性的重要性逐渐高于在例行公事中的表现。如今，独立思考者不会再被绑在柱子上烧死，权贵商人为了接受"跳出框架思考"的培训而支付大量的费用。

或许，这些结论只适用于西方世界。与西方形成鲜明对比的是，人们认为东方世界的个体总是从属于家族和国家。然而事实上，中国古人对个体性的追求丝毫不亚于古希腊人。一般认为，人类文明对个性的欣赏始于古希腊哲学家泰奥弗拉斯托斯（公元前 371～公元前 287）著作中的一个主题。泰奥弗拉斯托斯是亚里士多德柏拉图学院的继任者，他曾问道："为什么所有希腊人都躺在同一片天空下、接受同样的教育，但每个人的性格却如此不同？"然而，他得出的答案却肤浅无比，类似于一系列简短的讽刺性原型素描，有如谄媚者、饶舌者和傻子那般毫无逻辑。雅典人的确提出了令人惊叹的独立思想，但他们也希望公民善良、理性，并投入了大量精力来定义上述品质。雅典人以"过于个人主义"为由处死了苏格拉底，否认大多数居民的公民身份，因为"大多数人都缺乏必要的素质"。

在中国，公元前6世纪的一份皇家文本提到："人心各异。"公元4世纪的一次抗议宣称，人类应"循心所向"，否则就像生活在监狱中，被铁链锁住。公元1世纪至4世纪，儒家思想在中国占主导地位，一次由年轻人发起、各年龄段失意者支持的叛乱运动宣称，集体社会规范违反自然。于是，一些人尝试以自我为生活的中心，并争先恐后希望成为独特而优秀的人，希望在个体行为方面超越对方。《世说新语》（著于公元430年）记述了600多位历史人物的奇闻逸事与玄言清谈。所谓玄言清谈，即琐碎的言论，被儒家学者斥为无聊的"闲话"，但在今天，这些"闲话"却成为理解个体独特存在的钥匙。人们在日常生活中如何说话、如何展现其无礼、奢侈、愤怒、迷恋、吝啬等一系列品质，都值得仔细观察。前人保留了对道德行为的欣赏，以及在危急时刻对实用组织技能和勇气的钦佩，但他们对审美和心理特质产生了更多的兴趣。然而，这种改变趋向于特异性，因为他们衡量个体的标准变成了一个人向另一个人直接表达态度和感受的能力。人们向陌生人敞开心扉，将后者视为挚友，这种行为不由自主，有如天性一般。

千百年来，《世说新语》风靡于世，引后人竞相模仿。这部著作并未将不同人物的独特个性当作统计数据，或把注意力聚焦于抽象的优点或缺点，而是不断描写每个人物与他人的对话与交锋。这本书不仅表现出对个体"内在品质"的兴趣，也记录了他们对外界的反应，从各个角度对人物进行整体观察。以前，个性主要用以衡量某个人是否适合某一权力职位，但现在，士大夫阶层开始对个性的复杂性产生兴趣，并将表达个性视为生活艺术的核心。

一些年轻人、对仕途不再抱有幻想的人、怨恨言论压制的人、希望为自己的想象力和智慧争取更多自由的人，开始自发组织进行清谈。他们是探索 18 世纪欧洲沙龙文化的先驱者，在某种程度上也是 20 世纪反文化运动的先驱。清谈参与者有意识地扰乱已经建立的社会秩序，有时故意通过酗酒以行离经叛道之事。他们的目标是探寻真理，而非攫取自身利益。他们鼓励率真和独立、讨论诗歌和性、探索"玄学"以及更有意义的变革。这场运动很快烟消云散，顺从的乌云回到了大地，社会不再被独立思想的危险光照所覆盖。从此之后，追求独立的火花一直零星地闪现。

　　西方世界注重个性的迷信被宗教历史证伪。除了效忠集体外，宗教也注重培养灵性，鼓励个人用独特的方法理解真理，同时需要汇报其选择与行为。早期穆斯林苏菲派成员倾向于"通过离经叛道的行为、有悖传统道德的诡辩言论令同辈大吃一惊"，有时故意忽略仪表，但这招致了其他人的轻蔑。这些成员还忽略性别和社会地位的区别，宣称"自由就是心的自由，与其他无关"。从历史角度分析，苏菲派遵循选择的"道路"，其变动范围从无神论到唯我论，从禁欲主义到政治、军事以及称霸世界的野心，从自我否定到利用音乐、舞蹈、致幻剂和酒精来使自己成为"神的朋友"，成为一面"可以让他人看到其错误言行并进行沉思的镜子"。苏菲派分裂为许多兄弟会，这些组织成员的性格截然相反。埃及苏菲派圣人左农·米斯里（约 796 ~ 859）认为当时的权力阶层及其垄断知识的企图可笑至极。他曾说："我从一名老妇那里了解了真正的伊斯兰教，从一名运水工那里学到了真正的骑士精神。"苏菲派学者鲁米（1207 ~ 1273）写下了近 6 000 行表达其拒绝模仿或顺从精神的诗歌："如果你希望得到确定性，就跳到火堆里去。"他总结："打开窗户就能了解宗教的重要意义。"苏菲主义代表了伊斯兰教隐藏的一面，与其表面的统一性相对立。一种文明受到的考验越趋向于多样化，它所包含的差异性就越明显。在《惯于争鸣的印度人》（*The Argumentative*

Indian）中，其作者诺贝尔经济学奖得主阿马蒂亚·森的经历表明，优雅的争论可以成为社交享受，并且在世界上某些国家中，拥有自主观点备受赞誉。

16 世纪的欧洲画家和雕刻家倾向于绘制或雕刻私人肖像，突出画中人物的独特性，而并未将其刻画为某种特定的人物类型。现代摄影则证明，世界上根本不存在相貌丝毫不差的两个人。文学的乐趣在于描写众多截然不同的角色，而非某些既定的类型。现在，无人敢于重复诗人亚历山大·蒲伯的那句话："女人完全没有自己的个性。"也没有人重复卡尔·马克思对法国农民的评语：他们就像"麻袋里的土豆"，没有"后天发展的差异，没有先天才能的区别、社会关系的财富"。因为我们清楚，人类不会受制于先天资质与特性。责怪社会的借口被击碎。

毫无疑问，世界按照一定的秩序运行。抛开一切自由胜利的空谈，世界按照既定规则运行的目的，逐渐转变为防止民众过分独立，或阻止其公开表达观点。当英国陆军参谋长被问到，政府执意命令英国军队驻守伊拉克的决策是否明智时，他迅速补充，自己"不是一个'马弗里克'式的人物"，而最保守的目标就是拯救军队。同时，当世界上一位最成功的投资银行家之一被称作"马弗里克"时，其公关团队会瞬间开启防御模式，发出警告并称这种称谓会毁掉他的声誉。只有在私人生活中，他才会抱怨厌倦了例行工作和管理层会议。唯有在假期或清闲时，他才能享受对于艺术、哲学或神学的兴趣爱好，并重拾年轻时对舞蹈的激情。然而，这一切都在私下进行，展现"马弗里克"的一面太过危险。当一名老板在向员工宣讲创造力的必要性时，却会在私底下告诉后者，创造力被某种因素所限制，因为老板不希望员工挑战自己的立场。为什么员工不会评价老板虚伪？为什么企业大亨只能在私下展现其同情心，在工作中却要冷酷无情？

原因在于规则的发明，而体制就是为了向人性的任意妄为中注入更多可预测性。绝大多数规则的前提是：人并非独特的个体，其思想也并非深不可测，因而可以将其分类，也必须将其分类。如果以往的阶级、性别或种族分类法已失效，那么就求助于心理学测试或其他"行为标记法"。因此，职位描述被写进职业典范之中，人们必须尽可能接近这些描述，摒弃自己的独特品位、气质，接受抛弃独立性的现实。对个体进行分类（在学校、职场或其他社会场合），进而根据分类以区别奖励或安慰被错误分类的人，仍然是每个国家预算中的重要组成部分。如今，对独创性的欣赏或许稍有加重，但逐渐被人们模仿偶像的新愿望所抵消。现在出现了一个完整的产业链，怂恿人们像其他人一样相信某些理念并购买。如今，攀登社会阶梯变成了人生的终极目标，而这意味着无条件接受社会上层的特性与癖好。

尽管对归属感的需求依然如从前一般庞大，传统的忠诚品质却已支离破碎。在英国，尽管政府坚持通过向孩子们灌输历代英国国王的名字和统治时间，以培养其"英国特色"，但只有 13% 的英国人认为自己归属于出生地。只有不到一半的英国人（44%）认为，对本身的最恰当描述就是"英国人"；三分之一的英国人表示，归属感随着人生的不同阶段会发生重大变化；只有 22% 的英国人认为，在自我介绍的时候应该提到自己的职业。对志愿活动的精力投入短暂而易变，只有 15% 的英国男性和 5% 的女性认为所支持的政党改变了自己的人生轨迹；只有 15% 的英国人以归属于某工会而自豪。成为某足球队的"粉丝"通常是更坚定的信仰，甚于对某种宗教的忠贞。对 65% 的英国人而言，友谊是真正的社会黏合剂，寻找朋友和维系友谊是人生大事；88% 的英国人认为，家庭是最重要的依恋，但家庭关系逐步转变，具备了友谊的特征，需要经常维护、修复，并随着感情的冷却或升温出现重塑的现象。

私人生活，逃离压力的避风港

顺从主流的人与离经叛道者之间的战争贯穿人类历史，严重破坏了社会发展，如今战争的火药味已被冲淡。现在，世界上不存在两支相互对抗的军队，但存在 70 亿游击战士或游击战的受害者。这些人不满足于模糊的生活目标、永远无法被准确预测的未来形势。普通而泯然众人的个体，如今有了新的含义，那就是与众不同。在历史上，人类曾付出巨大努力来抵制、延缓或避免上述文化断裂情况的发生，但是现在，我们只能想象，如何从这种文化断层的局面中提炼出更有趣的精神理念。

首先面对的实际问题是，人类最基本、最强烈、最诱人的欲求——寻找终身伴侣，并未随着社会的发展而变得更简单。根据联合国儿童基金会的调查显示，世界上 55% 的婚姻仍由父母安排，在这部分人之中，离婚率只有 6%，但其绝对数量却越来越少。在许多国家，越来越多的人开始独自寻找伴侣，拒绝父母的安排，就像世界上 50% 的人拥入城市那般势不可挡。这种现象表明，人类空降到了未知的领域，没有任何线索能够预知着陆点。对于完美伴侣或灵魂伴侣的定义，人类的分歧达到了前所未有的深度。曾经的灵魂伴侣就是上天的选择或命中注定的那个人，让某个人的人生完满的另一个人。然而，在当今世界，陶醉于另一个人不再是普遍的愿望。躲到相互欣赏的厚茧中，无论初时多么快乐，最后都会演变为幽闭恐惧症。比如，夫妻会发现彼此再也找不到任何共同的话题，或日常惯例取代了所有的兴奋与激情。当然，这并不意味着，每个人的追求都是兴奋与激情，但如果社会的教育逐步倾向于批判孤立的精神与好奇心，种族文化趋向于探索未知，而不限于日常的习惯和仪式，那么民众便越希望从他人身上寻找本身所不具备的品质（比如能力和感性），进而将他人视为兴趣对象，而非理想中的另一半。

社会学家称，自信已组成灵魂伴侣的婚姻更容易破裂，因为双方一旦对所谓的灵魂伴侣感到厌倦或不满，就会认为自己判断失误，于是一次次推倒重来，寻找心目中难以捉摸的理想人选。心理学家补充，女性容易被那些与自身气质不同的男性所吸引，但在服用口服避孕药之后，她们更喜欢与自身相似的男性。这种现象类似于，相比能够与自己稳定生活的人，她们需要一个不同的伴侣来孕育后代。这些不确定性令人深信不疑：疯狂的崇拜或与至少一位世界上最了不起、最美丽的人相爱，是开启美妙人生的基础。

将精力聚集于如何寻找真爱、如何维护爱情、如何应对欲望、迷恋与妥协，令人们忽略了爱情的体验，以及如何加深对大众观念的理解。身为普通人的一员，人们对大众观念并无特殊情感，但却希望深入了解。爱，是通过他人的双眼看待世界的第一步，也是与他人共同历练的尝试。在人类关系中，还有更多的试验空间，而不仅仅需要修复损毁的部分。人与人之间的爱，是将怜悯之心扩展他人而非自身的第一步。之后，超越对后代的无私之心，直到爱成为每个人最需要的勇气源泉，使人类能够独自面对惨淡人生的恐惧、对拒绝的恐惧、对损失的恐惧、对匮乏的恐惧以及所有快乐表象下的种种惶恐之情。

文艺复兴时期的理想个体已无法满足当代的需求，因为这种个体太过脆弱，被追求欣赏与喝彩的强大欲望所折磨。挣脱僵硬体制的约束、获得自由的愿望所催生的浪漫理想，最后却经常以空想式虚构的奴隶而告终。20世纪最令人沮丧的不确定因素，就是对自我定义的狂热追求，而时代提供的解药是树立理想身份，但它却令内省困在兽笼中，无法从疑虑中解脱。因此，缺少传统意义上的灵魂伴侣并不必然构成哀思的主要原因。为了满足怪异的癖好而令一群阿谀奉承或与自己相似的人围绕四周，无法解决以下问题：既然对人类而言，人生是最宝贵的，那么究竟什么剥夺了人们对既定形式的人生产生兴趣？答案是，人的意志不可预测，人类最本能的反应就是将他人视为令人厌烦的昆虫，不分青红皂白直接赶走。对和谐一致的追求导致人们无法欣赏差异的美感，对顺从的灌输教育以及对模仿的孜孜鼓励则令大多数人心驰神往。

唯一鼓励差异性和不可预测性的领域是烹饪，但烹饪也在很大程度上受制于不同地域的习俗。波士顿人杰弗里·斯坦格特恩放弃了律师的职业，成为了一名美食评论家。他很快意识到，如果不克服"强烈的食物喜恶偏好"，他无法在这一行业获得成功。斯坦格特恩按照计划尝试了许多原本讨厌的食物，最后依然无法爱上它们，但至少学会了欣赏。只有像他一样的勇敢者才能做到这一点。大多数人依然尽可能避开不喜欢的事物，就如古希腊人用大量的香水来掩盖其缺陷、增强吸引力一样。那时的希腊男性与女性一样，也喜欢用各种不同的香水擦拭身体的各个部位。许多人曾将双脚浸泡在大量埃及药油中，将厚厚的棕榈油涂在下颌和胸腔，手臂上也涂抹薄荷提取物，眉毛和头发上涂抹墨角兰，膝盖和脖子上则涂满研碎的百里香。餐桌上的客人不仅能够享受到美餐，还可以欣赏喷洒的香水，这些情形与剧院里的观众一样。那时，家中的狗和马也被喷了香水。希腊诸神以气味为食，而最令人难忘的则是亲吻时的芬芳。波斯国王大流士三世（公元前 380 ～公元前 330）的随从会携带 14 种香水。直到除臭剂出现、人们不再因体味难闻而歧视他人之后，人人平等才成为一种至高美德。只有男子汉气概被质疑时，男人才宣称，香水是女人的玩意儿。

事实上，寻找灵魂伴侣，就是希望至少能找到一个能够理解自己的人。在这个过程中存在诸多困难，特别在当下，人们或自愿或被迫地扮演并非真我的角色。个人生活应该成为人们逃离压力的避风港，但并没有统计数据告诉我们，它究竟在何种程度上发挥了作用。

第 19 章
另外一场性爱革命能够实现吗？

婚姻，原是爱情天堂！

1763 年，在距离上海不远的苏州，沈复和陈芸结婚了。那年，他们只有 17 岁。两人居于一室之中，沈复写道："鸿案相庄廿有三年，年愈久而情愈密……时刻不可分离。"陈芸说："我很怀疑，世上是否存在另外一对像我们一样恩爱的夫妻。"临终时，陈芸对沈复说："我很高兴嫁给你……你爱我，和我在一切事物上都有共鸣，永远不会拒绝我，包容我的缺点。有你这样的丈夫和挚友，我这一生没有遗憾。"

13 岁那年，沈复看到陈芸的第一眼，就决定要迎娶她。沈复并不是被陈芸的美貌所吸引，但是他曾说过，陈芸的眼睛很漂亮，弥补了牙齿突出的缺憾。沈复极为欣赏陈芸的诗作。陈芸借阅兄长的书籍，自学读写，热爱诗歌，但她始终无法摆脱性别的限制，将大部分时间花在刺绣上，为家人的生计而奋斗。中文的"妇"字，是一个女人拿着扫帚的形象，意即女人永远要承担家务。后来，沈复发现了陈芸的慷慨、温柔以及多愁善感，他认为妻子太过敏感，无法快乐地生活。

沈复从未参加科举考试，并未完成学业，并且在很长一段时间内无分毫收入，之前曾因厌恶雇主与同事，辞去了工作。他曾以卖画为生，之后的小商铺生意也并不顺利。沈复经常与父母争吵，由于甚少带给父亲骄傲而羞耻。贫穷始终伴随着沈复，一次，除了内衣之外，他甚至没有任何典当之物。然而，不幸带来的忧伤并未对他造成打击。沈复乐于阐述独到的观点，并不在意其他人的看法。在谈论诗歌或绘画时，他经常忽略其他人看重的因素，而对鲜少被人提及的方面兴趣盎然。他对待风景名胜的态度也与诗画大体相同。他对一些所谓的著名山水名迹毫无敬仰之感，但对一些默默无闻的地点则流连忘返。依靠双足立于当世是一种荣耀，他的一生都与荣耀相伴。在沈复的记忆中，最深刻的并不是遭受的无尽苦难，而是与陈芸尽日探讨伟大文学作品的时光，或与陈芸在郊野漫步，看百花争妍竞媚，或二人携手月下，饮酒欢笑。他曾如此形容妻子："其癖好与余同，且能察眼意，锤眉语，一举一动，示之以色，无不头头是道。"显而易见，这种夫命妇随的相处模式说明沈复无法逃脱传统的男性角色，与此同时，他却并未尽到一个传统男人该做的事：为家庭提供财力支持。然而，之后他达成了一项非凡的成就。通过记述夫妻生活的真实感受、闺房乐趣（《闺房记乐》）和游荡之乐趣（《浪游记快》），他的人生从一败涂地变得鼓舞人心。《浮生六记》在沈复去世60年后出版，一举成为中国民众最喜爱的爱情故事。沈复的故事告诉世人，恩爱足以扫除一切不幸。

沈复与陈芸的故事不止于此。这对夫妇根据与他人的关系来评判自我。陈芸认为她的人生很失败，正是因为自己导致丈夫失去了父母的喜爱。尽管她竭尽全力，希望成为合格的儿媳，但以失败告终。沈复的父亲收养了 26 个儿子，母亲收养了 9 个女儿。这就是中国父母使自己接近不朽的方式：尽量培养更多铭记父母的后代。陈芸一边抚养两个孩子，一边做一切取悦丈夫的事，包括为他缝制衣物、将勤俭持家变成一门艺术。陈芸也想得到更多，比如做原本只有男人能够做的事：陪伴丈夫踏上旅途，观察外面的世界。然而，她最大的愿望是扩展两人的爱好至不同的对象与不同的地点。作为一个女人，陈芸无法像男人那般自由。然而，得到自由就会让陈芸心满意足吗？陈芸从未意识到，男人并不自由。沈复的话较好地剖析了男人的局限："我无法仅靠自己去寻找、探索人迹罕至的地方。"这是一条线索，暗示了性爱革命下一步的走向。当人们把性当作自然之力、爱的表达、道德标准、权力争斗或基因与荷尔蒙充当主角的剧院时，就将太多的可能性丢弃。性爱的历史表明，我们无法依靠自己获得愉悦。

一天，陈芸告诉沈复，她要为丈夫找一名小妾，夫妻二人将与小妾住在一起。沈复疑惑，他们如何负担这种奢侈的生活？纳妾并非出于欲望，而是为了生养后代。一名合格的贤妻不应该怀嫉妒之心，这种观念在富人阶层非常普遍，受到了皇帝的支持。皇帝本人也会为朝廷的高级官员提供姬妾。沈复认为他们的婚姻很快乐，不需要姬妾之类的角色。然而，陈芸无视沈复意见，很快找到了一个年轻的女人，她很漂亮又富有魅力，双眼如同秋天的池塘那样可爱，这名女子的文学素养也很深厚。陈芸非常喜欢这名小妾，并发誓会与她情同姐妹。沈复认为，陈芸在效仿李渔（1610～1680）著名戏剧中的女主角。在那部戏剧中，妻子爱上了一个女人，并把她带回家，献给丈夫作小妾。陈芸回答："然。"小说家、戏剧家李渔在考场失意，后来成为了一名杰出的情色与烹饪分析师、创意与革新的提倡者。李渔坚信，即便个人的品位不合于世俗，如果对其悉心培养，最后终可打动世人。事实上，纳妾的想法并未实现，陈芸也 40 岁那年逝世，因为二人无法承担药费。

作为与丈夫同甘共苦的妻子，陈芸在无意中成为了一名先驱者，因为她主动脱离了父母的支持。当时，陈芸的父母遵循社会风俗，全家上下几代人都住在一栋宅子里，有时会雇一些工人或仆人。无数现代夫妻摒弃了古老的传统，追求独立与隐私，但却被意料之外的传染病击倒，那就是"厌倦"，彼此无话可说。当下，娱乐业竞相为这种周期性苦恼提供短暂的安慰。然而短暂的安慰并非一劳永逸的解决方案，因为娱乐本身也变得越发无聊。陈芸尝试将第三人引入家庭中，以扩展人生经验的边界。然而，这也是被广泛拒绝的解决方案，因为夫妻是以排除第三方来界定的。据调查，大部分美国女人相信，结婚后，她们要放弃亲密的男性朋友，否则忌妒的丈夫会因此感受到威胁。从人类历史初期开始，如何成为一对心态平和、摒弃嫉妒情绪的夫妻就成了一个千古难题。公元前 1750 年，美索不达米亚留下了一段情侣的对话。对话中的女人怀疑爱人对另外一个女人感兴趣，而她决心把他赢回来。"不，她不爱你。"女人说："我将战胜情敌，我将赢回心爱的人，我渴望你的爱。"然而，在阻碍夫妻关系变得更加美妙的问题中，嫉妒或吃醋只是障碍之一。

中国的压抑、印度的奔放与雅典的排斥

性爱革命并非现代发明。在公元 3 世纪，中国的卫道士就抱怨，天朝大国进入了纵情酒色的时代，人们只对满足感官的事物感兴趣，给"色欲冲动"让路，甚至有教养的女性也时常"淫笑、喝酒、歌唱"。生活

富裕的地方人士，一方面受到权力的排挤，另一方面对天子和朝臣的无能与腐败厌恶无比，因而将对性的征服视为政治的替代品。对这些男人而言，这是宣告自己与道德观决裂的方式，他们希望以此证明自己有能力做喜欢的事或至少可以与女人一起。他们通过这种途径重建权威，并借此找到了人生目标。然而，这种现象只是令色情产业越发繁荣，大量富有经验的娼妓安慰着失意的贵族，取悦暴富的商人。与此同时，道家也将性阐述为宇宙论的体验。他们认为复杂的性仪式、祷告、按摩和各种性交体位能够起到延年益寿的效果。道家会抬高女性的地位，但同时也贬损女性。

纵情酒色令人深思，男人和女人究竟希望从对方那里得到什么？然而，答案却寥寥无几。阮籍（公元 210 ~ 263）曾质疑，传统的性道德是否已过时，礼法是否为"我辈"而设。谢安（公元 320 ~ 385）的妻子说过："周公是男子，乃相为尔；若使周姥撰诗，当无此语也。"意即，如果性规则由女人书写，那么它一定会与如今的观念大不相同。刘伶（公元 221 ~ 300）在家中常裸体狂饮，他发表了世界上最早的隐私权宣言之一："我以天地为栋宇，屋室为裤衣。诸君何为入我裤中？"一名女子由于并未按习俗的敬语称呼丈夫而受到责备，她敢于这样回复："因为我和你亲近，才用'你'来称呼！"在之后的几个世纪中，每当人们不再敬畏、惧怕政府，并认为其行为可以忽略帝国的控制时，他们就会尝试发起性爱革命。当君王恢复权威之后，就会终结间隙性的性自由。这种性自由和性压制之间的摇摆，重复上演。

性爱革命的目标，是使个人生活与公共生活分离，免受公众谴责。然而事实证明，自由是一种带有局限性的目标。性解放总是唤起清教徒的抵制，而且它也无法令男性与女性更好地理解对方，更不会加深男女之间的爱意或拓宽其人生的思考。

在沈复和陈芸生活的年代，欧洲部分地区经历了一场类似的潮涨潮落。1763 年，伦敦市市长、国会议员、在英美殖民地大受欢迎的自由运动活动家约翰·威尔克斯写道：

> 除去少许美好的性交，
>
> 生活显然无法提供更多乐趣；
>
> 然后，我们慢慢死去。

这是信条的极端运用方式，人们将逐乐视为人生最重要的目标。性欲一直背负着危险之原罪的骂名，现在却被颂扬为"人生最精妙、最狂喜的乐趣"。男性的欲望被解放："与 12 个男人上过床的女人……永远无法拒绝第 13 个人。"英国地狱之火俱乐部的格言是"行你所想"，并将那些可敬的牧师、政治家、军官、贵族、商人和学者聚到眉眼传情的裸体女人四周，阅读色情文学，展示性器官，并在"精致的男性生殖器庆典"上手淫。不过与中国一样，那个阶段很快成为过去。1800 年，虔诚、谦逊的美德卷土重来。尽管生活在 20 世纪 20 年代和 60 年代的人曾尝试复兴性自由，但遭到了强烈的反冲。2012 年，阿兰·德波顿推断，"性带来的困境，基本无法解决"，人类必须学会承受这种失望。相比过去，如今，人们确实会按照性倾向被严格地分类。没有任何公众人物胆敢公开一段类似 17 世纪英王詹姆斯一世和白金汉公爵之间的关系。英王与公爵用未封口的信件交流，前者称年轻的公爵为"我亲爱的孩子和妻子"，信件的署名则是"你亲爱的父亲和丈夫"，而公爵则回信："我唯一要做的，就是马上将我亲爱的父亲、导师的双腿抱在怀里。"最后的署名则是："陛下最卑贱的奴隶和小狗"。

与中国不同，印度文化清晰地表明，众神支持人类以性快感作为人生目标之一。因此，印度人无须为自由而战，只需服从宗教对社会结构施加的规定。《爱经》使这块次大陆成为调和道德与性爱的最佳地点，书中展示了64种性交体位如何将性爱上升到艺术与宗教的高度。每种姿势、每种拥抱、每种体位都被赋予深刻的含义，性高潮成为男女之间的神秘联合，性交时精心设计的角色扮演游戏将争吵转变为戏剧艺术，体液的交流变成一种赎罪仪式。此外，印度寺庙里充满了情色艺术作品，性成为神圣的追求。欧洲游客被印度各种老练、复杂的性教育震惊，以为自己突然找到了通奸的灵丹妙药，因为他们的性行为"单调到令人饱腻"。在印度文明中，似乎"同一个妻子做爱，便可体会到犹如同32个女人做爱的温存一般，她带来的享受永远变化无穷，永远不会让人产生饱腻之感"。令西方人感到惊讶的是，印度女人"不会对短于20分钟的时间感到满足"。然而在卧室之外，社会等级依然不可动摇。针对个体行为的古老约束通常模糊不清，有时候甚至变本加厉。写于公元前4世纪的伟大梵文史诗《摩诃婆罗多》告诉我们，情况可能朝着另外一个方向发展：

> 妻子是男人的另一半，是最好的朋友……
> 因为妻子，男人找到了勇气……
> 爱的愉悦、幸福和美德，全因她而被成全。

但6个世纪之后的《政事论》（*Arthasastra*）则主张，妻子的全部义务就是服从："她不应该独立做任何事情，即便在家里也要禁止。童年，她属于父亲；青年，她属于丈夫；丈夫去世后，她属于儿子。妻子永远不应该享受独立……贤惠的妻子应将主人视为神一样崇拜。"

性行为的私密属性无法拆除男性和女性之间的隔墙。A.K. 拉马努金

（1929～1993）在《致妻子的情诗》（*Love Poem for a Wife*）的结尾写道：
"让我们一直分离的，是各自的童年。"的确，夫妻二人的童年经历差异悬殊。根据《印度时报》（*Hindustan Times*）的调查显示，在印度25岁以下的人群中，有四分之三的人赞成包办婚姻。在宝莱坞电影中，爱情几乎无法击败家庭的束缚。女性面临的最大问题仍然是性骚扰，性自由无法改变男女之间的关系。

无论繁荣或奢侈，无论文明前进或退步，都无法改变两性关系。肉欲带来的后续问题，除了更多的肉欲，还有什么？在公元1～2世纪，罗马帝国正处于权力巅峰时期，其民众似乎在竭尽全力抵制肉欲的社会理想，而基督教徒也加入其中，进而其宗教权威深入到斯多噶哲学中。传教士认为，肉体终将死亡，而精神或将永存，获得精神上的愉悦更重要。世界上的修道士运动对独身的崇尚不仅关乎性，更表达了人类应体现其特异性的观点。修道士、修女和隐士试图进行一场英勇的实验，即有了对神的虔诚信仰，他们在年老时便不需要后代的照顾。无论如何，对其中的许多人而言，无论怎样，世界末日都将来临。他们希望通过意志力抵抗源于天性的诱惑，将自己与动物区分开来，去爱所有人，而不仅限于伴侣，并试图从性的统治下解脱出来。然而事实证明，达成上述目标极其困难。帕科缪①（约292～346）是埃及的圣人，也是西方修道院制度的创始人。盛传在50到70岁之间，帕科缪没有一天或一晚不渴望拥有一个女人，虽然他竭力将所有精力都贯注到祈祷上，但于事无补。圣约翰·卡西安（360～435）将修道院制度从埃及引入欧洲。卡西安宣称自己能够保证6个月的绝对贞洁，而净化性欲、渴望和食欲所需要的一切，就是每天只吃两片面包，毫无疑问，这改变了生存的意义。"接受苦难以考验个体战胜苦难的能力"以及"通过精神奖励克服性欲"的

---

①帕柯缪，团修式修道生活创始人，原为士兵，约在312年改信基督教。

观念风靡数个世纪以来，秉持与之相似的观点，人们拒绝与另外一个人发生性关系，因为肉体总是让人联想到死亡，性欲则是人类虚弱的标志，它妨碍人类为神效命。女性成为基督的妻子之后，转向了禁欲主义。然而，当天主教牧师试图干涉普通人的性生活，比如规定每年只有 184 或 185 天允许行房，或者命令运用了非正统性交姿势的夫妻进行忏悔时，他们已力不从心。现今的经济体系，几乎建立在对自身欲望控制的抵制之上。

如何改变人类对性的理解？

改变人类对人生的理解，是进行性爱革命的其中一种方式，另一种方式就是改变人类对性的理解。在 1905 年，性感意味着对性全神贯注；在 1923 年，性感首次表达出"具备吸引力"的含义。今天，性感之人能否厘清两性之间的复杂关系？中国人对上述问题持肯定态度，因为"性"字在 20 世纪以前拥有更为广泛的含义，描述了人的全部人格，而并不仅仅指生殖器。然而，全部的人格远不足以令人与人之间产生兴趣。有些研究人员喜欢将这种问题加以量化，据称人们起初会被他人的外貌吸引（这类人占比 55%），然后是谈吐风格（38%），最后才是与对方谈话的实际内容（7%）。这是否为性爱革命的另一条附加线索？ 1511 年，英文单词"Conversation"（交谈）被首次用来描述性交；18 世纪，"罪恶交谈"代表通奸；21 世纪，"亲密交谈"暗示，吸引两人的未必是肉体的欲望，对彼此思想、品位和经历的探索也是促成性爱的原因。教人如何产生性唤起或性高潮的性爱指导手册，或许将变成机械效率信仰时代的稀有遗迹。因为人们意识到，如果完全按照书中的规则行事，自己很可能沦为其他人的影子。

在中国，陈芸永远不会知道，就在她与沈复交谈的同一时间，法国大革命的立法议会正提出要求，在《人权宣言》颁布后，"民众在公共生活中得到了自由与快乐，但是我们还要确保民众在个人生活中获得幸福"。然而最终，政府只是出台了允许离婚的法律以及废除父亲对成年子女拥有主宰权的法律。政治家没有注意到，尽管法国小说里描写了众多与威严的父亲争执的叛逆子女，但小说中越来越多的父亲开始寻求子女的支持。在任何选举宣言中，都未曾涉及"带来性愉悦"的口号，而"做爱不作战"的观点也无法令任何研究发现，通过做爱能够发现爱。"爱"这个字，没有出现在《世界人权宣言》中，同时也不在"自由、平等、博爱"的考虑范围之内，这如同政府仍然赞同孔子的名言："吾未见好德如好色者也！"孔子意识到，爱是人类深切渴望的恩赐，纵然希望被爱，却没有办法令世界充满爱。权力阶层或富人阶层清楚如何令每个人都快乐，即赋予其更大的权力与更多的金钱。当然，无权无势之人也可以尝试不同的方式，巧妙地利用人与人之间相吸或相斥的神秘作用力。

然而，其中的阻碍无比强大。无论何种性别都依附古老的特点，即便这些特点对其不利。性仍关乎征服与统治，不过现在，性关系已出现少许解除武装的迹象。对 35 种世界文明的调查结果显示，世界上四分之三的男人都渴望一夜情。基于爱情而非责任的婚姻将女性变成了男性的"保姆"，因为爱情成为前者心甘情愿承担传统家务的托词："如果我不爱他，绝对不会帮他洗袜子。"一个世纪以前，相较粗鲁、暴力、不敬神明等性格缺陷，丈夫是否具备养家糊口的能力更加重要，周六晚上夫妻二人发生争斗也并不会被人嘲笑。然而，如今获得了经济独立的女性仍无法完全摆脱低下的传统地位。对于这种社会痼疾，难道不存在纠正的办法吗？

政府为消除两性社会地位差距的努力远未成功。那么，普通夫妻能在私人领域做得更好吗？只有他们自己才了解，踏入婚姻的两个人究竟希望从性和爱中得到什么，只有他们才能培养令人更加满意的交流形式。的确，陈芸试图打破封闭夫妻关系的努力失败了，而沈复也无法像社会期待的男性一样在行为举止中表现出英勇与独立。然而，如果在两个世纪之后出生，他们或许能够找到走出困境的方法。在美国，最近一项社会调查发现，尽管性背叛已广为流行，但男性与女性最无法忍受的行为就是被欺骗，厌恶程度几乎是 40 年前的两倍。现在，91% 的人认为，相比之前的各种禁忌，如离婚、婚前性行为、私生子等，欺骗另一半要可恶百倍。众所周知，如果打破了之前的社会禁忌要蒙受耻辱，并被公众谴责。回到 19 世纪早期，如果聪明的女人遇到了枯燥的婚姻，她能够想到的首选补救措施就是爱人之间坦诚相待，但那时的男人还未做好相应的准备。因此，社会转移了注意力，设法帮助女性赢得与男性相同的权利。然而，女性变得更加男性化并非社会的进步。世界上有无数男人都无法或不愿表达其真实的情绪，毋论理解亲密关系的复杂性。所以，夫妻之间几乎从不进行过多对话。一项关于夫妻交谈的罕见调查发现，一半夫妻在做爱时保持沉默，另一半则会说一些"调情的话"。专家建议爱侣讨论一些"浪漫的事物"，有些人还给出了典型句式，但都是陈词滥调，虚伪得令人发指，就像性与宗教一样，需要人们不停地重复相同的祷告。专家仍然对怪异的思想、性交过程中出现的毫无特征的性幻想所迷惑，而为了解答疑惑进行的罕见的严肃科学研究，其范畴经常限定在诸如焦虑等病理性分析方面，而并未将性幻想视为想象力与创造力的宣泄口。事实上，在性幻想的交流过程中，爱侣们可以意识到在日常生活中无法理解或忽略的观点。人们对做爱产生的生理与心理愉悦以及吸食毒品般的快感倾注了太多注意力，至于我们还能用哪些方式来激发对彼此的欣赏、爱慕与激情，仍有待探索。

　　性欲并不是与食欲相似的欲望。人类在烹饪方面的进步比性爱更长远，其中部分原因在于，烹饪的目的早已不仅限于满足某个人的食欲，更是为了促成宴饮交际的欢乐，将单纯的饮食变成一场充满乐趣的盛宴。各种各样的客人在其中陶醉于惊喜，同时扩展了对食物与品位的相关知识。与此相反，性逐渐演变成为隐私与秘密。过去，性曾是某些全员盛宴的核心、整个群体的公开欢庆，以表达对丰产的崇拜之情。就像自豪地在田地里播种一样，人们常在在光天化日之下做爱庆祝。对这些人而言，农作物的生长与婴儿的降生并无不同。现在，性的主要目的并非孕育更多的生命，对爱和愉悦的追求取代了古老的思想，这不仅变为男性的追求，对长久以来一直扮演生育机器角色的女性也同样重要。因此，关于男性主义和女性主义的古老神话应当被送进洗衣店。然而，这并非易事，对于性的陈旧观念在人类社会根深蒂固，而情爱的魅力仍异常诱惑，或许情侣关系在很长一段时间仍将继续以戏剧表演的形式一次次重复出现。上文中提到，公元 4 世纪有一位中国女性认为两性的规则如果由女性而非男性制定，社会将大不相同。然而，如果这位女士来到现代便会发现，这种假设并未成真，而且即便如她所愿，两性关系的走向也难以预料。

现代的不同之处在于，个人生活与公共生活同等重要，人们摆脱了琐碎与自私的标签。个人生活不再充当人们逃离公共生活的避风港，不再以保护真理不受世俗伪善侵害的秘密托管人出现。公共生活的人际关系建立在虚伪和无数的阶层之上，而个人生活则恰好相反，它是生产同情、好奇之感的忙碌工厂，是编织情感和理智的纽带，不过偶尔也会将其破坏。因此，在更加确定的平等关系中，个人生活将发挥重要作用。目前，尽管我们在政治与经济领域付出了诸多努力，但更加确定的平等关系仍是海市蜃楼。人类个体在外表、性格或才能方面的巨大差异只能在私人情感的催化之下，转变为各种可爱的优点。没有任何法律、财富或药物能够免除折磨人类的恐惧感，遑论最终决定人生的富足程度。如果只有克服了大量恐惧和缺陷之后，我们才能取得一定的成就，那么机会均等就仅仅是一句空话。

个人生活中的情感分配不公，进一步令财富分配不公导致的焦虑感加深。我们对感情无比渴望，不仅希望被爱，也希望给予爱，因此我们将爱献给了素未谋面的名人，即便对方毫无回应，也绝不抱怨。个人生活既是情感的温床，也是促进平等的催化剂。相比政府和慈善家用来缓解劣势群体的悲惨境遇，"博爱"在个人生活中有着更为深刻的含义。每个人都需要"博爱"，它可以帮助我们付出、收获，帮助我们克服利己之心引发的自私行径来分享，帮助我们体会前所未有的感觉，帮助我们了解其他人的想法，帮助我们人发现可能性。私人交谈最能够给予我们安慰与力量，促使我们尝试未曾经历之事，例如寻找伴侣、突破心理防线或发现他人的美好，以及被他人发觉本身的美好情感，进而收获更多的生命活力。在相互吸收、感染之下，我们的人生将变得更加完满、充实。个人生活能够为公共生活注入欣赏、喜爱和激情等积极元素，但政治革命却将其忽略。此时，我们仍然需要依靠性爱革命来拓展夫妻的陈旧观念，进而将情侣之间的问题也看作生活分支中一对一关系的共同主题。

沈复和陈芸的爱情故事并不完满，夫妻关系之间的更多可能性仍有待发掘。

第四部分 生活与工作，
梦想与现实

第20章

除了自我表现之外，艺术家还有哪些人生目标？

艺术，拉近陌生人的距离

15～16世纪的日本是当时封建等级制度最为森严的国家之一。在这里，来自强悍世袭武士阶级的人会发现自己写诗时，竟然能展示不易察觉的温雅，面对陌生人时脾性也会大为改善。"哪怕初次见面，我们也能够感觉到彼此之间的密切关系，就如同亲人一般。"这句话出自连歌[①]大师曾木（1421～1502）作品中的引言。通常情况下，连歌由两个以上的作者创作，诗句交替排列。在众多的连歌创作者中，曾木大师

[①]连歌是日本一种独特的诗歌体裁，着重文句的堆砌和趣味，而非个人情感的抒发。最初是一种由两个人对咏一首和歌的游戏，始于平安时代末期。其内容和形式表现了自然和人生的共同变幻。

之所以会被大众铭记于心，是因为他在诗句中融入了无与伦比的细腻感，并且巧妙地结合了迥然不同的陌生人对于美的共同追求。将诗歌以对话的形式呈现出来，这种创作方式可追溯到 9 世纪以前，那时的作品有《穷人和赤贫者的对话》（*Dialogue between a Poor Man and a Destitute Man*），而曾木则将这种诗歌形式传承、发扬。他带着仅有的写作工具游历全国，尽管一路上寄宿茅室蓬户，但一直坚持在各地举办连歌集会。曾木的作为生动地展示了在这个饱受政治冲突残酷折磨的国家，艺术如何令陌生人之间惺惺相惜。参与集会的诗人都感受到了莫大的愉悦和希望，甚至认为"下辈子我们还会相聚"。他们"不会因为与后辈交流而感到不适，即便那些出身高贵的人也毫不避讳与属下切磋技艺"。集会坚持平等的原则，任何人都可以匿名参加，各种各样的身份就隐藏在随意的衣着和宽沿草帽之下。参加集会的诗人经常坐在樱桃树的树荫下或者花丛中，这样他们就能移情于自然，以体会更深刻的人生感悟。淡黄色的野玫瑰是曾木最喜欢的花，它让曾木相信，连歌的本质就是同没有语言的事物进行交流，将意识赋予缺乏意志的事物。

从某些方面而言，曾木的诗歌是体育运动的前身，因为这两种活动以同样的形式鼓励社会不同阶级进行融合，而且在活动过程中实现了人人平等。不过，曾木的诗歌则以一种更为深刻的理念引导众人，因为在他的连歌集会中，人们可以用精美的词句表达情绪，用优雅的态度回应同伴。日本流传的"艺术方式的哲学"（gei-do-ron），就强调了与陌生人交往的艺术。然而，遵循这种哲学思想的诗歌必须按照固定的规则创作，所以在最初阶段它并不具有个人色彩，并且强调从不同作品中提取元素，以构成相互关联的整体，而非承认和鼓励个体原创。而这只是从陌生人中寻找灵感的第一步，即帮助大家泛化自己的特异性，共同参与到活动当中。

第二步是鼓励人们加入"陌生人"的行列，并且将其作为一种美德，加以不断地练习和完善。艺术可以充当催化剂，使不同职业甚至不同阶级的人们暂时忘记自己的身份地位，忽略那些将其区分开来的障碍。在实践这种艺术交流方式的过程中，人们可以体验两种不同的人生，一种是正式的，取决于他们的出身、职业和财富；另一种更加私密，它来源于艺术活动。在正式的人生中，人们担负着需要一生遵循的义务，这种要求不会随着时间而变化，例如仁爱有礼、尊重上级，但是在私密的人生中，他们可以通过艺术享受自由的社交活动。艺术家们创造了一个游离于现实之外的"浮世"（Floating world）。在那里，道德的规则可以被打破，感官的愉悦可以轻易获得，分享的乐趣也被强调和放大。

消除文明隔阂的交流媒介

艺术也可以作为反抗政治的途径。在 17 世纪的日本，一些无主无地或者较低级别的武士在和平时期无法通过战斗获得荣誉，他们成为边缘贵族，而一些来自这类家族的年轻人则变成了"光头党"。他们会把额头和两鬓的头发剃掉，长发不再用发饰束起，而是直接披散在背后。光头党在公共场合吸烟、闲逛，甚至在街头唱歌跳舞，他们穿着天鹅绒衣领的短和服、系着宽腰带，以自己的新奇装束为荣。有人批评他们不男不女，丢弃了对于传统的尊重和忠诚，并鄙称他们为"倾"[1]，意为扭曲、古怪的人。

之后，日本独立女性开展了更为激进的反抗运动。她们的领导者出云阿国是日本歌舞伎[2]创始人。2003 年，京都市为出云阿国树起了一座

①日语中"倾"的发音是"kabuki"，意为奇装异服、标新立异。
②歌舞伎是典型的民族表演艺术，起源于 17 世纪江户初期，逐渐发展为成熟的剧种，演员只有男性。它是日本所独有的一种戏剧，也是日本传统艺能之一。

纪念碑。出云阿国的人生充满传奇色彩，仿佛她是当代的莎士比亚，而古时的记载更是将她形容为近乎神圣的存在。她"有一张世界上独一无二的脸，灵巧的双手，智慧的心灵，能用歌声表达情感，她的温存软语意味深长。出云阿国手持一朵鲜花，和爱人在月光中低语……她是真正的诗人"。还有人如此形容："她配得上'宇宙第一女人'的名号。然而我却不能成为'宇宙第一男人'：我配不上她，这个事实深深地伤害了我，简直要把我摧毁。"

事实上，阿国是出云大社（日本最古老的神社之一）的一名祭司，某年为了劝募修复神殿经费而周游诸国。她擅长歌舞，认为佛教教义通过歌舞产生了更强大的感染力，远比枯燥晦涩的说教容易传播。阿国的歌舞表演引起了强烈反响，甚得民众欢迎，她也因此被视为歌舞伎的创始人。

歌舞伎原本是一种粗俗、充满嘲讽及色情意味的歌舞表演，偶尔穿插滑稽短剧。表演时，女演员穿着男性服装，模仿、嘲讽那些被称为"倾"的男人。1629 年，幕府（古代日本政治体制）基于风纪问题，下令"禁止所有女子登台表演"，演员由长相俊秀的男人代替。于是，男演员成为当时的"时尚引领者"，他们的衣着、发型被人争相模仿，一个巨大的"时尚产业"蓬勃发展起来。许多人开始痴迷于美化自己的外表，就算买不起丝绸，也可以骄傲地炫耀自己时髦的条纹棉布衣。时尚变成避免庸俗的途径。艺术成为人们情感的宣泄口，情色也变得高雅起来。普通人开始接受自己在真实世界中地位卑微的事实，他们把对现实的反抗转移到艺术的"浮世"以及对世俗审美的反叛中。例如，为了表达个人情绪，他们并会不按照官方规定在公开文件中用汉语来表述"女人的手"（如同欧洲人使用拉丁语），而是用日语词汇代替。这是早期对于男女之间绝对界限的挑战。

艺术能够拯救那些被工作折磨的普通人？

事实上，艺术家不但可以充当个体间的交流媒介，还可以消除不同文明之间的隔阂。艺术家本该具有比外交官更微妙、持久的影响力，但可惜的是，迄今为止他们所取得的成就仍然有限。尽管人们会在赋闲的夜晚来到艺术的浮世，感性而慷慨地享受艺术，但这丝毫不会改变日间在争权夺利时，他们所表现出的冷酷无情的面貌。相反，这种反差会令他们在工作中表现得更加极端，因为他们相信，工作才是实际且重要的，欢畅的时刻只能在工作之后到来。

以前，人们独处时的思维与现在完全不同。早期探索美洲的冒险家惊奇地发现，在一整天的大部分时间中，那里的土著都无所事事，而且与本国民众相比，这些印第安人付出更少的劳动，却获得更多的快乐。在英国工业革命①之前，除去贫穷、季节性失业以及缺少一些现在看来必不可少的舒适条件以外，英国人的工作与现在相比轻松随意，人们经常停下工作，休息、聊天、喝酒，还拥有更多的休息日。那时，工作与生活融为一体，而非独立的部分。日本人似乎更善于借用他们的艺术传统在多个身份之间自由切换，接受审美模式中的迷茫与脆弱，但在工作模式中坚守等级与服从。这也许可以帮助他们在接受西方创新思想的同时，保留自己的传统，但艺术产生的影响力远落后于预期结果。

如今，尽管日本在诸多领域取得了令人瞩目的成就，但是近80%的民众居然表示过度工作已经将他们逼到自杀的边缘。这意味着日本民众不仅迫切希望疏远工作，甚至已经开始排斥曾经许下的"为国捐躯"的狂热信仰。在日本的卡通片里，父亲只有在洗手间内才能找到安静读报

---

①始于18世纪60年代，以棉纺织业的技术革新为始，以瓦特蒸汽机的发明和广泛使用为枢纽，以19世纪三四十年代机器制造业机械化的实现为基本完成的标志。

的闲暇，女人则声称不再羡慕男人，大概有三分之二的女性希望生女儿。尽管浮世里不断涌现出令人眼花缭乱的娱乐项目，但越来越多的人在民意调查中表示，自己的生活毫无意义，他们"变得比电脑还笨"。也就是说，这些人在自己的国土上蜕变成互不相识的"陌生人"。社会凝聚力和根深蒂固的传统信仰、世界领先的技术和商业都未能给民众带来安全感，艺术也同样无能为力。

全世界的富人都会在自己的豪宅中展示杰出的画作，就如同罪人会建造教堂或寺庙来消除罪孽。然而艺术和宗教并不会改变人类追逐权力的方式。这就意味着，文化可以在某个角落里繁荣，与此同时，残酷的社会力量和枯燥的工作则继续支配其他事物的存在与发展。艺术与工作的分离属于一种历史性悲剧。

工作环境可以为我们提供更多的机会来接触陌生人。那么平淡无奇的工作如何吸引人呢？工作可以为需要的人提供机会，以结识不同领域的人物，而每一个领域的人物都相当于一扇通往不同世界的窗口。农业革命和工业革命两次重新设定了工作的意义，如果希望再次定义工作来适应当前需要，就必须跨越商业与灵性、权力与友谊、浮世与现实之间的阻隔。现实世界与想象中的浮世同样虚幻，它们之间并无交集，但共同存在。在超市、办公室、工厂，艺术品不过是一种由于经费不足就可以随意舍弃的装饰，这种状况难道不需要改变吗？各行各业都需要大量的人力资源为其服务，也要求陌生人之间进行各种谈判，但交往的目的难道只能是唯利是图，无法将其作为对认知的拓展途径吗？当下，许多工作都令人（除特权阶层）之外备感劳累，以至于精神麻木，进而只能用丰富的业余活动来缓解压力，认为努力达到"工作—生活的平衡"就可以改善生活，难道我们无法创造一种更理想的状态吗？在之后的章节中，我会通过自己的实践向大家阐明，如何帮助好奇心强、勇于冒险、热爱艺术、智慧又敏感的人，摆脱依靠追求毫无意义的休闲消遣来弥补工作的徒劳及无趣的状态。

在当今世界，一些举足轻重的人物难免会目光短浅，将一些与事业相关的学科，比如将管理学看作"妻子"，而把艺术当作"情人"，毫无疑问，这样的"婚姻"是"无法长久的"。管理学与时俱进，其本身的主题就是变化。而创新越多，未来的不确定性就越大，所以越来越多的年轻人很难充满热情和信任，继续去钻研迟早会过时的技能，进而也就失去了对于繁重而无休止的工作的热爱。但这并非指传统的工作更容易被人接受，只是现在人们逐渐倾向于故步自封，在工作中逆来顺受，仿佛这是一种命中注定的选择。工作任务和相关人员的专业化程度越高，在一起工作时他们就会感到更加陌生。科技让我们拥有越来越多的空闲时间，而同时也让人变得更加焦虑，因为我们思考的问题不仅局限于"我想要一份什么样的工作"，而是"我想拥有一个什么样的世界"。

人们对工作的满意度取决于他们拥有多少时间来回答这个问题，以及他们是否会深刻反思那些通常被认为是毫无意义且无法弥补的遗憾。一位玛莎百货（Marks&Spencer）的经理告诉我，能够在如此优秀的企业工作他颇感自豪，而且当老板向他征询意见时他又感到多么荣幸，然而在持续了将近两个小时的赞美之词结束后，他突然脱口而出："我恨我的老板。"随后他透漏自己迫切希望把真正热爱的戏剧变成职业。在发达国家，普通民众对于特权阶层的怀疑和恼怒是一种发人深省的警告。

法国人民的怀疑精神在 1789 年大革命时体现得尤为鲜明。当时的法国是欧洲最强盛的国家之一，但财富和权力并非法国民众的全部追求。爆发革命的原因不仅是贫困和压迫，对于权贵阶层的失望和怀疑也经常激发人们去寻求新的目标。如今法国人依然是全世界最富有的群体之一，他们享受着相当清闲的生活，但仍旧不满足于现状。当然，很多法国人喜欢自己的工作，为拥有一技之长感到骄傲，而且许多工作确实能令人精神振奋并得到某些特权。然而，对于"什么是你生命中最重要的东西"这个问题，63%的法国人给出了"家庭"这个答案，18%的人认为是"休闲"，只有区区12%的人把"工作"放在首位。有些工作甚至会摧毁灵魂，而数不胜数的人还在被迫为这样的工作牺牲自我，他们会后悔将人生的大部分时间花费在工作中，后悔错失那些美好的事物，最终补救也为时已晚。工作本应带来地位的提升、目标、社交的乐趣以及掌握某种技能的满足感，但为何它会退化成为一种赚钱的方式，让人们能够用来维持生存、缴税、还贷，能去商店里购买一件可有可无的物品，或者换来邻居的另眼相看？

艺术是否能发挥其他的作用，而不仅仅是一种消遣？它是否能够超越古代的崇拜和现代的偏见，在一定程度上成为表达自我的手段？它是否能够孕育一种勇气，拯救那些被工作折磨的普通人？它是否能够阻止同事因职场竞争或嫉妒而形同陌路？它是否能够保持工作的乐趣永远存在，不会因同事之间的直言不讳而烟消云散？关于艺术的问题不胜枚举，然而艺术对人类的贡献远远大于平时的认知，它绝非无关紧要的装饰或消遣。可以说，任何一种宗教和意识形态的传播都离不开艺术，它对于消除偏见、倡导自主创新、尊重"人类的一切意志和幻想"具有无可比拟的影响力。即便人类的自我表达恶化为自我崇拜，或天才的观点无法被他人理解，艺术的威望仍不会消退。艺术家们会不知疲倦地扮演一切可能的角色。

艺术家们的人生往往充满挣扎和苦难、失望以及戏剧性，这是因为他们总是在极力探索一种与众不同的生存方式。如今看来，这种探索具有前所未有的实用价值，人们接受的教育程度越高，对艺术的兴趣就越浓厚，不过人们往往在晚年才懊悔地听到自己的心声。其实，我们并不需要煞费苦心地重新开始，像工匠一样亲手创造自己的理想世界，解决的方法就在当下，只要勇于挑战，依然有很多手段可以把生活变成艺术品。

艺术给我们的启示是，它寻求的不仅是一个预期的目标，不仅是某种精湛的技艺，它要表达一种在创造过程中体现出的个性。因此，探索的方向、角度和目标都会随着新发现的产生而变化。艺术是一场通往未知世界的冒险，所有的指导、说明和方法都只能教授我们最基本的技能。每一件艺术品都是独一无二的，它是一种对于交流的尝试，让人们不自觉地产生观点和情感上的共鸣。因此，创作艺术品的过程就是在驯服恐惧，历练勇气。

让孩子学习绘画来培养创造力基本上是徒劳的。这种方式或许会让他们更自信，但走出校园进入职场后，他们只能按照特定要求完成相应的作品，而无法让想象力自由发挥。创造力绝不能作为一种明确的目的通过某种训练达到，事实上这种方式很可能导致一无所获甚至造成某种伤害。创造本身才更有趣。把两个幻想结合起来制造一个惊喜，然后继续实验直到理想的成果产生。

弗雷德里克·温斯洛·泰勒（1856~1915）提出了工作和艺术分离的观点，他的科学管理理论在20世纪上半叶风靡全球，其影响力甚至超过了亨利·福特的生产线。泰勒提出的理念是一种适用于各行各业的"精神革命"，不仅针对福特汽车公司之类的工业行业，甚至包括教育和园艺。泰勒坚信科学能够解决人类如何工作的问题，首先他向工人们详细地分析了怎样能够让机器更有效地运行，结果是生产力提高了3倍。随后，他仔细研究了各种工作中人的全部行为，并向大家展示，如果精准地遵照他的指示，即完全按照他用秒表和量尺计算出的最佳方案来劳作，生产力可以极大地提高，而百分之百地投入也会令每天的工作成果更加出色。作为回报，泰勒建议把工资提高到原来的两倍甚至三倍。这一切取得了惊人的成效：在泰勒的指导下，一家造纸厂的产量从每天 20 吨增加到 36 吨，而成本从每吨 75 美元降低到 35 美元，劳动力成本也从每吨 30 美元降低到 8 美元。按照泰勒的设想，每个人都应该变得更加快乐和富有，他还声称，雇主和雇员之间的冲突会就此结束，因为无比丰厚的财富盈余让雇员无心争论资源分配问题。

但是，泰勒的管理体系将全部主动权从工人转移到专门的管理者手中。工人们抗议说，自己受到了羞辱，变成了奴隶和微不足道的机器人。即便有更多的物品被生产出来，"对人类而言这意味着毁灭"，一位工会领导者如此评论。泰勒眼中那些所谓的"无用行为"，即动作或停顿"往往正是一个工人产生神圣的灵感火花的瞬间"，然而在工作中不允许工人思考。那位工会领导还提到，詹姆斯·瓦特的例子就可以出色地反驳泰勒。瓦特正是在一个停顿的瞬间观察到水壶里水的沸腾现象，进而激发灵感发明了革命性的蒸汽机。虽然泰勒坚持用优厚的奖金促使工人全力投入工作，但工人们的回答却是，他们已经累垮，感觉生活都被摧毁，连妻子都威胁要离开他们。事实上，泰勒也很担心那些一心向"钱"的人，因为金钱让他们变得"奢侈"而"放荡"。泰勒写道："我们的实验证明，大多数人从自身利益角度出发，并不适宜迅速致富。"同时他提醒雇员，工作的目的就是向雇主支付利息，"他们永远不能忽略这个事实"。一些从零开始用科学方法学习机器操作的新人代替了经验丰富的技师，许多工人变成剩余劳动力，他们只能做指导或护理工之类的工作。一个完全不同于工人的新兴白领管理者阶层逐渐产生，工头原有的权力被分散，专家开始代替他们监督工人是否遵守规则。

1910 年，效率至上这一理念风靡美国。当时，铁路公司要求提高票价，但遭到坚决反对。反对者生动地展示了如果在铁路行业运用泰勒的科学管理方法，管理层可以通过提高雇员的工作效率轻而易举地节省一亿美元，因此没有必要提高票价。削减生活成本也成为流行的口号，只是针对强度大的工作以及裁员方面的花费不能减少。之后欧洲和日本也迅速效仿美国。此时，传统工作的从容节奏、拥有一技之长的自豪感伴随着低效率的标签不复存在。

从泰勒时代开始，科学管理的应用者至今已经受到诸多教训，而如今对于科学管理的理解也与以往大相径庭，工作的目的就是"向雇主支付利息"的观点也不再适用于当前的社会形势。曾经，几位工人因无法忍受巨大的工作压力而自杀的消息占据了全世界媒体的头条，之后工人便不会因为拒绝无止境地工作而被随意解雇。值得思考的是，科学管理怎样得到了进一步的发展？这个过程如何受到艺术的影响？毕竟，诗人在本质上属于创造者。

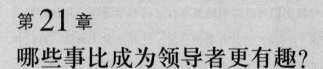

第21章
哪些事比成为领导者更有趣？

"事业的野心使人备受痛苦"

毋庸置疑，领导力是应对人生挑战的必备因素。领导者是人类的英雄，但前提是他们永远不能失败……因此我建议大家探求所谓成功的副作用。

弗朗西斯·培根是探究领导力本质的启蒙人士之一。美国第三任总统托马斯·杰斐逊称他为"世界上最伟大的三人之一"。培根才华横溢，甚至被认为是莎士比亚戏剧的真正作者。他创立了一种新式科学调查法，主张科学的重点应向实验转移，通过实验创造出实际的发明进而减轻人类的痛苦；他是领导北美殖民起义的先锋人物，对宗教自由和法律改革也有独到见解；他是众多领域的领军人物，甚至被授予英国大法官的职位，在那个时代这一职位的重要性几乎等同于如今的首相。但培根的人生是一场灾难：他因贪污受贿而被革职，在法庭上曾公开承认自己"背信弃义"并请求宽恕；妻子小他 31 岁，整日挥霍无度、怨天尤人，最终背叛并将其抛弃。培根一生几乎负债累累，死后也背负着至少 300 万英镑的欠款。在受人尊敬的同时，培根也饱受厌恶和怀疑，因为他曾经用虚伪背叛的手段谋取身份和地位。后人讽刺他为"最聪明、最出色、最卑鄙的人"。

尽管如此，培根仍旧可以客观地看待自己的不幸遭遇，并且能够清醒地分析野心带来的问题，这具有普遍意义。他并不耻于承认，自己并未遵循他所宣扬的美德和诚实。培根坦承自己过着两种截然不同的人生，而自己的理想被各种突如其来的诱惑击败，"在人生旅程中，我的灵魂于我而言就像是一个陌生人"。野心带来的回报绝非是他所期望的。当培根意识到错误时，早已不由自主地深陷其中，"追逐权力，而失自由，有治人之权，而无律己之力，此种欲望诚可怪也"[1]。他不明白，为何如此多的人会陷入这种怪异的欲望之中。但令人惊讶的是，高官厚禄竟然使培根沦为专注于繁文缛节的"仆役"。有时，攫取权力的过程甚为"卑劣"，而成事之后"立足难稳"，但失去权力又实属可悲，"既已非当年之盛，又何必贪生"？成功的代价极其高昂："须做尽不光荣之事，方能达光荣之位。"对权力的渴望将培根变为阿谀奉承的高手、利用挚友的叛徒。总之，权力将他与众人隔绝，他能够立即发现旁人的错误，却迟迟无法意识到自己的过失。最糟糕的是，有权势的人纠缠于各种琐事，对自己的财富、身体和精神却无暇顾及。

两个半世纪之后，罗伯特·巴罗 (1891 ～ 1976 年) 出生于伦敦东部

---

[1] 语出培根随笔《谈高位》(*Of Great Place*)，王佐良译。

一个文盲家庭，他创立了一家拥有超过 5 万名员工的金属箱跨国公司。这家公司逐渐形成了巨大的包装产业，其规模仅次于美国泰坦罐头公司。巴罗身上体现出了极其复杂的人性：狡诈、胆量、凶猛、无情、慷慨和善良。这些矛盾的特质也赋予他一种独特的魅力，即便那些被他伤害的人都会对其赞赏有加，但更多的人则认为他非常邪恶。巴罗被誉为当时最杰出的商人之一，但他认为"这并不能让我感到快乐"。他始终竭尽全力打败竞争对手，战胜有威胁的同僚，"我不明白自己为何会这样……我厌恶现在的生活。因为所有人都与我作对……过度的野心只会带来痛苦。千万不要像我一样，你会生不如死"。即便如此，巴罗依旧没有停下斗争的脚步，他竭尽全力回击一切反对自己的力量。尽管巴罗的一生获得了极大成功，但在临终之时遭到了巨大的打击——1976 年，他的产业受到消费社会①的严厉谴责，接到了诸如生产的箱子带有不必要的装饰、配送费用过高、滥用稀缺材料、随意投放垃圾污染环境、食品工业的产品质量不过关以及采用非天然的方法种植加工等投诉。巴罗万万没想到自己竟会以这样的评价终结一生。

英雄和圣徒往往带有雄心壮志的标签，但从古至今绝大多数人将野心看作危险之物，因为它违背了许多宗教所提倡的"乐知天命"的精神。"野心勃勃的人通常都是病态的。"在 1841 年，用于满足野心的机会仍旧稀少：工业部门中，只有 1% 的管理岗位，商业部门有 7%。20 世纪，英国的管理者人数增加了 6 倍，许多国家军队中的军官数量增加到之前的 3 ~ 4 倍，例如中国军队里军官和士兵的人数各占三分之一。然而此时野心陷入了危机，因为假如管理者的数量多于下属，那么他们将很难发号施令。因此，野心越膨胀就会令人越失望，即使贵族制度（特权阶

---

①消费社会是指生产相对过剩，需要鼓励消费以便维持、拉动、刺激生产。在生产社会，人们更多关注的是产品的物性特征、物理属性、使用与实用价值；在消费社会，人们则更多关注商品的符号价值、文化精神特性与形象价值。

级掌权的制度）已发展为精英制度（能者为领导的制度）也无济于事。托马斯·霍布斯①曾表达过极其残酷的观点：人与人之间存在本质的区别，不可能所有人都享有同等的尊重，因为"人人都拥有就意味着无人拥有"。更重要的是，对于那些拥有成功、权势和财富的人，普通人通常会无情地去审视其弱点，强烈质疑他们是否功不抵过。只有在那些建立于贫穷的国家中，富人才会赢得他人的敬畏之心，然而一旦富人的数量增多，敬畏便不复存在。

2000 年，麻省理工学院的某位经济学教授简化了衡量成功的标准："财富成为衡量人生价值的唯一标准……如果你想证明自己的能力，就必须加入规模庞大的争夺财富的游戏中去。如果你拒绝加入这个游戏，就等于直接放弃了成功的头衔……财富让人们随心所欲，它的多少与人的快乐程度成正比。"但也许这并非最终结论，因为游戏的大玩家往往身不由己。一些大型企业的管理者会发现，权力的应用与想象中得心应手的情况不同，他们发出的命令会被不断地篡改并遭到抵抗，而且遇到的问题大都棘手，需要花费大量的时间去处理，与此同时要承担一定的风险与威胁。表面上这些管理者被称为"领导"，但实际上连培根所描述的"仆役"都算不上，他们每天被股东、分析师、养老基金经理逼迫，并时刻与后者争夺更多的利润，他们早已与囚徒无异。同样，政治领导者也会时时失望，因为他们无法作出惊人的政绩，甚至无法将赢得选举时对民众的承诺付诸实践。如今，所有的领导者都会投入大量的时间和精力去美化自己的公众形象，就如同不化妆便不敢公开露面。也有些人用虚伪和自我欺骗的方法为自己凭空营造满足感。无论这些人如何巧妙地谈论各种话题，如何展示自己的亲切和谦逊，无论他们是否用写诗、

---

①托马斯·霍布斯，英国政治家、哲学家，创立了机械唯物主义的完整体系，提出"自然状态"和国家起源说，反对君权神授，主张君主专制。

养鸟来制造亲民感，当他们因无法避免的过失突然倒台时，会表现得极度脆弱。他们可能很享受领导地位带来的特权和成就感，但几乎所有人都在承受源源不断的压力以及牺牲私生活所付出的代价。满足野心的代价是无法预估的。伏尔泰曾言，文学创作的回报要么是蔑视，要么是敌对，而这取决于你是失败还是成功。教育本该为人类提供成功的动力，但它具有两面性，既能激发想象力，也会将其遏制。

说服他人接受自己的观点

2 500 年前，雅典建立了民主制度，而针对如何发展的问题则犹豫不决。哲学家们认为，目前公民应努力维持道德标准，尊重真理和美德，而非立即追逐利益。而智者①教授人们如何将理想与现实生活相结合，这对雅典的民主制度发展产生了深远的影响。一些智者简化了传统智慧②，并告诉人们，生存就是为了追求愉悦和财富，人类的各种行动被激情和自我利益所驱使，强者必然会统治弱者。所以，人们只需要学会如何获得自己渴望的东西，而唯一的神奇途径就是说服他人。智者是第一批传授成功学的老师，他们声称，通过学习，每个人都可以成为被人追随的领导者。这导致许多人抛弃了物理或数学，转而专注于学习说服的艺术（此时的说服并非出于管理目的）。智者还认为，力量来自对情绪的控制（这一观点在几个世纪以后被重新解读为"情绪智力"），并展示了如何通过掌握雄辩术在争论中脱颖而出，因此吸引了大量希望迅速

---

①公元前 5 世纪至公元前 4 世纪希腊的一批收徒取酬的职业教师的统称。公元前 5 世纪前智者泛指聪明并具有某种知识技能的人，后来自然科学家、诗人、音乐家与政治家也被称为智者。智者能言善辩，晚期流堕于诡辩，因此柏拉图和亚里士多德将其看作歪曲真理、玩弄似是而非的智慧的人。

②传统智慧，指并没有确实证据，但由于被社会精英普遍使用，进而成为公众所接受的真理，以及一套习以为常的思维模式。

提高影响力的学生。与哲学家不同，智者向学生收取费用，其数额巨大。在当时的雅典，法官工作一天的酬劳为半个德拉克马（希腊的银币名称），而智者的收费高达 50 德拉克马。据说曾有一位智者收取了一万德拉克马的学费，比 10 名最著名的雅典雕塑家的酬劳总和还要多。只有富人才有足够的钱支付智者的课程，这遭到普通人的强烈不满，但这并未减弱课程的吸引力。

这些智者并未将雅典当作文明的灯塔，而是一处可以帮助他们积累财富、享受奢华的交易中心。他们的作品并未流传于世，因为这些作品并非为后人所著，其作用如同今天的商业书籍。第二批智者出现在罗马，他们较前人获得了更大的成功。智者周游整个帝国，用高超的即兴演说技能吸引了大批追随者，他们简直就是当代演说家的先驱。智者信奉现实主义而非理想主义。

从那时起，鼓励培养野心的商学院便成为最热门的教育机构。50 年前，一名哈佛商学院的毕业生曾说道："我们并非智力超群的人，没有显赫的背景，也不是艺术或创造力方面的天才，我们的目标是管理界的精英。我们要通过训练成为那种在混乱中可以始终保持清醒的人，要学会运用工具让事物有序运作。我们的工具就像阿司匹林或者炸药一样，适用于一切事物。"然而仅有谦逊和傲慢相结合的态度远远无法成为杰出的管理者。最初建立商学院的目的是为了把管理者和商人变成更受尊敬、更有教养的职业，但后来由于商学院的眼界狭隘，过于关注金融知识和管理技能而忽略了文化的熏陶，以至于培养的管理者只会机械地创造利润，而缺乏坚实的精神支撑。所有商学院都应该为此进行反思。

1977 年，一位哈佛商学院的教授首次提出了以下概念：成为管理者并不意味着功成名就，真正的目标应该是成为"领导者"。这位教授相信，精神分析学是开启美好未来的关键，还以著作的形式探讨了"弗洛伊德理论如何令优秀的管理者成为杰出的领导者"。亚伯拉罕·扎莱兹尼克（1924 ~ 2011）曾批评管理者，认为后者过于理性、客观，只关注效率和过程，忽视思想、直觉和移情。为此，他向管理者提供了一种可以"重生"去寻找自尊的方法，即"说服他人接受自己的观点"。为了达到这一层级，首先需要从习惯性的怀疑思维中解脱出来，因为怀疑会阻碍才能的发挥。扎莱兹尼克认为，许多管理者身上存在的问题是缺乏父亲般的形象，他们总是焦虑地希望掌控未知并期待"重生"。著名日本企业家松下幸之助的事迹激发了扎莱兹尼克的灵感，后者因此提出了上述观点。20 世纪80 年代，日本工业飞速发展，对西方工业霸权产生了巨大威胁。扎莱兹尼克很崇拜这位白手起家的实业家，后者的管理哲学体现在其建立的组织（PHP 综合研究所，1946 年建立）中，该组织的愿景是致力于推进国家及民众的共同繁荣、和平与幸福。扎莱兹尼克理论的继承者、一位哈佛大学教授，在松下公司的资助下为松下幸之助撰写传记。

领导力课程成为掌控学员情绪及其是否期待变化的晴雨表。每年都有成千上万的书籍、文章将新的关注点或意识形态加入领导力的概念中，目前在谷歌上已经有 2.84 亿条关于领导艺术的参考资料。然而对于那些"非领导者"，这些研究并不能减轻他们的挫败感，因此在领导力的概念中又增加了平等主义的观点。这种新型概念认为，几乎所有人都可以成为（各种各样的）领导，随从者与领导者同样重要，因为再多的理论或经验都无法保证领导者永不犯错，领导者的成功要归功于随从者不断帮助他们纠正错误。领导者的定义甚至也被改写——无论地位多么卑微，只要是事件的发起者或变革的创造者都可以成为领导者。

最初领导力属于军事领域的概念，而那些商学院借鉴过来的理念只是已被将军们抛弃的过时版本。1945 年，美国军队为应对下一场战争作准备时，针对士兵进行了领导力心理调查。之后，越南战争的失败令士兵士气低落，西点军校又被揭露存在大量欺骗行径，在信任危机的背景下，美国军队创立了全新的领导理论。之后，军官们被鼓励广泛学习各类知识，而不再局限于军事领域，军校的教学大纲中增加了 16 种科学和工程学课程以及 8 种人文学课程。学生的阅读清单也与 1910 年形成了鲜明对比，新的清单上关于战争的书目多达 48 种，只有 3 本通史，另有一本罗热字典词库和一张易错词列表。美国军队中关于领导力的最新研究强调，军官不应当只承担战斗者的角色，同时还要掌握技术、外交及商业等多方面技能，但目前专业训练的效果仍不尽如人意，因为只有通才才能协调所有方面，而培养通才依旧是一个遥远的理想。尽管商业领域向军队借鉴了许多诸如"线性管理"之类的管理方法，但在培养人才方面，商学院远不及军队明智。所以现在的军人比商界领导者更受人钦佩，也更易被民众接受成为总统候选人。

2008 年的经济危机说明领导者应为世界性灾难负责。探究领导理论的教授只得重新审视教学内容，就如同苏联解体后要重新研究共产主义一般。哈佛商学院院长承认，领导者给民众造成了巨大的苦难，而这并不合情理。领导者的失败之处在于，金融危机时崩溃的不仅是经济，也包括他们的道德，随之而来的困惑和迷茫更令人难以招架。哈佛商学院院长严厉斥责了将学术研究的形式引入领导理论教学基础中的做法，他认为这种方法既缺乏知识的严密性，又无法解决实际的重要问题。哈佛大学肯尼迪政府学院的一位研究领导理论的教授宣称"这个领域的研究已经终结"，但并未说明何种课题可以将其替代。即便如此，领导力的概念并没有被完全抛弃。有专家表示，一些研究对象（领导者）经常会因为自己的无知和愚蠢而感到恐惧，在处理那些力不胜任的问题时格外孤立无援，面对来自各方无穷无尽的要求，即便竭尽全力也无法全部满足，这令他们感到精疲力竭。此外，这些研究对象发现获得可靠的消息极其困难，而切断非正式渠道泄露出的负面消息同样不易，同时他们还要警惕消息的来源，以防有人暗中作梗。尽管领导者表面上看起来可以自由支配时间，但事实上他们几乎全部时间都被要求所约束，而且经常发现自己作出了力不从心的承诺，往往要花大量的时间来弥补过失。尽管领导者经常责怪下属，后悔没有早些替换掉不称职的管理团队成员，但他们自己也会不断地受到上级的谴责以至于被无情地辞退，因为期望往往伴随着失望。领导者能够对团队施加何种影响力永远是一个充满分歧的问题。对于既定的事实，总有人相信，也有人怀疑。其中一项研究的结论是，选择不起眼的小人物作为一个团体名义上的领导乃是上策，从而有实权的领导者可以隐居幕后。大约77%的美国人对这类管理问题感同身受，这说明"领导力危机"确实存在，与17世纪欧洲经历的"贵族危机"一样，权力阶层已经发生了巨大崩溃。

目标的真谛是什么？

通常，领导者完全不清楚目标的真谛。哈佛的官方使命是"培育改变世界的领导者"，斯坦福是"改变世界"，而麻省理工是"改善世界"。那么到底该如何设置目标呢？西方的领导者会思考，为争权夺利而作出的牺牲是否值得，这样的质疑和反思至关重要，但类似的问题还未"困扰"新兴的工业化国家。据《中国青年报》报道，有近三分之二读者的目标是成为领导者，这也是91%中国年轻人的追求。大学和公司会提供各种培养领导力的机会，那么领导力是否为一种可教授的技能？它与短期内能够习得的知识有何不同之处？

沃伦·本尼斯（1925～2014）是美国最受推崇的领导理论大师及人文主义作家之一，他曾经格外坦率地分析了自己的经历。起初本尼斯渴望担任领导者，因为他"想成为一个与众不同的人"。平凡的家庭背景以及失败的移民父亲时常令本尼斯感到沮丧和自卑，当条件允许时，他主动接受了6年的心理分析，每周4次或5次。之后本尼斯参加了沃纳·艾哈德开办的课程，主题为"转变的技术"。本尼斯一直在寻找理想中的领导形象：童年时是比他年长10岁的哥哥，服兵役时是他的队长，在安提阿学院就读时是校长道格拉斯·麦格雷戈①。这位校长是一名心理学家，他曾认为进行4年的心理分析研究比度过4年大学生活更有意义。"我竭尽全力，希望成为像麦格雷戈校长那样的人，我并不以奉承导师为耻。之所以努力接近天才，可能是因为我认为自己太过平庸。"在麻省理工学院教授心理学时，本尼斯坦承："我时常模仿我的老师和优秀的同学。有时我不知该何去何从，甚至感觉自己是个十足的骗子。"极力讨好他人的生活方式令本尼斯备受折磨。那些从希特勒手下逃脱的难民对美国心理学发展产生了至关重要的影响，因为他们曾体验过领导者的冷酷残忍，这种经历非同一般，因此他们对一切领导者都抱有怀疑态度。而本尼斯认为自己需要指导和支持，就像需要一位兼具权威和慈爱的父亲那样急切。

本尼斯不愿再做一名无足轻重的教授，他渴望权力。虽然对未来怀有强烈的不确定性，但他非常羡慕那些有野心、有主见、坚定且自信的人，并渴望与他们一样满足内心的冲动和热情。事实上，本尼斯认为自己过于优柔寡断，但确立目标之后他果断放弃了执教工作转向行政管理，前往布法罗大学担任教务主任。本尼斯之所以选择这里，是因为该校的校长野心勃勃地试图将布法罗大学变成美国东部的伯克利。然而，19世纪70年代，该校发生了学生暴乱，本尼斯的梦想也"从未在行政楼找

---

①道格拉斯·麦格雷戈，美国著名的行为科学家、人性假设理论创始人、管理理论的奠基人之一、X-Y理论管理大师、麻省理工学院管理学教授，是20世纪50年代末期人际关系学派的中心人物之一。

到出口……""我们可能在不知不觉中毁掉了最渴望的东西，而作出的改变体现在行为甚至态度中，这都可能令亲近的人变得疏远。"许多年后，本尼斯对一路走来的付出作了总结："我没有学会如何与野心共处，始终没有。"

但是这些尝试也令本尼斯有所收获。"如果没有经历和持续的毅力，就不会有真正的改变。"本尼斯认为自己过于渴望成功，时常操之过急而忽略了传统和经验。于是他开始新的尝试，来到辛辛那提大学担任校长。然而这次出现了不同的问题，他的热情被再次粉碎。"当我拥有权力时却感到前所未有的无力……一年以后我对自己说，要么是我的能力不足以管理这个地方，要么是这里根本无法被管理。我就像是被某种奇怪的阴谋所驱使，竭力阻止人们实施任何改变现状的行动。不幸的是，我恰恰是这场阴谋的主使者之一。"官僚主义的例行公事占据了本尼斯所有的精力，他根本没有时间深入思考或开展改革，"我天真地以为，如果他人真正了解我就会喜欢我，然而事实上，领导者根本没有权力期待被他人喜欢"。后来本尼斯突发心脏病，在疗养院休养的3个月中，诗歌创作让他恍然大悟：应该放弃领导者的地位，因为自己永远不会因此而感到快乐。于是本尼斯投身写作，用自己的经历告诫他人应如何成为领导者。与争权夺利相比，写作反而与本尼斯杰出的才华相契合，并给予他巨大的成功。如今，特权阶层公开为自己大唱赞歌，而私下却在努力摆脱自我怀疑，在这样的环境里，本尼斯的自传就像是一部20世纪的安魂曲。

本尼斯的一生经历了对权力的痴迷、追逐、观察和反思，最终得出结论：成为领导者的终极意义只是成为一个体面的人。可是商业和政治活动怎能令人轻易做到行为得体呢？他还意识到，自己将人生的重心放错了位置，"我的3个孩子才是最重要的"。为何工作总会伤害家庭？每位领导者都会有或多或少的野心，但对本尼斯而言，唯一的野心就是"做自己"。这对于那些因自身缺点深感自卑的人来说是一种鼓励吧。

我生活在一个乡村，那里的人们能够自由选择谋生方式，但仍有57%的人认为自己选错了工作，所以即使奇迹般地被提升为光鲜的领导者，他们也会继续发泄不满情绪，用其他的方式改善工作环境。成为领导者并不能解决人生难题，而这一想法本身就是陷阱，但深陷其中的远不止培根、巴罗和本尼斯等人。当人们评价领导力为一个组织带来何种影响时，往往会忽略它对于领导者本身造成的后果。

17世纪晚期，杭州被马可波罗形容为"全世界最美好、最高贵的城市"。在这里，一些受过良好教育的女人在蕉园诗社①会面，她们衣着简单、不施粉黛，优雅地展示着生活的精髓，她们自称在"探寻事物的本质"。这些女人认为，男人喜好争夺权势，他们口中所称的道德极其虚伪。而只关注穿着打扮的女人无论如何都无法理解她们的观点，因而后者只能遗憾地感叹，理想中的工作方式遥不可及。她们决定对男人疯狂的野心置之不理，用享受艺术和培育花园的方式追求"美的生活"。女人在职场中的影响力一向有限，于是男人相信，追逐权力的过程及其回报对女人而言极具吸引力，有些男人甚至还迂腐地将女人当作失败后的慰藉，这与中世纪的法国勇士战败后找女人谈心无异。取悦女人的愿望有时的确会促使男人举止优雅，但这无法激发他们去反思追逐财富和地位究竟具有什么价值。每当女人在生活中赢得更多主动权时，那个"遥不可及的理想"就会更近一步，然而主动权又迫使她们投入到赚钱谋生的事业中。

崇拜领袖会令信徒迷失自我。并非所有人都能成为领导者，这如

---

①清代诗社遍立、词学鼎盛，女子也多能结社唱和，意在吟赏梅月之风，以添妆台逸兴之情。清初闺秀结社于当世者，首推蕉园诗社。蕉园诗社曾有"蕉园五子""蕉园七子"雅称。

同用"Monsieur"（法语：先生）或者"Señora"（西班牙语：女士）来称呼他人，他人就可以变成贵族一样荒唐。安德斯·代尔维格担任宜家CEO 之职 10 年，他坦陈，在工作中自己最重视的要素就是获得认可，它也是人类进步的重要驱动力。但很少有人认为自己得到了应有的认可或赏识。公众认可往往片面狭隘，一旦客体出现差错，正面评价就会被撤回，而自我认可则更加深刻、真实，因为自我欺骗毫无意义。

还有一些其他类型的领导者，例如先知、哲人、圣人、苏菲派信徒、古鲁（印度教等宗教的宗师或领袖）和"zaddiks"（以犹太教标准衡量的正直而有道德的人），他们远离俗世的浮华和贪婪，推崇智慧、精神解放、忠诚坚贞、道德修养和自我奉献，但并不懂得如何通过这些品质来获取金钱和利益。孔子对于君子的劝诫是"己所不欲，勿施于人"，然而当前的社会现状却与之完全相反，一些人的成功往往伴随着另一些人的牺牲。为什么人们要为了追逐凌驾于他人之上的权力而放弃自由？培根的问题至今没有答案。

当然，也有其他途径可以实现成为领导者的愿望。例如可以成为"中间者"，既不接受也不会发布命令，进而从成功富有的群体获取资源来帮助无知贫穷的人。服务社会令"中间者"感到快乐和满足，但也必须提防贪婪和欺骗的毒害。当前的世界经济形势对于无数即将踏入社会的年轻人来说几乎已无利可图，女性也会失望地发现世界对待她们的态度依旧吝啬，所以务必要慎重对待野心。

农业、工业及服务业的出现都是为了应对突然出现的巨大人口增长。如今，当人们意识到自己将来可能会成为一名百岁老人时便会发现，爬上事业阶梯的顶峰再跌落地面的过程并非度过漫长一生的最佳选择。成为领导者的过程，本质上就如同一名士兵打败敌人并存活下来当上首领，其间充满坎坷与心酸，远远无法与宇航员探索宇宙那样去探寻生活中的未知相比，因为后一过程定会令人生充满惊喜。人类要学会赋予工作新的意义，而非继续枯燥机械地应用技能，进而成为生活的主宰，彻底改变工作的本质——工作不再是寻求安定和地位所必须付出的代价，它令人与人的合作变得更加愉快，最终重新定义自由。这将成为当今时代一场伟大的冒险。

这场冒险意味着人类对待竞争态度的急剧转变。在女子网球历史中，这些转变早已初露端倪。1974～1981年，克里斯·埃弗特稳居世界第一的宝座，她一直以打垮对手、不惜一切代价赢得胜利为目标。而埃弗特的对手之一玛蒂娜·纳芙拉蒂洛娃与其截然不同。尽管纳芙拉蒂洛娃是外来移民，但她的头脑中总是迸发出很多与众不同的新奇想法：她赞成同性恋解放，愿意和自己的对手成为朋友。纳芙拉蒂洛娃的独特魅力赢得了观众以及整个国家的接受和喜爱，而苏珊娜·朗格伦（1938～1899）则激发了观众对于女子网球运动的热爱，因为她在比赛中增添了优雅的元素：动作舒展酷似芭蕾，穿着时尚。关于体育运动（包括户外运动和其他接近自然的项目）对人类的启发作用，我会在之后的章节详细分析，另外，我还会对竞争和野心的传统涵义提出挑战。

第22章
努力工作的意义

"榨取他人身上最后一丝利润"

　　山姆·沃尔顿（1918～1992）是沃尔玛公司的创始人，现在他的家族拥有这个世界上最大的企业，其从业人员超过两百万人。沃尔顿坦言，"我向来不喜欢深思熟虑"，同时很清楚，改变人生的重要因素就是"竞争的热情"。他"喜欢任何形式的竞争"，并带着必胜的决心打网球，扬言只要有他加入的足球队就不会输。一个人带着一把枪和一条狗对抗一只鸟——射鹌鹑是他非常钟爱的活动。沃尔顿十分钦佩父亲（农民兼银行家），因为后者能够"榨取他人身上的最后一丝利润"，能用任何物品做交易，例如马、牛、房子、农场、汽车……"只要有利可图，父亲甚至会用自己的手表去交换一头猪。"沃尔顿这样形容自己的岳父（律师）：
"他是一位伟大的推销员，是我见过的最具有说服力的人。"而沃尔顿也
擅长说服推销对象购买商品，并且对此充满热情。他享受为商品确定价
值的过程，一件普通的商品经过巧妙的推销就会立刻吸引消费者。沃尔
顿认为，所有商品都可以被包装和渲染。他喜欢站在人群前夸赞自己的
商品。对沃尔顿来说，成功的商业经营模式不仅能够削减开支、提高效率，
也会令人恍然大悟，去发现如何让每件商品体现最大的价值以换取最多
利润，而最有效的方法就是赋予其精准的定位并不厌其烦地宣传。沃尔
顿能够敏锐地发掘自身的任何优势，力求用低于一切竞争者的售价换取
利润。竞争令他如同战斗中的士兵那般充满激情。

　　竞争行为本身可以作为目标吗？过去，店主和工匠都竭力避免竞争，
对彼此的领地互不侵犯。然而，山姆·沃尔顿早已令自己强大到可以吞
并对手，接连不断的俘获和摧毁带给他巨大的刺激感和成就感，他相信
自己"可以征服一切"。征服的概念来自军事领域，并不是某个人随意
创造出来的。如今，山姆·沃尔顿的后代在世界上 15 个国家中开展了
零售商之战，当他们的商业入侵在德国被击退时，便立刻转向印度一类
的目标。在山姆·沃尔顿眼中，野心就应当是无限的，他的目标已不再
是金钱，而是征服过程带来的快感。一位挚友认为他只是享受登上巅峰
的快感，他的本性谨慎谦逊，非常反感某些百万富翁以挥霍、奢侈的方
式炫耀财富。

　　山姆·沃尔顿以标新立异为傲，他精明强干，能够打破他人制定的
规则，并且乐于接受挑战。与来自文艺复兴时期的人不同，他的行事作
风更像中世纪风格。许多重要的经营理念并非山姆·沃尔顿的原创，而
是来自竞争对手，他时刻带着敏锐的洞察力接近并观察他们，最终经其
糅合并在此基础上创建自己的帝国。例如，自助购物模式并非沃尔顿首

创，但被他第一时间借鉴过来；他从约翰·刘易斯公司学到了将公司股份分给员工的方式；走访日本之后，他进发了鼓励团队合作的理念；其购物广场经营模式效仿了家乐福。在临终之时，山姆·沃尔顿评价自己是一个巨大的矛盾体，而他本人至今也无法理解。沃尔顿的核心价值观决定了他是一个十分保守的人，但不知为何在商业领域却一直在打破常规、无所畏惧、标新立异，甚至享受变革带来的无序状态，这种矛盾令他深感痛苦。

事实上矛盾并不存在。山姆·沃尔顿在管理企业时运用的那些神奇先进的技术属于现代化的自我保护，而这些技术的实施建立在继承传统的基础上。尽管他会劝说顾客购买并不十分需要的商品，但这些商品物超所值，购买意味着节省而非浪费，于是顾客相信自己发扬了节俭节约的美德，心满意足地买下了商品。另外，他还劝说顾客不要贪婪或者自私，购物时要为家庭着想，用维护家庭的理念来抵抗当代社会挥霍无度的恶习是他与顾客共同追求的目标。

美国小镇是山姆·沃尔顿的最爱，他的妻子也坚持只居住在一万人以下的小镇。这个巨型企业的总部设在美国阿肯色州十分偏远的小镇本顿维尔。沃尔玛的运营理念是，将家庭视为一个经济单位，尽可能地雇用当地人，因此会出现 30 个亲属同时供职于一家本地门店的情况。山姆·沃尔顿的目的并非鼓励机械无度的消费主义，而是帮助人们获得他人的尊重。"我的本性随和，非常友好，经常同员工们在街头交谈。"沃尔顿说。他经常驾驶直升机查看分布在全国各地的门店，同样也会坐在收银台后一边帮助员工结账、帮顾客打包，一边同员工聊天，真诚地聆听他们的想法。他经常在自己的家中对应聘者进行面试，甚至邀请他们的家人一同前来。他鼓励员工与顾客谈论他们感兴趣的琐事，例如他们饲养的鸡、猪、牛或者抚养的孩子，并且要时刻保持谦逊的态度，不过他本人偶尔会因为斥责他人而突然魅力大减。

山姆·沃尔顿对于过去的依恋还体现在其热爱的传统娱乐项目上。"我们要尽最大可能让生活变得有趣而新奇，要做一些疯狂的事来吸引他人的注意，以此来鼓励大家尝试新鲜事物，为自己制造惊喜。"他会和当地的玩家一起进行各种大胆的恶作剧，穿着奇装异服和拉拉队一同在街上游行，或者突然中断工作日程去狂欢，甚至在周六早晨的管理战略会议上突发奇想地歌唱、表演喜剧。每年沃尔顿都会邀请一万名股东到本顿维尔过周末，进行各种疯狂热闹的娱乐活动，并希望华尔街的陌生人能够通过这种形式"认识他们、了解他们"。

尽管山姆·沃尔顿经常拜访教堂和主日学校，但算不上虔诚的宗教信仰者，然而他的员工和顾客在沃尔玛却能够感受到一种宗教的力量，能够帮助他们学会接受自己卑微的社会地位。企业的管理层采纳了由 BBDO 环球网络公司（全世界最具创意的广告公司之一）的创始人布鲁斯·巴顿（此人的父亲是一名牧师，是坚决反对罗斯福新政的保守派人士）所倡导的"仆人式领导"原则。巴顿的畅销书中把耶稣描绘成了一名商人，宣扬商业属于一种精神感召，鼓励顾客与销售人员抛弃彼此之间工人与机器的关系，像在基督教服务处一样互相帮助，像对待邻居甚至家人那样热情真诚、乐于奉献。沃尔玛把宗教与商业相结合，成为了最大的基督教商品买家，与此同时保持商业竞争形式，周日照常营业。在承认圣经中显露的"男性优势"的同时，沃尔玛在其宗教观中糅合了有利于女性的观点，例如歌颂母爱、提倡把家庭生活升华为一种基督教仪式、主张男性以家庭为中心，并认为堕胎和同性恋是影响家庭幸福的重要因素。沃尔玛还与其他商业巨头联手支持小型基督教学校的运作，以此来对抗主流大学对于反专制思想的不良影响。山姆·沃尔顿排斥所谓的慈善行业，他会直接前往当地进行募捐。

另外，由于沃尔玛的商品售价极低，对于顾客来说他的公司本身就属于公共捐赠者。沃尔顿希望沃尔玛成为推动改变的中坚力量，然而其中关于公司自身的最重大变革却并未完成。尽管沃尔顿喜欢与众不同，但全球 8 500 家沃尔玛门店都存在一定程度的共性，工会屡屡抱怨大多数员工只能得到最低水平的工资，获得的利润也微乎其微，他们谴责沃尔玛因为参与竞争而令对手破产，进而造成更多人的失业。在美国，有些人沉浸在对国家繁荣的渴望当中，他们主张坚持传统的价值观，强调维护国家尊严，排斥一切领域的外来势力。这个群体当中有三分之一是沃尔玛的顾客。在 21 世纪，四分之三的沃尔玛顾客在总统选举中为乔治·沃克·布什投票。不可否认，"沃尔玛妈妈"是一种强大的政治力量。

　　沃尔玛似乎没有需要改变的理由，金融分析师称，它的现状非常令人满意，同时拥有一种能够保证稳定盈利的固定经营模式，在经济衰退时甚至更具优势，其广告支出只有竞争对手的四分之一，而销售额则是 6 倍，因此它能够从供应商那里获得更高的折扣。沃尔玛节省成本的技术堪称完美，甚至每座商场的恒温器都由本顿维尔总部直接控制。沃尔玛成为全世界最成功的企业，同时也拥有最多的敌人，它不停地被各种抗议、诉讼和指责攻击。例如，曾有人提出沃尔玛的普通员工从未参加过公司的利润分配，因为他们必须工作满两年才具有参与资格，但在此期间员工往往因为工资过低而另谋他就。通用汽车公司同样是成功企业的典范，在 19 世纪 50 年代，该公司 CEO 的工资水平是生产线工人的135 倍，50 年后，沃尔玛的 CEO 能够拿到普通员工 1 500 倍的工资。在通用公司，一个领导两三千人的工厂主管的工资数额是工人的 5 倍，而沃尔玛一位地区店长的薪资是销售人员的 10 倍。零售业的平均工资水平曾经是制造业的一半，现在已经降低到五分之二。

如何优雅地度过一生？

世界上最成功的企业家对于"如何更好地度过一生"这一问题还未得出最终结论，大多数人依然认为自己的付出与回报不成正比，为了谋生而牺牲个人生活无法带来理想的结果。那么，还有其他的谋生方式吗？很多人心甘情愿随波逐流，为了赚钱而付出大量精力，希望通过积累微薄的财富最终过上富足的生活，然而通常的结果是，他们会因为曾经并未充分地感受生活、错过太多的美好而懊悔不已。那么，有什么方法能够避免这种情况的发生？

在欧洲，能与沃尔玛相提并论的企业是宜家家居。英格瓦·坎普拉德（1926 年出生）在 17 岁时创立了宜家公司，来自瑞典南部一个偏僻的小镇，同沃尔顿一样，他也选择这样的地点建立公司总部。沃尔顿关于创建企业的十条规则均与承诺（通过对工作的绝对热情，我克服了所有自身的缺点）息息相关，包括学会欣赏同事、同他们一起庆祝成功，在满足顾客需求的基础上提供更多的帮助，作为沃尔玛的企业目标，最重要的 4 个字就是"确保满意"。坎普拉德也力图维持传统的乡村价值观，注重勤奋和节俭，在其作品《一个家具商的誓约》（*Testament of a Furniture Dealer*）中列举了 9 条原则，与沃尔顿相比，他加入了"发现的乐趣"、"自我发展"、"用一种自然且无拘无束的生活方式让自己更自由……用有限的经济投入为更多的人创造美好的日常生活"、"为世界民主化做贡献"、制造"令人愉悦"的美观的商品、令顾客得到长久的感官享受等规则。坎普拉德反问："为何穷人就要忍受使用丑陋的商品？"只有富人才能够使用美好的商品并不公平。"我一向反感美国资本主义的残酷，我承认我赞同某些社会主义原则……我能够将具有利润价值的商品同人类的恒久愿望结合在一起。"

坎普拉德怀念乡村的简朴生活，这既令他对未来感到恐惧，又激发了他的想象——如何让未来变得更加美好。每当完成一项任务，他便会告诫自己："仍有许多工作还未完成"。他一向期待绚丽多彩的未来。坎普拉德拒绝出售公司股份，因为他不希望那些贪婪的投资者左右自己的目标。与其为股东分发利润，他宁愿将财产储备起来以防被对手吞并。他坚信未雨绸缪这一准则。宜家的盈利全部存在一个非盈利性的基金会中，通过一系列极其复杂的法律程序，资金能够保持稳定与独立，既不会被政府征税，也可以在国家遭遇灾难性经济崩溃时避免损失。坎普拉德想保留的并非财富，而是毕生的成就，他并不追求不朽的灵魂，但求事业永存，希望自己的理想、"神圣的概念"可以生生不息地流传下去。"宜家是概念公司，只要我们坚持自己的概念，就永远不会破产。"财富对于每个人来说都是太过沉重的负担，为了给自己的孩子做出表率，坎普拉德将宜家公司的所有权交给了基金会。

在宜家的企业文化中不存在抽象神秘的宗教成分，而是包含简单的谦逊、平等、神圣等原则。山姆·沃尔顿称员工为"朋友"，而坎普拉德则将自己视为员工的父亲，将领导力定义为"爱"。在公司成立初期，坎普拉德和员工们在一起工作，像一个温馨的小家庭，他认为那是一段最快乐的经历。坎普拉德对于这种家庭的理解与沃尔顿不同，"我们就像在恋爱，但与性爱无关。我实在是爱死他们了"。他之所以选择这些人成为同事，乃是出于直觉上的喜欢，与资质无关。他们经常促膝长谈至深夜，讨论崇高的社会目标以及大胆尝试的勇气。曾有一名财务主管自以为是地吹嘘，认为是会计在管理这个企业，但是他很快被解雇。宜家就是坎普拉德的家庭，即便没有血缘或邻里关系，只要有社会责任感、乐于分享的人都可以加入到这个家庭中。宜家的会议总是气氛温馨，充满真挚的感情、热情的拥抱、动听的民谣，大家共同表达内心的喜悦。

尽管坎普拉德是公司的领导者，但他勇于承认自己的种种缺点，由于青年时期曾愚蠢地被亲纳粹观点所吸引，因而诚恳地道歉（坎普拉德的家庭是在他出生前 30 年的时候从德国移民到瑞典，"我被德国的祖母和父亲抚养成人"）。他经历了一场失败的婚姻，他认为妻子离开的原因是自己"糟糕透了"，"缺乏自信、优柔寡断、组织能力和接受能力极差，都是我的错！我对自己一直很失望。我清楚自己必须不断进步。我时刻处于焦虑之中，必须在飞机起飞前一个半小时到达机场才能安心。如果参加会议迟到一分钟我就会感到非常愧疚"。坎普拉德并不避讳自己酗酒的事实，他认为这是一种帮助人忘却痛苦的好方法，但也会造成暂时的阅读障碍。此外，坎普拉德认为自己拥有无与伦比的商业嗅觉，并十分了解平民阶层。

尽管坎普拉德鼓励员工进行创新及独立判断，但事实上他们的行为依旧要遵守严格的规则。与沃尔玛一样，虽然宜家不断成长，但本质并未改变。宜家能够成为跨国公司的原因是瑞典本土的竞争对手为了自保而对其强烈抵制，所以对宜家而言，生存下去的唯一出路就是以低廉的成本向其他国家寻求支持，首先是波兰，其次是其他低收入国家。坎普拉德的同情心比沃尔顿更加国际化："我在布拉格亲眼目睹苏联坦克杀死一名抗议的学生，这起暴力事件激起了全世界的愤怒。柏林墙倒塌后的第三天我就来到了德国。"坎普拉德热爱波兰人民，因为他们善良随和、心灵手巧，他把波兰当做第二故乡。他教自己的孩子学习 4 种语言。低价出售作为一种商业秘诀，意味着需要从贫穷国家购买原材料，但这并非长久之计。世界上的大部分人仍然无力购买宜家的家具，节俭的价值观与尽可能吸引顾客消费的商业目的之间产生了严重冲突，仍然有待解决。

为了树立独特的商业品牌，坎普拉德坚持令公司保持典型的瑞典风格，但某些深受传统文明影响的顾客并不接受这种优雅的运营方式。在印度，宜家的供应商通常指责该公司的采购人员只与他们谈论供货期和价格，而不愿同他们做朋友，并且以避免贿赂的嫌疑为由拒绝其婚礼邀请。尽管坎普拉德也会担心，这种维系公司团结的情感纽带会由于公司规模扩大而消失，但他依然希望扩大规模，因为这会带给他带来强烈的成就感。然而达成目标之后，坎普拉德又会感叹结果并非他所期望。规模经济①和大规模生产意味着全世界的商店，包括出售的商品逐渐趋于同质化。

坎普拉德说："我希望能够更有内涵，像玛格丽塔（他的妻子，曾经是一名小学老师）一样。她喜欢读小说，而我最多只能把目录读完。"他体会到一种缺失感，但无法确定文化能为商业带来何种益处。现在，人们似乎更加关注商业与艺术各自单独的发展趋势，因此对于两者的结合会带来何种效果，并无结论。商业不仅是买卖，还包含信息的交流，而文化同样寻求人与人之间的交流。商业也不止和金钱相关，这个词语"Business"原本的意义为"焦虑"，而且至今还包含这层意思。最珍贵的商品并非黄金，而是时间，它决定了世界上每天能够发生多少有价值的事，这是来自商业领域的宝贵经验。然而如今，文化已在极大程度上沦为人们工作之余的娱乐和消遣，缺失了原有的深刻意义，人们自然不会想到从广泛的商业经验当中汲取灵感。一旦商业被看成一种可以被教授的技术，它便无法提供与人生意义相关的"哲学"。技术只能应用在完成某项特定任务的过程中，而哲学则能够更广泛地为从事任何职业的人提供关于人生追求的理解。一旦商人过于关注收入与支出，便会忽略一个事实：如果只注重财富而轻视智慧，就如同陷入生活中只有面包而

---

①指由于生产专业化水平提高等原因，使企业的单位成本下降，从而形成企业的长期平均成本随着产量的增加而递减的经济。

没有水的困境中，缺水比饥饿更容易令人死亡。在经济领域的成功无法促成道德权威，于是商人将其威望植根于其他意识形态中，例如占领市场时运用军事领域的"征服"概念，或者将实践活动抽象地形容为一种社会科学，或者重新诠释宗教教义以适应商业目的。在人们对工作的矛盾态度中隐藏着商业的哲学，然而休闲是否为工作的终极目、工作是否有高低贵贱之分、掌握某种技能是否一定能带来满足感，尚无法确定。在商业领域，或许也要经历幼稚的青春期、华丽的青年期，在每一阶段商人都试图超越前一个阶段，要到达成年期，必须首先对"忙碌"的概念进行全面理解，必须清楚什么事情值得去做，时间到底要用来做什么。以提高效率为名节省时间、因时间有限而与时间赛跑、因时间过得太慢而消磨时间、像花费金钱一般花费时间，这些行为初步诠释了"忙碌的秘密"，这个秘密揭示了如何令人生中无限变化的每一瞬间都变得难忘且有意义。

第二次世界大战以后，当沃尔玛和宜家都蓄势待发的时候，对于人类而言时间有了新的概念。人类的平均寿命达到顶峰，比 1900 年时延长了 30 年，拥有的休闲时间也多到前所未有的程度，其中包括周末和节假日在内，每周有 37 ~ 48 小时，相当于每天只工作四五个小时。然而同时人们也开始强烈地抱怨自己的时间不够，无法完成工作任务，各种诱惑也令人分心。当工人被安排与外界隔离去完成精确度要求极高的工作任务时，他们并不像其他职业的职员那样认为时间不足。在探讨如何平衡工作与生活时，商业陷入了一种僵局，因为在这一领域工作与生活之间存在明显界限，因为人们并不清楚自己想通过工作得到什么。这些情况都为重新定义商业提供了绝佳机会，可以为商业的野心和意义开启新的篇章，可以重新思考工作的实质是什么，可以去寻找文化的未知价值，而文化包含各种形式的记忆、好奇心与想象力，也是生活中不可或缺的重要组成部分。

在人类互动形式的演变过程中，消费社会也许只是初级阶段。少数人被创造力驱使，不断发明新型商品，却陷入难以找到买家的危机中。既然消费主义并不会因为人们的反对而消亡，并且大多数人属于唯物主义者，并不具有精神价值观，因此至少在未来 500 年的时间内，不论西方或东方，这种危机都无法避免或缓和。在每一段繁荣或奢靡的时期，反对消费主义的声音总会重新出现，但反对并不能带来实际的效果，因为消费者同时也是工作者或生产者，他们本身也急切地期待自己的产品找到销路。此外，购物已经成为一种无声的语言，人们可以用商品来表现自我、进行交流，比如收到礼物时表达喜爱之情，向邻居展示购买的得意之物来促进感情。购买商品还能帮助人们坚持个人品位、促进团体的团结。只要人类对负担舒适条件的能力存在差异，消费社会就会继续存在。然而由于当下人类越发注重对于未知经历的探索以及对现有实践的探究，因此在消费社会继续存在的同时，可能会出现其他类型的社会，对前者发出各种挑战。

第23章
哪些谋生方式更有趣?

卖家居,更卖生活

如果宜家创始人英格瓦·坎普拉德真的像妻子那样开始阅读小说,他会变成怎样的人?其著作《一个家具商的誓约》本身就是一部小说,书中提到了坎普拉德对于美好世界的热诚、浪漫的愿景,也讲述了一群人脱离地位与规则的束缚,决心永远保持青春向上的精神以及不可征服的热情;总是乐于向他人伸出援手、善于交流与倾听;时刻培养善良和慷慨的品格,并拒绝以金钱为目的而工作,同时要像足球队一样团结、珍惜每个人的独特之处;努力寻找新的方法来解决问题,比如到门窗工厂寻找桌腿、到制衣厂寻找最便宜的坐垫外套,坚持"我们不会拥有两家完全相同的商店"，因为没有任何事物是完美的；不惧怕犯错，抵制各种工会、官僚主义、统计数据和夸张的计划，因为这些是导致企业失败的主要原因，对于窃取其创意的对手，摒弃法律诉讼，而是以更好的创意进行回击；最重要的是，相信一切皆有可能，随时期待新的冒险。"Lista"是坎普拉德最钟爱的古瑞典词汇，意为"用最少的资源耗费达成目标"，他认为浪费是人类最难以克服的恶习之一，因此他极力提倡可持续发展的思想。然而，随着宜家公司规模不断扩大，他逐渐感受到初衷的限制。另外，他的顾客也不再是消费社会的基层阶级，他们的理想不断发展，如果将其与坎普拉德关于未来的愿景相结合，那么这就意味着社会企业①将发展到一个新的阶段。

工作的形式并非一成不变，谋生也并非艰难无比。既然商业已经与生活密不可分，那么完全可以发展更多类型的商业关系。年轻人可以根据其意愿创造新的工作形式，避免陷入乌托邦式的诱惑，在不扰乱整体秩序的前提下，首先进行小规模的实践尝试。

我认为，坎普拉德的事业并未完成，尽管宜家的成功已经具有里程碑式的重要意义，但他仍然抱有更广阔的追求。然而，改变企业的管理结构极其困难。坎普拉德希望建立的"家"不再是传统意义上的家，也并非用宜家的 9 500 种桌椅、寝具和家居用品就可以填满。起初，家是一个避难所，一处个人财产的存放地，之后演变为人类最珍惜的地方，在这里他们既可以享受身体上的愉悦，也可以感到心灵上的安慰，能够与亲近的人分享痛苦和快乐。在家中，人们可以互相照料，还可以盛情款待挚友、畅所欲言。然而同时，家也可能代表着孤独。家就如同个人或集体的伟大艺术作品，使得人们用毕生的精力去维护。家的创建如同文化的孕育。一座家具商场为顾客承诺"更好的生活"，说明它考虑到

---

①社会企业透过商业手法运作，赚取利润用以贡献社会。它们所得盈余用于扶助弱势社群、促进小区发展及社会企业本身的投资。它们重视社会价值，多于追求最大的企业盈利。

了家的概念在不断演变，推销者已经无法单纯地用外表华丽的商品吸引顾客。宜家的低价原则不仅是为了商业竞争：当囊中羞涩的顾客努力想要通过物质形式满足其责任感时，他们对家的渴望更像是一种文化诉求，因而与这类人的交易中体现出了非同寻常的意义。

两个世纪以前，英国的商店数量是现在的 5 倍，平均每个商店只接待 50 名顾客，有一些商店每天只有两三人光顾。在伦敦，50% 的商店也会接待房客，而且许多商店只把出售商品的收入作为收入的补充部分。19 世纪末，在法国北部的乡村，三分之一的农民出售自家酿造的葡萄酒或烈性酒。在美国，乡村商店是各种当地农业手工艺者的活动中心，活动参与者可用自制产品向店主支付费用。早期的百货商场不仅出售商品，而且是中产阶级的活动场所。在那里会不定期举办各种音乐会和展览，尤其为女性提供了便利的交流地点，她们可以放心地单独在这里与好友会面，一边谈天一边尽情消费。1881 年，当《纽约时报》（*New York Times*）的男性编辑们发现女性痴迷于疯狂消费的现象时，几乎对国家的未来感到绝望，但伦敦一家商场的创始人戈登·塞尔弗里奇撰写了一本名为《购物的浪漫》（*The Romance of Shopping*）的著作，在书中他告诉人们，购物不仅是购买所需之物的行为，更是一种可以享受的愉悦过程，"商场就是一个社区，女人们聚集在这里，因为这是一个更加光明的地方"。如今，日本的东方市场成为召开政治性会议的地点。慈善商店几乎变成娱乐场所，经常有无所事事的人在午餐时间造访，寻找与他人聊天的机会。从过去到现在，商场一直在不断改变，而未来也不会停留在当下的模式。

每年宜家都在增加新店数量，而坎普拉德警告，对于一个企业而言，达成目标就意味着开始衰落。他的企业有足够的资金支持来进行大胆尝试，每年可以成熟从容地接待 6 亿顾客，而这些人的目的不仅是购物，因为家中的陈设与其情感、智力、道德诉求息息相关。每位顾客都带着对美好生活的渴望而来，他们有自己的故事和困惑。正是这些形形色色的顾客，为每一家门店带来了独特的色彩，这也是坎普拉德一直以来的期望。城市耀眼的灯光在孤独的迷雾中显得越发昏暗，人们在商场的通道穿行，怯懦地经过一排排默不作声的商品，忘记了来到这里的目的是为了摆脱家的孤独与乏味。商场已不再是城市广场或集市（除了购物，人们曾经在这些场所社交、交易、寻找工作机会甚至婚姻伴侣）的简单替代品，它们逐渐转变为文化教育中心，其使命是丰富顾客的生活，而非削减他们的财富。我曾经在宜家的一家门店进行试验性调查，试图探究到底是何种原因促成了商场的身份转变，结果发现，主要原因是顾客们热衷于结识其他陌生顾客。我们为陌生的顾客安排了一次晚餐，并为其提供了诸多话题，以免无意义的闲谈浪费时间。在交谈中，他们会探讨各自的人生观点，分享各种生活经验。试验的结果令人震惊：这样的经历竟然会带给他们永久的美好回忆。如今的大型商场不断蓬勃发展，尽可能地为顾客提供更多种类的商品，使其拥有更多的选择，进而享受更大的自由，但顾客对于"人"的关注终究大于对"物"的眷顾。会员卡和折扣只能在表面上治愈人们在社交中体会到的沮丧之感。

宜家不止是顾客眼中一座简单且黄蓝相间的建筑，其背后有成千上万的劳动者在异国他乡制造和提供产品供其出售，然而商店对这些渺小个体的汗水、泪水和思想保持沉默。一只不起眼的灯罩传递着一种难以实现的希望，它可能意味着在一家工厂中，一名女工每天要在生产线上辛勤工作8小时，希望孩子能过上"更好的生活"。如今科技已极其成熟，甚至可以对每一件商品的来源进行追踪，因此顾客能够轻而易举地联系到制造者，以表达其感激之情或学习一些制造技能。事实上，顾客并非自私，只关注灯罩的售价是否足够低廉，供应商也并不冷漠，只想探讨价格与交货期。我在宜家进行探索试验时，同时为外籍人士和移民设置了语言课程和对话练习，这不仅为他们提供了分享经历、倾诉心声的机会，也让聆听者更加理解痛苦与包容。我们还开设了音乐课程，当父母在商场里焦虑地盘算价格时，跟在身后的孩子总是焦躁不安，如果能够学习弹奏尤克里里，他们会立刻变成投入的小歌手。此外，还有供人们尽情发挥创意的艺术课程，在那里，人们可以了解到停车场并非总是千篇一律的枯燥模样，它可以成为一个露天艺术画廊，地面被描绘成创意独特的地毯，周围的墙壁可以被装饰成悬挂的花园。随着网络购物的兴起、壮大，商场与博物馆越发相似，尽管商品的售价高于网络商店，但在这里人们能够触摸到真实的商品，并且在商场里的戏剧舞蹈等文化活动会给顾客带来非同寻常的购物体验，这一切令商场产生了一定程度的教育意义，而非单纯地属于娱乐产业。商场不应仅仅充满交易和消费等购物行为，也要帮助顾客实现美好的理想。当教徒在原有的宗教体系中融入新的思想时，就会引发宗教改革，与其类似，将教育与商业相结合，就会赋予消费社会全新的特征。

　　尽管宜家的销售助理都拥有良好的教育、对工作充满热情，依旧担心公司会裁员，他们希望发掘更多的渠道来展现其才华。我在探索性试验的过程中，结识了许多有趣的人：一个销售寝具的女孩，之前的职业是银行职员和学校财务主管，热爱旅游，现在每天利用午饭时间为孩子们读书；一位拥有园艺学硕士学位的办公家具男性销售员，喜欢滔滔不绝地谈论家里种植的热带植物；一个厨具销售员的专业本是服装裁制；一位营销主管热衷于研究精神治疗——他们的才能不仅限于做好销售工作。如果宜家能让这些年轻的销售助理前往分布在40多个国家的各个门店自由工作，则相当于为他们提供了特别的国际教育。商业的关注点不仅是利润，还有声誉。当一位商场主管带领他的员工为一个社会团体提供服务时，他们就变成了这群人生活中意义重大的人，这种成就感便是对他们的完美回报。商业并不意味着谦卑地秉承"顾客至上"的原则，相反，它可以为顾客提供启发与灵感。零售商的使命不应只局限于建立顾客与千篇一律的企业之间的联系，更要注重顾客之间的交流。同质化的国际零售连锁店逐渐分布于世界各地，无休止地重复宣传各自的品牌口号，致使不同的城市变得惊人的相似。不要忘记，顾客是"人"而非"钱包"。

创造自己的未来

以坚持不懈地努力工作来填满永无止境的欲望是一种压抑自由的表现。人们只能在工作之外寻求身心解放和创造力，而大型企业仍未能找到转变的方式，无法令工作本身成为人们创造力的源泉。消费社会的本质是对命运与顺从的反抗，反驳了"人应该认命，抗议毫无意义"的观点，它推崇个人欲望至上的原则。但欲望并非一定会被解放，它也可能被奴役。商人会利用各种方式，让顾客相信他们需要商人提供的某些商品，还会迫使其员工接受为了谋生就必须被"奴役"的观念：商业并非达到类似目的的手段，反而逐步发展成文化生活的一部分。当成功的商人坐拥名望与优越的生活时，便不会在意自己是否缺失知识、艺术、精神、道德方面的素养，然而当他们发现，自己的后代拒绝跟随其脚步，并且由于失去目标而迷茫痛苦时，就会意识到，他们所依赖的成功体系，在下一代人身上变得毫无意义。

长久以来，正是这种传统意义的崩溃促使青年人踏上新的冒险旅程，尽管这只是少数人的行为，毕竟并非所有人都乐于争取这种危险的主动权。回归自然已不再现实，连梭罗（1817～1862）（倡导在自然环境中进行简单生活的先驱者）都承认，自然既"残忍"又"崇高"。然而，环境的日益恶化引发了人类的恐慌情绪，也唤起了人类对于自然生活的怀念，他们想念可以自由觅食和放牧的森林，想念广阔的田野、自给自足的城市。亨利·丹尼尔（1315～1385）在伦敦的史蒂芬尼区为自己建造了一座花园，并种植了252种植物，他的行为提醒人们，由于办公室与工厂远离自然，由于城市和乡村分离，人们失去了太多宝贵的文明。维持地球的可持续状态只是初级目标，将会有更多的难题接踵而至。未来，拥有财富的终极目标或许只是生存与温饱。

然而，极度发达的科技为人类提供了保障衣食住行的其他便利途径。对城市居民来说，他们可以利用建造高层垂直水培或雾培菜园以及分层堆积的形式种植农作物并实现自动灌溉，与传统的平地种植相比，其产量高达20倍以上，而用水量只有后者的8%。美国宇航局的可控生态生物保护系统能够为宇航员提供食物，帮助他们在贫瘠的星球上自给自足。20世纪时，人们的目标是在每所住房中安装浴室，而未来，室内垂直菜园或许就如同今天的浴室，成为小型公寓的必备设施。有大量可食用植物未被发现，还有太多种类因为人们的饮食习惯限制而被无辜地抛弃，一场食物界的革命即将来临，人们会找到无数新方法来应对饥饿、迎合饮食习惯。这就意味着，不仅食物本身会改变，用餐的地点与同伴也会随之变化。罗马传记作家普鲁塔克（公元46～120）曾写道："我们并不是坐在桌边单独用餐，而是大家一起用餐。"在大部分人一生的用餐时间里，极少有条件去选择陪伴对象，而未来，食物不仅是人们维持体力的来源以及生产力增长的标志，也与人们的心情感受息息相关。有一项娱乐活动在欧洲颇为盛行，叫作"不可思议的食物"。在活动中，人们聚集在一起，一同到城镇和乡村种植水果蔬菜，这明确表达了人们远离生活压力、改善社会隔离状态的渴望。

得到一套属于自己的住房往往意味着要用 25 年的时间、花费三分之一的收入来偿还按揭贷款，这种牺牲相当于在监狱服刑 7 年。在日本，买房有时甚至意味着购房者的后代需要继续偿还 100 年的贷款，这堪称被继承的农奴制。房价问题产生的巨大矛盾使穷人和富人变成两个孤立的群体。为了工资苦苦奔波的人每天在各种商业、工业、娱乐场所、居住地往来通勤，这剥夺了他们大量的时间，因而对他们来说，一天的时间似乎格外短暂，仿佛只能一直活在寒冷的冬季。列宁曾经承诺，共产主义会提供免租住房，然而最终只是他的苏联大家庭住进了一间公寓的不同房间。随着人口增长以及人们对生活期望值的不断提高，住房饥荒的现象每年都在加剧。郊区别墅或塔楼并非建造房屋的终极形式，混凝土和玻璃也并非建筑材料的唯一选择，谁能够运用新型材料为人们创造出新的住所，谁能发明出新的交通运输形式来取代现有设施？服装工业是否在等待打破古老的定式？一场纺织业革命是否近在眼前？如今大多数人都必须为金钱而奔波，因此科技的终极任务就是帮助人们远离饥饿以及无家可归、摆脱工作的艰辛和金钱的奴役。

过去，年轻人找不到工作便会移民到其他大陆，如今，他们可以自己创造工作机会。他们不愿步人后尘，现有的工作岗位并不适合每个人的气质，也无法令每个人尽其所长，而无数胸怀大志的人也在不断地更换工作岗位。当他们在应聘的道路上屡屡受挫时，唯一的出路就是运用想象力创造新的谋生方式，如同人们创造新的游戏、新的工具、新的歌曲。当然，放弃并非一种创新的方式。

工作不应受控于农业、工业、商业或者慈善服务的需求，而应当由一种尚未出现的"人权"来决定，它允许人们拥有的合法野心破茧而出，去见识多姿多彩的大千世界，去领略人类伟大的智慧创造。尽管成为专业人士能够享受他人的尊敬，但对于某个行业的专业人士来说，如果无法广泛涉猎各个学科的知识，在思想、语言、行为方式等各个方面提高自身素质，那么就根本无法跟随其所在单一行业的发展步伐。专业化令各领域的技能和知识得到了突飞猛进的发展，然而如果没有那些看似毫不相干的其他领域中的专业人士前来"授粉"，单一领域的专业人士便无法获得成功的"果实"。当然，免受过量官僚主义"农药"的毒害也是必不可少的因素。判定一个人极其适合某种工作的想法已成陈词滥调，因为这种观念类似于每个人都属于一个种姓，或人生早已注定。

不同于一般的综合性大学，商学院可以作为一种中介，让学生广泛掌握各种能力，破除主修课程的局限，并以此为基础重新思考工作的过去、现状和未来。思考不仅能够填充人们的钱包，对于思想、心灵也产生了深远的影响。大学和商学院的职责不应仅仅帮助年轻人进入职场，更应转变为对所有学生开放的实验室，帮助他们去探究如何获得更全面、更精彩的美好生活。没有什么事情比改变制度规则更艰难，但生活中永远会出现勇敢的灵魂，令不可能变为可能。

第24章
我们在酒店里还可以做哪些事？

欣赏矛盾性是建立有效人际交往的基础？

习惯于在同一代人身上寻找智慧的人，往往急切地希望寻求自我、了解并热爱自己。同时，无数专家又站出来否定，称这些人对其本身并不了解，他们的判断全部失误，因而需要寻求帮助来修复并丰富自己，需要教育、教化、社交，甚至连外表都需要美化。然而对于改正错误的方式，甚至错误本身是什么，专家们之间存在重大分歧。人们究竟该怎样面对层出不穷的矛盾？当他们发现身边熟知的人（或者他们认为是熟知的人）的性格品质中充满矛盾时，该怎样去了解这些人？帕斯卡说过，人类是虚假、欺骗和矛盾的综合体，而某位历史名人又认为，一切矛盾都是可以解决的，矛盾是生活的一部分。不论你赞同谁的观点，努力看清矛盾比逃避矛盾有趣得多。

于是我想到了陀思妥耶夫斯基①（1821～1881），他的一生都致力于研究人类的矛盾及其思想在善恶之间的摇摆。他信奉一系列互不相容的理念，将其看作难以割舍的恋人，即使将其抛弃也不会遗忘。对他来说，这些思想具有强烈的吸引力，其中包括那些被他厌恶的理念。陀思妥耶夫斯基的小说中有大段的人物对话，并且主人公大多是身处困境而又矛盾重重的人，对一切事物都心存不满。极少有人能如此生动地将人类的疑惑描绘成阴影重叠的黑暗天空，将希望的火种照亮阴暗与自责，但又瞬间灰飞烟灭。陀思妥耶夫斯基的作品被翻译成 170 种语言，其无与伦比的影响力表明，全世界有不计其数的人同他一样思想深刻，面对西欧矛盾的意识形态，在迷恋、困惑和憎恶之间饱受心灵的折磨。对于这种迷茫，是否还有其他的解答方式？

陀思妥耶夫斯基极度关注人生意义的问题。在 28 岁时，他被判处死刑，在行刑之前的一刻才改判为流放西伯利亚。在死神手中获得重生的经历令他感悟到"生活中伟大的爱在不断涌动"，并且热切渴望沉浸其中，他坚信生活意味着不放弃希望，尽管苦难无法规避，但那正是生活的本质及目标所在。在西伯利亚监狱度过的 4 年对他来说既是磨难，也是难得的经历。在那里，陀思妥耶夫斯基被迫融入了一个特殊的群体，然而那些粗鄙、愤恨、易怒的犯人极其厌恶他，因为他曾是统治阶级的一员并对他们进行压迫，甚至还由于他的不苟言笑、生性多疑、体弱多病而嘲笑他。后来陀思妥耶夫斯基坦白，那种没有一刻能够独处的折磨如同被活埋在棺材中一般。然而后来，陀思妥耶夫斯基逐渐开始理解他人并结交朋友。尽管周围有"150 个敌人"乐此不疲地迫害他，但

①陀思妥耶夫斯基，19 世纪俄国文坛上一颗耀眼的明星，与列夫·托尔斯泰、屠格涅夫等人齐名，是俄国文学的卓越代表、俄国文学史上最复杂、最矛盾的作家之一。有人称"托尔斯泰代表了俄罗斯文学的广度，陀思妥耶夫斯基则代表了俄罗斯文学的深度"。

他逐渐明白，有教养的人应当学会从粗鄙的人身上汲取灵感。"我很欣慰地从强盗们身上看到了坚强美好的品质，如同在粗糙的外表下发现黄金……人类是多么奇妙。总体而言，我的时间没有浪费，我看到了形形色色的普通人，他们都可以成为小说中的角色，并且给予我源源不断的灵感。"他甚至一度幻想，这些未被教育约束或影响的人，也许可以拯救世界的堕落与腐败。

陀思妥耶夫斯基就像在经历一种"多重人生"，他既是浪漫的社会主义者，也是保守的民族主义者，认同无信仰主义的正统基督教徒，崇尚欧洲思想，同时又谴责其病态的价值观；他鄙视唯物主义却常常为金钱所困，并且只能用疯狂的写作来维持生存；他为报纸撰写长篇连载小说时，会为了追赶进度同时进行两部小说的创作。尽管如此，他仍会沉溺于赌博，将辛苦所得丢入无底的深渊。他承认"没有金钱便寸步难行"，因而对生活中的一切花费精打细算，甚至好奇如何用犯罪的方法发财。同时，他又痛惜地认为，对金钱的迷恋背叛了俄罗斯民族慷慨、义气、灵性的传统。他在推崇传统价值观的同时又对传统家庭观念提出质疑，强调它带给了人们悲剧性的误解。在传统观念中，由于你的父亲给予你生命，那么你就必须爱他，但陀思妥耶夫斯基认为："当他给予我生命的时候，他是否爱我？他让我来到这个世界是对我的恩赐吗？而那时他根本不了解我。他给予我生命却无法一生一世爱护我，那么为什么我必须要爱他？"陀思妥耶夫斯基一方面痛恨不已，大呼"谁不希望自己的父亲死去"，另一方面又充满爱，坚持"爱自己的家庭是每个人的职责，即使我们可能讨厌家人。这令我们学会了如何去爱所有人"。

"怀疑是我的天性，"陀思妥耶夫斯基写道，"我向来如此并且一直如此，直到我离开这个世界。"然而他又迫切地渴望找到能够相信的对象，这种渴望越强烈，对于相信这种行为本身的质疑便越明显。作为记者，陀思妥耶夫斯基果决甚至武断，他喜欢宣扬狂热的民族主义，拒绝对理性和科学方法的依赖，认为俄罗斯的使命是令欧洲开化，帮助他人完成未尽的职责，将各族人民的思想融合，使其从无神论以及社会主义中解放。而当俄罗斯战败以及经济崩溃时，他的结论是"欧洲轻视我们"，然后将俄罗斯的教化对象转移到亚洲。

作为小说家，陀思妥耶夫斯基反对教条主义，主张以全面的角度看待问题，要善于发现隐藏在罪人身上的圣洁、苦难者心中的残忍，要认同个体的普遍意义以及他们所拥有的救赎力量。他认为犯罪只是众多过错中的一种，但是能够体现自由、好奇和勇气，"所有人每天都会犯错，经常徘徊于善恶的抉择当中"。邪恶并非需要治愈的顽疾，而是人类固有的天性。任何争论都不会孕育真理，因为真理太过虚无缥缈，难以用言语形容。这正是陀思妥耶夫斯基成为艺术家的原因，因为艺术家用发现美的方式看待事物，通过美的事物发现真理。"你会惊喜地感受到，一缕简单的阳光能够带来多么深刻的抚慰。"

陀思妥耶夫斯基是书写复杂性的诗人、描绘无尽苦难的画家，也是在即将融化的寒冰上刻画人类胆怯希望的雕塑家。在他身后的世界，一切变得更加繁复：更复杂的知识、更多样的期待以及更模糊的信念，致使任何群体都试图垄断智慧。因此我尝试用一种更为平实的方式帮助人们去探究心中的未知与矛盾，帮助人们反思自己是否竭尽全力潜入隐秘的思想迷宫。2012 年，全世界的游客数量达到 10 亿人，这意味着每天有不计其数的陌生人擦肩而过，彼此之间没有交流，甚至没有好奇之感。在旅游胜地的酒店里，聚集着来自世界各地形形色色的人们，他们的国籍、外貌或其他特征往往会在某种程度上掩盖其真实样貌。在这里，陌生人之间只有形式上的简短交集，不同于监狱中的狱友，后者可通过长时间的接触，了解到彼此隐藏在罪行背后的复杂人性。如果欣赏人类的矛盾性是建立有效人际交往的基础之一，那么既然在酒店中存在庞大的群体往来，他们之间的交流能否为更好地理解神秘的陌生人提供动力？这并非不切实际的想法，因为酒店在全世界众多城市中占有举足轻重的地位。

旅行与人性的交集

19 世纪，美国发现酒店对于一个年轻国家来说意义非凡，它相当于希腊的城市集市广场①，可供所有市民在此集会。美国早期的酒店被誉为"公共宫殿"，在建筑形式上体现了民主思想，即对所有人开放的敞亮大厅、餐饮娱乐场所，也包括商业图书馆，其中提供运费报告、价格表和报纸。在专制国家，君主畏惧各种集会，因为他们认为革命阴谋无处不在，然而美国为民众提供了合法权利，可以自由地结识志趣相投的陌生人。埃德加·爱伦·坡②（1809～1949）在 1840 年创作的小说《人群中的人》（*The Man of the Crowd*）中，将个人的孤独感描绘得淋漓尽致，主人公整日游走在城市街头，希望通过与陌生人的交流和相识寻找内心的安慰，然而一无所获，没有一个人想成为他的朋友，甚至无人理睬他。1818 年，匹兹堡的居民争相抱怨与邻居的交集太少。因此，酒店成为人们通过各种形式聚集在一起的场所，在这里，无论本地人还是游客，都坐在共同的桌子旁，品尝相同的食物。"来到一个城市的迷人之处是可以在华丽的酒店客厅，同 200 位衣着体面的人一同用餐。"大家一同在

---

① Agora，城市集市广场是希腊人公共生活的主要载体。广场周围包围着大量公共建筑，有存放圣火的议会大厦、竞技场、柱廊长厅等，人们在这里集会、交易、攀谈，整个广场就像城市中心的大型起居室。
② 埃德加·爱伦·坡，美国诗人、小说家和文学评论家，美国浪漫主义思潮时期的重要成员，在世时担任报刊编辑工作。其作品形式精致、语言优美、内容多样，形成了独一无二的风格。

公共的空间用餐，这是在美国酒店可以体验到的特殊的愉悦，而欧洲主张保护隐私，人们在公共场合的出现只是为了体现优雅之态。尽管美国酒店提供的"公共餐"经常被狼吞虎咽地一扫而光，客人像是一群整整一周没有捕获到猎物的猎犬，但那种不被上流社会礼仪所约束的集体感能够带来极大的乐趣。阿根廷前总统多明戈·萨米恩托（1811～1888）热情好客，喜欢客人表现出的无拘无束的好奇心，比如，有一位客人对他说："如果你的大衣纽扣做成鹿、马或者野猪的头的样子，那么所有看到的人都会走过来逐个仔细观察，还会让你转几个圈好让他们看清这个移动的博物馆。"一位英国游客写道："酒店系统是美国最民主的机构。"这里没有"事大主义"①，也没有个人特权，当时许多酒店的资金来源也体现了平等精神——酒店由各个阶级共有，穷人同富人一样可以购买酒店的股票。

然而，商业理想打破了和谐的状态，美国酒店的发展开始借鉴大规模生产的工业模式。E.M. 斯塔特勒②（1863～1928）对酒店的改造如同亨利·福特对待汽车一般，比如降价，"只包含一张床和一间浴室的房间一天的租金为 1.5 美元"，而且员工必须严格按照标准化的规定工作，否则就会被解雇。一部分酒店降低了价格，而另外一些则相反。为了实现效率第一，1 000 名客人可以由 600 个工作人员提供服务。摩天大楼式的酒店对气氛温馨的小型家庭经营旅馆造成了严重威胁。酒店管理成为一门可以由毕业证书来证明专业性的学科，连锁酒店成为利润的聚集中心，仅仅 3 家企业就能支配近 200 万个房间。"酒店服务行业"由此

---

①事大主义是一种儒家的外交理念，基于强弱力量对比情况之下小国侍奉大国以保存自身的策略，"事大"一词出自《孟子》中的"以小事大"一语，事大主义早期运用于中国历史上的割据分裂时期，后引入朝鲜并成为朝鲜王朝对华政策的代名词。
②E.M. 斯塔特勒，美国酒店业的开山祖师之一。今天酒店业中的许多服务以及广告促销等做法都是从他这里开始的。他对于培训特别重视，著名的康奈尔大学酒店管理系中有一幢他投资兴建的教学楼。

诞生。酒店服务的商业化使友善的态度货币化，这是人类关系发展史上又一次重大革命。免费为路过的陌生人提供住所与食物这个曾经几乎盛行于所有文明的信仰已然被遗弃，这意味着旧时代的终结。

20 世纪初，美国酒店的管理方案，即酒店价格包含三餐的制度，被欧洲酒店方案所代替，转变为更注重隐私的运营模式，餐饮费与房间费单独计算，这是美国酒店行业的决定性改变。恺撒·里兹[①]（1850 ～ 1918）出生于一个贫穷的瑞士农民家庭，他从一名助理服务生扶摇直上成为欧洲一些最有名望的酒店拥有者和管理者，这些酒店的标志是厚重的地毯、黄金水龙头以及谄媚的服务，光顾的群体只是贵族和富人阶层。恺撒·里兹用奢华和排外主义代替了平等主义。他说："我要教会人们怎样去生活。"而他所理解的生活和普通人完全不同，他痴迷于理想化的上层阶级的奢侈习惯，无比羡慕他们的自信外表，并不顾一切地模仿他们。于是恺撒·里兹仿照宫殿的样子建造了自己的酒店，帮助富有的客人脱离国情的限制，拙劣地模仿贵族炫耀财富的形式。豪华酒店变成全天开放的剧院，员工们则扮演了恭敬的下人角色，客人深深地沉浸在幻想的满足中。从此，富人、中产阶级与穷人就被隔离在不同的酒店中。

如今酒店变成了联合国的缩影，员工与客人都来自世界各地。它能否成为更有效的和平制造者？昂贵的酒店是否还像堡垒一般把下等人隔绝在外，如同监狱将罪人与看似无辜的人隔离开来？酒店是否可以受到陀思妥耶夫斯基关于人性矛盾思想的启发？我曾经用一年的时间，同 4 名研究人员一起采访一家连锁酒店的员工和顾客，最终发现了一个巨大的秘密：酒店的工作人员根据才能、经验、知识水平的不同，被分为各个等级与类型，而顾客对此一无所知。客房服务人员通常是需要学习新

---

①恺撒·里兹，出色的酒店管理者及创始人，创立了全球闻名的奢华酒店——里兹酒店，被誉为"现代酒店之父"。

语言的外国人；客房清洁人员包括一些有过护士工作经历的人；一位吧台招待曾经是一名会计，另一个是工商管理硕士在读生；门童是一位异国族长的儿子；接待员是一名周游世界来酒店工作收集小说素材的作家。但是在酒店的人力资源数据库中，只包含这些人的基本信息，以及一些评估和投诉，这意味着酒店没有必要对他们进行更深层次的了解，因为在所有商业行业中，酒店更新员工的速度几乎是最快的。偶尔酒店的高管也会同客人交朋友，哪怕只是逢场作戏，但客人很少有机会了解那些不计其数的底层工作人员，大多数情况下只是看到他们时沉默地经过。工作人员甚至禁止与客人"联系"，因为他们必须服从"服务顾客"的信条。酒店被视为具有严格限制功能的场所，然而管理层低估了员工的能力，并且从未考虑过能否将酒店作为一种积极的力量，激发客人的想象力、丰富其人生经历，或者对员工以及整座城市作出积极贡献。几乎所有酒店的"商业成功"都如出一辙，那是因为它们将其社会目标缩小。

广交益友的"实验室"

曾经，英国的酒吧作为大量官方活动的举办地点，扮演着公共、法律、军事和社会活动中心的角色。如今，只有对过去的怀恋诉说着酒吧曾是国家欢乐的源泉。从 1800 年开始，英国的人口数量激增至之前的 6 倍，而酒吧数量则维持原状，如今更是急剧下降，近 4 000 家酒吧在今年面临倒闭的窘境。在伦敦南部的一条街道上，所有的酒吧都被赌博商店所取代。酒吧不再是人们进行重要谈话的地方，根据某个啤酒制造商的调查可以得知，在人们的重要谈话中，绝大多数是同合作伙伴（74%）、同事（57%）、朋友（56%）或者父母（38%），极少数同上司（11%），概率最低的是同商店工作人员（2%）。与前往大教堂的礼拜者数量相比，酒吧确实能吸引更多的顾客，但三分之二的顾客感到羞于同那里的陌生人进行交谈。还有许多人不屑于八卦、开玩笑、谈论琐碎之事，他们承认，在酒吧里发生的大部分对话都毫无意义，只有4%的对话能持续30分钟以上。法国小酒馆同样遭遇急剧衰退的情况，1900年的酒馆数量是现在的10倍，如今只有20%的居民是每周至少光顾一次的常客，40%的人将其看作社会关系中的重要角色。

日本的传统旅馆也是国家标志之一，但这并不是帮助人们相互结识的场所，而是充满回忆的纪念品，令身心俱疲的工作狂感受到过去时代的安稳和谐、爱与慰藉。一家古老的日本旅馆，其历史可以追溯到公元718年，由同一个家族的48代人世袭经营，现在已成为一座能容纳450人住宿的8层混凝土建筑，它被视为抵抗全球一体化、唤起历史记忆的圣地，同时也是一种只存在于人类想象中的美好善意的存在。流传至今的传统"足袋"（在日语里专指分趾的袜子和鞋）文化鼓励人们去亲自探索，而非间接发现，其原本的含义正是用自己的双脚去探寻广阔的远方，远离人类的纷争与嫉妒，希望与自然相融来领悟人生真谛。因此，今天的旅客可以将传统旅馆的住宿经历当作与历史的相会，更加坚定地远离所谓"成功"的诱惑，像祖先那样对苦难、未知、无常的美、离别的伤痛而心存感激。"行走世界的方法"是独立旅行者最爱的指导手册，带上它，远离有组织的团队旅行，可以发现更多的精彩，然而独自远离艰难的现实也意味着远离曾经的自我，去寻找未知的目的地。

很多人在选择酒店时会避免昂贵或无趣的类型，因为他们的目的是结交陌生的朋友、饱览新奇的美景。哈吉·萨亚赫在19世纪时用行走的方式周游世界，随后出现了无数追随者争相效仿他的行为。他们与团队游客没有任何接触，探索的目标也不止于众人熟知的景点，政府已经对他们束手无策，就像无法制定法律让鸟类在指定的地点排泄。许多城市规划者不得不首先考虑居民生活与商业要求，放弃安排区别于官方宣传景点的独特元素，然而正是这些可以吸引独立旅行者的独特元素才能够为城市带来生机，避免使城市沦为巨型宿舍。旅游业是如今世界上发展速度最快的产业，提供了十分之一的就业机会，对 GDP 的贡献大于汽车制造业，然而酒店的管理依旧无法摆脱陈旧的理念：用高档时尚的装潢来维持酒店的门面至关重要，因此不断增加的成本必须依靠即刻获得的利润来弥补。酒店管理者止步于 19 ~ 20 世纪各个酒店渴望脱颖而出，沉溺于更专业、更奢华的梦想之中，他们之所以不愿从这样的梦中醒来，是因为中世纪工匠同业公会①严格控制行业准入标准，借以显示其优越性。如今这种现象已成为历史遗留问题，依然对社会产生了深刻影响。酒店管理成为一种独立的职业，这意味着管理者需要同时掌握其他相关职业的工作技能，没有人愿意像旧时的农民一样，受季节的限制，冬季只能从事与农业无关的生产活动。

　　然而，酒店行业尚未找到应对淡季的出路，尽管某些酒店在旺季也不会爆满。酒店并非仅限于提供床位和食物。20 世纪的专家们鼓吹"改变"是拯救商业的途径，但改变往往以利润与享乐为目标，每次改变必定会引发下一次改变，因为对利润与享乐的追求永无止境。商业发展要避免这种类型的改变，应当去寻找前所未有的全新目标及其实现途径。科技能够明确自身的创新发展方向，而"保守"的商业则期待可预测的结果。旅游业火爆和劳动力移民令酒店行业越发国际化，并且越来越多的游客也不再仅以享受酒店的豪华设施为目的，而是希望广交益友。因此，酒店行业应当抛弃通过斥资装修来抬高价格的经营模式，将关注点转移到如何为游客带来知识、想象力和热情。酒店可以成为新型的中介，在客人与客人之间、客人与当地居民之间、客人与酒店员工之间建立广泛而

---

①同业公会是相同行业的企业联合组成的组织，它会监察会员的商业运作，并发出指引。

深刻的联系。如同美国早期酒店能够帮助陌生的移民融入这片新的土地，如今的酒店可以通过类似并且全新的方式，让全世界认识到人们隐藏在国籍和职业规则背后的多样性、复杂性、矛盾性，让全球连锁酒店真正扮演"全球性"的角色。

酒店客人偶尔会同出租车司机交谈，但他们很少会记得与打扫房间的女服务员之间的对话。客房虽然不是监狱，客人可以随意进出，但有时他们也感觉像在被监禁，不知该逃往何处。在我所研究的那家连锁酒店中，一半的客人忙于公务，希望独处。然而另一半客人在完成了既定任务之后或者等待赴约之时，有大量空闲时间可以支配，但却找不到任何拜访对象。他们希望能够结识当地家庭，或者与当地的同行交流工作经验。当一位客人沉默地独自坐在酒店大堂时，也许想象不到在几英尺外的地方，会有另一位客人和他同样沉默孤独。服务员可以为客人们介绍剧院、商场、餐厅，但并不了解客人的真正需求，无法帮助他们与当地居民相识并给予他们更有意义的收获。

与独立旅行者的劳顿相比，包价旅游（团队旅游）可以令大众轻松看遍全世界的奇景，然而他们却难以真正欣赏目的地之美。在突尼斯海边的度假酒店，大多数游客迫不及待地脱离繁重的工作，渴望纯粹的休闲时光。他们享受着当地人为其打扫房间、提供餐饮服务，却从不与这些人交流，也不带走任何关于那里的认知，这种无视与冷漠对于当地人的付出来说是一种侮辱。在坎昆，有200多家豪华酒店可供游客选择，但他们对于无数贫民窟的存在一无所知。当地人抱怨说，尽管旅游业创造了就业机会、带来经济收入，但其中80%的收入流入外国经营者手中，这是一种来自外部的新型殖民主义。大众旅游由于缺乏创新已达到发展极限，人们对于旅游的需求不再是简单的逃离熟悉的生活，就像人们不可能无限制地沉溺于色情、毒品、赌博、酒精和粗制滥造的外国食品一样。德国人创造出一个词语来形容空闲时间压力——"Freizeitstress"，东正教也开始为那些受到旅游浪潮伤害的人们祈祷。旅游业的创新已迫在眉睫。

供我们进行研究的连锁酒店老板慷慨地说道："把我的酒店当做实验室吧。"然而酒店并非实验室，前者必须按照严格的规定提供服务，而非创造服务。酒店管理学校也只是教授公认的方法和程序，而不是教学生如何真正满足客人更高层次的需求。客人的教育水平越高，便常常将学习当作最重要的目标之一，因此酒店应当转变为鼓励学习的机构。除此之外，酒店还应当在国际关系和不同文明之间的对话中发挥至关重要的作用。外交官可以通过签署条约来维持国家间的友好关系，而个人可自行决定与哪些人建立友谊。不知为何，酒店总是被动地为外界组织提供召开会议等集体活动的场所，事实上它们本身可以成为主动的组织者。除了为前来参观古迹的游客提供住所，酒店还可以组织游客与当地人相识，令志趣相投的人们成为好友，为客人留下难忘的印象。除了令游客享受住宿环境的舒适之外，酒店还可以作为文化灵感的源泉，使他们得到思想和心灵的启发、产生共鸣。这样，游客在离开异国回到家乡时带走的便不仅仅是照片和纪念品，他们也可以成为两国的"使者"，而且并非形式化的代表，而是以一种独一无二的身份，用亲身经历告诉人们，矛盾性不仅存在于国家范围，更存在于每个独立的个体。这样的创新思想难以实现的原因并非其成本高昂，因为某些酒店的商业计划书中已提出过类似方法来帮助酒店在淡季盈利，真正的原因是目前酒店管理者的能力普遍无法胜任这类设想。

顶尖大学的人文学科毕业生很少会选择从事酒店管理的工作，但他们本身具有这样的潜力，并且完全可以进行大胆的尝试，如同几十年前，没有人能预料今后会有多少人能够成为知名的厨师。

我所研究的连锁酒店自诩能够以"乡村别墅"为模板，提供传统形式的舒适环境和礼仪服务。然而乡村别墅不仅拥有舒适的环境，它还是当时统治阶级会面交友的场所，人们可以在这里同有趣的人交谈、培养社交能力，同时促进了城市与乡村的道德建设。别墅的主人帮助客人在艺术文化方面得到的收获越多，便会享有越高的声誉。因此，现代的酒店可以有目的地为来自不同城市的客人组织会面，令他们能够形象地了解不同地域、不同职业、不同背景中的形形色色的人，揭示通常隐藏在游客身份下的奇妙与精彩。以往，酒店大多是一种精英沙龙，很难成为广泛群体的交流中心，而现在这种设想完全可以实现，因为酒店的众多员工中本就不乏才华横溢之人，其中有些人极其努力以得到社会的认可，有的人在世界各地拥有非凡的人生经历。因此，对于酒店的客人来说，同这类酒店员工的深刻接触既是一份收获，也是一种付出。浅薄的相互交流促使偏见的产生。学习不再只是获取信息，也包括向他人学习、与他人共同学习，传递所学、关心弱者。最终，学习成为一种互利互惠的行为，可以取代始终占据商业议程的"服务顾客"的理念。酒店往往会通过提供微不足道的礼品或无关紧要的特权来增强顾客的忠诚度，然而事实上，如果酒店能够为顾客提供"付出"的机会，即向酒店贡献其独特的财富——知识与经验，令顾客体会到自己的价值与成就感，反而能赢得更多的青睐。

既然许多酒店员工希望学习外语，那么酒店为何不能兼具语言学校的功能？然而许多酒店并未这样操作，这不是因为服务员每天在打扫了14个房间之后筋疲力尽无法学习，而是酒店的中层管理者认为，教授外语不是酒店的职责，他们反驳道："我们只负责教导服务员如何成为一名合格的服务员。"既然酒店通常坐落在大学附近，经常雇用学生做兼职，那么为何不去深入探究，如果促使客人与学生聚集在一起，能否创造更多的工作机会？酒店为何无法与职业、文化、慈善组织建立更积极、紧密的联系？目前，酒店只是对各类社会组织保持友好的态度，如果这些机构能够鼓起勇气与之相融合，就会令酒店的形象焕然一新，使之成为道德、文化、精神、智慧的灵感来源，而不仅仅是米其林指南中的一项。一夜好眠是一种美妙的恩惠，一席良言能在记忆的土壤中孕育出珍贵的果实。

第25章
年轻人能够从长辈那里获得哪些人生经验?

"更强大、更真实的我愉快地自杀了"

1831 年的特里埃斯特是意大利重要且繁荣的自由港,其地位如同地中海上的"香港",一群不同国籍的人在此举行重大会议。这些人虽然因商业目的聚集于此,但各自还从事着更重要的"事业":其中一人喜欢用希伯来文写诗,经常获得同伴的赞赏;两位意大利革命家积极参与推翻本国政府的政治活动;一位来自法兰克福的先生一心想成为贵族,最终获得了匈牙利男爵的头衔。他们的宏伟商业理想是"全面保障人类的生命安全",不只希望帮助人们减轻自然灾害造成的损失,更要在整体上消除人们对于未来的担忧。这群人创立了忠利保险公司,在短短的几十年内便将分支机构扩展到全世界，从亚历山大港延伸至中国、美国。然而，极少有人了解这几位创始人的私生活，他们就像从世界上消失了一般，甚至公司的员工都几乎将他们遗忘。如今忠利保险公司拥有 8.5 万名员工，而他们的生活几乎全部在办公室中度过，不知公司会如何帮助他们保持自我？这家公司中，唯一闻名于世的员工是弗兰兹·卡夫卡①（1833～1924），此人是难得一见的奇才，W.H. 奥登②（1907～1973）评价他是"20 世纪的但丁"。卡夫卡将保险行业比喻为"庞大机器上的一个齿轮"，的确，保险不只是一种行业，它几乎演变为一种致力于驱除恐惧的宗教，大多数人乐于为这种安全保障定期支付费用。

卡夫卡认为保险行业"非常有趣"。他专门负责处理工厂意外事故，他的工作受到了同事的好评，同时他也将同事视为稳定并且负责的楷模。卡夫卡对待工作的态度也极其认真负责，常常以惊人的效率完成任务。然而他同时也讨厌这份工作，认为这是一种"可怕的职业"。他本想告诉自己，"每个人都必须赚钱来为自己的坟墓付款"，但这种自我安慰无济于事。一年后，他辞职来到了另外一家保险公司，因为他无法忍受一位前同事经常受到上司攻击式的指责。这位上司对此无法理解，将卡夫卡的辞职解释为"与心脏极易兴奋有关的身体虚弱"。然而新的工作环境并未得到改善，除了工作时间缩短以外，卡夫卡仍然在抱怨每天上班时睡意连连，下班后筋疲力尽，即使他长时间凝视窗外、幻想着女孩、玩笑和文学，也无济于事。他之所以考取法律资格证书，正是因为对自己生活的重点感到迷茫，至少目前的工作绝非生活的全部。"每天早上

---

①弗兰兹·卡夫卡，生活于奥匈帝国统治下的捷克小说家，是西方现代派文学的宗师和探险者，其创作风格为表现主义，是该流派中最有成就的作家。他生活和创作的主要时期集中在"一战"前后，当时经济萧条、社会腐败、人民穷困，这一切令卡夫卡生活在痛苦与孤独之中，对社会的陌生感、孤独感与恐惧感成为其永恒的创作主题。
②W.H. 奥登，公认的现代诗坛名家，20 世纪重要的文学家之一，中国抗日战争期间曾在中国旅行，并与其同伴小说家克里斯托弗·依修伍德合著《战地行纪》。

我来到办公室的时候，都要克服一种巨大的绝望，同时感觉一个更强大、更真实的我愉快地自杀了"。他曾经梦想通过保险行业走访世界各地，以逃脱办公室去"看到远方的甘蔗地或穆斯林公墓"，但这个梦想从未实现。不过卡夫卡并未因此而精神萎靡。尽管每次他离开办公室时，"迟早还要回去"这个绝望念头便开始萌发，但他依旧忙于社交并且事务繁多，此外他经常光顾妓院。卡夫卡最好的朋友曾经形容他"被性欲所折磨"。卡夫卡对卡巴莱①歌舞表演非常着迷，"我确信自己对它怀有一种深刻，更确切地说是一种极度深刻的理解，并且无比享受它带给我的强烈共鸣"。但对他来说，这些艺术形式的意义无法与文学相提并论，他将文学视为自己的"亲生兄弟"。通过文学，卡夫卡将一直以来折磨自己的荒谬感和噩梦以文字的形式表达、释放，"是写作激励着我坚持活下去"，"写作意味着尽情宣泄"，否则它便沦为形式上的祈祷。

在保险行业工作并没有帮助卡夫卡远离恐惧，他依然会担心是否有人认为他丑陋，不过这份工作可以令他深入地思考应如何应对恐惧。卡夫卡最终认为，恐惧也许是他身上最美好的部分。保险公司以抵抗恐惧为目的，为客户提供的抵抗式保护并不是克服恐惧的最佳方式，他认为对于某些人来说，被囚禁的状态比自由状态更安全。保险业是否还未找到自己的真正使命？

应对恐惧的方法并不限于抵抗

如果保险业等同于宗教，那么这种行业为何还未曾经历改革？保险公司依然在追寻其创始人在 18 世纪时的脚步。过去，人们坚信任何事

---

①卡巴莱是一种歌厅式音乐剧，通过歌曲与观众分享故事或感受，演绎方式简单直接，不需要精心制作的布景、服装或特技效果，仅以歌曲最纯净的一面与观众作交流，是音乐情感交谈及亲切感的接触。

件的发生都是上帝的旨意，挑战上帝就会遭到神的惩罚。而保险公司创始人崇尚启蒙哲学，勇敢地摈弃了这种听天由命的消极思想，他们拥护先进的科学态度，寻找征服自然、抵御突发灾难的途径。在通过理性的数学运算为人们提供安全保障的同时，保险公司创始人将关注点锁定了一种更深层次的情感——恐惧。保险能够在极大程度上帮助人们驱逐恐惧，然而与此同时，它也在不断激发凭空出现的焦虑。几乎任何一项人类活动都存在潜在的危险，因此需要保险公司的有偿保障。消除可预见的恐惧比保障现有的活动、物品更容易创造利润。

　　然而，越来越多的年轻人通过其他的情感与野心来对抗恐惧。随着独立性的增强，他们会勇敢地去满足自己的即刻愿望，对于节俭这种古老信仰的信奉也逐渐减弱，尽管一切珍贵的文明都建立在节俭之上。他们渴望安全，但更热爱冒险与刺激，此时此刻，他们难以对养老金或者谨慎、节俭的生活方式产生任何兴趣。另外，他们的首要目标并非金钱和消费，而是丰富自己的生活，创建友好的人际关系。

　　这是保险业尚未涉足的领域。保险业极少接触年轻人，因为就资产状况而言，这些人不值得作为其吸引投资的目标。然而年轻人为其他产业贡献了巨大的投资，例如音乐、时尚、手机和电子游戏，因为这些时尚领域能够帮助他们发展人际关系。保险业忽略了无数叛逆的年轻人如何努力实现自我价值，赢得长辈的赏识以获得更多自由、脱离家庭的束缚、开阔视野、满足对友情的渴望。保险业同样未能充分利用激发人类创造力的宝贵力量，反而仅仅提供了一种消极的保护措施。保险业对于造成损失的事件承诺经济赔偿，那么为何不能创立一种更主动的保险形式来吸引年轻群体，并且满足当代人不断发展变化的新需求？除了保护财产以及老年人的灾难保险，是否可以提供机遇保险，为众多苦于缺乏发展机会的人带来希望？

在保险行业诞生之前，社会上存在其他形式的保障系统，其中包含一些优于（也有劣于）当下的因素。家庭、教堂、行会、友好协会为人们提供了某些服务，而且在今天看来这些服务无比昂贵。这些组织的共同点是将人与人之间的互动交流作为重心，而非追逐金钱。它们提供了实际的帮助、情感的安慰，满足了社交和礼仪的需要。然而如今在许多国家，家庭的规模逐渐缩小，独立性随之增强，宗教失去了原有的统领地位，原本为穷人提供互助机会与归属感的友好协会被冷漠的福利国家所破坏。这正是当今原教旨主义宗教组织快速发展的根本原因，福利国家不需要制定契约，也并不提供机械化的解决方案，而是为所有的来访者，不论其年龄与职业，提供面对面的帮助，与他们探讨工作、住房、友谊、社会认可等方面的问题，帮助他们寻找生活的意义和目标。如今的保险业已经发展为冷漠、千篇一律、企业化、官僚主义的行业，要求将一切转化为精确的文档和计算法则，因此彻底背离了原本友好的企业宗旨。

卡夫卡并非充满敌意的批评家，对于保险业的负面评价恰恰因为他深谙其道。他抗议官僚主义将人类变成了无法改写的代码和数字，尽管人们享受办公室工作的安稳，但也因此痛恨自己被囚禁在毫无生气的牢笼中。隐藏在固定规则背后的霸道与荒谬，对待不公正行为的冷漠和麻木为行业发展设置了难以跨越的障碍。如果保险业能够看清挫败的原因以及顾客遭遇的失望，那么是否可以找到其他发展方向？

保险公司通过精准的数学计算，用麻醉式的承诺为人们提供"精神和平"，而大范围爆发的焦虑情绪令其在很长时间内收益颇丰。人们拥有的财富越多，就越害怕会失去；享受的生活条件越舒适，就越希望这种状态能够持久。因此，法律制定了对财产进行某些强制性投保的规定以及税收优惠等条款。保险和养老基金通过安全的货币回报方式，成为最具影响力的投资领域，甚至决定了当代文明的形态。这些行业的关注点只有金钱，丝毫不在意客户的其他需求，其业内人士认为金钱能够"改非成是"，能为生活上紧发条。然而事实上，全世界约50%的人口年龄在25岁以下，几乎毫无经济能力，却充满了好奇心与热情，保险业究竟该如何与年轻人和谐共处？

一种发展成熟的行业很难改变原有的运行规则，然而对于保险业来说，当大额交易逐渐减少，年轻的工作者难以供养越发庞大的老龄人群，当行业的持续发展、甚至存在的可能都受到一定的威胁时，它不得不考虑寻找创新的出路。在创新的过程中，如果坚持以传统程序为基础，并在小范围内以试探的方式进行，便不会对其自身造成危害。科技向来能够在实验中得到发展，而高度组织化的行业在创新时往往会受制于成员的利益问题。尽管保险业是谨慎的代名词，但在过去150年的发展历程中，它在维护社会价值观的前提下始终在进行大胆的冒险。忠利保险公司的业务范围从海洋扩展到土地、银行、工业，扮演着资产管理者、国内个人援助提供者甚至教育工作者的角色，其德国分公司创建了欧洲规模最大的技术大学。然而，没有一家保险公司会想到将其业务扩展到看似无利可图的年轻人身上。因此手机制造商便代替保险公司为年轻人提供了"保障"——帮助他们摆脱无聊、孤独与失落。2006年，目标消费者锁定为年轻人的手机行业市场产值超过1 000亿美元，然而保险业却不愿将自身发展同这种里程碑式的成果联系起来。这个惊人的数字意味着，如今大量年轻人迫切地在社交网络上呼朋唤友，他们由于难以找到满意的工作、受到良好的教育、无法实现精彩的出国旅行而失望，急切希望从这种挫败感中得到解脱。金钱对他们来说并不重要，因为金钱本身无法帮助他们结识有威望的陌生人或者带领他们创造美好的未来。这些年轻人对国家前景的期望越高，便越需要通过社交来寻求援助。然而他们无论如何都找不到一种"机遇保险"来为自己获得理想的生活提供任何保障。

目前，投保人之间除了相互抱怨某家保险公司用官僚主义的方式拒绝履行承诺之外，几乎没有任何交流。而对于忠利保险公司（或其竞争对手）而言，完全有可能帮助客户相互交流并创造利益。该公司所拥有的3 000万投保人是一种巨大的资产储备，他们的知识、人生经历和人脉完全能够帮助年轻人解决他们迫切关注的问题。知识在不同时代之间的重新分配并不是一场革命，只是对人们如何度过闲暇时间的反思。

与社交网络相比，保险公司的优势在于它们必须赢得客户的完全信任，以至于客户能够对其"托付生命"，但保险公司至今仍对这种目标持有狭隘的理解，只将自己定义为从事货币交易的金融机构。除了发生索赔时的接触之外，保险公司与客户的交流频率几乎要用年来计算，因而保险公司的成功就必须依靠不断加深与客户之间的相互信任来实现。建立信任的最佳途径就是欣赏一个人的才能。所有的投保人都是来自不同领域的人才，但他们并没有机会以保险公司为平台展示并运用自己的才能，而他们完全可以形成一个团体，互相学习、交流，这不只是为了互惠互利，更是为了公众的利益。

当然，保险公司也许会认为，坚持"核心"业务才更加稳妥，但是某些航空公司曾大胆设想提供完全自由的空中旅行，以此替代出售其他服务的方式来增加收入。大型石油公司通过加油站商店获得的利润高于汽油的销售额；谷歌的主要收入并非来自出色的搜索引擎，而是通过吸引广告商来创收；电影院除了售票以外，会在幕间休息时间售卖糖果。

保险公司尚未意识到，它们掌握着关于人生三大重要主题（工作、教育和旅行）的庞大信息库。众所周知，多数工作需要通过他人引荐来获得，某项特殊工作的吸引力也必须透过内部信息来体现。到目前为止，保险公司的众多投保人并没有机会相互协助，也无法帮助那些被自身问题困扰、与保险业无缘的年轻人。当年轻人费尽千辛万苦依旧无法找到适合的工作时，最需要的就是经验丰富的职场精英给予他们些许指引和动力。求职者往往会刻意避免将自己的整个职业生涯托付给同一位雇主，因此与其他人的广泛接触对职业发展至关重要。忠利保险的客户是否能首先起到中介的作用，打破众多雇主与求职者之间的阻隔？

已完成学业的人与努力寻找教育机会的人之间也存在亟待消除的阻隔。越来越多的学生希望出国深造，但在此之前他们只能得到有限的信息与指导。当他们孤身一人来到异国他乡时，往往只能与身处异国的同胞结伴共处。出国留学的官方指导手册在帮助学生做出复杂选择时不仅无法提供足够的信息，甚至会对学生造成误导。留学生经常需要通过兼职来赚取学费，此时，他们同样迫切需要他人的引荐得到合适的工作机会。在中国有400万贫困学生，约占该国学生总数的四分之一。印度的一家银行向客户宣传，他人的建议比现金或贷款更有益、更珍贵。保险公司的管理者也许会坚持这一切与自己无关，但年轻人真的与他们毫无关联吗？

年轻人在冒险旅行中，会兴致勃勃地寻找异国情调或者享受意想不到的挑战带来的快感，人身安全保险绝对不是他们的主要关注点。当他们启程去探寻未知世界、追忆陌生人的神秘往事、积极地参与冒险时，便彻底远离了大众旅游。年轻人认为，旅游保险所保障的安全的酒店、海滩、预约的行程与服务只属于那些疲倦的工作者，而他们希望在世界各地留下探索的足迹，并获得各方面的积极支持，而非被动的保护。年长者也热爱旅行，三分之一的英国人希望在国外度过晚年，80%的人希望退休后可以周游世界。保险公司对于突发灾难提供的经济补偿已经无法满足客户的全部需求，事实上对人类而言，希望才更重要，尤其是那些用金钱买不到的希望：希望自己的知识和经历能够对他人有益，希望人们可以通过相互学习收获友谊与惊喜。

一个响亮的名称对于保险公司来说也至关重要。在中世纪，最初建立的大学将其提供的课程命名为"StudiaGenerali"（一般研究），这意味着学校向学生教授各方面的基础知识，为其提供广泛的信息进而运用于生活实践，这与今天的大学教学形式毫无相似之处。忠利集团可以利用名称上的巧合来丰富自身的经营理念，其他保险公司也可以通过独特的名称来体现其与众不同之处。除了开展相对乏味的商业活动之外，忠利公司也会利用"一般研究"的思想，令自己成为全新的综合性机构，帮助客户开阔视野、摆脱狭隘的幻想。

保险公司是全世界最富有并且最神秘的机构之一。忠利保险公司的资产甚至包括欧洲某些最著名的历史古迹。保险业可以用超越商人的身份，令客户意识到自己在为历史古迹投资，或者说是在进行一种文化行为、充当历史遗产的监护人，进而极大地提高了客户的欣赏水平，增加其投保行为的价值。特别是当客户可以参与到相关的庆典活动时，保险公司逐渐消退的社交功能被再次强调，客户、股东和员工之间可以建立起更多的社交联络与知识交流。过度客观与传统智慧背道而驰，这是现代商业中的新现象。

领导者不应将办公室的员工当作笼中鸟，只在偶尔召开的业务会议或培训的情况下才允许他们飞出牢笼，更不应狭隘地只对他们进行业务培训。企业大学随处可见，但这些机构终究只是机械地模仿真正意义上的大学，因为它们的使命依然是教授员工如何创造更多的利润，而非活跃其头脑。企业大学应当将其关注点扩展到更具广泛意义的问题上，即如何令工作与商业更好地实现人类理想，进而吸引企业以外的广大民众参与到课程当中，令企业能够因此而赢得声誉，改变公共价值与产品销售分离的状态。

赌博业是保险业的潜在竞争对手。当人们因野心无法实现而意志消沉时，赌博便为他们提供了一夜暴富的诱人幻想。在全世界范围内，人们每年在赌博中的花费预计达到一万亿美元，相当于世界各国一年的军费开支。与保险业相比，赌博业的发展更加迅猛，法国在过去的 25 年中，赌注按实值计算增加了一倍。在欧洲的某些国家，国民生产总值的 1%～2% 都耗费在赌博业，中国和日本的比重似乎更大。然而，保险业却可以成为更大的赢家，与殡仪业不同，前者是在为生命服务，不仅能够以企业社会责任感的名义支配利润，还可以为年轻人提供奖学金、旅游、冒险等各方面的资金支持。

伍迪·艾伦曾经说过："和保险业务员一同共度一晚简直比死亡还要糟糕。你知道我指的是什么。"如果保险公司能够提供平台，使客户之间可以自发互信互助，而非仅仅将保险费在客户之间进行匿名分配，那么应对恐惧的新途径就会自然而然地产生。罗斯福的那句名言"我们唯一感到恐惧的就是恐惧本身"已不再是可靠的结论，恐惧无法永久消除，然而当人们的思想完全沉浸在冒险的兴奋中，恐惧就会被遏制或遗忘。因此，应对恐惧的方法并非只是单纯的抵抗，这也证明保险公司的运行体系目前尚未完备，它们应当努力创造更多的机会，为孤独焦虑的人们带来希望。

第五部分 逝者如斯，
惜时之叹

第26章
除了保持心态年轻之外，如何对抗衰老？

最快乐的事——拥有爱人的陪伴

巴西建筑师奥斯卡·尼迈耶（1907～2012）一生都在设计令人叹为观止的建筑，无论何时，他都会坚持去工作室，直到104岁时离开人世。他是否能为那些畏惧衰老的人们作出榜样？

年轻时，尼迈耶便目标明确，一直坚定不移地忠于其所信奉的价值观。他主张使建筑从直角和立方体的定式束缚中得到解放。建筑物为何不能像风景、花朵、女人和其他一切自然之物一样拥有曲线？为何不可以用美的目的代替"结构逻辑"或"功能主义"？建筑物为何一定要复制单调的玻璃箱，而非使其与自然相融并给人震撼之感？对尼迈耶来说，建筑学是一门艺术，而创造艺术的目标是快乐。作为"钢筋混凝土的艺术家"，尼迈耶倾其一生，致力于纯粹的发明，用钢筋混凝土的变换组合创造出奇迹。作为艺术家，他可以在设计上天马行空。当人们对于他的作品表示困惑时，他会回答："你一定从未见过这样的建筑。"

尼迈耶的目标并不局限于创造艺术，也着眼于"改变社会"，终结贫穷、不平等、不公正的现象。他加入了巴西共产党，并无条件地忠于党的宗旨。尼迈耶将自己的信仰同人类的手足情谊、爱国主义相结合。他深深地热爱自己的祖国，对来自他国的诋毁愤怒不已，他坚信这个国家曾经因不成熟而错误地许下的诺言，最后终究能够实现，尽管经历了几个世纪的剥削，终究会取得超越欧洲的辉煌成就。欧洲的古老文明被僵化的传统所禁锢，而巴西则是未来之国。同时，尼迈耶乐于研究各种形式的人文主义。"阅读对我来说是生活的必需品。阅读的重要性不容小觑。要坚持不懈地阅读，尤其是与职业无关的书籍，绝不可令技术规则削弱或影响创造的直觉。"写作对他来说也必不可少，他的设计灵感同样穿梭于文字与绘画之间。

尼迈耶始终将家庭和朋友放在生活的首位，他认为家庭成员之间的关系如同"终生的友谊，我们之间非常亲密，并且相互扶持"。他经常回忆童年时光，那时孩子们对父母言听计从。如今他将自己的建筑实践管理权交给自己的一个孙女（尼迈耶共有 5 个孙女）。尼迈耶的自传中充满了对友情的歌颂，描写了每一位朋友的独特与美好。"生活比建筑重要得多……生活教会我们如何做人，如何从友善与公正中寻找快乐……生活中最快乐的事就是拥有爱人的陪伴。"尼迈耶的第一段婚姻维持了 75 年，以妻子的离世而告终。两年后，99 岁的他开始了第二段婚姻，"我感觉自己又回到了 30 岁"。他认为，步入晚年的益处是可以平静地生活，"以往我总是同反对自己想法的建筑师发生冲突。如今我已不再那样激进。毕竟他们都是优秀且专业的建筑师，表达反对是在维护他们多年的付出。现在我能够接纳任何形式的建筑"。这如同存在于共产党内部的无穷无尽的分歧："只有伟大的友情可以令充满差异与发生争执的人们团结起来……随着年龄的增长，友情的温暖逐渐赶走我内心的怨恨，我能够看到所有事物积极的一面。"

这种智慧的领悟是否只能源于岁月的累积？不，年龄只是一种借口。尼迈耶始终为人生苦短的观念所困扰。"死亡对我而言，是一种如影随形的忧虑……当我还是个 15 岁的孩子时，就会痛苦地思考人类的命运……随着年龄的增长，这些想法越来越频繁地折磨我，尤其当我独处之时，我必须努力去摆脱它们。事实上，我只是戴上了年轻、乐观、幽默的面具，每天看似发自内心的精神焕发，喜欢放荡不羁的生活方式，然而在内心深处，隐藏着关于人性与人生的巨大悲伤。"只有朋友不离不弃的陪伴能够驱赶他心中的阴霾，而年迈的悲哀便是必须经历好友的纷纷离世。尽管尼迈耶是无神论者，但他赞同宗教关于死亡的理解。艺术是他的救赎，然而当艺术作为一种单一的想象力表达，注定成为一种孤独的艺术。

尼迈耶十分欣赏共产主义积极乐观、百折不挠的精神，坚信美好的世界必然会到来并且近在眼前，如同基督教徒坚持不懈地等待救世主耶稣的回归。然而他内心并不相信共产主义能为社会带来天翻地覆的变化。尽管尼迈耶致力于创造更美好的世界，但他经常不自觉地产生宿命论的想法：命运创造了人们的生命。尽管他非常热爱祖国，但并不认为巴西是典型的友好、健全的社会，他想知道"巴西何时能够转变成友谊与团结的国度……不容忽略的社会现实是，我们的劳动人民变得越来越贫穷"。可悲的是，劳动人民无法分享他的宏伟作品："巴西的众多国民在穷困潦倒中挣扎，最底层的民众只期望能在狭小的空间拥有一间简陋的小屋。"当他被问及为何仅设计宏伟的公共建筑时，他回答道，希望穷人经过他设计的建筑时，能够注意到它奇特而惊人的形态，并且由于这意想不到的美而受到感染和鼓舞，唤起内心的希望。勒·柯布西耶[①]（1887～1965）认为，建筑学的目的是改变生活，而尼迈耶比他更为谨慎，后者更倾向将建筑学的目的形容为创造美以及带来快乐。然而，"美的力量"极其有限。

尼迈耶应对失望的方式是慷慨以待。他乐于助人，尽管他的馈赠无法为他人带来永久的改变，但至少可以为他人营造短暂幸福的时刻。尼迈耶向来轻视金钱，经常收取极少的设计费用，甚至免费。他的女儿面对所剩无几的银行余额抱怨说："爸爸，不要再帮助所有人。"当他作为共产主义者遭到警察的迫害、被迫逃亡而背井离乡时，依然为自己支持共产主义而感到骄傲。他认为，最重要的是绝不隐藏自己的信念，并为之坚决反抗。然而他清楚，类似的故事数不胜数，极少有人能够全身而退。

尼迈耶实现了人类最古老的愿望——身体健康、长命百岁，不过这并非因为他时刻保持心态的年轻。无论是温和的性格还是建筑学天赋，都未能消除尼迈耶年轻时在内心播种下的阴霾，而这种阴霾伴几乎伴随他整整一生。那些提倡将年轻的状态一直延续到老年的人，忘记了在懵懂的年纪，人们会经历多少恐惧和迷茫。如今，青年时代和老年时代都已不再是原本简单的状态。

细节雕琢人生品质

假设我是一个西哥特人，生活在罗马帝国衰亡后的时代，当年过65

①勒·柯布西耶，法国20世纪最著名的建筑大师、城市规划家和作家，是现代建筑运动的激进分子、主要倡导者、机器美学的重要奠基人，被称为"现代建筑的旗手"，也是功能主义建筑的泰斗，被称为"功能主义之父"。

岁时，我的社会价值与 10 岁以下的孩子一样，等同于 100 枚金币。一名 14 岁的青少年价值为 140 枚金币，50 岁以下的成年男性为 300 枚，14 ~ 40 岁可生育的女性是 250 枚，而生育之后的女性价值锐减至 40 枚金币，超过 60 岁就变得一文不值。这些估值体现了当时社会的基本要求，即女性的功能是生育后代，而男性的职责是成为强壮的勇士。除此之外，其他的估值也具有一定的意义。

有人说，老者曾经统治世界并且享有大多数人的尊重。这种观点并不完全正确。年长并不等同于获得权力的资格。那些丧失工作能力或者体弱多病的老年人往往被忽视，甚至被社会彻底淘汰，即使在文盲社会，人们也必须依靠记忆沿袭传统才能够获得一席之地。年轻人对老者发出挑战的记录可以追溯到古老的美索不达米亚文明。在雅典，民主制度推翻了老人政治，只有在斯巴达，60 岁以上的老者还保持着一定的社会优势。尽管亚里士多德欣赏某些年迈的哲学家，但他同样认为，多数年长者极其可悲且心胸狭窄，内心充满了怀疑与敌意，不断回忆其过往，然而他们因为输给了年龄而变得谦卑，除了维持生存之外几乎别无他求。罗马贵族由于父子间的激烈斗争变得混乱不堪。在印度，宗教鼓励老年人退出世俗活动，静待死亡。基督教的《旧约全书》中写道："做一个穷人或者聪慧的孩子，好于做老人或者愚蠢的君王。"古埃及人痛恨年龄带来的障碍。普塔·霍特普是法老王朝的大祭司，他认为年迈对于人类来说，如同带来衰弱、健忘和疼痛的恶魔。也许正是这种文明促使人类发明了抗衰老抗皱面霜。

然而，年轻人并不比老者轻松，他们被不断嫉妒、诋毁、溺爱及压制，而他们常常多愁善感，付出难以得到认可，有时会因为活力与天真获得赞赏，有时又会被指责为叛逆、放肆或轻浮。年轻是否意味着永远远离成熟，永远拒绝长辈的生活方式？年轻人对老一辈生活方式的抵制，难道是由于长辈对自己的生活方式失去信心，进而鼓励后代去寻找其他的幸福出路？如果年轻人代表身体健康，那么为何无数富裕国家的年轻人被严重的肥胖问题困扰？家长不再允许孩子参与成年人的工作，使其远离残酷的现实，劝说他们去玩耍，然而同时，孩子们又被强制按照成人的要求学习技能，如果达不到目标就会受到惩罚。年轻人被鼓励去做真实的自己，却又必须参加无止境的培训来获得进步，所谓的专家在一旁用摇摆不定的理论指导他们改正"错误"。年轻人根本无法享受"青年文化"，因为这种文化已经被商业化，需要支付高昂的费用，因而并非年轻人从中获益，反而商人攫取了大部分商业利益。尽管少数年轻人在成长过程中变得叛逆或思维活跃、精力充沛，但社会调查显示，大多数年轻人依然会顺从地接受父母的价值观，继承其宗教信仰。在发展中国家，许多年轻人将财富作为人生目标，似乎除了用财富来弥补父母的失败之外，他们找不到任何其他人生追求。

如今，年轻人与老年人之间的差别被弱化，因为他们的社会地位彻底发生了改变，均被排除在积极工作人口之外，年轻人被排除的理由是教育问题，老年人则是退休。他们身体健全，不但无法创造价值，反而要接受外界的供养。如今，这个"非积极工作"的群体前所未有的庞大。由于老年人群体在身体和财富状况方面存在显著的多样性，因此无法构成独立的类别。并非所有老年人都能接受社会为其公开贴上"无用"的标签。对于厌恶工作的人来说，退休意味着解脱，而不愿脱离社会的人则认为退休是一种羞耻。养老金对退休人员的意义也在不断变化，这一概念最初出现于19世纪晚期，普鲁士地主阶级为了使劳动人民远离社会主义革命，便以养老金的形式对其进行贿赂。而工人阶级最初拒绝了养老金，美国工会也不断组织罢工来反对退休政策，理由是繁重的工作严重损害了贫穷劳动者的身体健康，他们根本无法长时间享受养老金，而中产阶级才是真正受益的群体。如今由于人们的寿命越来越长，原有的养老金体制逐渐崩溃，退休政策本身也面临"退休"的困境。假如人类的寿命延长到 100 岁左右，那么我们的一生便不可能用 40 年的时间工作，另外 40 年来过退休的生活。目前没有任何金融魔法可以解决这一问题，因此我们只能期待创新的方法出现。另外，在某些国家，50%的年轻人无法找到合适的工作，因此年轻变成了一种危机重重的概念。

如果不再过分关注老年人与年轻人之间的差异（尽管有时关注差异是必要的），忽略年龄、重视生命的内容，那么人们就会产生对未来的全新憧憬。人类的头脑好比一家古董店，陈列着琳琅满目的小玩意儿，比如回忆、习惯、偏见、童话故事……每一个生命都融合了以往各个阶段的种种观念，带有不同时代的情感印记。每个人都拥有不只一种年龄。许多人认为，人的衰老是一个递进的过程，每过一分钟人就会变得更加成熟，同时也更加腐朽，而事实上，并不存在这种平稳的进展。奥斯卡·尼迈耶对于死亡的思索、宿命论的无奈、家庭的依恋，对于反抗、惊喜、曲线的热情及其忠诚、慷慨和人文主义，都根植在名为"传统"的土壤中，并不断从中汲取养分、获得动力。当他将这一切收获并加以融合时，便得到了一种独特的味道。一个人的人生品质在某种程度上取决于他能否巧妙、平和、优雅地将各种独立的记忆融合，并激发出一种宝贵的人生经历，令彼此独立的元素通过结合释放出意想不到的力量，而这绝不是可以用代表年龄的数字来衡量的。

古董店的收藏应当不断扩充，一旦置之不理就会变得落寞萧条。人的生理年龄与思想年龄并不必然匹配。思想的神奇之处在于，它可以抵抗时间的侵蚀永葆活力，并且与新的问题碰撞时，便会孕育出新的思想，或成为不朽的存在。生理的繁殖会得到青春的花朵，智慧的繁殖如同将一段段沉默的过去、当下与未来串联成灿烂的乐章。孔子教导弟子："温故而知新，可以为师矣。"对于先人留下的思想遗产，人类始终在支持、脱离、忽视、误解之间徘徊，但极少会由此而衍生出新的思想。同思想遗产的对话可能会令人感到惊喜、挑战、激励、安慰或愤怒，因为交流意味着对思想遗产的重新排布与理解，这能够帮助人们看清人生之中的缺失。在每个章节里，每当我与过去的智者相遇时，都会被他们观察世界的不同角度所震撼，不由自主地重新反思自己的信仰。在20世纪，许多国家的民众为了减轻焦虑，拒绝挖掘自己及家庭的过去。有趣的是，这些人的祖先往往是他们意想不到的人，并且存在于他们从未到达过的远方。如果一个人只关注当下的自我，拒绝聆听历史的回声，那么必将难以分辨真正的快乐与痛苦。

评判人生品质的第二个标准是能否始终乐于接受来自他人的影响。人与人之间存在各式各样的互动：婴儿与母亲之间、孩子与玩伴之间、青少年与偶像之间、学生与老师之间、情人与伴侣之间，这些互动是探究他人如何看待世界的重要步骤。如果一个人不善交际且兴趣贫乏，或者沉迷于社交网络中肤浅的交流，就会延缓探究的过程。最近一项核磁共振扫描实验结果显示，一次会议的最重要部分在于结束之后，而会议的成效取决于与会人员对会议重要意义的反馈程度，当他们处于睡眠状态时，这种反馈的效果最明显。睡眠意味着人的肢体处于静止状态，而此时大脑的部分结构却异常活跃，它调动了人体20%的能量（清醒时约为25%）关注存于思想中亟待解决的问题。大脑的活跃强化了人类对过去的记忆、对当下经历的感受，以及对未来可能性的思索，当然也包括对理解他人的尝试。大脑会不断建立对未来的假设，努力避免痛苦的意外发生。这些事实说明，人的大脑在睡眠状态下的行为与清醒时的行为同等重要，也表明人类对于日常的所见所闻通常缺乏深入的思考。

尼迈耶之所以能够在漫长的一生中永葆活力，是因为他始终在陌生人、新思想的影响下重塑自我，善于以接受的状态回应他人的观点，通过阅读增强自我信心，同时激发新的信念。除此之外，尼迈耶早期的导师对其人生道路的塑造也起到了至关重要的作用——他们帮助尼迈耶看清了自己极力避免的人生方向。尼迈耶认为，自己与导师截然不同，因此各自追寻的理想大相径庭，但是导师们的人格力量反而会激发他去寻找真正属于自己的信念，去发现能够超越他们的领域。起初，尼迈耶从师于城市规划师卢西奥·科斯塔①，并追随柯布西耶工作 20 年之久。之后，尼迈耶脱离导师的影响，形成了自己独特的风格，也逐渐找到真实的自我。他用反叛的方式塑造个性。当创造出属于自己的混凝土曲线美学时，尼迈耶不仅展现了出众的品位，也还原了以交流互动为基础的创造过程，这表明在创作时与导师、工作人员以及建筑材料本身的交流必不可少。勒·柯布西耶说过，任何人都需要创造独特的自我，但这一目标无法由个人单独完成。除了尼迈耶之外，这一理论也清晰地体现在其他艺术家身上。

尼迈耶出生的同年，世界上第一幅立体画公开展出。如同尼迈耶将建筑从矩形中解放出来，立体画也解放了绘画的传统视角。乔治斯·布拉克②(1882 ~ 1963) 与尼迈耶的经历有众多相似之处，他也凭借旁人的指导、激励以及自身的反思，逐渐找到了自我，最终形成了独一无二的个人风格。勒·柯布西耶之于尼迈耶，正如保罗·塞尚③ (1839 ~ 1906)、毕加索之于布拉克。塞尚的作品引发了布拉克的反思，并激发出了创新的力量。毕加索与布拉克是志同道合的挚友，二人曾在 6 年的时间中，

①卢西奥·科斯塔，巴西著名建筑师。巴西首都巴西利亚的城市规划由卢西奥·科斯塔和奥斯卡·尼迈耶完成，这一天才创意的城市规划，使巴西利亚在 1987 年被联合国教科文组织列入"世界文化遗产名录"。
②乔治斯·布拉克，法国画家，立体派的主要倡导者和理论家，与毕加索同为立体主义运动的创始者，立体主义这一名称由他的作品而来。
③保罗·塞尚，法国著名画家，后期印象派的主将，从 19 世纪末便被推崇为"新艺术之父"，作为现代艺术的先驱，西方现代画家称他为"现代艺术之父"、"造型之父"。

几乎每晚都会相约一同探讨绘画、大胆尝试创新，甚至在对方的衣服上进行创作，并互相尝试应用对方的绘画风格。经过长期的交流探索，布拉克逐渐发现，他的创作兴趣并不在于模仿自然之物，而是将画布创造成独立的实体，使其脱离画框、拥有生命。布拉克进一步发现，自己的创作关注点并非绘画对象本身，而是许多对象之间的关联——画布中的人或物、他本人与画布之间的间隔与连接。这种敏感的变化并不仅仅是艺术方面的创新，也表达了一种对人与物的积极看法。观察人或物时，不需要用理想中美的标准去衡量，而是要关注它们与自己、与外界的联系，进而通过联系去了解自己、改变自己。一个参观过布拉克画展的人惊讶地说："当我在房间走动时，天啊，我感觉到处都是布拉克的作品。"抛开习惯与世俗的限制，我们就会发现世界上存在无数可能的关联。观察世界时，不要让自己的视角被年龄的局限所遮挡。

就外表而言，年轻人比老年人更具优势，这个不争的事实说明西哥特人的年龄价值标准在如今的世界尚未消亡。年长者即使努力在外表和行为方式上模仿年轻人，也无法达到以假乱真的效果，不过他们可以找到其他方式应对年龄的增长。在古老文明中，人们已经开始使用装饰物与服装来突出身份的特征，比如，为了强调猎人、勇士、祭司的尊严，他们的服饰往往极具艺术性。而现代社会则相反，近年来，人们一旦步入中年，便开始抛弃身上明显的装饰，开始穿着稳重，似乎不能、也不愿再对社会宣称自己的影响力，而那些失败的中年人则开始专注于自我安慰，也放弃用自己的经验教导年轻人如何避免失败，反而希望他们顺其自然地发展。过去，年轻人被要求模仿长辈；如今，老年人希望重回年轻时代，然而我们从不曾明确，这样做的意义何在。

在年轻人时尚的外表下、老年人松弛的面庞下，隐藏着怎样的经历与感受越发令人难以捉摸，但可以肯定的是，无论青年或老年，每个人取得的任何成功都会令世界产生微妙的变化。有时一个微笑就可以促成人与人之间的相互理解。我曾经在巴黎郊外的一个跳蚤市场遇到一位老妇人，她孤身一人，衣着褴褛，正希望卖掉一双破旧的鞋子，然而她等待多时却无人问津，整个画面弥漫着痛苦与绝望。当我开始同她交谈时，她的双眼瞬间闪烁出希望的光芒，她的形象也随之生动起来，甚至透露出一种独特的美丽。

1415 年，世界上第一本运用活字技术印刷出版的书籍《死亡的艺术》（*The Art of Dying*）出版，这本书在欧洲畅销几个世纪之久，因为这本书的主题是关于"人死后会发生什么"，而这是所有人都关注的话题。生活任何时代的人都希望拥有来世。同过去相比，如今不同年龄层的人被赋予的社会期望存在更多明显的差异。历史上，中国清代的顺治皇帝（1638 ～ 1661）6 岁登基，12 岁开始管理朝廷大政，10 年间便立下无数丰功伟业。威廉·皮特（1759 ～ 1806）24 岁成为英国首相，被誉为英国有史以来能力最强的领导者之一。如今，尽管没有人会同这些少年立志的伟人相比较，但年龄终究不是阻碍人们有所作为的关键因素。人们应当勇敢地丢弃年龄的标签，全身心地关注生活的内容与意义，永不停下思考的脚步。

尼迈耶的传奇之处并不在于他的年龄，或一生无法释怀的焦虑，他留给人类的非凡遗产在那些独一无二的杰出建筑作品中绽放了活力，也在他坚持塑造真实自我的勇敢精神中生生不息。

第27章
怎样获得有价值的知识？

无知：全新的历史阶段

我生活在信息时代，在知识经济以及终身学习的社会，依旧深感自己的无知。我相信，通过未来更发达的科技、更精明的管理手段、更全面的教育，人类一定能够摆脱无知的状态，然而这个目标的实现并非一蹴而就。在等待的过程中，我需要探究人类如何与无知共处。我会努力去分析人类大脑所具有的某些特定习惯，希望能够鼓励其他人更深入地理解自身。大脑的活动远比我们想象中要神秘得多。

从年幼时期开始，我便拥有强烈的求知欲，这种欲望一直陪伴我度过中学、大学，见证了我成为教师、作家、研究员、企业和政府顾问（这些机构已然处于信息爆炸的状态，但仍在如饥似渴地搜集信息）。然而，我完全无法理解，究竟怎样的知识或信息才值得我们努力去获取，事实上对于在学校教授的几乎一半的知识，我都记忆模糊，而留下的另一半大概已被我的学生们遗忘。我并非提倡永远以学生的状态积极汲取新知识，而是在重塑一种状态，探究在这种状态中对知识毫无渴求的人如何逃离。长久以来，教育几乎被视为拯救人类的灵丹妙药，尽管教育创造出了众多奇迹，但迄今为止，世界上某些最疯狂的罪行正是出于教育程度极高的个人或国家。许多人掌握着大量至关重要的信息，却不知该如何利用。欺骗同样是知识管理者无法逃脱的罪名。政客对于批判的回应永远是"会引以为戒"，而错误仍一再发生。对于终身学习的推崇可追溯到荀子时期（约公元前313～公元前238），他过于乐观地写下了"学至乎没而后止也"的忠告。然而，如果知识本身难以避免地导致学习者误入歧途，或者因抽象晦涩而难以付诸实践，那么，学习的希望何在？

我在学习上的失败要归咎于所处的时代。如果我出生在文艺复兴时期，而那个时代每年只有400种英文书籍出版，那么我便可以轻松将它们全部读完。对那时的人来说，学习要比我们轻松许多。如今，我每年要面对20万种新书，及其他种类繁多的出版物、期刊和广播。而这仅仅是来自英国一个国家的数据，每年全世界的新增图书数量多达50万种。因此，人类已经进入一个全新的历史阶段——无知。

在青年时期，我用20年的时间完成了一部历史著作，名为《法国激情史》，这本书的内容精彩绝伦，读来令人欲罢不能。在创作这本书时，我感觉那些重要的写作素材与依据近在眼前般清晰，几乎触手可得。而如今，我已无法再创作出那样的作品，因为有太多新的证据被发掘出来，而依靠个人的力量根本无法全部掌握。我曾经野心勃勃地试图探究在整个人类历史以及各种人类文明中，人生的意义究竟是什么。然而创作的

经历提醒我也许应该放弃这份野心。包括我在内的所有人，恐怕都未曾
预料到，大学教育的爆炸式扩张令整个世界被无知的阴云笼罩。各种博
士论文与专著如同海啸般将知识淹没。学术关注点在各个方面的扩展意
味着，当我在寻找一个微不足道的问题的答案时，很可能会被淹没在各
种解答方式的急流中，其中包括各种出乎意料的事实、奇思妙想的解释，
几乎每一条答案都以不同的角度进行阐释。获得的信息量越大，我们就
越清晰地感受到自己的无知。

　　我相信无数人会对此感同身受。人类总是在忍耐信息超载的痛苦（信
息匮乏同样令人不快）。在过去，类似窘迫的情况来源于百科全书。在我
8 岁时，父亲送给我两本百科全书。从那时起，我便开始研究书中如何对
事实和观点进行选择、整理和摘录。在学习的初级阶段，最重要的百科
全书并不仅仅是用通俗易懂的文字形式陈列的信息，它们还会赋予信息
一定的意义，确保读者阅读之后能够体会到被知识滋养的感觉，而非被
大量乏味的信息充斥头脑的苦闷。事实本身毫无意义，海滩上既有沙粒，
也有海草，除非将其收集起来，提取出可食用的部分，才能够烹饪出"知
识"。公元 3 ~ 18 世纪，中国人编制出了 600 多部百科全书，其工程量
几乎等同于建造埃及金字塔：《永乐大典》（1408 年成书）由 2 169 名学者
共同编撰而成；《古今图书集成》长达 852 408 页，历时 28 年完成编写工作。
中国古代的百科全书称为"类书"，其中辑录了各种书籍的资料，分门别
类地记载了天文、地理、人文、事件、艺术、科学等诸多领域的大量知识，
供封建帝王了解治国策略、士子应付科举之用（明朝每年超过 100 万人
参加科举考试）。帝王以巩固统治为前提掌控类书的方向与框架，这令类
书的编撰带有明确的目的性，因此学者在编制过程中只能客观地呈现事
实，无法对历史和传统提出质疑。总体而言，类书就是将大量资料分门
别类进行编排，提供并传达一种具有倾向性的信息。

伟大的中世纪伊斯兰教百科全书打破了地域和绝对客观的限制，开创性地融合了一切当时的已知文明，包括美索不达米亚、希腊、印度、伊朗、犹太和阿拉伯文明，同时加入了编撰者的独到见解。其中 10 世纪在巴士拉出版、由精诚兄弟社①编纂的百科全书最负盛名，书中表达了对王朝统治的不满，同时充满了主张改良宗教和社会的希望。相比之下，欧洲哲学家，例如培根、笛卡尔、莱布尼茨则希望更多的信息能够成为开启新发现的钥匙。狄德罗②（1713 ～ 1784）的启蒙百科全书共 27 卷（1751 ～ 1772 年出版），该书不只局限于对现有知识的总结，也试图通过探索性研究及社会批判达到重塑政府、宗教、经济、教育的目的，是百科全书史上颠覆性的创新之作。然而，这部百科全书的成效却不尽如人意，知识并未使大多数人变成哲学家或革命家。如今的百科全书总是保守地陈述着能被所有人相信的事实，只是供人们肤浅地谈论各种时下流行的名称和主义，体现所谓的"教养"以掩饰自己的无知。哈罗德·麦克米兰③说过，他编撰百科全书的目的只是为人们"缓解困惑"。知识无法彻底消除无知。

互联网是现代的百科全书。尽管它包含了更全面的内容、面向更广泛的使用对象，但本质的意义并未改变。比如维基百科，与中国的类书相似，拒绝一切缺乏可靠依据的信息，因而页面中随处可见用脚注标明的各个时期的出版物资料来源，以此来体现其权威性。虽然互联网规模不断扩大，但仍然存在着庞大的群体，宁愿从书籍中获取全部知识。首席信息官和知识管理者的大军浩浩荡荡进入了当代社会，他们不断地处

①精诚兄弟社，指 10 世纪阿拉伯宗教哲学学术团体，由一批具有自由思想的伊斯兰杰出学者在巴士拉秘密组成。该社团以神圣、纯洁、忠诚为训条，宣称伊斯兰教已被愚昧和无知所污染，陷入迷误，须用哲学和科学知识加以洗涤。
②德尼·狄德罗，平民出身，法国启蒙思想家、唯物主义哲学家、作家以及百科全书派的代表人物。
③哈罗德·麦克米兰，英国保守党的政治家，1984 年被英女王册封为世袭贵族斯托克顿伯爵。

理大量数据以保障企业的繁荣发展以及政府的持久运行。然而他们的到来并不能使普通人受益，因为他们依旧无法解释怎样的知识才能引导人们获得美好的生活。这些信息专家只关注信息的储存与处理，并不在意信息的具体内容，更不会在意其道德价值。将信息谱写成智慧之诗并非这些人的职责，他们也并非先知或者圣人。因此，如今人类的智慧远不及祖先不足为奇，然而缺乏智慧的信息意义何在？如今，没有人会把我们的时代称为智慧的时代。

铺天盖地的信息如同暴风雪般将人们困在原地，无法看清未来的方向。然而，在风雪中的努力挣扎并未令我感到绝望，或者渴望古代的平静质朴，也并未削减我在学习过程中的兴奋和满足。一个人的知识体系、价值观和信仰也如同存在于大脑中的隐形百科全书，人们往往会惧怕揭示其真实内容，但是偶尔这种惧怕也会消失：在 1968 年的巴黎①，突如其来的国家政权崩溃令人们卸下了平日的负担与防备，对陌生人敞开心扉。然而不久之后，这些法国人又回到了原本自我封闭的状态。在这本书中，我试图展示自己头脑中的百科全书，但同样需要探究他人的思想。我并非要以此表现自己的与众不同，也并不畏惧与他人观点的危险碰撞，在我看来，只关注自我而不去了解他人的人生是残缺的。

我所积累的信息与知识并不是按照一定顺序整齐地排列在头脑中，但是这不仅没有困扰我，反而令我感到自由。学习只是一个开端。在编写历史书籍时，我总是竭尽全力地寻找真理，但完成之后便会恍然大悟：我的历史作品竟然像一部虚构小说，因为在创作过程中，我会在收集到的"真理"碎片中进行挑选，通过自己的理解将其拼凑成我认为合理的画面。没有人能够完全精准地将历史再现。我钦佩那些伟大的艺术家，

①即五月风暴，1968 年 5 ～ 6 月在法国爆发的一场学生罢课、工人罢工的群众运动。5 月 30 日，戴高乐发表讲演，宣布解散议会、重新举行全国选举。

因为他们能够展示出世界的复杂性与抽象性，并且勇于重新排列其中的要素，以提取出更加深刻的信息。与他们一样，我也开始将记忆从时间顺序的束缚中解脱，将来自不同背景的事件与思想平行排列，进而揭示其普遍意义。过去对于我来说并不是一系列故事的顺承连接，而是游离于人类经验之外、由美好与丑恶共同创造的奇妙产物。创造知识是一门艺术，不同于汲取信息或消除无知。

某天，我收到了一份中国商业杂志的剪报，上面刊登了对一位具有全球影响力的西方知名人士的采访。此人是我 30 年前的学生，如今他已成为一位风险投资家，谷歌、雅虎、eBay 都在创立初期得到了他的及时投资，而他也见证了这些曾经微不足道的企业如何改变世界。采访中，当他被问及谁对他的职业生涯产生了最深刻的影响时，他提到了我。因为我让他认识到，事物的表象无法表现其本质。老师的观点能被年幼的学生所理解实属罕见，但他却精准地看清了老师"无知"的真实程度。每当我遇到一个物体、一个人或度过一段经历时，并不只关注其外表，而是思考他们还有哪些改变的潜力。我经常追问自己，人生是否还有其他可能？这个问题也是促使人类发展到今天的动力，否则人类也许还过着穴居野外的生活。这也是为何我会好奇，除了运用日益膨胀的信息和永无止境的学习作为抗争手段之外，人们还能用何种方法应对无知。

最重大的发现全部来自"不期而遇"

对于"怎样获得有价值的知识"这个问题，我的回答是，重要的并不是掌握多么渊博的知识，而是如何将其运用于实践中。通过所学知识创造出美与价值绝不像用砖瓦建造房屋那般简单，这更像画家的创作，是一个循序渐进的过程。每当添加或消除某些色彩与轮廓时，画布上就会呈现出意想不到的全新可能，我会立即深入地理解这种现象，寻找新的方案，进而为最初过于幼稚简单的创意找到新的视角与意义。我经常会得到一件完全背离初衷的作品。这便是我选择知识的方法，意外的因素会将我带到全新的领域，得到完全出乎意料的收获。当看似毫无关联的人、地点或想法意外地聚集在一起并激发出新的灵感时，我会感到异常兴奋，我相信所有人都可以拥有这种满足感。

我要为我的妻子迪尔德丽·威尔逊发现重要的理论而表达赞赏之情，她是关联理论的共同发明者。该理论推翻了自亚里士多德时期开始，人们对于交流的认识。交流并非简单的信息传递与理解。当信息被接收时，是否能够从中产生新的认知，取决于接收者能否提取信息的含义并发现其中的关联。信息所包括的含义越丰富，越有助于接收者去提取其内涵，进而建立起信息之间的关联。关联的范围又决定了新的认知程度。当然，每个人的知识背景有限，而且并非所有人都有意愿或精力去实施每个步骤。此外，在理解信息含义的过程中，猜测也是不可避免的成分。交流是一种击败不确定性的过程，因此大部分知识都可以被重塑或弱化。我反对教条主义，但并不意味着我坚信一切观点都与真理相关且值得尊重。每一个新的发现都需要被不断地修正，我们可以在修正的过程中始终为追寻真理而奋斗，即便真理往往遥不可及。站在无知的边缘进行无尽的探索是人生最重要的乐事之一，如同不断培养对于新奇食物的独特品位。

19 世纪时，人们注重追求科学与知识的"确定性"，而之后的科学家倾向于用诗化的形式同宇宙的奥秘进行交流。我在解释知识如何提供无限的可能时，运用的艺术隐喻方式与之异曲同工。量子力学的主要创始人海森堡[①]（1901 ~ 1976）曾说过："用公式化的数学方法来解释物理学，属于一种形象的描述，可以让所有人更容易地理解自然界的运动

①维尔纳·卡尔·海森堡，德国物理学家，量子力学的主要创始人，哥本哈根学派的代表人物，1932 年诺贝尔物理学奖获得者。

规则。"理查德·费曼①（1918～1988）也说过："我们今天所说的科学知识，是一种在不同程度上对于'确定性'的陈述。认识到自己的无知与怀疑至关重要，科学的第一原则便是拒绝自我欺骗。我始终生活在无知中。"海森堡的不确定性原理至少有 6 种解释方式。玻尔②的互补原理在物理学上具有里程碑式的重要意义，但具有极其晦涩的表达方式，"不同的量子理论家探讨不同议题的同时，持有平行并存的争论与见解"。看来，不只是陀思妥耶夫斯基会创作"复调小说"③。

因此对我来说，不确定性并非敌人，分歧也不是需要根除的害虫。创新的思想必然会引发争论，而真理必定来自不断的争论。我不期待人们会赞同我的观点，因此不会对任何人进行说教。我曾经被邀请为历史学家布罗代尔④（1902～1985）撰写传记，他惆怅地说，世界上只有一个人能完全理解他，但事实上对于大多数人来说，误解会伴随终身。

我始终无法理解我所接受的教育，因为它要求我不断加强自我批判能力，却并不在意我的想象力如何。然而，只有想象力能够将批判转化为建设性的想法。学术界如同一个巨大的动物园，来自各个思想体系的不同"物种"之间相互挑衅，总是传来"我的想法和你不同"的声音。持不同观点的学者之间很难接受对方的新鲜想法。然而，海森堡说过："科学来源于交流。"他的回忆录《物理学与超越》（*Physics and Beyond*）以对话的形式撰写，章节标题选择了"偶遇""交谈"之类的抽象词汇。20 世纪最伟大的两项科学发现——量子力学与遗传学，均来自持不同观

①理查德·费曼，美国物理学家，1965 年诺贝尔物理奖得主。
②尼尔斯·亨利克·戴维·玻尔，丹麦物理学家，通过引入量子化条件，提出了玻尔模型来解释氢原子光谱，也提出互补原理和哥本哈根诠释来解释量子力学。
③复调小说是苏联学者巴赫金创设的概念，他借用这一音乐术语来概括陀思妥耶夫斯基小说的诗学特征。后者的作品中有众多各自独立而不融合的声音和意识，每个声音和意识都具有同等重要的地位和价值，这些多音调并非是在作者的统一意识下层层展开，而是平等地各抒己见。
④费尔南·布罗代尔，法国历史学家，年鉴学派的第二代代表人，提出了著名的长时段理论。

点的研究人员之间漫长交流的成果。"科学依赖于实验，而实验结果来源于讨论与请教。"

无原则的赞同会令发明与创造逐渐中止。玻尔善于通过与学生、同僚的大量对话发展新观点，他曾经邀请 400 名访客到自己的实验室，整整一个月都同他们交流。玻尔坚定地认为，观点在被传递与被理解时才拥有生命。他甚至认为："物理学的使命并非探究自然界本身的规律，而是探讨人类对待自然界的态度与想法。人类需要语言和表达。我们的任务是同他人交流实验的经验与观点。我们在交流中感受到永恒。"因此玻尔一生都致力于研究科学语言以及人类的交流方式。

这些启示令我产生了强烈的共鸣。尽管很享受在看似微不足道的事物中寻找意义重大的发现，但我更喜欢通过一次内容丰富的交流或闲暇时品味一本好书来获得启发与灵感。一些古人会在梦中发现问题的答案，但我不会这样。通常，当大脑经历了整日的信息轰炸以及夜晚的沉淀与释放后，我会在清晨醒来的一刻突然灵光闪现，那时各种想法在脑海中盘旋、交织，而后我会努力拼凑成完整的结论，但这种瞬间的直觉并不必然产生与事实协调的解答。因此我会逼迫自己反复经历这个过程，直至获得满意的结论。我并非试图将这种方法推荐给他人去模仿，这只是启发性的描述，如同将伟大的科学家作为学习的榜样。许多人在获得新发现之前都会经历多年的努力与沉思，这对我来说不失为一种安慰和鼓励。

因此，提前预知学习目标的价值必然无法实现，只有令不同的知识相互"碰面"，才能确定它们是否有结合的可能性。人类通过想象力将相关的知识连接起来，才会碰撞出惊喜的火花。然而，大多数人头脑中突然迸发的想法往往难以找到灵感的触发点。我希望自己能为解决这一问题贡献微薄之力，因此会在每天的早餐时间阅读一本新书，这本书可能来自世界的任何地区、探讨任何主题，之后我会对所阅读的内容撰写

1 000 字左右的总结，提炼出其中具有普遍意义的内容。由于专业性的限制，某些书籍的意义会被大多数人忽略。对于那些经过作者多年潜心研究而完成的作品，我会用更长的篇幅来传达其中丰富的思想，希望读者能够从中受到启发。每年在全世界出版的 50 万种新增图书象征着人们对于无知的抵抗，而那也是我迫切渴望了解的世界。我将自己的"早餐观点"发布在个人网站中，期待它能够激发更多人的智慧与灵感。

"怎样获得有价值的知识"这个问题如同一种具有筛选功能的思维模式，帮助人们过滤掉无数毫无意义的信息。然而，良好筛选模式的形成必须经过与他人比较的过程，因此你需要了解自己的喜好，清楚自己关注什么、抵制什么，而在没有进行比较之前，你也许很难回答这些问题。另外，我会尽可能多地学习实践技能，例如种菜或修理物品。我喜欢与那些掌握类似技能的人交往，通过他们往往能够惊喜地找到缓解世界带来的扭曲与痛苦的途径。抽象概念与知识实践的分离会对人类造成不可估量的危害。1830 年左右，列奥纳多·达·芬奇在无数领域取得的惊人成就鼓励人们开始积极地参与到科学以及人文学科实践的具体分支当中。如今，学习的每一个分支都变得无比专业，对于某些微小的细节也需要投入数年的钻研，因此，处于不同知识层面的人必须进行积极的交流互动。最重大的发现全部来自"不期而遇"，全部依赖于脱离既定目标的自由，全部需要解除对于事物必然性的确信。

终身学习型社会或许并非人类的终极目标。无止境地消费知识也许会带来快乐与满足，但知识摄取过量也会损害大脑健康。假如有机会涉足学术界以外的其他领域，我一定会将相关内容写进我的下一部书中，希望那时我的思想会在实践与错误的影响下更加成熟。

第 28 章
活着的意义是什么？

生命的目的——繁衍或死亡？

"陌生人，我长话短说，"这是一段古罗马时期的碑文，"停下来读一读吧。这座丑陋的坟墓中埋葬着一位美丽的女士，她的名字叫克劳迪娅。克劳迪娅全心全意爱着自己的丈夫，她养育了两个儿子，如今一个在人间，另一个在天堂。她举止优雅、温柔包容，擅长做家务、织羊毛。我的话说完了，一路走好。"

2000 年后，墓碑上的文字与以往相差无几，或者更加简短，总之都是为了总结逝者曾经的生命意义。如今人们会如何理解这种意义？上述碑文总结了古罗马时代的常识观点——生活的目的是生存，是生命的存在与传递。人们意识到，永恒的大自然可以保证生命永远传递下去。成吉思汗"自然而然地"相信，他的使命不仅是征服亚洲大部分领土，而且要尽可能地将敌人的妻子女儿占为己有，尽可能多地拥有子孙后代，进而建立一个庞大而忠诚的帝国。

然而，人类也属于大自然的异端分子。他们往往用生命中四分之一的时间去抚养子女，却将父母的职责大部分转交给家庭以外的所谓"专家"。人类反对子女复制自己的模样，但事实上，每一代人都是长辈稍加改变的版本。他们时常会忘记，家庭的重要性高于一切，忘记了孩子是上天赋予他们的最大幸福，忘记将孩子抚养成人是他们莫大的骄傲。迄今为止，历史上不断出现大规模、持续性出生率急剧下降的情况。在繁荣时期的美索不达米亚平原，人口数量激增至以往的 3 倍。当人们的创造性与乐观精神不复存在时，人口数量也随之减少到峰值的十分之一。埃及人口在公元前 3000 年时不足 100 万人，而在基督教盛行时期增长到 500 万人，公元 1000 年则锐减至 150 万。西班牙入侵导致墨西哥人口数量减少至原本的十分之一，人们死亡的原因不仅由于疾病，也出于绝望。欧洲许多国家，如希腊、意大利、西班牙自愿降低人口出生率。在德国，30% 的女性拒绝生育，而且其中绝大多数属于教育程度较高的人群。修女与僧侣的群体也在不断扩大。历史上，选择放弃家庭、只创造"精神后代"的知名人士包括：达·芬奇、培根、笛卡尔、牛顿、洛克、伯克利、休姆、康德、凯因斯、汉德尔、贝多芬、柴可夫斯基、路易斯·阿姆斯特朗、玛丽亚·卡拉斯、乔治斯·布哈森、简·奥斯丁、威廉·布莱克、拉斯金、奥利弗·温德尔·福尔摩斯、马格丽特、苏珊·B.安东尼、弗罗伦斯·南丁格尔、西蒙娜·德·波伏娃、可可·香奈尔、凯瑟琳·赫本、葛丽泰·嘉宝，当然还有耶稣。孟子认为拒绝组建家庭的人是可悲的，因为他们失去了可以倾诉苦衷的对象。

　　沙漠经历瓢泼大雨后，会奇迹般地萌发植物。植物可以充当食物，进而迎来了动物，比如蝗虫。蝗虫会迅速大量繁殖，在越发拥挤的空间中产生更多的身体接触、更频繁地摩擦双腿，这令它们越来越兴奋，原本单调的颜色变成鲜艳的黄、橙、黑，似乎在竭力表达某种时尚。年幼的蝗虫会组建"乐队"，年长后便形成多个独立的群体，每个群体包含600亿只蝗虫，它们经常长途跋涉数千英里寻找贫乏的食物，直到全部饿死。人类也在大量繁殖，剥蚀地球上的森林、海洋，他们从不曾确信，当繁荣消逝之后，人类本身也会同蝗虫一般消亡。

　　人类的独特性在于，他们（或者大多数人）相信，死亡是生命的开始。莫扎特认为生命的目的便是死亡，人生只是一段短暂的旅程，通往永恒的来世。某些人相信生命旅程的目的地是天堂，而另外一些人赞同一系列转世的观点。对于古埃及人来说，死亡意味着每天与太阳为伴，追随它的轨迹。佛教认为，生命的目的在于远离尘世与命中注定的苦难，人死之后会经历转世的轮回，只有到达涅槃境界方可摆脱轮回。犹太先知认为，人死之后，生命的回报便是能与父母团聚。许多文明都相信祖先一直在守护他们的后代。死亡成为最高级别的艺术，相比生存，能够引发更加深刻的思考。西班牙剧作家卡尔德隆①（1600～1681）的观点为：出生便是人类最大的罪行。当人类的生命如同蜡烛一般短暂时，便会更加关注生育与来世，而如今的情况早已大不相同，人类的寿命甚至长达100岁，婚姻也通常随之推迟至30岁之后。

　　过去人们相信，"生命的意义"由自然或上帝赋予，并且永远不会因个人的意志而改变。如今，极具反叛精神的人类颠覆性地将这种概念推翻，坚信每个人都可以根据自己的理想与渴望诠释人生意义。

---

①卡尔德隆·德·拉·巴尔卡，诗人、剧作家，西班牙黄金世纪戏剧两大派之一的代表人物，他开创的戏剧新风格影响了从17世纪中叶至18世纪初的黄金时期的后期文学。

人们不必再追问"你必须接受什么",而是关注"你期待怎样的人生，你将如何塑造自己的人生"，力求将泛化的"人生目标"具体为"属于自己的人生目标"。这令关于"人生目标"的诸多问题失去了普遍意义，每个个体都可以为自己的人生定义目标。人类的渴望势必要摆脱从属的状态。

超越马斯洛需求层次论的幸福样本

突然之间，在人生目标个体化的影响下，"进步"的概念备受关注，因为它提供了一个框架，可以为每个人的努力付出赋予重要的意义，从而令努力不再是一种孤独行为。过去，你也许会模仿父母的生活方式，包括他们的工作、婚姻、饮食与穿着习惯，而如今你必须改善自我。人生不再是平静的小溪上缓缓漂流的旅程，而是布满陡峭天梯的迷宫，未来取决于你是否有能力爬上天梯并在这一位置维持稳定而不跌落。绝对不可以将自己看作庞大家族中渺小的一员，而是要同其他人竞争，努力取得资质与成就，超越每一名家族成员的梦想。究竟该选择怎样的人生？怎样度过接下来的一个月，一年，十年？

美国南加州大学的一位教授精准地总结出人类的 135 种目标，而心理学家亚伯拉罕·马斯洛提出了更为简洁的描述。马斯洛将人类的欲望比喻成金字塔，首先要满足生理需求，如食物、性和睡眠，这是金字塔的最底层，上一层是对安全感的需求，之后是爱与自尊，而处于塔顶端的是"自我实现"①。这意味着如果一个人要达到最高层次的目标，必须发挥所有内在品质的潜力，而这些潜力往往由于人们忙于满足基本需求而被隐藏。"人的潜力是无限的，如果合理运用就能使人生变成理想的

①自我实现是指人都需要发挥自己的潜力，表现自己的才能。只有当人的潜力充分发挥并表现出来时，人们才会感到最大的满足。

天堂。"马斯洛这样写道。他曾研究了大量成功人物的传记，探索这些人如何达到卓越的境界。他曾问道："我们为何不能成为贝多芬那样的人物？"其隐藏的含义是，我们确实可以全部成为贝多芬式的人物，至少可以成为类似于他那样的人物，而这正是马斯洛理论受到追捧的原因。相比弗洛伊德对于神经官能症[①]的可怕警告，人们自然更乐于接受令人耳目一新的乐观鼓励。马斯洛并非象牙塔中的学者，他的父母是犹太人和俄罗斯人，后来移民到美国，尽管二人几乎从未受过正式教育，但决心让7个孩子摆脱无知的现状。后来，他的父母在加利福尼亚开办了一家葡萄酒桶工厂，马斯洛也在这里经历了普通人的工作与生活。马斯洛的成就在于将人类的需求直接明了地压缩为5个层次，那些为人生目标迷茫不已的人，或者不知该如何支配自由的年轻人，都可以通过他的标准找到解答。如今，马斯洛需求层次理论中的元素在各个领域都有所体现，包括商业、教育思想体系以及女权主义等。

　　同许多优秀的理论一样，马斯洛需求层次理论的核心思想也在信奉者接受与理解的过程中遭遇过分简化的尴尬。在现实生活中，马斯洛遗憾地发现，大概仅有2%的人可以达到自我实现的状态，而经过近距离的观察后他又发现了这些人身上的可悲特征，他们"不完美"、"无法完全适应社会"、深感焦虑和自责，无论外表或内心都异常冷酷……马斯洛的童年并不美好，他既要对抗反犹太主义，又要同霸道的母亲作斗争，这令他形成了悲观的心态，即使后来他致力于创建美好的世界，却始终怀疑是否能将希望付诸现实。他对自己的学生感到失望，并且苦于无法将希特勒、德国人融入自己的理论。

　　另外，马斯洛清楚自己的理论仅被极少数人所理解。他的同事均为

---

①神经官能症又称神经症或精神神经症，是一组精神障碍的总称，包括神经衰弱、强迫症、焦虑症、恐惧症、躯体形式障碍等等，患者深感痛苦且妨碍心理功能或社会功能，但没有任何可证实的器质性病理基础。病程大多持续迁延或呈发作性。

来自欧洲的杰出学者，智力超群，并信奉自己的理论体系，习惯性地排斥他人的观点，只会接受对自己的理论有利的成分，这些人形象地体现了学术界的批判精神。精神学家科特·戈德斯坦（1878～1965）在此之前提出了"自我实现在美国的各种含义"的术语，指责马斯洛剽窃了自己的概念。

事实上，自我实现的概念可以追溯到亚里士多德时期，之后又被无数哲学家从不同的角度理解与阐释。马斯洛的独特之处在于，他深知将其理论建立在经验主义的基础上并不稳定，毕竟他仅仅对大概40人进行了深入全面的研究，而对100～200人进行的观察极其粗略。这是一个"糟糕的、不充分的实验。我愿意甚至急切地希望承认这个事实，因为我担心这个试探性的理论会被人们不理智的热情与野心鲁莽地吞噬"。马斯洛需求层次理论在实践中的应用也存在诸多不确定性。马斯洛意识到，达到自我实现目标的人尽管都具有较强的创造力，但他们往往固执、叛逆甚至疯狂，毕竟每个全新的想法起初都看似疯狂。"我将自己的理论推广到一家公司，但我无法想象这个理论一旦奏效，管理者该如何应对那些极具创造力的员工，毕竟这样的人同时也容易制造事端。然而这并非是我需要考虑的问题。"他将这个问题留给了管理者，希望他们将管理的过程当作心理学实验，并鼓励员工，将他们视为睿智高尚的"宗教诗人"，只是借助于其他身份，在坚韧、冷静、自私的面具下掩盖了内心的理想主义。

马斯洛层次需求理论所包含的种种不确定性并未阻止全世界的热情推崇，人们将自我实现当作获得高薪工作和成功人生的关键，仿佛智慧与才华的黄金国被突然发现，每个人都会立刻变得极其富有而满足。不论在东方或西方，曾经的圣人与智者都试图将无知或罪恶的人转变成为自我实现的典范，然而都以失败告终。后人早已忘却了古人的失败，新一代管理学专家以道格拉斯·麦格雷戈和彼得·德鲁克^①（1909～2005）为代表，继续传承自我实现的目标，将其融入到所有人力资源培训项目中，旨在将普通人转变为杰出的领导人才。

20世纪60年代，新时代的大师将马斯洛理论当作一种文化快餐，加入到他们的"神秘配方"中，经过种种渗透、稀释，演变成为大量鼓吹财富、幸福和名利的励志书籍。当时，一则广告语这样说道："你唯一需要知道的是你可以按照自己的意愿成为任何人、做成任何事、拥有任何心仪之物。"贝蒂·弗里丹^②（1921～2006）在马斯洛的"人本主义心理学"刚刚盛行的年代主修心理学，她在其著作《女性的奥秘》（The Feminine Mystique）中谈到，"美国女性无法完全发挥自身的能力——这一事实引发了诸多无名的问题^③，严重地影响她们的身体与精神健康，甚于任何一种疾病"。"积极心理学"以马斯洛理论作为基础，成为"人本主义心理学"的继承者，如今已演变为一门学科，教导人们如何幸福地生活、如何培养自己的积极力量、如何为自我寻找合适的位置，在最大程度上发挥积极品质的潜力。至少，马斯洛的需求层次理论为领导者提供了便捷的公式，以令员工相信自己的努力工作有助于"自我发展"。"自我实现"的概念经过一系列的发展演变，使"勇于做自己"和"自我肯定"成为许多人的终极人生目标。人们似乎认为，他们只对自己的感觉拥有完整的所有权，所以他们必须保护自己远离外界的批判，因为评价往往会伤害他们的感情。难道维护自我认同是人类最高尚的追求吗？培养自尊的目的究竟是什么？

---

①彼得·德鲁克，现代管理学之父，其著作影响了数代追求创新以及最佳管理实践的学者和企业家，各类商业管理课程也深受其影响，曾发表过关于通用汽车公司管理结构的著名研究报告。

②贝蒂·弗里丹，美国女权运动"第二次浪潮"领军人物。她积极支持社会改革以消除对妇女公开或隐蔽的歧视，被誉为"解放所有家庭主妇的家庭主妇"。

③弗里丹在《女性的奥秘》中阐述，女性沉浸在奥秘中，她们扮演家庭主妇的角色，起初感到舒适安逸与快乐，但渐感空虚、烦闷、无聊。她们面对心理医生时却无法说清到底是什么情况，这就是"无名的问题"。

理解死亡才能理解生命？

同过去相比，如今这个时代并未培养出更多贝多芬式的人物，反而出现了更多暴君和傻瓜。既然无数天才、预言家、艺术家遭受贫穷或迫害，那么食不果腹或者身陷囹圄的生活也许是功成名就的最佳途径。人们经常会因为社会导向的混乱以及官方机构的无能而陷入迷茫和焦虑，从而踏上孤独的旅程，寻找人生的意义。20 世纪时，人们误以为只有自己在独自经历这一过程，因而备感孤独。

自我实现并不意味着拥有完整的人生。人们都试图消除自身的局限来达到自我实现，而事实上，对于某些人来说，为了达到这样的目标，他们能做到的只有期待用与生俱来的微薄才华去完善明显不足的"潜力"。尽管自我实现在许多国家被认可并成为一种有效的途径，帮助人们克服种种障碍成为"真正的自我"，但它并不能成为人生的终极目标。世界各地的统治者千方百计地给予民众快乐、财富、权力与自由，但这并非人们的全部追求，也很难使人们变得更加完美。快乐的人往往是自私的。财富无法自发改善其拥有者的思想状态。权力不仅导致腐败，也是传播狂妄自大的病毒。尽管自由必不可少，但也会因人们的无所适从而崩塌。只有极少数人真正懂得如何为人类创造福祉。生活如同攀登金字塔的过程，需要脚踏实地、目标明确。我在 12 岁时攀登了埃及的胡夫金字塔，同众多游客一样，在塔顶写下了自己的名字，然而接下来除了爬下金字塔之外，我别无选择。

当我探查到每个人在人生中的收获与缺失时，才真正理解了人生的重要意义。当我从他人的视角观察世界时，能够使关注点从狭小的角落得到解放。生存不仅意味着拥有心跳，还需要意识到他人的心跳、回应他人的想法。人类生活中最致命的疾病就是故步自封、墨守成规，用一成不变的规则摧毁好奇心与创造力。这样的人比僵尸更加危险，因为他们带给外界一种活着的假象。一个人如果无法不断更新自己的想法或者受到他人的启发，那么他就只剩下名义上的生存。

理解生命意义的前提是理解死亡，而显微镜已经帮助人类观察到死亡的过程。死亡与我们的想象大相径庭。交流不仅使我们感受到他人的陪伴，也同样在肉眼无法看到的领域——在我们的肉体与血液中悄无声息地发生。我们的身体由细胞构成，而细胞的生存依赖于彼此之间的交流，一个细胞必须同周围的细胞建立一定的联系才能存活。每天，数以亿计的细胞在人体内死亡，主要原因并非衰老，而是自杀。细胞生来便具有自杀的能力，当它们无法与周围细胞交换信号时就会作出这样的选择。它们只有彼此联合、形成新的组织才能真正地存活下来。不同的细胞通过相互融合不断进行自我更新，并模仿周围细胞合成某种专一蛋白质，进而形成具有特定功能的细胞群，这如同舞者加入一支集体舞。当一个细胞尽一切可能尝试与周围细胞交流都无济于事时，便会在几小时内自我摧毁，沉默与孤立的惩罚就是死亡。这个过程意味着我们的身体在不断地进行自我更新，大量细胞的消失如同秋天的落叶脱离了树枝。我们的思想同样需要不断吐故纳新。

不仅细胞会在自我隔绝之后选择自杀，过度关注自我的人类也相当于将生命遗弃。生命的馈赠是邀请我们接触变幻莫测的自然界、去欣赏他人的想象力与聪明才智，而欣赏会发展成热爱，扩大热爱的范围会令我们的生命生机无限。当我发现他人身上的美好品质时，会将自己独一无二的灵感作为对他的回赠，同时会感到生命变得更加丰富而充盈。人与人之间的任何一次简单的会面都可能包含深刻的交流，激发出新的发现与创造，这远远超越了平庸的交流形式。当某些人激发出我内心的恐惧，而且彼此不知该如何沟通，或者对于对方的诉求无动于衷时，我们之间的关系就如同被隔绝的细胞一般，对于彼此来说毫无存在的意义。尽管恐惧同饥饿一样无法规避，我们还是要寻找更优雅的方式来回应它们。探索恐惧、重新定义恐惧同样是人类的人生使命之一。

政府、企业以及各种社会机构的目标是消除一切由冲动、愤怒、无聊、事故、不幸所引发的混乱，这些机构始终坚信，使命宣言与行为规则的影响力远远大于私人谈话。演说家偶尔会爆发潜力，将听众变为成群的蝗虫。然而个体之间的互动交流能够启发思想、缓解恐惧、创造协同效应，为世界创造更多的可能性。人们的谈论无处不在，而谈论并非交流，只有交流才能推动思想的进步。同过去相比，今天的人们拥有更多的交流机会与途径，但也面临更多的障碍。尽管科技成果本身能够完美运作，却仍然无法消除人类的恐惧或赋予他们希望的力量。因此，每个人的经历、探索与过失都是帮助人类理解生命意义的宝贵资源。

1085 年，英国国王与其国务顾问进行深刻探讨之后，派人到全国各地调查每位地主所拥有的土地、资产与牲畜情况，调查结果形成了《末日审判书》，这表明那个年代人们最重要的追求便是财产。而今天的人们更需要进行的调查是他人如何看待自己，而自己又是如何理解他人，这是一种更加珍贵的无形财富。同财产情况调查书相比，关于每个人的价值观、信仰、恐惧与希望的描写能够形成规模更加宏大的著作。选举权意味着人们开始保守地表达观点，但每个人都拥有无穷无尽的想法，在选票上画叉远远无法满足他们对于表达的渴望。民意调查显示，81%的美国人希望能将自己的想法写成一本书。这并非遥不可及的白日梦。公共图书馆曾经为人类的自我教育做出巨大贡献，然而当前面临着读者骤减的危机，与其选择闭馆，不如进入下一个发展阶段：借出旧书，同时创造新书。人们可以将自己对于人生的理解、感悟、期待以及独特的个人经历记录下来，储存在图书馆，这样一来，图书馆便成为一个可以促进了解的场所。一个人能够在这里惊喜地得知，他那陌生而熟悉的邻居拥有怎样的才华与希望。目前，一座伟大城市的公共图书馆已经同意踏上这段冒险之旅。

这本书是我的一份贡献。我希望读者能够感到我在同他们交谈，并且希望他们在交谈过程中打断我、与我争论；我希望读者能够从中得到动力，开启属于自己的篇章，从他们自己的角度去书写自我、唤起过去最珍贵的记忆，畅想未来，令当下满怀希望。

如何寻找精神慰藉？

　　生活中我会遇到形形色色的人，善良的人、慷慨的人、富有同情心的人，当然还有令我感到困惑、可怕、震惊以及躲避我的人。另外，我还喜欢饱览群书，无论书的作者现在是否在世，所有我遇到的人、读过的书，以及所见所闻都是这本书的共同作者，都是我的灵感来源，尽管他们往往对此毫不知情。

　　人类不同于只喜欢吃竹子的大熊猫，他们可以将一切事物转变成自己的精神食粮。我希望这本书能够丰富读者的"口味"，帮助他们从他人身上发现新的感受、观点、经历和希望。你也可以选择更加实用的方法来参与，访问牛津灵感基金会的网站（www.oxfordmuse.com）。这是一个慈善机构，鼓励人们针对职业与文化的主题进行交流、表达与实验。尽管你会对生活中的荒谬、残酷和痛苦感到束手无策，但你完全能够通过表达自我，让世界对你多一分了解，同时为世界增加一份小小的智慧，哪怕效果微乎其微。你可以让世界了解你的思维方式，看到你或成功或艰辛，但始终丰富多彩的职业，了解你如何应对不幸的遭遇。每一个有文化修养的人都能够同时扮演作家与读者的角色，我邀请作为读者的你们成为书写各自生活感悟的作家，将表达自我的"自画像"通过文字或影像展示在我们的"画廊"，无论你选择何种形式、是否匿名，都可以成为他人的灵感源泉。

该网站同样欢迎你们参与一个新的研究项目，证明人与人之间最大的区别在于思维能力的不同，思考与任何娱乐活动一样，都能为人类带来兴奋与满足。最后，购买这本书意味着你对维持一个慈善组织的运营作出了贡献，帮助它进一步体现自身价值，其目标是鼓励人们用更有意义的方式铭记过去，总结过去的种种假象与收获，从过去的迷茫、失意甚至伤痛中解脱，看到灵感的曙光。

在 Oxford Muse 网站上，我对那些近年来用各种方式鼓励以及帮助过我们的朋友表达了真挚的感谢。任何一件事物的创造者都值得被铭记，因此在最后一页，我要提到所有与这本书相关的人，他们运用欢快的想象力，将我的想法变成这部作品，也令出版过程成为愉悦有趣的经历：克里斯托弗·麦克尔霍斯、凯瑟琳娜·比伦贝格、奥利奥尔·毕肖普、保罗·恩格斯、贝森·弗格森、露西·黑尔、科琳娜·齐弗克，以及他们的同事们——鲁孔·阿德瓦尼、迈克尔·萨卢、安德鲁·纽伦堡和他的同事们，特别是那些功不可没的图书经销商。他们如同家长一般，不断为这本书寻找友好的读者。

全球最畅销的励志经典，改变千万人命运的一本书

卡耐基经典版本
百年来无法超越的心灵巨作

　　《人性的弱点》是 20 世纪最伟大的心灵导师戴尔·卡耐基生前巨作，同时也是畅销全球的人际关系与沟通社交教程。该书 1936 年出版后，立即风靡全球，被译成了 58 种文字，累计销量超过 100 000 000 册。

　　在过去 80 年里，《人性的弱点》改变了千千万万人的命运。美国总统约翰·肯尼迪、投资大亨沃伦·巴菲特、石油大王洛克菲勒、米老鼠之父迪士尼、酒店业巨子希尔顿、商业奇才马云等世界顶尖人物都阅读、受益并强烈推荐过此书。

［美］戴尔·卡耐基 ◎著
宋元熙 ◎译
定价：32.00 元

约翰·肯尼迪 美国第 35 任总统
沃伦·巴菲特 投资大亨
鲁伯特·默多克 传媒大亨
拿破仑·希尔《思考致富》作者
倾力推荐

卡耐基传世经典，1936 年首版原貌呈现
修订讹误 76 处，摒弃所有过度解读

"iHappy 书友会" 会员申请表

姓　名（以身份证为准）：＿＿＿＿＿＿　性　别：＿＿＿＿＿＿＿＿＿＿

年　龄：＿＿＿＿＿＿＿＿＿＿　职　业：＿＿＿＿＿＿＿＿＿＿＿

手机号码：＿＿＿＿＿＿＿＿＿＿　E-mail：＿＿＿＿＿＿＿＿＿＿

邮寄地址：＿＿＿＿＿＿＿＿＿＿　邮政编码：＿＿＿＿＿＿＿＿＿

微信账号：＿＿＿＿＿＿＿＿＿＿＿（选填）

请严格按上述格式将相关信息发邮件至中资海派"iHappy 书友会"会员服务部。

邮　箱：zzhpHYFW@126.com

微信联系方式：请扫描二维码或查找 zzhpszpublishing 关注"中资海派图书"

优惠订购	订阅人		部　门		单位名称		
	地　址						
	电　话				传　真		
	电子邮箱			公司网址		邮　编	
	订购书目						
	付款方式	邮局汇款	中资海派商务管理（深圳）有限公司 中国深圳银湖路中国脑库 A 栋四楼　　　邮编：518029				
		银行电汇或转账	户　名：中资海派商务管理（深圳）有限公司 开户行：招行深圳科苑支行 账　号：81 5781 4257 1000 1 交通银行卡户名：桂林　　卡　号：622260 1310006 765820				
	附注		1. 请将订阅单连同汇款单影印件传真或邮寄，以凭办理。 2. 订阅单请用正楷填写清楚，以便以最快方式送达。 3. 咨询热线：0755-25970306 转 158、168　传　真：0755-25970309 转 825 　 E-mail：szmiss@126.com				

→利用本订购单订购一律享受九折特价优惠。

→团购 30 本以上八五折优惠。